U0068174

文學的另類寫眞

陳雅音 · 著

文人**怪癖**與文學創作的關係探討

序

　　文章豐富人類的心靈生活，陶性冶情，更可藉此抒發心中想法，尤其歷史上許多文學家的作品更讓人傳誦再三，使人類在文化歷史的洪流中，展現不平凡的光彩。而這些如此優美的篇章，是這些文人在怎樣的情緒狀態下迸發產生，這些瑰麗璀燦的不朽作品對後世人類都造成了一定的影響力，在感官中也有不同的感觸與新思維，所以可以透過對文人的癖好和其文學創作的相關性，從中探究文人不同於以往我們所熟知的面貌；而文人癖好的類型又有哪些？在這些癖好中與文人創作的關係又如何？這些都有待耙梳解說。此外，還可以一併處理相關研究在語文教育上的應用。整體上包括文人怪癖的界定，以及文人怪癖對文學創作的影響，其中分成怪癖對文學創作的直接影響，分為嗜酒、戀物間接或輾轉、潔癖／汙癖自覺或不自覺、其他怪癖多元等影響文學創作為直向關係；文人怪癖對文學創作的相互影響，分為嗜酒行為的相刺激式、戀物行為的互補式、潔癖／汙癖行為的類唯心式、其他怪癖行為多元等影響文學創作為辯證關係；文人怪癖對文學創作的反影響，分為嗜酒行為的迂迴式、戀物行為的強抑制式、潔癖／汙癖行為的有意無意式、其他怪癖行為多元等影響文學創作為相斥關係。還有探討怪癖如何啟發與運用，並期待另闢一個嶄新的視野。

　　辛卯年　季春
　　淡淡紫白色的錐形苦苓樹花
　　悄然恣意地
　　在靜謐的廊下

i

綻開
寫下了一抹芬芳的高雅
迴盪著幾許青澀的意象
傳頌了百年「苦戀」之歌

走過
庚寅寒暑的晨昏晝夜
竟是那無聲的跫音
苦練著　卻苦戀著……
挑燈夜下筆尖的孕育
仲夏
幻化成了文字
也砌出了
文人雅癖的的另類寫真

　　由衷地感謝周慶華教授指導的智慧與辛勞，口試委員蔡佩玲教授與王萬象教授的不吝斧正，才能讓我順利完成論文取得學位。

　　謝謝遠在高雄的家人與外子朝茂、好友娟娟的不斷鼓勵，在這兩年給予的支持，才能讓我全心埋首論文撰寫的字裡行間，感謝語文教育研究所的同學依錚、裴翎、晏綾、瑞昌、文正、評凱、尚祐、詩惠及學姊、學弟妹們的相互扶持，也感懷關山工商的同事們給予帶職進修的機會，方可順利完成工作與學業的兼顧。

　　是他們在我無助時適時地給予安慰，讓我免去心理的窒礙與身體的苦楚，在我最需要的時候給我大力的協助，這本論文方可如期完成。

　　總之，少了他們其中任何一個，這本論文的意義也少了那重要的一部分。

陳雅音

目　次

圖目次

表目次

第一章　緒論

第一節　研究動機

　　文學藝術是人類生命中不可或缺的一部分，來自於這些文人作家嘔心瀝血的一段生命的產出，是他們的骨和肉及心靈的一個象徵。本研究探討這些曠世鉅著產生的幕後推手——作者的一些荒誕不經的行徑和其作品有某些的關連性。但是我們要知道，文學家的行為大多是放蕩的，他們不像一般偽君子，專門講究外表虛偽的禮儀。他們的放蕩，並不是不道德的事，只是真性情真態度的自然流露罷了。（鄭慧文，1986：21）

　　《世說新語・雅量》有個關於癖好的著名故事：「祖士少好財，阮遙集好屐，並恆自經營，同是一累，而未判其得失。人有詣祖，見料視財物；客至，屏當未盡，餘兩小簏著背後，傾身障之，意未能平。或有詣阮，見自吹火蠟屐，因嘆曰：『未知一生當箸幾量屐！』神色閑暢。於是勝負始分。」（饒宗頤，1969：273）人們何以覺得阮孚勝過祖約？原來魏晉時代崇尚率真、曠達的性情，提倡不為外物所累，不為世譽所牽。在他們看來，好財好屐這兩種嗜好本身並無高下之別，關鍵在於嗜好者是否處之泰然。阮孚能做到這點，所以他比祖約強。（陳文新，1995：73-74）我們常常會讚美一個人有度量，乃是指這個人不會因為別人一時的不當行為，而從此改觀，完全地否定他。但上述故事，並不是狹窄地記述度量而已，還包括了人的開闊、豁達胸襟，以及人性中的率真自然面和忠厚之心，種種人性曠達的氣度，都是一種「雅量」。

又如袁枚，他的癖好甚多。據〈所好軒記〉一文的羅列「袁子好味，好色，好葺屋，好遊，好友，好花竹泉石，好圭璋彝尊，名人字畫，有好書」，對這些嗜好，他「供認」不諱，處之泰然，與阮孚不相上下。（陳文新，1995：73-74）

每個人都有特別喜愛的東西，只要得之有道，無傷大雅，就沒有所謂的高下之分、可不可以之別。祖約的好財，阮孚的好屐，都是個人愛好之事，其他人無從過問，畢竟那是他們自個兒的事情。然而，祖約似乎一味認為自己的嗜好過於俗氣卑下，不願他人發現，因此就顯得心裡不安；相較之下，阮孚對於自己的興趣執著，且能泰然處之，不在乎別人的看法，其心態就健康、率真許多。興趣是每個人的生活情趣之一，只要不妨害他人，不以非法手段來取得，又何必羞於見人？

文人所留下來的作品令後人回味不已，但創作的動機更是值得讓我們詳加探討，是與生俱來的「癖」，還是後天造成的「癖」，抑或是刻意培養的「癖」。文人和普羅大眾一樣，會有各類不同的癖好，如法國文豪伏爾泰（Voltaire）就有一位法國醫生形容他是「最顯赫的咖啡癮君子」（大衛‧柯特萊特〔David T.Courtwright〕，2000：19）；而著《索多瑪的 120 天》這一法國情色作家薩德（Marquis de sade）十分迷戀各種巧克力，連坐牢期間都乞求妻子送來巧克力粉、巧克力酒、巧克力丸，甚至還用可可油栓劑來軟便。「我要……一個撒了糖霜的蛋糕，」他在 1779 年寫道：「但希望是巧克力口味的，裡面的巧克力也要黑的像被燻黑的魔鬼屁股。」（同上，26）或許在一般人眼中看來實在是荒唐的一種習性，卻是這些文學家創作靈感的來源，因為人需要一些精神上的寄託，只是所託的種類不一定相同。

癖好是個人實現的表現，因為個人的實現有時可能太過激烈，沒辦法表現在臉上或是行為上面，所以就變成一種心理掙扎。慢慢壓抑不住的時候就會表現出來，成為一種興趣。(黃秀如，2005：11)例如：

> 西元 1915 年諾貝爾文學獎的得獎者羅曼・羅蘭（Romain Rolland），同時也是法國知名的音樂家，他寫作時往往在書桌前放一面鏡子，以便揣摩筆下人物的情緒和表情。法國名作家巴爾札克（Honorede Balzac），他寫作時常融入自己編的劇情中，甚至和作品中的人物聊起天來，聊到激動處，只見他時而撫掌大笑、時而掩面痛哭，有時還可見他和作品中人大吵一架。(釋妙蘊，2005：16)

可再舉一段話來說明，在《卡薩諾瓦是個書癡：寫作、銷售和閱讀的真知與奇談》中：

> 我們不會在乎一個水電工的怪癖或者煩惱，我們只希望他修好漏水的裂縫，然後離開就可以了。但是對於約翰・彌爾頓（John Milton）的態度，就完全不一樣了。我們樂於知道彌爾頓是躺在床上進行工作的；而弗拉基米爾・納博科夫（Vladimir Nabokov 在三吋寬、五吋長的卡片上寫作；約翰・濟慈（John Keats）要穿上他最好的衣服來寫詩；薩克萊（Thackeray）則無法在自己家裡從事寫作，必須在旅館或俱樂部之類場所才能進行創作，對此他解釋說：「公共場所可以刺激我的大腦運轉。」記得許多年以前，我曾讀過亞歷山大・波普（Alexander Pope）──我想是波普吧──只有在身旁放上一箱爛蘋果的時候才能寫作，那種腐爛的氣味可以激發他的靈感。其實這並不事什麼重要的事，但是這個故事卻深深地烙

印在我的記憶中。布萊恩・蘭姆（Brian Lamb）在美國有線衛
星公共事務臺中，製作了一個相當成功、名為「讀書筆記」的
節目，就是讓作家們談論自己的節目。例如，佛瑞斯特・麥唐
諾（Forrest McDonald）就在節目裡自曝，他習慣一絲不掛地
在阿拉巴馬州家中的陽臺上寫作。我們都渴望知道作家們的煩
惱和怪癖，覺得這些瑣事跟他們的作品引人注意。（約翰・麥
斯威爾・漢彌爾頓〔John Maxwell Hamilton〕，2010：13-14）

　　癖好是文人在創作上的一個動機是可以肯定的，只是在文學表
現上的呈顯手法是直接、間接還是隱而不宣，就是本研究探討的重
點，因為要考慮到文人在創作的社會背景、心理動機、環境因素、
自我意識或者當時的處境，加上內在所蘊含的情緒關係，都是在創
作上的一個關鍵點。因此，本研究的動機，就是想藉由研究成果從
教學上教導學生自我養成對「癖」的新觀點，是有其正面的意義；
可以在創作教學上帶出另一種資源，教導學生培養一種屬於自己的
喜好來激發新的創作火花，並在閱讀上有多具隻眼的多角審視。怪
的「癖」是否是不好的，應該用另一種省思觀點看待，在文學的傳
播與從事文學的論述更應有新的價值判斷，開闢新的向度。

第二節　研究目的與研究方法

一、研究目的

　　從小我們閱讀文學作品時，其中不乏一定會有作者個人生平事
蹟，當然也會有一些作者的故事在其中，使閱讀者增添許多趣味，

況且奇癖者不在少數。而後來在教書生涯中，在眾多備課的資源中，更不乏文人癖好的相關資源，真是各異其趣，著時令人大開眼界。而我們翻開任何一本談中國文化裡「癖」的書，都不免會看到「書畫癖」、「梅癖」、「菊癖」、「竹癖」、「茶癖」。這些「癖」，與其說是一種毛病，更多的是聯想到一種風雅。（黃秀如，2005：18）例如：

> 「嗜痂之癖」出自於《宋書・劉穆之傳》裡面記載，南朝劉邕「愛吃瘡疤」的癖好；「邕性嗜食瘡痂，以為味似鰒魚。嘗詣孟靈休，靈休先患灸瘡，痂落在牀，邕取食之。靈休大驚。痂未落者，悉褫取飴邕。邕去，靈休與何勖書曰：「劉邕向顧見啖，遂舉體流血。」南康國吏二百許人，不問有罪無罪，遞與鞭，瘡痂常以給膳邕。（開明書局編，1974：1550）

　　意思是這個劉邕很愛吃瘡痂——就是受傷後結的那個硬皮，他認為味道像鰒魚（其實就是鮑魚）。他曾經去拜訪孟靈休，靈休之前針灸有傷，傷的痂掉在床上，劉邕就拿起來吃。靈休嚇個半死。劉邕說我天生愛吃這個，於是孟靈休的瘡痂還沒掉的，就都拔起來給劉邕吃。劉邕離開後，靈休寫信給何勖說：「劉邕之前來時吃了我的瘡痂，於是我全身流血了。」他的南康郡的府中官吏有二百多人，不管有沒有罪，都要輪流受鞭打，打傷的瘡痂常常取來供劉邕吃。這是算是非常另類的奇癖，甚至連旁人都要遭殃；而另一個正好相反，此癖對別人來說，反而正是一種好處的是宋朝深受高祖寵信的大臣謝景仁，在宋書中有一段話可以看出他的癖好：

> 景仁性矜嚴整潔，居宇靜麗，每唾，轉唾左右人衣；事畢，
> 即聽一日澣濯。每欲唾，左右爭來受。（開明書局編，1974：
> 1568）

其中說到是愛清潔到要吐痰時，絕不肯吐到地上，而要吐到左右隨從的身上（不過他到很體恤下人。被吐到的人可以休息一天來清洗衣物。所以反而是下人爭相願意被他吐到）。（黃秀如，2005：17）這是屬於愛乾淨的一種習性，算是大家還能接受的癖好。而下列這一種癖好就是造成他人的困擾又鬧出笑話的行為了。

據傳王安石不注重生活細節，身上有蝨子。有回上朝，蝨子爬到他鬍鬚上而不自知，只見神宗望著他直笑。王安石不知道神宗在笑什麼，退朝後問王禹玉：「為何皇上老對著我笑？」王禹玉把他拉到一旁幫他捉蝨子，就對蝨子說：「好大的膽子，竟敢『久沾相鬚』。」王安石答道：「這傢伙福份不小，竟然屢遊相鬚，曾博御覽。」（楊明麗，1993：12）

另外，我們偉大的至聖先師孔子，在某些方面非常是堅持的，從〈鄉黨篇〉中可以看出孔子的某些堅持的癖好：

> 食不厭精，膾不厭細。食饐而餲，魚餒而肉敗不食，色惡不
> 食，臭惡不食，失飪不食，不時不食。割不正不食，不得其
> 醬不食。肉雖多，不使勝食氣。惟酒無量，不及亂。沽酒市
> 脯不食。不撤薑食，不多食。祭於公，不宿肉，祭肉不出三
> 日，出三日，不食之矣。食不語，寢不言。雖蔬食菜羹瓜，
> 祭，必齊如也。席不正，不坐。（邢昺，1982：89-90）

孔子在生活安定和富庶的時候，是很講究享受的。他重視吃，在吃這方面，孔子可能還相當精明。至於娛樂方面，他幾乎到了沉

迷的程度，他會唱歌，會舞（古時士紳階級沒有不會舞的），會彈奏許多種樂器。《史記‧孔子世家》中記他在齊時：「聞韶音，學之，三月不知肉味。」（司馬遷，1979：1910）韶是一種古樂，孔子為了學會它，到了忘食的程度，自然夠得上稱作音樂迷了。不過，孔子和他的門弟子都是主張古典音樂而反對甚至憎惡春秋末年的新興音樂。他批評「鄭聲淫」，主張放逐；倡議振興韶樂與武樂（都是古樂）。孔子所謂「鄭聲淫」，淫字或者不作淫蕩的淫字解，淫字的古義，可以作高亢和變動之解。大約「鄭聲」有如今天的流行歌吧！在吃的方面，孔子不僅注重味道，而且也講究盛菜餚的器皿。他認為可以享受時，就要好好地享受，窮的時候他安貧，富的時候他樂富。這是孔子的特質。（南宮博，1980）

可見孔子在生活行為上有偏執的癖好。換句話說，就是「癖」不一定表現在具體物質方面，有些人可能是顯現在精神行為上，對特定規範、生活的態度、觀念的執著，有一定的要求。「癖」所以為「癖」，應該有三個特質：偏異、極致、隱密。所以愛吃瘡痂也好，愛做其他讓人嚇出一身冷汗的事也好，根本上都是「癖」的第一特質：「偏異」──偏於一般人的行為、愛好、觀念。而要稱為「癖」，行為裡必須有某些極致化的成分。和「偏異」、「極致」相關的第三各特質，是「隱密」──不能或不便於公開。（黃秀如，2005：17）另外，有一些是使用外來物質的作家用它來激發創作靈感，沙特（Sartre）寫作《辯證理性批判》的期間，天天不斷服用咖啡、茶、香菸、煙斗、烈酒、巴比妥類鎮靜劑，以及科利德藍。科利德藍是法國政府從 1971 年開始禁止的藥品，其成分含有安非他命，而沙特是把科利德藍當唐果嚼著吃的。（大衛‧柯特萊特，2000：115）西元 161 至 180 年在位的羅馬皇帝馬可奧里留斯（Marcus Aurelius）有服用鴉片的習慣，除了輔助睡眠、紓解軍事

戰役的緊張壓力,也幫他遠離一向鄙夷的俗世之中的情緒煩惱。(同上,39)其實各國受到鴉片的影響輕重不一,傳聞中倫敦東區林立的鴉片煙館,乃是受了狄更斯(Charles John Huffam Dickens)、柯南道爾(Conan Doyle)、王爾德(Oscar Wilde)、羅麥(Luomai)等名家以及許多非名家的小說創作的影響。(同上,45)

　　法國科幻小說家福爾納(Jules Verne)遭一名精神錯亂的侄兒開槍打傷,中彈處在小腿。由於福爾納有糖尿病,醫師們判定不宜動手術,唯一的法子是慢慢照顧到復原。治療期間,醫生用嗎啡緩解痛苦。滿懷感激的福爾納寫了一首十四行詩——這不是他擅長的文體——讚美這為他鎮痛解悶的藥物。詩中說:「啊,用你的細針扎我一百遍/我也要讚美你一百遍,神聖的嗎啡。」政要們也要打,在法國政壇叱吒一時的布朗傑(Boulanger)就有一次在總統官邸底樓注射時被人發現。德國首相俾士麥(Bismarck)的菸癮、酒癮都很大,而且非常貪吃。(大衛‧柯特萊特,2000:48)大家都知道菸草毒性可能致死,但它釀至陣發性哮喘等病症卻是不可否認的。1881年間,西班牙醫生盧伊茲‧布拉斯哥(Lu Yizi. Brad Glasgow)接生了一個死嬰,他吸了口雪茄菸,朝嬰兒臉上一噴,本來禁止的嬰兒竟開始抽動,接著臉部一扭,哭出聲來,這嬰兒就是畢卡索(Picasso)。(同上,100)

　　這些例子可讓我們了解到關於「癖」的特異性和文人特立獨行的行為,即使行徑令人難以接受,仍是樂此不疲的。而本研究所要探討的是,在這些文人奇特外異的行為背後,文人與文學的創作是有意顯露出來進而期待影響他人,還是隱晦不發而待人挖掘等相關問題。換句話說,我們可以探討的是這些大作家,在創作當下是否需要一些文思的來源,而一些「怪癖」行為是否就是其靈感的特殊途徑,還是當作情感的投射,還對其作品的創造產生無限可能,帶給他人另一新眼界:

美國經濟學家泰勒‧科文（Tyler Cowen）《達密經濟學》一書中提到，喜歡編排資訊的人，都有自閉的傾向；尤其是不善跟人交往而老躲在電腦後面玩部落格的人，更自閉的厲害！這其實是反映了人的一些癖好。

癖好的「癖」，可以諧音屁、僻、鬧等。故意張揚自己的癖好，會臭屁；而癖好只自己信守，就顯得有點自閉式的僻靜；至於能將癖好用於創作，那一定可以開創出事業的康莊大道。但不論如何，有「癖」總是值得留意，因為它經常會為世界增添異采！

正如張潮《幽夢影》書中所說的「人不可以無癖」，就像「花不可以無蝶，山不可以無泉，石不可以無苔，水不可以無藻，喬木不可以無藤蘿」。人生的機趣就盡在這「癖」的發用；而世界所以五光十色也正是「癖」的傑作。相傳英國作家波普，只有在身旁放上一箱爛蘋果才能寫作（因為那種腐爛的氣味可以激發他的靈感），而美國作家麥唐諾則習慣一絲不掛的在家中的陽臺寫作。這跟中國古代的王勃擁被高臥打腹稿，以及李賀騎驢覓詩等怪異行為異曲同工，他們都從「癖」中享受到了創作的快意；而這個世界也因為他們的「癖」發生作用而沾到「一併光采」的好處。

顯然「癖」的潛力無窮，任何想要有成就的人，可能要培養一兩項癖好，才知道「轉」為才藝有常人所沒有的神祕暢適的歷程，以及邁向成功背後的「持續性」的支持力量。（周慶華，2010）

　　以上所述文人癖好，可以給我們一個反思，「癖」到底是有益，還是旁人唯恐避之不及的災難。在許多史料當中人，文人的一生大多是崎嶇不順，面對自身的壓力與社會的責任就不難發現他們需要外來的「資源」。而轉換角度來看，當文人創作作品除了是對情感紓洩之外，在閱讀經驗中想必從中得到感發，甚而可以在此培養一些合適自己的「癖好」。如上所述，已有許多的例證，不論是「癖」、「習性」、「嗜好」能在文學創作上加以運用或轉為己用，不啻在文學創作上有莫大助益。

　　至於寫真，原指中國人畫像的傳統名稱，講究忠實描寫、肖似逼真或指真實事件的報導。（三民書局學典編輯委員會，2003：332）而本研究想從「文學的另類寫真」來探討的是，為了可以從文人少為人所察知的面向，發掘出不同與以往的面貌。因為一般的論述大多從文人的文學作品來看待文人的性格，這是比較淺顯的，所以基於此一原則由文人另一種視覺「寫真」來觀察在文人身上的「怪癖」與其文學創作之間的關係，冀望能呈現不同與以往的文人風貌。

　　因此，為建立一套理解文人怪癖和文學創作關係的理論體系而為文學的另類寫真，就成了我的研究本身的目的所在。再者對於我作為研究者的目的來說則期待藉由研究成果的達成，可以用來建議運用的途徑，包括在文學閱讀教學上能「多具隻眼」，因為閱讀不一定是為自己而讀，也有為他人而讀；在文學創作教學上能「反身自我養成」，有怪的「癖」是無妨，更可以從中培養自己喜愛的或有助於在創作文學上所依賴的「癖」，那又有何不可；以及在文學傳播與文學論述建議上能「開闢新向度」，因為在這方面並非是狹隘的，文學傳播可以有多項管道，管道多面才能產生共鳴，引起注意，而遂行所謂的「權力意志」，而文學論述一般是創作者主體內

心思想感情的直接吐露和表現，一般在文學闡述上都是中規中矩的，但就深層的文化來看，更有另一番新的視野，建議能由不同角度來重新看待文學，跨越陳規舊習的鴻溝。每位文人的怪癖都可以編輯為人類歷史不可多得的文學創作史，探究其中脈絡，重新構築文人的創作歷程。本研究旨在能有所創新，不只吸取文人「怪癖」的寶貴經驗，在文學探討上也能創新境界，重新審視「癖」這個字眼，並激發在教學、文學閱讀、文學傳播與論述上有「不同凡響」的新視點，給予「怪癖」正面的肯定。

二、研究方法

當代學術論文所使用的方法眾多，有心理學方法、社會學方法、符號學方法、文化學方法、詮釋學方法、現象學方法、美學方法、比較文學方法……等。每一種方法都有其獨特性，因本研究範圍涵蓋的部分是以文人癖好與文學創作關係為主，所以針對本論述性質不會只使用一種研究方法。本研究所採用的是理論建構的方式，期望能透過特定的研究方法達到預設的目的。

人的權力意志是創作最終的積極性驅動力。所謂權力意志，是指影響別人、支配別人的欲望。前者（指影響別人的欲望），是對於自己的作品能啟發別人或獲得別人承繼的渴望；後者（指支配別人的欲望），是特別期待自己的作品能達到規範別人或制約別人的效果。這個設定可以「統攝」一般所說的謀取利益、樹立權威和行使教化等想望，或者乾脆就說它是謀取利益、樹立權威和行使教化等想望中的想望。因為謀取利益涉及利益的多沾或多得（相對的別人就少沾或少得），可以說是權力意志的「變相」發用；樹立權威則無異是該權力意志的遂行；而行使教化更是該權力意志的「恆

11

久」性效應。這也就是創作者想藉創作來「推移變遷」或「改造修飾」語言世界的終極真實所在；而文化理想和權力意志從而也就「結合為一」了。（周慶華，2004a：205）

　　換句話說，就是文人在創作過程中，藉由本身一些特殊的行為，產生富藝術創作的作品，轉而啟發他人的創作意念，或造成他人的模仿學習，創建新視野，進而行使無所不在的權力意志。綜上所述，在文人的作品中，除了有傳播的功用，藉傳播以影響他人並從中滿足所謂的權力意志，藉其來變造世界為最終依歸，有讓觀其作品者有更不一樣更深層更宏觀的見地，並以宏觀的態度去審視「癖」中不同的行為。

　　如前所說的，本研究所採用的是理論建構的方式，以下會將所運用到的研究方法依序交代。本研究共分八章，依序運用到的研究方法，包含「現象主義方法」、「語意學方法」、「心理學方法」、「比較文學方法」、「辯證法」、「社會學方法」等。以下針對各研究方法逐一論述：

> 「現象主義方法」，它指的是「凡是一切出現者，一切顯示於意識者，無論它的方式如何。」（趙雅博，1990：311）這種凡是顯現於意識中或為意識所及的對象都稱為現象的說法，特別常見。如「文學現象，意指在寫作的現實環境中展現的觀念辯證和文學趨勢以及跟作品互相滲透的歷史語境或文化地形」（林燿德主編，1993：導論30-31）、「（文學現象）包括一切關於文學的人、事和作品」及其「彼此之間互動的複雜關係」（李瑞騰，1991：43）等等所提及的現象，都指這種情況。（周慶華，2004b：95-96）本研究藉它來檢討他人相關的研究成果，將我能力所及蒐集到的文獻，予以整理、分析和批判。

　　「語意學方法」是指探討語言意義的方法，在這裡特指處裡物質性的部分，一般都指語文面的意義，包含語文的內涵和指涉。（利奇〔Geoffrey N. Leech〕，1996）運用此方法來界定文人怪癖的類型，詳見於第三章。

　　「心理學方法」，原是指研究人的心理現象的方法（雖然該心理現象也要以語文形式存在或創發為語文形式才可被掌握），但在這裡是特指研究語文現象或以語文形式存在的事物所內蘊的心理因素的方法。（周慶華，2004b：80-81）也就是要藉以了解文人何以會產生「怪癖」的心理因素。在本研究中的第四章、第五章、第六章運用到此方法，探討文人怪癖與文學創作的心理因素，此心理因素為影響文人怪癖的重要原因。

　　「比較文學方法」，是評估語文現象或以語文形式存在的事物所具有的影響／對比情況（價值）的方法。這種方法是從事跨系統的文學比較的人所開發出來的；它原來是專門運用在比較文學的領域，後來才逐漸成了一種方法論的對象（也就是這種方法也會被借鑑來從事同一個系統中的文學的比較研究）。簡單的說，是一種文學和另一種文學或多種文學的比較；同時也是文學和其他人類各種思想情感表達方式的比較。（樂黛雲，1987：40；周慶華，2004b：143-14）不過，本研究只是藉用它的正影響、反影響的觀念來說明文人怪癖和文學創作的關係，並未實際涉入比較文學的範疇。而這是跟「心理學方法」相互搭配的，將在第四章和第六章中展現。

　　「辯證法」，通常所見的辯證法，主要有黑格爾的「唯心論辯證法」和馬克斯／恩格斯的「唯物論辯證法」，它們各有不同的限定。前者（指唯心論辯證法），是說由一概念必然起反對的概念，合併二者成一新概念；反覆而行，稱為「三分法」。它的起點叫「正

論」，它的反對概念叫「反論」，最後反正的總和叫「合論」。換句話說，就是分析和綜合，互相為用：由正生反，是正中含有反的要素；由正反而生合，是正反中已有更新的要素（停止二者的衝突產生新的狀態）。（黃公偉，1987：49-50）後者（指唯物論辯證法），是說一種漸進的和上升的境界，使自然成為非靜止的上升著。而所謂自然，是指一個全體的總括，它的各部分彼此相結合著、聯貫著；它的內在力量是演化，表現在上升和不可回轉的步履中，在適當的時候發生一些跳級的動作。（趙雅博，1979：379）以上這些辯證法，可以用來限定思辨的法則或有關歷史演變的法則，卻不合用來限定本研究所指稱的文人怪癖和文學創作的關係。本研究所指稱的文人怪癖和文學創作的關係，在限定它們是由潛能到現實的歷程時，彼此就是一體的兩面；而在限定它們也可以是由現實到潛能的歷程時，彼此就是辯證的。因此，它們根本無法別為顯出什麼「正反合」或「演化」的特徵；它們只是「相互依存」罷了。（周慶華，2004a：66-67）總括來說，本研究也是以「辯證法」和「心理學方法」互相搭配運用，取其有「相互影響」的部分來說明文人怪癖，找出「癖好」與文人創作相互刺激的關係，詳見於第五章。

「社會學方法」，原是指研究社會現象的方法（雖然該社會現象也得以語文形式存在或創發為語文形式才可被掌握），但在這裡是特指研究語文現象或以語文形式存在的事物所內蘊的社會背景的方法。這包含兩個層面：一是解析它是如何被社會現實所促成；一是解析它是如何反映了社會現實。（周慶華，2004b：87、89）也就是要以它來透視有「怪癖」的文人是否因需紓解壓力而產生的情感轉移，以便在第七章中為運用途徑提出具體的建議。

本研究以理論建構來完篇，在周慶華《語文研究法》中對「理論建構撰寫體例」有所說明：

理論建構，講究創新。大致上從概念的設定開始，經由命題的建立到命題的演繹及其相關條件的配置等程序而完成一套具體系且有創意的論說。（周慶華，2004b：329）

根據上述原則，將本研究的「概念設定」、「命題建立」、「命題演繹」依序予以說明：從研究題目「文學的另類寫真——文人怪癖與文學創作的關係探討」來看，內容涵蓋文人怪癖、文學創作等概念，在這裡形成概念一；從此一題目發展出的概念是「直向關係、辯證關係、相斥關係等，此為概念二；再從中探討的問題為嗜酒、戀物、潔癖／汙癖、其他等，此為概念三。

概念確立後，接下來是建立所需的命題。從文人怪癖來看，文人有特定的意涵及其類型，此為命題一；文人創作與文學創作有直向的關係，此為命題二；文人怪癖與文人創作有辯證的關係，此為命題三；文人怪癖和文學創作有相斥的關係，此為命題四。由上述命題建立延伸而推論出：最後本研究的價值，可以在文學閱讀教學上提供「多具隻眼」的資源，此為演繹一；可以在文學創作教學上帶出「自我反身養成」的必要性，此為演繹二；可以在文學傳播與文學論述發揮「開闢新向度」的預示，此為演繹三。

圖 1-2-1 將本研究的「概念設定」、「命題建立」、「命題演繹」的關係以圖示架構方式來呈現。

正因為從怪癖來探討文人創作文學的關係，所以研究目的在建構一套透過文人癖好來理解文學創作所以可能的理論體系，此體系要將文人癖好來和文學創作加以連結，並轉換角度來欣賞各種「癖好」，進而學習並仿效，在對文學相關閱讀指導上能有「多具隻眼」的寬闊視角，不只從閱讀者也從文人的角度去考察；在文學的創作教學上可以帶領學生對文人事跡有所體察，在態度上可以「反身自

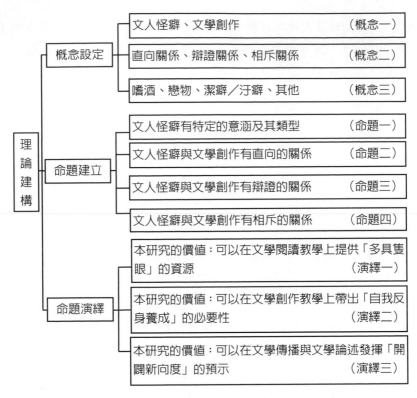

圖 1-2-1　本研究的理論建構示意圖

我養成」而有助於加強自我創作的功效，也可以告訴人們其實我們可以去養成或刻意具備這樣的「奇癖」是無妨的；對文學的傳播與文學的論述建議上盼能啟發「開闢新向度」的斐頁，發展不同與以往的文學觀察面向。藉文人種種癖好祈使能夠激發學生們不同的火花，讓他們更有想像力、創造力，用不同的角度來看待事物。在教學內容上透過豐富生動的文字語言，讓學生培養多元的學習面向，也懂得在學習中尋找樂趣。最後期待在繁瑣的教育工作當中，且讓我們還能保有心靈的能量，用教學的魔法，召喚每一顆充滿可能性

的文學種子；而在未來也期待這文人們一段段的怪癖史可以看成是人類的一部文學瘋狂史，並從影響後代文學家們的身上及重要地位，可以找出人類創作的脈絡，並重新建構文學在發展史上的創作歷程。（陳雅音，2010）

第三節　研究範圍及其限制

一、研究範圍

　　研究的範圍，可從有癖好的文人來限定，在中西文人作品裡與文人傳記中，都有描寫創作時的許多特殊「習性」，許多的作品也多有描繪，針對人的「癖好類型」加以整理，而「癖好」並不侷限中西方，也不囿於某一朝代或某一些人。本研究採用理論建構方式，期待透過所設定的研究方向能達到研究的目的。本研究共分八章，以下將研究的各章節依序羅列出來，並予以重點的說明，以期幫助讀者對本研究有更深一層的了解。

　　第一章緒論，針對研究動機、研究目的、研究方法、研究範圍與研究限制作簡要的說明。第二章在文獻探討中運用現象主義方法的「現象觀」來檢討文人作品見於專書、期刊論文、學位論文等相關研究成果，以便看出本研究的必要和超越處。

　　第三章文人怪癖的界定，將怪癖、文人怪癖、文人怪癖的類型加以界定。文人的怪癖中，有人寫作要搔頭晃腦、有人下筆呆若木雞；有人寫作需要絕對的安靜、有人寫作時沒雜音不行……雖然寫作的習慣各式各樣，千奇百怪，但是在一定的情境下，倘若能寫出曠世巨著，那麼這些奇怪的癖好不但成為助緣之一，同

時也成為人們所津津樂道的話題了。(釋妙蘊，2005：16)。第四章怪癖和文學創作的關係之一（直向），分成四節來探討嗜酒對為文學創作的直接影響、戀物間接或輾轉影響文學的創作、潔癖／汙癖自覺或不自覺對文學創作的影響、其他怪癖多元的對文學創作的影響。例如什麼樣的環境能讓一個作家寫出曠世鉅作？是熟悉的地方所產生的安定感，方能沉澱心靈、文思泉湧？還是陌生的地方所提供的新鮮感，才能激發特別的感觸？就如美國幽默大師馬克•吐溫的文章全出自他那八邊形的小屋子，在這個七面都有窗子的書房中，每一扇窗都是他寫作之餘抬頭休息的風景畫（同上，28），是否在某些特定的場合中文人的創作感靈才能因此而產生？

在第五章針對文人怪癖與文學創作的關係之二（辯證），就是「相互影響」關係，從嗜酒行為與文學創作的相刺激式辯證、戀物行為與文學創作的互補式辯證、潔癖／汙癖行為與文學創作的類唯心式辯證（屬於接近或類似之意，所以用「類」字來分別）、其他怪癖行為與文學創作的多元的辯證等層面來探討。

第六章文人怪癖與文學創作的關係之三（相斥），有「反影響」的行為，不直接反映在文人作品上，此癖是「無可奉告」的，從中探究嗜酒行為與文學創作的迂迴式相斥、戀物行為與文學創作的強抑制式相斥、潔癖／汙癖行為與文學創作的有意無意式相斥、其他怪癖行為與文學創作的多元的互斥等刻意隱避行為。

第七章相關研究成果的運用途徑，希望藉由文人怪癖的探討成果，可以在文學閱讀教學上「多具隻眼」、可以在文學創作教學上「反身自我養成」和可以在文學傳播與文學論述建議上「開闢新向度」等。第八章為結論，對於整體研究作一個重點回顧，並說明文

人癖好與文學創作關係研究的限制及對所產生的新問題提出相關建議。

二、研究限制

在文人作品裡與文人傳記中，都有描寫創作時的許多特殊癖好，因為關於文人「癖好」甚多，內容不一而足，在相關資料裡對癖好分類整理頗多，但不是所有的文人都有「癖」性，不能以偏概全，也就是無法涉及全部文人作家，因為並不是所有文人在創作時都需藉助外力來激發創作或作為情感的投射，所以在此研究針對創作上有「癖好」的文人來進行分析，以致在研究上有所限制。

這類限制，約有以下幾點：

(一) 文人怪癖無限多，沒有辦法普遍指涉。在簡擇與詮釋上的標準難免會帶有個人主觀的價值判斷，無法絕對的客觀。

(二) 依文人創作關係推測，只能「理中合有」而無法「必定如此」。

(三) 不論是文人癖好還是文學創作，二者均包含既深且廣的內涵，因我個人能力有限，無法面面俱到，一一論述，只能挑選其中一部分有相關的來討論。

(四) 在運用上只能先以研究必要性為準的，但以後如有時間及心力會再詳加探討開闢新向度，並待後續研究的檢證。

綜合以上所述，文人創作摻雜的背景有心理因素、社會壓力等，但非全面性如此，所以會給人「欠缺周詳」的印象，在搜羅資料的擷取與限制上難免會有「遺珠之憾」。這在後續處理上會作適當的調整，以彌補本研究的不足，期待在日後提醒自己可以作為進一步努力的方向，以期讓本研究臻至完美。

第二章 文獻探討

第一節 文人怪癖

在本研究中探討的重點是「文人怪癖」與「文學創作」之間的關係，將所能蒐集到的相關專書、論文期刊的論述予以整理分析和批判，以便對釐清「文人怪癖」與「文學創作」的整體互聯關係有所依據。本研究在此從兩個面向切入，一部分為「文人怪癖」，另一部分為「文人怪癖與文學創作的關係」，舉相關文獻來探討，希望能從中發掘未竟的課題或過去被忽略的問題，以統觀性的角度來進行分析，揭示出二者可以互為己用或相互為用的關係，進而能達到另有新用的功能。

因為在眾多書籍中，對於文人癖好的類型及分析上的相關資料非常的豐富，但大多是針對癖好類型的蒐集及針對單一文人癖好的研究或以心理層面來探討上癮的癖好因素。如：

一、癖好的分類

在殷國登《人各有癖》一書中戚宜君所作的序，對於癖好有一些說明：

> 人類除了基本養生的食、衣、住、行、育、樂外，每一個人都免不了對周遭所接觸的一切，擇其一二進行特別的鍾愛與眷顧。有人醉心於德業事功的追求，有人著重於技藝專長的磨礪，有人沉緬於聲色犬馬之中，有人徜徉在風花雪月感受

21

> 裡，更有人疲於奔命的或自我凌虐式的進行著奇奇怪怪獨特
> 的行徑，人各有癖，不足為異，這便是大千世界的現象！
>
> 人人都有其情獨鍾的「癖」好，大部分均隱而不顯，或不足
> 為外人道也，小部份則頗為突出，使人為之側目。但如果仔
> 細統計起來，所涉及的層面及種類真是林林總總，不勝枚
> 舉。在《人各有癖》這本書中，總計收錄了十六種「癖」好，
> 而人的「癖好」當然不僅止此，然而倘若加以歸併，有許多
> 「癖」好，都可以涵蓋其中，而且這十六種「癖」也已具備
> 了相當的代表性。（殷國登，1986：序 4-5）

　　事實上，倘若以上述論點來看，癖的類型當然不可能只有這幾
種。因為本研究方向是探討「文人怪癖」與「文學創作的關係」，
所以會從相關論述中來蒐集各項資料。雖然在《人各有癖》對癖好
的整理有非常深入的探討，但這其中是對癖好的各種習性、癖好類
別詳加區分而已，跟本研究中所要探討文人癖好和文學創作關係其
實是不同的，因為並未看出「癖好」是否對「文人創作」有無直接
的關係存在。

二、單一文人癖好研究

　　另外，在文人癖好的文學資料中，如傅錫壬的〈鬥茶、病酒、
打馬、賞花——試析清照的生活情趣〉一文，也是探討李清照生活
上的諸多癖好：

> 只要稍事涉獵中國古典文學的人，都知道宋代文壇上有傑出
> 的女性作家叫李清照，而一般人對她的了解不外乎：她的文

學修養和造詣不錯。她能作詩、填詞、寫散文、駢文，又攻於書法、繪畫，而且在金石古玩的鑑賞上更是行家。她有戲劇化、傳奇性的生平際遇。早年與趙明誠只羨鴛鴦不羨仙的新婚生活樂趣，到晚年孑然一身，孤苦流離的遭遇，又太使人憐憫與同情。

不過，對李清照這樣一位純情的女性來說，只有這些粗略的印象，仍是失之於深刻和真實的。於是我嘗試從她現存的有限作品中，去進一步窺探他心靈深處的情緒脈動。因為想了解一個人的真正自我，最直接的方法，莫過於從她的日常生活瑣事中去探索了。

她在《金石錄‧後序》上說：余性偶強記，每飯罷，坐歸來堂，烹茶，指堆積書史，言某事在某書某卷，第幾葉，第幾行，以中否角勝負，為飲茶先後。中即舉杯大笑，至茶傾覆懷中，反不得飲而起，甘心老是鄉矣。（傅錫壬，1984）

在這段文章中，可以窺見李清照與夫婿趙明誠有共同的興趣與愛好。又如她在〈鷓鴣天〉中說：「酒闌更喜團茶苦，夢斷偏宜瑞腦香。」所以飲茶在李清照的日常生活中，它象徵了夫妻之間的融合、相知與歡暢。因此，當李清照情緒低沉或精神不佳時，她是滴茶不沾。且看她在〈浣溪沙〉中就說是為：「病起蕭蕭兩鬢華，臥看殘月上窗紗。豆蔻連梢煎熱水，莫分茶。」（傅錫壬，1984）

在上述所說，大多針對「文人的癖好」來論述與整理。癖好類型是一個龐大複雜的，在癖好的習性中，對文人的心思如何產生微妙的變化。以李清照的鬥茶來說，是一種抒發心情的媒介，更是她與家人溝通的橋樑之一，而「癖好」就是文人產生情緒變化的源頭。

但在該篇中針對的是單一的文人來研究，整體上不夠全面；而且該篇主要是從李清照的生活來探究她的癖好，並未深入這些癖好對於李清照創作有無直接或間接的影響。這跟本研究設定的目的相距甚遠，本研究是以中外文人癖好來作為探究的主體，希望可以達到全面性的分析，而非只針對單一對象論述。

三、晚明文人之癖

毛文芳〈花、美女、癖人與遊舫——晚明文人之美感境界與美感經營〉一文中認為：

> 花與美女，是晚明文人極為關注的審美品類，此二者非僅分別地存在而已，其往往還是文人審美經驗中，引發美感相互交融的兩個對象。

> 癖人是性格上有所偏執的人物類型，若以道德修養的角度而言，容或有被指斥的瑕疵，但他們卻是晚明文人極愛賞的一種審美對象。「癖人」的人物類型，如何獲取文人的青睞？這樣的青睞具有如何的美感意義？「遊舫」的韻趣，在於變幻的景觀，文人何以善用這樣的觀點？「癖人」與「遊舫」，在「美感經營之特質」的部分，進行解析。（毛文芳，1998）

以上觀點著重於文人癖好的美感經驗，認為人世間一切的俗世紛擾，可轉換為另一種場域的美感文，以隔離跳脫的方式來觀賞玩味。但文人癖好的著眼點在於文學創作關係，怪癖與文人創作上

有正影響、互相影響、反影響的特殊關係，在此並無法從中知其因果。

四、生活層面的癖好

在拾穗編輯部〈誰教你習慣成癖？〉一文，也是在談癖好的一些習性，裡面說道：

> 每個人的一生都活在形形色色大大小小好壞交錯的一堆習慣中，習慣是怎麼「養」的？有什麼好處與害處？從習慣心理學的角度，分析習慣的本質與類型，報導名人的各種特殊癖好，並歸納出人生應該培養哪些積極正向的習慣。（拾穗編輯部，1995a）

又黃驗〈活在一堆習慣中〉一文中提到：

> 積習難返，成敗由它，猶太人有一段格言可以與此相呼應：「最初，我們的情欲像遊客，它們只做短暫的停留，然後，它們變成了客人，常來拜訪，終了，它們變成了暴君，把我們制服。」（黃驗，1995）

又符春霞〈紫色過一生〉一文中談及：

> 像是資深作家小民與紫色相愛了半個世紀，她說我的一生、一身、一家都是紫色，紫色帶給我好運，也為我建立良好的人際關係。女作家林海因喜歡蒐集大象藝品之外，還收集了一整櫃各式小鞋子。另一位郭良蕙，她喜歡綠色喜歡

得徹底，據說一天不穿綠，全身上下都不對勁。(符春霞，
1995)

由訪談資料中，得知不只文人、作家，連政治人物、演藝人員，
同樣也需要藉助一些特殊習癖，來協助自己的創作；但相互連結的
部分，也並未有架構性方面的立論。

五、心理層面的癖好研究

從 John J. Ratey M.D.& Catherine Johnson Ph.D.所寫的《人人
有怪癖》中，對於人類特殊習性有相關的描寫：

> 一百年前，佛洛伊德（Sigmund Freud）首先對我們說過沒
> 有「正常」的人這回事。「每個人，」他寫著：「……要平均
> 起來才是正常。」他的自我或多或少在某些地方大約和精神
> 病人相等。在佛洛伊德的世界裡，月亮總有黑暗的一面，沒
> 有一件事是像它表面所顯示的；沒有一個人是真正正常的。
> 今天，二十一世紀神經科學的進步證明了佛洛伊德是對的，
> 可能我們沒有一個人是「正常」的。(John J. Ratey M.D. &
> Catherine Johnson Ph.D.，1999：43)

> 有的電腦程式設計師不分晝夜都待在電腦螢幕前。有的是一
> 毛不拔，不請客，永遠穿著同一件襯衫，很少有朋友或根本
> 沒有朋友。大多數都是單身漢，人人當他是個怪人。(同上，
> 272)

李奧納·泰格（Lionel Tiger）《快感的追求》一書中提到，所
謂的快感涵蓋的範圍很廣，舉凡性、食物、嗅覺、溫暖的感覺，都

在討論之列，當然也包括毒品提供人類的快感。作者提出一個很值得令人注意的觀點：快感是一種進化性的權利（evolutionary entitlement），並從道德、科學與政治方面切入。（李奧納・泰格，2003：序3）書裡以特別簡單和直接了當的方式來探討耽溺行為，並以幾個概括性的生物學原則為基礎。其中一個原則是：由於身體之中有快感中心，對於身體所攝取的東西有反應，所以我們實際上就認為，東西所提供的快感無疑是「自然」的。（李奧納・泰格，2003：128）我們對於耽溺行為幾乎沒有可靠的自然控制力量，大自然賦予於我們驚人的發明力、好奇心以及能力。就食物而言，很多人確實很難了解自己的飲食癖好在相當長的時間中所累積的結果。（同上，134-135）

在日本人岡崎大五以旅遊體驗所寫的《別笑！地球就有這種人（全）83 國導遊世界怪癖大蒐秘》中有許多世界各地的怪癖。從〈日本人的壞習慣〉章中說：遊歷世界各國期間，我經常遇到讓我很想抱怨「這真是壞習慣啊……」的事情。但反過來想，世界各國的人或許也遇過不少很想埋怨我們日本人「真是壞習慣啊……」的情形呢！「我已經說過很多次了，叫你們不要在遊覽車上吃冰淇淋嘛。萬一冰淇淋滴下去的話，會弄髒地板的。怎麼都聽不懂？我都已經貼了禁止吃冰淇淋的貼紙了啊。真是壞習慣。」發牢騷的是注重清潔的德國司機。我身為領隊，必須趕緊規勸旅客，讓他們在車外吃完冰淇淋才上車。這時我不禁開始思考起來：

為什麼日本人會不喜歡待在陽光下或室外？尤其是吃東西時，這種傾向更是明顯。雖然賞花時會在戶外飲酒作樂，但平常大部分的人還是喜歡在室內用餐。在日本，開放式露臺的咖啡館也是最近幾年才出現的。而且我從未看過日本的觀光巴士貼有禁止冰淇淋的標示（歐洲的巴士幾乎都禁止吃冰淇淋）。（岡崎大五，2010：11-13）

　　由此可知,連一向讓各國人認為相當嚴謹與不造成他人困擾的日本人,也會有出人意料的「癖好」,不僅無法改變,且對日本國人來說根本就不算是個「癖」呢!在他們認為非常合理的情況下,可讓他人大感不悅,因為日本是個小心翼翼的民族,只要合乎大眾行為規範標準,尤其大家都在同一臺車上,就更不會顯現出什麼與眾不同的舉動。

　　另外,作者在〈七大癖解析各國人不同的癖好〉章中提出對於各國人癖好的看法:我把所有認定為癖的事情,都以「怪癖」、「癖好」,或「習慣」來表記,然後整理眾說紛紜的見解,並加以分析。有一句諺語是這麼說的:「世上無完人,人各有癖好。」作者在該書中,用七大癖好來區分全世界。一共分為:「與手有關的癖好」、「與腳有關的癖好」、「與口有關的癖好」、「與酒有關的癖好」、「性癖好」和「潔癖」,至於無法分類的部分則全歸類為「怪癖」。像澳洲人的故事就歸為性癖好。法國人的故事是與手有關的癖好,而美國人的故事則算是怪癖。華僑的故事是與口有關的癖好,日本人的故事和吃有關,所以也是與口有關的癖好,而德國人的故事則歸類為潔癖。(岡崎大五,2010:11-13)

　　丹‧艾瑞里(Dan Ariely)的《怪誕行為學》中說明,生活中我們常有莫名其妙的舉動。你真的會失控?一時衝動就是沒道理可言?所有的現象,背後都有經濟的力量!社會當實驗室,真人做小白鼠。丹‧艾瑞里的這本新作一語道破,用輕鬆幽默的方式告訴我們這是為什麼,又該如何改變。他比別的所有經濟學家都更好地揭示、解釋了我們不可思議的行為背後的原因。所有權滲透到我們生活的一切中,並且以一種奇怪的方式塑造著我們所做的事情。亞當‧斯密(Adam Smith)寫道,「每個人……都以交換為生,或者在某種程度上成為商人,社會本身也隨著成長為真正的商業社會。」

這一思想是值得敬畏的。我們的大部分生活故事，都可以用我們特定的所有物的增加與減少來講述──我們得到什麼，失去什麼。例如，我們購買衣物和食品，汽車和房屋。我們也出賣東西──房屋和汽車，並且在我們的工作過程中，出賣我們的時間。（丹・艾瑞里，2008：132）

　　作者明確點出一些隱藏在人們心裡深處的反常行為，指出人們會做出一些違反常理的事情，而這些現象是連自己都不明所以；異常行為的產生源自於人類心靈的脆弱，人類因而產生控制慾及佔有慾，只是我們心中否認這樣非理性的行為。

　　既然我們生命的一大部分都貢獻給了所有權，能對此做出最恰當的決定不是很好嗎？例如：確切了解我們會怎樣享受我們的新家、新汽車、新式沙發、阿曼尼西裝，我們就能做出確切決定去擁有，它們那不是很好嗎？不幸的是，事情很少是這樣的，我們大都在黑暗中摸索。為什麼？我們人類本性中有三大非理性的怪癖：第一種怪癖，正如我們在籃球票案例中所看到的，我們對已經擁有的東西迷戀不能自拔。假如你想賣掉你的大眾家庭旅行車，你首先會做什麼？甚至你還沒有把「出售」標誌貼到車窗上，就已經在回憶開著它走過的路程。一股懷舊的熱流湧遍全身，你對車子更加難以割捨。當然不僅對休旅車是這樣，對其他一切也同樣。這種迷戀來的很快。（丹・艾瑞里，2008：132-133）

　　人們總害怕失去，所以在此之際會將所有焦點與重心放在將要離去的事物身上，甚至會預知失去後的生活，將對自己產生重大變化。

　　第二種怪癖，是我們總是把注意力集中到自己會失去什麼，而不是會得到什麼。因此，當我們給心愛的休旅車訂價時，想得更多的是自己會失去什麼（能幹的老伙計）而不是會得到什麼（賣來的錢可以買別的東西）。這就是我們為什麼給它標上的價格，高得根

本不現實。同樣的，那些得到球票的學生只注意到自己會失去看球的經歷，而不去想像賣掉球票可以賺錢，用賺來的錢可以買到什麼享受。我們對於損失有一種強烈的恐懼感，這一情緒有時是我們做出錯誤決定的原因。因為東西還沒賣出去，我們已經在為失去它而悲傷了。第三種怪癖，是我們經常假定別人看待交易的角度也和我們一樣。我們期望跟我們買休旅車的人也和我們有同樣的情緒和回憶，或者期望買我們房子的人同樣喜歡透過廚房格子窗照進來的陽光。不幸的是，休旅車的買主更可能注意到車子從一檔換到二檔時排氣管裡冒出的煙；你的房子的新主人更可能注意到牆角的一道黑霉斑。要想像到交易的對方竟然和自己用完全不同的角度看待一切，無論是買方還是賣方，都是很困難的。（丹・艾瑞里，2008：132-134）

以上說明從心理學範疇來分析人們自己不可理喻的怪癖行為背後的原因，因為每個人是單獨的個體，但看待同一件事的角度可是大相逕庭，所以在彼此的眼中才會有如此反常的行為產生。

迪特爾・拉德維希（Dieter Ladewig）在《上癮的秘密》一書中對隱癖有所闡述，其中是針對迷幻藥癮、酒癮、咖啡癮等依賴性上癮，癮癖的成因是什麼？癮癖和個人的人格特質之間又有什麼樣的關連？癮癖所以成為一種全球性的現象的歷史肇因又是什麼？我們能夠擺脫癮癖的糾纏嗎？上癮現象並非新鮮事，它是具有歷史淵源的。無論是對於整體文明或是個人而言，一部關於癮癖的家族史也將傳達出上癮的發展史、人類與癮症之間所進行的鬥爭，也表現出個人成長或屈服於毒品；而這段歷史往往等同一齣悲劇。（迪特爾・拉德維希，2005：10）作者並不將「上癮」侷限在「毒癮」本身，而是擴大範圍討論關於厭食症、貪食症、咖啡、菸酒、運動癮等物質或習慣的上癮問題。論述背後，傳達了現代人的壓力太大

的訊息，而面對各種束縛，人們為了抒發壓力，希望藉由致引物質獲得暫時的解脫，卻不知道自己漸漸跳進了另一個牢籠。(同上，5)從十九世紀一直到現在，歐洲的一些藝術家們，尤其是文學家，曾經嘗試著用毒品來激發他們的靈感和創造力。他們最主要是吸食鴉片，後來也包括嗎啡，海洛因、古柯鹼以及一般的酒類。這些為刺激創作而上癮的文學家以浪漫主義和超現實主義的詩人居多：德國的諾瓦利斯（Novalis）、英國的德·昆西（de Quincey）、柯爾律治（Coleridge）、慈濟（Keats），法國的波德萊爾（Baudelaire）、戈蒂埃（Gautier）……等詩人。(同上，27)

在 Michael D. Lemonick、Alice Park 在 The Science of Addidction 一文中提出：

> Dr. Nora Volkow, director of NIDA and a pioneer in the use of imaging to understand addiction, the use of drugs has been recorded since the beginning of civilization.Humans in my view will always want to experiment with things to make them feel good. （NIDA 所長，也是運用造影技術研究成癮的先驅諾拉·沃爾考醫師說，「人們自文明之始就有使用藥物的記錄。依我來看，人們永遠會想去試用給予他們快感的東西。」（Michael D. Lemonick、Alice Park，2007）

上述這些文獻，針對某一些心理學上的行為嗜癖現象發言，這樣的研究成果確實佔有一定的重要地位：從心理學角度來分析人們為何會有一些自我無法控制的行為出現，有些上癮的因素是具有前因後果；有些是環境使然；有些是為了逃避現實的壓力；有些是文人為了想讓自己在文學上能「再創顛峰」；有些是心理佔有慾作祟。但如果以宏觀的角度來審視，文人所以會有「奇癖」，不單單只有

心理因素存在的問題而已，它還會跟文學創作有著密切的關係。本研究依後續的研究所需，會將相關細分結果在後面幾章中論述。

第二節　文人怪癖與文學創作的關係

本節探討文人怪癖與文學創作的關係論述。如前所述，前人對文人癖好的類型所產生的原因，都有詳盡的資料，但如果以全面性的觀點與統整性觀點來審視，仍有未足之處。以下將能所蒐集的資料，逐次檢視：

一、嗜癖因緣

本研究探究文人怪癖與文學創作之間的關係，以當中所相互影響的因素來說二者之間有一定的互聯原因存在。如張忠良在〈晚明文人的嗜癖言行〉一文中的闡述：

> 嗜癖本是個人的行為，但如果成為眾人所談論所追求的議題
> 時，他便成為一種文化現象。追究此一現象的本質，乃是縱
> 慾與寄情。他們藉助外物，或以彰顯個性，或以釋放情慾，
> 或以誇耀博學，不一而足。此種生活意識和內容，展開了傳
> 統人文精神的面貌，建構起生活美學的內涵，頗值得我們重
> 視。（張忠良，2004）

在文章中更直接說明：

> 所謂的嗜癖，本是人們在生活中對某些事物或行為愛好的表
> 現是人之常情；但如果它逐漸演變成社會某各階層人士所追

求的生活樣貌及價值觀時；這嗜癖就有了特殊意義。傳統的
文人階層，是一群受過教育的知識分子，他們對於生活具有
一定程度的自覺和判斷，現實生活中的煩瑣與困頓，既然無
法完全擺脫，則只有透過認知和修養，從中尋找精神寄託，
於是屬於文人特殊的生活品貌便於焉出現。（張忠良，2004）

　　這裡表明的「癖好」只是文人心靈的一種寄託，而與文人的創
作並沒有辦法看出兩者之間所聯繫上的關係存在。

二、嗜美風尚

　　王岫林〈由「世說」中的人物品評看六朝嗜美之風〉一文中，
以人物品評為主軸，探討在人物品評中所蘊含的六朝嗜美風尚。六
朝嗜美風尚，在《世說新語》中多有記載。它也表現在男子的塗抹
脂粉之上，男子以面白膚嫩、容儀細緻為美，妝扮的如女子般柔美。
傅粉之風，在名士間是一種風尚，在《三國志》中，就記載著：「曹
植初得邯鄲淳甚喜，延入坐，不先與談。時天暑熱，植因呼常從取
水自澡訖，傅粉。遂科頭拍袒，胡舞五椎鍛，跳丸擊劍，誦俳優小
說數千言。」漢朝末年，胡香傳入中國，男子薰香，日漸普及。是
以魏晉士人常以薰香為習，風氣之盛，在曹操為相時，還曾頒布禁
香之令，但成效不大。在《世說新語·汰侈》篇中也有記載：「石
崇廁，常有十餘婢侍列，皆麗服藻飾。置甲煎粉、沈香汁之屬，無
不畢備。又與新衣箸令出，客多羞不能如廁。」此篇反映出石崇的
奢侈，連廁所都有美人煎粉薰香，可見當時薰香習尚在富貴人家中
十分常見。由曹魏時開始，人物的品藻便是精神與容止並重；至兩
晉時，隨著清談內容的發展，人物品評又由精神與容止並重，逐漸

過渡到專門對於人物形象進行評論。而相對於對外表美貌的注重，六朝士人對於形貌不揚的人唾棄就有過之而無不及。如《世說新語‧容止》中提到：「潘岳妙有容姿，好神情。少時挾彈出洛陽道，婦人遇者，莫不連手縈之。佐太沖醜，亦復效岳遨遊，於是群嫗齊共亂唾之，委頓而返。」《世說新語‧賢媛》篇中也提到許允婦長得奇醜，許允與其行婚禮之後，不願再進去見她，後來她趁著桓範勸許允入內之後，拉住許允，指出他好色不好德，才使得許允開始敬重她。（王岫林，2004）

　　李長庚在〈阮籍、稽康的道德潔癖〉一文中認為道德潔癖，是一種「變態」心理，是指對道德完美、理想、真實狀態的一種過分追求和癡迷；對現實虛偽、瑕疵和庸俗極端的厭惡和不容。阮籍、稽康都具有嚴重的道德潔癖傾向：反對禮教是維護道德純潔性、真實性的表現，荒誕行為是證明其精神世界高度純潔的方式，理想人格是對道德完美狀態的理想追求。道德潔癖者，不容世俗，也必然被世俗所不容。阮籍、稽康過分地追求完美的道德境界和理想人格，注定不能實現，注定會成為污染社會的犧牲品。（李長庚，2009）

三、癖好文化

　　滌煩子所撰的〈茗賞至上嗜茶成癖的袁中郎〉一文中寫到：

> 中郎性任自然，喜遊山水，癖好賞花、品酒、飲茶，著有〈瓶史〉一卷、〈觴政〉一卷，前者談花，後者言酒，獨嗜茶而未有「茶經」傳世。然而有關談茶記事散在《袁中郎全集》中。中郎曾說：「人但有殊癖，終身不易，便是名示。」換句話說，事上言語無味，面目可憎的世人，多半是無癖好可

言。話雖然有些尖苛，倒是隱含幾分哲理與純真在。中郎生
前特別鍾愛茶飲，解茶藝，自言：「余少有茶癖，又性不嗜酒，
用是得專其嗜於茶。」中郎飲酒不能盡一焦葉，對酒純然抱著
一種欣賞的態度，最喜歡靜觀友人醉態。自古以來，文人多以
茶、酒為生涯，因為茶酒之於人生，猶如標點之於文章，它代
表著庸碌人生中的一種悠閒。中郎熱愛人生，懂得人生，故
一向主張：「茗賞者上也，譚賞者次也，酒賞者下也。」也
就是認為惟有在品茶的意境中，人生才由紛紜雜亂中獲得寧
靜閒適。(滌煩子，1983)

另有周質平的〈袁宏道的山水癖及其遊記〉一文中也有探討：

> 袁宏道雖不以「山人」名，但《明史》說他「以風雅自命」
> 是很不錯的。他的作風與當時之所謂「山人」也頗有類似
> 處，如好談禪，好遊山，好女色，好在隱士之間徘徊瞻顧，
> 這都是山人通性。袁宏道以風雅自命，就不得不避忌俗人，
> 有時也不免矯情造作，到了令人難耐的地步，如在遊記〈吳
> 山〉中就充分表現了這種「唯恐落俗」的心理：「余最怕入
> 城。吳山在城內，以是不得遍觀，僅匆匆一過紫陽宮耳。
> 紫陽宮石玲瓏窈窕，變態橫出，湖石不足方比，梅花道人
> 一幅活水墨也。奈何辱郡郭之內，使山林僻懶之人，親近
> 不得，可嘆哉！」其實，雅者自雅，而俗者自俗，袁宏道
> 斤斤於入城不入城，這種「雅」也就無甚可觀了。(周質平，
> 1984)

邱德亮在〈癖嗜文化：論晚明文人的詭態的美學形象〉一文中
指出明代以後中國文人對癖嗜的態度有明顯的轉變，此一轉變可以

解釋為個人主義自我表達的社會實踐。品味的競爭投注於癖嗜之上，明清文人透過養癖相互標榜並確認其身分特權。一方面，以癖的非生產性無用，與俗人大眾區判；另一方面，文人的癖又以象徵性文化資本的炫耀展示，與商賈富家的附庸風雅區隔，分辨雅俗、真假之癖。最後，還必須以變味作為品味區判，以「怪」的詭態為美學，偏離了主流文化（辟，偏也；避也，闢也），但不意謂脫離了主流文化，而是反叛仕宦階級主流文化的品味，另創一種主導性的品味。文中又試圖勾勒癖文化的歷史，探討明清文人如何透過癖好的關注，展演其自身形象的問題意識，以及歷來文人如何透過養癖來將自己塑造成一件藝術作品。什麼面貌的藝術品？又展現了什麼樣的政治與美學行動？最後，在清末民初整個舊社會文明崩解的時候，這種癖的文化經歷了什麼樣的變化？（邱德亮，2009）

在王鴻泰〈閒情雅致──明清間文人的生活經營與品賞文化〉一文中也提及明清文人的玩賞活動放在社會文化的脈絡下來思考，在此思考脈絡下，賞玩活動被視為文人整體生活經營的一部分，而此種文人性生活形式的底層則是感官活動的開展。在此思辯架構下，本是嘗試切入士人的生活世界，透析其生活理念之由來與內涵，並由此剖析賞玩活動在整體生活文化中的意義，進而探究生活形式下的感官活動。由此，我們試圖深入理解，或建構，明清「文人文化」的具體內涵。（王鴻泰，2004）

四、嗜書癖

陳幸蕙〈獨有書癖不可醫──側寫「爾雅出版社」發行人隱地〉一文中，裡面說到：

他像任何一位愛書之人一樣地買書、讀書、藏書；在一篇題
為〈借書‧借書〉的文章中，他曾說——「我有藏書的嗜好，
我喜歡蒐集全套的叢書、叢刊，我把每家出版社的書籍，照
著他們自己編排的號碼，井然有序的排列在一起。每當我發
現其中少了幾本，就跑到書店又把它們補了起來。」另外，
在〈丟書‧丟書〉一文中，他也說——「一本讀過後自己喜
歡的書，永遠不捨得送給別人，如果我渴望朋友也去讀它，
我會再買一本送人，我自己的一本一定要珍藏起來。」這種
愛惜書，不忍與書分離的態度，簡直是把書當作有生命的個
體來看待了。（陳幸蕙，1984）

湯姆‧羅勃（Tom Raabe）所寫的《嗜書癮君子》書中，描寫
許許多多關於嗜書者的想法、嗜書者症狀、嗜書癮君子列傳以及嗜
書百態等，並認為書中自有黃金屋、書中自有顏如玉。作者並引用
了非常切要的詩句來表達愛書者的心聲：

一但染上書癮，何其洶湧的欲望，
如許無盡的折磨便緊緊攫住
那悲慘的人兒
（約翰‧費里爾〈書癮〉）
（湯姆‧羅勃，2006：21）

又舉二首：

在細心精明的經理人、金融家要洞悉
錯綜複雜的財務危機
都不及一窮二白的買書人

志在必得、錢花在刀口上時
看得更清楚。

他時時苛求自己處處樽節；
吃得再少一點、吃得更便宜些，
才能攢下餵哺心靈的伙食費。
他到處尋求貼補，連身上衣物亦是縫縫補補，
又三年，淨買書不輕言添衣。
噫，他甚至發願寫書賺取買書錢！
胃口奇大永難填。嗷嗷待哺無寧日。
柴添得越多反而燒的越旺。
（亨利‧瓦德‧畢歇）
（湯姆‧羅勃，2006：41）

愛書人曉得如何精挑細選書籍，
一本接著一本，
在在禁得起重重的考驗。
書癡只是將書堆的高又高，一本挨著一本，
有時連瞧都不瞧一眼。
愛書人打從心底欣賞書的質，
而書癡只知用手掂書的量。
（查爾斯‧納狄亞）
（同上，99）

　　該書運用詼諧的筆調，活靈活現的形容自己嗜書的情況；嗜書者的樣貌千奇百怪，讓人對這愛書的上癮者有深入的了解。

五、自殺癖

宋國承所著的《天國的崩落》書中則是介紹中外許多自殺作家的生平以及作品：

> 世界文壇中，一個流亡作家死於異國，由異國政府為他舉行國殤，史蒂芬・茨威格（Stefan Zweig）是 20 世紀享有最多讀者、歷經兩次世界大戰、一個慘遭納粹迫害的猶太作家。1942 年 2 月太平洋戰爭正式爆發，茨威格眼見和平已經絕望，決定「以自己的身軀反對戰爭，以自己的生命維護和平」。在來不及看到二次大戰反法西斯主義鬥爭的最後勝利，於 1942 年 2 月 23 日，與妻子一起相擁服藥自殺。（宋國城，2010：81）

> 希薇亞・普拉絲（Sylvia Plath）出生於 1932 年的美國麻省，是美麗與實力兼具的才女；但父親在她仍是小女孩便過世的殘忍事實，使希薇亞因此事自溺於憂鬱，也多次因自殺事件而往返於醫院之間，更因欲治療身心困擾而接受電擊，成為她終其一生難以自拔的傷痛，為她悲劇性的人生更增添了不安。婚後的她為了扮演好妻子的角色犧牲了自己的文采與未來。但婚姻的失敗給了普拉絲致命的打擊，她決定與先生分居，帶著兩個孩子遷居倫敦，在艱苦中繼續創作。在 1963 年 2 月 11 日，在一個潮濕而寒冷的夜晚，在自宅內吞食煤氣自殺身亡。（同上，200）

川端康成自殺時並沒有留下遺書,只留下尚未完成的文稿——
——也就是那篇「死中遺作」〈蒲公英〉,他選擇的自殺工具(口
含煤氣管)也是就近取材、隨手拿來的。除了一杯還未飲乾
的酒,沒有一絲眷念和牽掛,沒有掙扎或不捨。死前那句「出
去散步」,像是一聲啟程天國前向親人的招呼,是他對絕美
的期望和對空無的獻身。一生的寫作換來一場無怨的斷氣,
他結束了自己,也結束了生命的空想與徒勞。(同上,119)

六、酒癖

黃守誠在〈杜甫的酒癖〉一文中,對杜甫的酒癖好有很多的具
體描述:

在當代的詩人中,杜甫的酒癖,大約無人可出其右。他的全
部詩作約一千一百餘首,談到飲酒生涯的,至少佔四百首之
多,可知酒與杜甫如何密切了。《新唐書・杜甫傳》說:「遊
嶽祠,大水遽至,涉旬不得食。縣令具舟迎之,乃得還。令
嘗饋以火炙白酒。大醉,一夕卒。」所以,他的死因也是因
酒致命的。比之李白,要更嗜飲得多。即令愛酒如狂的陶淵
明,怕一要退避三舍了。而他的耽於酒癖,極可能是少年時
代即然。有一首〈少年行〉,說的上是最神氣活現的記敘:「馬
上誰家白面郎,臨階下馬坐人牀。不通姓字麤豪甚,指點銀
瓶索酒嘗。」(黃守誠,1974)

林語堂所著的《蘇東坡傳》中,對蘇軾的生平、仕途際遇及各
種嗜好多有著墨。林語堂認為蘇軾比中國其他的詩人更具有多面性

天才的豐富感、變化感和幽默感，智能優異，心靈卻像天真的小孩子──這種混合等於耶穌所謂的蛇的智慧加上鴿子的溫文。（林語堂，1977：序2）

　　除此之外，他實在是一個古怪的床頭人。他入睡前就忙著把自己裹好。他翻來覆去，安排身體和四肢，拍打被褥，一定把自己弄得愜意又舒服。身上倘若僵硬會發癢，他就緩緩按摩。蘇太太有發現她丈夫早晚的許多習慣。梳頭和洗澡是他一生重大的事情之一。（林語堂，1977：160）蘇軾寫過一篇〈酒頌〉。就是不解杯中樂趣的人，讀到他描寫半痴半醉的幸福狀態，也會為之入迷。他不但是美酒鑑賞家和實驗家，他還自己造酒。他曾在一首詩的前序中說，他一面濾酒一面喝，終於酩酊大醉。蘇東坡釀酒只是玩票，不是真正的玩家，造酒只是他的嗜好。（同上，346-348）

七、飲食癖

　　路巧雲整理的〈日本文人的偏食雅癖〉一文中將30多位日本文學家的飲食怪癖呈現出來，讓人一窺文人們所不被人知的另外一面。比如說：森鷗外，年輕時讀的是衛生學，所以他連吃水果都一定要煮過，以防止有細菌產生；島崎藤村，是擅長寫難吃料理的高手，他曾描述送別會的葡萄酒是多麼地苦澀難喝！當然他是明白美味料理的人，但是他透過離別時，嚐到難吃的味道來顯出悲涼，更是別具深意。像是與謝有晶子，她是日本文壇浪漫派的代表，也是一個美食烹飪家。他因為心儀鐵幹的文章「春朝山間茶屋中，便服書生食儒餅」，因而一讀傾心，並與其結婚，更在短短的15年內生了12個孩子！而在年輕時就得到夏目漱石賞識的芥川龍

之介，他在文壇初試啼聲的作品〈芋粥〉描寫的就是食物。爾後也因為惱於自己藝術至上的生活，而選擇了自殺結束一生。（路巧雲，2004）

嵐山光三郎在《文人的飲食生活》一書中認為文人是從五官感受世界，再將它之形諸文字的能手，舌頭與咽喉的構造自然也與他人不同。漱石吃了糖包花生而死；鷗外愛吃烤蕃薯，被母親笑稱是「書生的羊羹」；芥川龍之介聲稱「羊羹的文字看起來像是長了毛」，基於字型的理由討厭羊羹；志賀直哉喝過金蛤蟆的味噌湯；藤村是粗食淫亂之徒。文人在吃方面的嗜好，和作品的生理有直接關係，每天的餐點就是文人秘密紀錄的一部分。從料理深入追究文人的嗜好，可以看到作品中不為人知的另外一面。（嵐山光三郎，2004：487）詳實且生動的記錄了日本文人奇特的飲食習慣，讓人得以窺見其詳，如：

> 齊藤茂吉非常喜歡鰻魚，只要餐桌上出現蒲燒鰻，他就會高興得眉開眼笑，其子齊藤茂太在《回憶父親茂吉與母親輝子》一書中也曾提到這件事情。茂太和妻子婚事談定時，雙方家長曾相約於築地的竹葉亭聚餐，當時茂太夫人太過緊張沒有胃口，齊藤茂吉竟毫不客氣地一口就吃下她盤中剩下的鰻魚。他熱愛鰻魚的程度，已經到了只要有鰻魚可吃，就會覺得「雖然只有那短短的幾分鐘，樹木似乎都變得更鮮綠了。」（嵐山光三郎，2004：126）

此外，潘明寶在〈解析汪士慎嗜茶癖〉一文中指出：茶葉是我國民眾日常生活必需品，也是歷代士大夫娛性抒情的寵物。汪士慎是揚州八怪的重要代表，他把嗜茶、愛梅、賦詩、繪畫緊密的結合在一起。該文談到汪士慎品茶的奇妙、考究煮茶水的清淳、講求烹

茶法的獨特、選擇飲茶環境的淡雅與感受品味香茗的樂趣，其嗜茶癖很具有時代性，值得分析探討。（潘明寶，2007）

　　綜觀上述文獻，前人在相關癖好的蒐集與整理上已經有很豐碩的的成果，且對於文人各類型的癖好與文人創作關係及癖好產生的因素也有周詳的分析，但卻沒有一個整體性的論述或理論架構來概括「文人癖好」與「文學創作關係」兩者互有聯繫之處，因為其中的差異性可在本研究的第四、第五、第六章會依續闡述，而上述這些研究的資料並無法看出二者之間有何關連性。

　　因為怪癖是一種自己沒有意識到的習慣，而且是必須經由他人指點才會發現的東西。（岡崎大五，2010：198）因此，文人的癖好不一定會直接產生或直接出現在文人的文學作品中。簡單來說，有些癖是文人自知的，或刻意培養的，但有些卻是文人故意隱藏「不欲人知」的癖。所以上述這些文獻尚未論述到的觀點與議題，在後面幾章會有更全面與概括性的析論，以期能廣為涵蓋。

　　如前所述，經過整理所得知的訊息資料並無法得知出文人與癖好之間是否有其相關聯性，究竟是直接相互影響或間接影響，尤其是癖好和文人創作這部分的研究，是刺激物啟動創作靈感，還是創作靈感需要外來刺激物，都有待細加探討，但因為先前得知的資訊來源較模糊，希望透過本研就可以將它系統化並可以轉述操作。

　　文人癖好與文學創作可以細分為直接、間接或輾轉、自覺或不自覺、其他多元的影響等方面。簡單來說，有些癖好是會直接顯現於文人作品中，但有些「無法告知」的文人癖好卻不會在文學創作中出現，這些都是眼前相關研究中沒有提到的。因此，將這些文人癖好與創作關係在本研究中分為「正影響」、「反影響」、「相互影相」等包括直接、間接或輾轉、自覺或不自覺、其他多元的影響等方面

來探究，可讓「癖好」在文學創作歷程上有新的省思。也就是說，我將怪癖分為怪癖對文學創作的直接影響，分為嗜酒、戀物間接或輾轉、潔癖／汙癖自覺或不自覺、其他怪癖多元等影響文學創作為直向關係；文人怪癖對文學創作的相互影響，分為嗜酒行為的相刺激式、戀物行為的互補式、潔癖／汙癖行為的類唯心式、其他怪癖行為多元等影響文學創作為辯證關係；文人怪癖對文學創作的反影響，分為嗜酒行為的迂迴式、戀物行為的強抑制式、潔癖／汙癖行為的有意無意式、其他怪癖行為多元等影響文學創作為相斥關係。當中相斥關係的部分，是取其可以作為對照系而納入影響範疇的，因為只要有怪癖的存在，它就會被「對照」著思考創作的問題。此外，還有探討怪癖如何啟發與運用，並期待另闢一個嶄新的視野等論點來研究。

　　至於前人的論述中所沒有談到的，如文人怪癖的定義及其如何轉運用等，也是本研究要試為彌補的。因為上述一些專書期刊論文的廣度大部分在說明上較多含糊不清，也缺乏深度，所以後面會針對每一種文人癖好關係再加以細分，以便讓整個討論顯得有層次感。由於文人癖好與文學創作有特殊關連因子存在，只純粹談癖好類型或認為癖好是不可取的明顯會錯失繫聯的機會。此外，有些心理學家甚至認為癖好要予以戒除，不免令人感到扼腕，也扼殺人類的精神食糧「文學」，阻斷人類文化創作的前進。因為很多人只是蒐集或整理文人癖好資料而已，並沒有和文學創作連結，所以不夠全面；而我個人的研究就是要加以統整，角度比較全面，也比較深入完整。

第三章 文人怪癖的界定

第一節 怪癖

自古以來，對「怪癖」二字的解釋多有不同，但大致上在相關闡述上是大同小異的。世界上無奇不有的特殊癖好，是許多人連聽都沒聽過的。有一句古話，叫作「世界之大，無奇不有。」世界之大，乃是一個客觀事實；感到奇怪，是一種心理經驗。人們所以會對某些事物感到奇怪，是因為它們超出了已有的經驗或理智範圍。（林在勇，2005：25）

《中國時報》曾經報導過一則怪異的行為：有一名婦女從小就愛亂吃東西，四十多年來，吃過瀝青、火柴頭、煙灰，喝過汽油、柴油。奇怪的是身體沒有出現過毛病。她就是吉林梅河口市山城鎮頭八石村婦女丁偉，在八歲時，被瀝青「美味」吸引，以後就開始亂吃東西，在當地是一奇人。丁偉自己說，八歲那年有一天天氣特別熱，她聞到被太陽曬熱的電線桿上的瀝青發出的氣味特別香，她禁不住誘惑，就挖下一塊來吃，從此瀝青便成了無法抗拒的「美味」。1980 年，丁偉懷孕，因怕吃瀝青影響胎兒，便不敢再吃。但她抗拒不了瀝青的誘惑，她便把瀝青放在嘴裡嚼完後，再吐出來。自 1982 年生了兒子後，她便不再吃瀝青了。20 多年間，她已吃掉了十公斤左右的瀝青。不再吃瀝青後，丁偉只要聞到汽油味，就喝汽油，家人擔心她身體受害，曾加以控制。然而，每當犯「油癮」時，必須往鼻子裡滴幾滴汽油。14 年中，她用鼻子「喝」掉了 70 多公斤汽油。後來，聞到柴油的氣味比汽油味好，在 7 年間大約喝

了 30 多公斤柴油。隨後,在煮餃子劃火柴點火時,又被火柴點燃後的味道吸引,便開始吃火柴頭。開始時不帶火吃,後來能將火柴點燃了吃,最多時能吃六、七包。吃多了,她還能吃出是那個廠商的,已經總共吃掉兩萬多包火柴。吃過瀝青,喝過汽油、柴油,吃過火柴,丁偉還是不過癮。1999 年後,她又開始吃煙灰。丁偉在家人和鄰居們的勸說下曾到多家醫院檢查過,經檢查她的血液呈粉紅色。有人拿她的頭髮到北京化驗,發現她缺鋅,但與她吃的這些東西並無關係,身體也沒有什麼病。2002 年,在父母和家人的反對下,丁偉決定將這幾種「美味」戒掉。雖然暫時戒掉了,但她只要一聞到汽油、柴油的味道還是覺得很香。(徐尚禮,2003)世界上的美食數不盡,但大多數的人應該是從沒想過,天涯的一角竟然會有人把這樣奇怪、看來對身體有害的「食物」當成「美食」來品嘗,甚至認為比一般我們所認知的「美食」還要來得美味,真是令人大感不解的「怪癖」!

癖,《新華字典》的解釋是:對事物的偏愛成為習慣。(李長庚,2009)也叫做「瘾」。(康繼堯,1989:701)在《廣辭苑》上查「癖」這個字,它解釋如下:「癖……傾向某種嗜好或習慣。經常發生的事。習慣。規定。特徵。缺點。應受譴責的事。」有人經過二十多年旅遊的經歷之後,對於為什麼各國會出現這樣的癖好,在某些方面他有自己的解釋。但有些事情,也只能用「真是個壞習慣」一句話來帶過。(岡崎大五,2010:12)這是說明了怪癖這種行為,全世界任何角落都會發生,是不分人種與國籍,都會有如此的行為。

例如以下這則報導:人口十多億的中國大陸,近年來頻頻發現奇人怪事。瀋陽又發現一位更奇的人,他不但能夠吃燈泡等玻璃製品,還能將鋒利的刀片像嚼乾果一樣吞下。這位吃刀片的怪人名叫王針,有人親眼目睹了他分別將刀片、燈泡放到嘴裡大嚼特嚼的情

景。據說，王針首先拿出隨身攜帶的刀片，為了顯示其鋒利，他用手中的刀片將包裝紙整齊地切成條狀。然後，王針把刀片放入嘴中，刀片瞬間便被他嚼碎。王針一邊咀嚼，一邊伸出舌頭讓記者看已經被嚼碎的刀片。心急的王針還不等記者拍攝下這驚人的一幕，便說：「我咽下去了！」不出一分鐘，鋒利的刀片就進了王針的肚子，而他竟然安然無恙。當記者詢問刀片的味道時，王針邊抹掉嘴上刀片的殘渣邊說：「嚼刀片就像嚼果乾一樣，很有口感呢！」隨後，王針又卸下棚頂還帶溫熱的燈泡，用毛巾包住砸碎，又一片片地吃起玻璃來。在不到五分鐘的時間裡，王針就一邊聊天一邊吃掉了那支燈泡。據指出，王針吃到刀片、燈泡已經有 11 年之久了，目前他已經吃掉了無數支燈泡和幾千個刀片，從未出現過任何異常反應。如今已經超過 40 歲的他，身體健康，什麼毛病也都沒有。此外，在 1992 年的秋天，王針與同事到外面吃飯，盡興之時，王針看到桌子上的玻璃杯，突然像看到美味一樣，十分眼饞，於是他就試著「嚐了嚐味道」，竟然就把一個玻璃杯給吃掉了，然後無任何異樣的感覺。吃玻璃的嗜好就這樣一發不可收拾，每天他都得吃點兒才舒服。王針吃刀片是在 1992 年底，他發高燒臥病在床時突然感覺肚餓，周圍又沒有什麼可吃的東西，於是就順手抓起刮鬍刀片，放到嘴裡嚼了起來，當時「感覺味道好極了，而且好長時間都沒有餓。」王針打趣地說：「吃刀片、燈泡比吃飯還頂餓。」自那以後，王針總是隨身攜帶著些許刀片，以便肚子餓時隨時可以充饑。（王綽中，2003）世上的怪癖奇觀，超出我們所能想像，如上述的吃刀片、喝汽油居然是人類身體構造可以負荷的，實在無法想像這樣的「怪癖」有幾個人能夠「甘之如飴」！

　　據《漢語大字典》，「癖」有二義：其一、潛匿在脅間的積塊。在醫分為食癖、飲癖、寒癖、痰癖、血癖等。其二、嗜好。《字

彙・广部》:「癖,嗜好之病。」由此看來,癖從广部,從第一個
意義衍生出第二個意義,其間都蘊含著病變的字源,而且是因量
過多而病變。現代西方醫學的普及似乎也使「癖」字在現代漢語
中只剩下第二個意義,並慢慢將脫離了過多不散而病變的意義。
「癖」字演變的歷史本身就是值得注意的文化現象,歷朝字典
裡,向來都只有第一個意義,醫學病變的一種,某一體外之物在
體內形成積塊。一直要到明代《字彙》才出現第二個意義,但依
舊以病看待,稱為「嗜好之病」。以「癖」形容個人獨特嗜好固
然由來已久,但是此字於明代「入典」(列入字典)則有另一層
文化上的意義:經典化,銘刻於經典,使它正當化,被接受認可
成為正統語言使用的一部分。當然,以癖指稱嗜好的用法其來有
自,至少始於魏晉。《晉書・杜預傳》可能是中國癖嗜文化的原
型:「預常稱王濟有馬癖,和嶠有錢癖。武帝聞之,謂預曰:卿
有何癖?對曰:臣有左傳癖。」從這個原型開始,附加於醫學原
義的第二個意義,也是從此出來的文化概念,本身就帶有強烈雅
俗區判的色彩。(邱德亮,2009)「癖」所以為「癖」,應該有三
個特質:偏異、極致、隱密。根本上「癖」的第一個特質:「偏
異」——偏異於一般人的行為、愛好、觀念。或者愛好的事物、
行為沒有那麼「偏異」,但是程度卻極致化了。和「偏異」、「極
致」相關的第三個特質,是「隱密」—不能或不便公開。因此,
中文裡面對「癖」有些非常婉轉的說法。「斷袖之癖」或「龍陽之
癖」,是說同性戀。「季常之癖」,是說怕老婆。「盤龍之癖」,是說
愛賭博。「煙霞之癖」,是說抽鴉片(早先指愛好遊山玩水)。由於
有「偏異」、「極致」、「隱密」這三種這特質,所以過去中文字典
裡把「癖」定義為「嗜好之病」,也就是很自然的事。(黃秀如,
2005:17)

在字典裡，「癖」這個字早期出現於南朝梁代顧野王所編著《玉篇》中的時候，解釋是這樣的：「癖：食不消，留肚中也。」顯然只是指一種消化不良的症狀。

從魏晉南北朝開始，也有人在實際的文字應用上跨出一步，把「癖」不作此解釋，而引伸出和嗜好有關係的意味，但顯然是一種有「毛病」的「嗜好」。後來的字典裡，明代梅膺祚的《字彙》把「癖」解釋為「嗜好之病」是個代表，道出了中國人對這個字很長時間的一種共識。

中文字的本身，給了「癖」一個「病」的歸屬。但是由於中國文化的許多關係，又有一股力量在擺脫「癖」和「病」的關係。白居易在〈山中獨白〉中說：「人各有一癖，我癖在章句，萬緣皆已消，此病獨未去。」教育部掛在網路上的《國語辭典》說，「癖」這個字只保留了兩個解釋：一個是最原始的「食不消」；另一個則是「習性、嗜好」。在生活裡，我們的認知也的確如此。「癖」相當於「嗜好」的解釋，在今天是十分普遍的。因此，最常見的是，我們把「癖好」等同於「嗜好」、「愛好」在使用；「癖性」等同於「習性」或「個性」在使用。（黃秀如，2005：18）

中文的「嗜好」，英文是 hobby，而且很清楚地指出是「業餘的嗜好」（Shorter Oxford Dictionary）。中文代表「嗜好之病」的那個「癖」，英文可以說是 obseeion，也可以說是 addiction，但都不會像中文把「癖」等於「嗜好」那樣，讓 obseeion 或 addiction 的解釋等同於 hobby。同樣地，在中文裡，「戀物癖」、「書畫癖」、「梅癖」、「竹癖」、「茶癖」並用一個「癖」字打發，但是在英文裡，lolicom、fetishism、zoophilia、transsexualism、scopophilia 卻個個都是沒法讓你和任何風雅嗜好有所聯想的個別單字。在英文裡，要表達「習性」或「嗜好」，有特定的字；要表達比習性或嗜好更強烈的一種

耽溺或堅持，有特定的字；要表達心理或生理異常的一種病症，也有特定的字。（黃秀如，2005：18）另外，「上癮」也是常被用來表示一種陷溺某種無法自拔的行為現象，與我們定義為「癖」的習性相同。因為「上癮」（addiction）一詞泰半指的是對藥物依賴上癮者，但是一個人對於某種習慣持續性的熱衷與強迫式的投注，也是一種成癮，因為難以自拔或不想自拔。對身體、器物、或是某種動作與姿勢，有著無可抗拒的迷戀和堅持。許多文明裡都認為左手是「不潔」的，所以宣誓時只允許將右手放在《聖經》上，這也是所有動作的「怪癖」者遭受輕蔑侮慢的歷史淵源。而「戀」字的確稍見文雅，但「癖」則較傳神，癖可以說是某種中性的個別嗜好或習性。（同上，24）

綜上所述，「怪癖」二字的範疇至今愈來愈寬廣。狹義可說是一種病症，原本被視為一種負面現象，或者易引起他人不快的行為；廣義可概括為愛好、喜好、嗜好、或者是西方心理學家所稱的「上癮」或「物戀」，統統可為本研究所認定的怪癖行為。雖然中西對「癖好」的實際看法有所不同，但這些異常行為對人所產生的依賴性影響是有相當程度的共識的。

怪就是異，唐代釋玄應《一切經音義》說：「凡奇異非常皆曰怪。」怪本身是指自然界和社會出現的反常現象。妖也就是怪：「天反時為災，地反物為妖。」（《左傳‧宣公 15 年》）。自古怪異就有兩類；一是災變；一是祥瑞。而環繞災變和祥瑞的不同處，文化的許多要素漸次展開，成為中國古代文化的兩大重要主題。從天命和人為的不同側重解釋怪異的由來，也成為中國古代基本哲學傾向的分水嶺。（林在勇，2005：3-4）

世界上的事物是很奇妙的，並無法用科學來證明一切，也無法用數據來說明，其中複雜性遠超過一般人所能理解想像的。而世上

百樣癖好也沒有一定的規則可循，好比說世界各地怪異嗜吃食人的
「品項」，可不是我們想像中的佳餚，而是千奇百怪的東西，如石
頭、泥土、玻璃、甚至什麼都吃的人。如下面這一則：有些人喜歡
吃石頭和泥土。巴布亞新幾內亞是太平洋上的一個島國，那裡的居
民把幾種岩石當作食品。義大利那不勒斯地區的人至今仍然用維蘇
威火山附近的泥灰岩摻在麥麵裡作成美味「阿利卡」。在中國四川
省有個小男孩從三歲開始，特別喜歡吃石頭，每天的早晨、中午和
晚上都要吃四十克左右。他挑選黃色的泡沙石，先把石頭的表層去
掉，然後再吃裡面乾淨的部分。他對採訪的人說：「吃石頭就像吃
炒花生一樣又香又脆，一天不吃就難受。」俄羅斯遠東地區的有些
少數民族愛吃白黏土，非洲和澳大利亞的一些居民很好客，常用藍
黏土、翠綠黏土招待貴賓，認為這些黏土能「健腦提神」。在伊朗
的食品市場上也有黏土出售。在花園之國新加坡，有個小男孩不愛
吃巧克力、不愛喝水，也可以不吃飯，但他每天非吃一樣東西不可，
那就是紙。如果找不到紙的話，他連鈔票也不放過。美國有個叫莎
莉的姑娘更離譜，專吃五美元面額的鈔票，沒用多長時間就吃了幾
千美元。一個英國婦女的習慣也相當特別，曾在 12 年當中每天吃
一本書。讓科學家大惑不解的是，這些異食癖者的身體卻都很健
康。而更讓人難以理解的是，除了吃毒蛇的人之外，世界上還有食
草成性的人。1987 年 5 月，一個五歲的小女孩坐在地上，一根又
一根地吃著枯萎的稻草。這個小女孩不愛吃米飯、炒菜，也不吃糕
點、糖果，每天卻要吃 0.25 公斤稻草。另外，當地還有一個專吃
青草的小姑娘。1985 年，英國的一個地方法庭開庭審理案件，沒
想到在審訊的時候，被告卻穿了一套警察的制服出庭。原來這叫詹
姆斯的犯人有一種怪癖，他在監獄裡吃光了自己的所有衣物，包括
襯衫、長褲、內褲、襪子和鞋。他穿的警察制服，是辯護律師臨時

向警方借給他的。在摩洛哥一家旅館的表演臺上，一個叫阿蒂的年輕人正大口嚼著一個平底大玻璃杯，把臺下的旅客們都驚呆了。對於阿蒂來說，吃玻璃杯是他最喜歡的一道大餐。他自己形容說，嚼下玻璃杯就像吃脆蘋果一樣痛快，當地人管他叫「嘴裡長出鑽石牙齒的男人。」在他二十歲的時候，他已經吃下過八千多只玻璃杯。醫生從他的 X 光片上，也檢查不出他口腔、胃部有損傷的痕跡，也找不到玻璃的碎末。醫生說，這是醫學上無法解釋的現象。美國還有一個「什麼都吃的先生」，名字叫洛圖鐵。他從 1986 年開始，已經吃下了十幾輛自行車、一輛超級市場的手推車、七臺電視機、六盞大吊燈，甚至整架報廢的飛機。洛圖鐵曾經向人們表演他吃鐵釘、刀片、螺絲帽、杯子、盤子，他就像吃點心一樣把這些東西嚥到了肚子裡。為了證明他的表演是真實的，醫生對他進行了 X 光檢查，結果發現他的胃裡真有一大堆金屬。洛圖鐵說他有不怕疼痛的本領，十六歲的時候開始吃玻璃，結果毫無損傷，從此以後金屬玻璃就成了他的家常便飯。他平均十到十五天吃一輛自行車，四天到八天吃一臺電視機。醫學家曾經對他進行過專門研究，發現他的牙齒和消化器官比普通人厚一倍，所以在吞金屬和玻璃的時候不會受傷。

更離奇的是，美國有一位名叫蓋倫‧溫澤的核動力工程師，是個年近半百的核能源專家。他有個令人吃驚的嗜好，就是每天要喝一些含有氧化鈾的核廢料溶液。多年來，他已經自己「處理」了約五百公斤核廢料。（康克林〔S.R.Conklin〕，2004：44-48）

原本的癖給人有負面意義的印象，那是因為沒有癖好的人以自己的所「無」去評斷的結果，其實它就存在那裡，別人憑什麼說不可以？而現在我們或許還無法理解那些怪異的行為，但是應該學著包容它們，視野才會開闊。

第二節　文人怪癖

　　從一般的怪癖再縮小範圍，就到了文人怪癖。「文人」在字典裡頭通常是指有文德的人或從事文學創作的人。在本研究中特指於文學領域中佔有重要一席之地的文人，而這樣的文人有著不為人知的特殊「怪癖」。文人怪癖，自古以來都在各類軼文傳記裡保存著。因此，依循此一途徑來探究它的關係脈絡。

　　晚明時期，對文人的偏執性格，作完整而細微的類型整理與描述者，莫過於程羽文了，他在《清閒供・刺約六》中指出：「癖：典衣沽酒，破產營書，吟髮生歧，嘔心出血，神仙煙火，不斤斤鶴子梅妻；泉石膏肓，亦頗頗竹君石丈，並可原也。狂：道旁荷插，市上懸壺，烏帽泥塗，黃金糞壤……並可原也。嬾：蓬頭對客，跣足為賓，坐四座而無言，睡三竿而未起，行或曳杖，居必閉門，病可原也。癡：春去詩惜，秋來賦悲，聞解佩而踟躕，聽墮釵而惝恍，粉殘脂剩，盡招青塚之魂……病可原也。拙：志惟對古，意不俗諧，飢煮字而難糜，田耕硯而無稼，營身脫腐，醃氣猶酸，病可原也。傲：高懸孺子半榻，獨臥元龍一樓，鬢雖垂青，眼多泛白，偏持腰骨相抗，不為面皮作緣，病可原也。」論癖、狂、嬾、癡、拙、傲等，都屬於逸出尋常人的行事作風，倘若在日常生活中與人相處，很可能遭受旁人的排斥，但程羽文一再說「病可原也」，以珍惜欣賞的口吻，一一拈出了性格類型。（毛文芳，1998）有病，才有情趣，才有鋒芒，有與世俗不同處，不為世俗所影響，也才沒有世故態的人格。於是從這個觀點，癖同狂、嬾、癡、拙、傲一樣都是另一種品味。（邱德亮，2009）宋王觀國羅列史上各式嗜癖，作為莘莘學子常用的工具書，《學林》不

只概括文人著名的癖好，以使讀書人具備基本的文學常識，同時學子們「凡人有所好癖者，鮮有不為物所役」，此句已揭示癖嗜文化該有的倫理規範，以及理解這些案例應有的態度。然而，王觀國不免為文人最高雅的癖好辯護：「雖皆不免役於物，而校其優劣，則好聚書者為勝也。」癖好在明代文人之間，不再只是附庸地倚靠援引古賢逸士藉以正當化的嗜好，而進一步能理直氣壯地高聲宣稱，並以此為榮為傲。他們以不同方式，不同語藝為癖好辯護。（邱德亮，2009）

　　袁中郎也有這樣一種珍惜的心情，他認為「世人但有殊癖，終身不易，便是名士，如何靖之梅，元章之石，使有一物易其所好，便不成家」。如果林和靖不獨愛梅，米元章不獨好石，便不能成為千古名士。而文人對這樣對事物精神專篤不一的程度，可說已到了如「癡」如「夢」的境地，甚至可謂其為「殉」或「溺」。袁中郎將那種對事物嗜癖專一至以性命相許的如癡狀態，稱為「溺」，即使為酒荷鍤、為書掘塚、為禪斷臂，都在所不惜。（毛文芳，1998）

　　文人怪癖除了呈現出不同的樣貌，也反映出某種的宣洩意念和想望，更為了要建立一種不同流俗的態度，這事有其背後因素在的，也讓他人有不一樣的觀感，並期待他人仿效，進而認同自己。如：

> 大仲馬除了小說以外，也擅長用各種文體寫作，特別的是他常以特定的顏色來代表一種文體，比如：寫小說用藍色稿紙，寫詩用黃色紙，寫散文則用淺紅色紙。另一位大師福樓拜，寫作時往往一張十行的稿紙只寫第一行，留下九行空白，寫作行徑令人費解，有一天跟隨他寫作的莫泊桑（後來

也成為法國知名大作家）忍不住問他：「這樣不是太浪費了嗎？」福樓拜回他說：「空下的九行是留著修改用的。」由此可見一位大師對自己作品的嚴謹態度。另外福樓拜習慣白天休息，晚上則挑燈寫作，從他書房裡徹夜透出來燈光，還成了塞納河夜船的「航示燈」。（釋妙蘊，2005：17）

尼采曾經奉勸想成為天才的人：「不要吃晚飯、不能喝咖啡。」這樣的說法自然是來自天才專注的是精神世界；然而天才真的是餓出來的嗎？挪威作家漢姆生可不這麼認為，他說：「我早就發現，只要連續餓上幾天，靈感就會枯竭。」正如亞里斯多德說的：一頓美味餐點之後，彷彿血液全湧向大腦，很多人因此成了詩人和預言家。（同上，70）

每個文人的怪異處當然是「自成一格」，甚至進一步想影響、改變他人。不過，看來文人自有自己面對潛在看待的方式，如：

尼采曾自問自答的說：「我為什麼如此聰明？因為我對德國飯菜一點也沒興趣。」理由是德國的飲食會讓人舒舒服服的撐壞肚子，他並且奉勸想要和他一樣成為天才的人「不要吃晚飯、不能喝咖啡。」尼采的建議並沒有傳到巴爾札克的耳裡，因為他之所以能寫出一部接一部的知名小說，靠的正是咖啡的幫忙。（釋妙蘊，2005：70）

要怎樣才能檢查自己是否已經有某種「嗜好」，明末湯賓尹已經給我們提供了一個答案：「誠有癖則神有所特寄。世外一切可艷之物，猶之未開其鑰，何自入哉？凡貴賤、窮通、得喪、毀譽，動能驅遣人意，與之為喜怒者，其人皆胸中無癖也。」

也因為如此，他最後下了一個結論：「士患無癖耳」。（黃秀如，
2005：18）

因為士人是中國古代人文知識分子的統稱，這些人對社會必然
產生一定的影響力；況且他們透過知識的學習，在傳播文化、政治、
學術傳播等，他們也是國家政治的參與者，又是傳統文化的創造
者、傳承者。所以文人在當時是一群特有的身分，也是獨有的精英
社會群體。

當然，文人所以會讓人有「反常」的舉止出現，背後所產生的
動機可能是一般人無法想像的，或者根本沒有理由的、沒有任何的
道理可解釋，因為文人怪癖是「怪」的如此獨一無二，「怪」的獨
具韻味。換句話說，具有「怪癖」特色的文人，更顯得獨樹一格。

第三節　文人怪癖的類型

文人的種種怪癖不可勝數，茲以分門別類如下：

一、嗜酒癖

古代的希臘、羅馬人在談到酒與文學的關係時，特別愛談「酒
神精神」（指人性中渴求幸福和充滿快樂的狂喜本能，象徵浪漫主
義、音樂和表演藝術）在文學創作中的作用。中國是個神話不發達
的國家，酒在與文學的關係上還沒有上升到「神」的位置，但是它
對作家文思或詩興的催化有著重要作用。「單純」的酒鬼很難留下
佳名。（王學泰，2003）

表 3-3-1　嗜酒代表人物及其嗜酒行為

代表人物	嗜酒行為
曹操	曹操曾稱道酒的功德：「何以解憂？惟有杜康。」（姜伯純，1986：32）
三國鄭泉	他只想每天有五百斛船裝滿美酒就行。他臨死的時候說：「我死了以後把我埋入土中，不要裝棺材，好讓骨頭化成泥土，用它製酒壺，我就很高興了。」（姜伯純，1986：32）
五柳先生陶潛	他對親友說：「我只想做個小官，能夠喝醉酒就好了。」他到了縣裡，就實行他的計畫，把縣裡所有公田，都種秫穀（就是黏稻，可以釀酒）。他對人說：「只要常醉在酒裡，我就什麼都滿足了。」（鄭慧文，1986：63）
劉伶	《世說新語·任誕》記載：「劉伶病酒甚渴，從婦求酒。婦捐酒毀器，涕泣諫曰：『君飲太過，非攝生之道，必宜斷之！』伶曰：『甚善、我不能自禁，惟當祝鬼神自誓斷之耳，便可具酒肉。』婦曰：『敬聞命。』供酒肉於神前，請伶祝誓。伶跪而祝曰：『天生劉伶，以酒為名，一飲一斛，五斗解酲。婦人之言，慎不可聽。』便引酒御肉，隗然已醉矣。」劉伶常縱酒放達，或脫衣裸形在屋中。人見譏之，伶曰：「我以天地為棟宇，屋室為昆褌衣，諸君何為入我褌中！」其放浪形骸，可見一斑。（饒宗頤，1969：550-551）
酒中仙李白	李白不但是位謫仙詩人，也是位如假包換的酒仙，他高興的時候要喝酒，失意的時候要喝酒，相聚的時候要喝酒，別離的時候更要喝酒，無時無刻他都活在酒的世界。但是他的酒中世界是清醒的，是高雅的，套一句現代話，那就是「酒品很高」。（大師，2006）
杜甫	杜甫的酒癖，大約無人可出其右。他的全部詩作約一千一百餘首，談到飲酒生涯的，至少佔四百首之多，可知酒與杜甫如何密切了。《新唐書·杜甫傳》說：「遊嶽祠，大水遽至，涉旬不得食。縣令具舟迎之，乃得還。令嘗饋以火炙白酒。大醉，一夕卒。」所以他也是因酒致命的。比之李白，要更嗜飲得多。即使愛酒如狂的陶潛，恐怕也要退避三舍了。（黃守誠，1974）
張旭	張旭三杯草聖傳，脫帽露頂王公前，揮毫落紙如雲煙。（王學泰，2003）

張翰	《世說新語・任誕》中記載,西晉時的張翰(字季鷹)為人荒誕,貪杯好飲,與阮籍相似。有人勸他說:「你只追求一時的享樂,難道不考慮身後的名聲嗎?」張翰回答說:「使我有身後名,不如即時一杯酒。」(王學泰,2003)
阮籍	阮籍聽說步兵廚多美酒,營中還有位善釀酒的師傅,於是便託人求「步兵校尉」一職。(王學泰,2003)
蘇軾	蘇軾的詩詞歌賦為大家所熟悉。〈水調歌頭〉中的「明月幾時有,把酒問青天」。蘇軾嚮往的是品味酒中之趣,得到的是微醺的風味,正如他在〈真一酒〉中所形容的:「曉日著顏紅有暈,春風入髓散無聲。」(王學泰,2003)
與謝野晶子	根據其長男光的回想,晶子疲倦時,會再睡前喝一杯冷酒,這時的晶子看起來很愉快。晶子飲酒,〈亂髮〉中有詠酒之歌,「杯中深紫虹相映,初春美人細蛾眉」、「薄紫瓊漿色絕美,但忘今生無常事」,酒時常出現。(嵐山光三郎,2004:107)
石裕	愛喝酒的石裕釀了數斛酒,等酒熟了之後,脫衣跳進酒池裡,盡情浸泡而後出。他對弟子說:「吾生平飲酒,恨毛髮未嗜其味;今日聊以設之,庶吾厚薄。」(殷國登,1986:198)

二、戀物癖

　　腳和鞋子不只是用來走路而已。腳、腳趾、還有穿戴在腳上的物品,最容易引起人們的性愛幻想。忘了小腿、臀部、胸部和大腿吧,只有腳才能讓人怦然心動。一項歷時最長、規模最大的戀物傾向研究顯示,看到腳就會興奮莫名的人比迷戀頭髮的人多了七倍;而看到腳上穿戴的物品(包括鞋子和襪子)就會心跳加速的人,比瞄到內衣就呼吸急促的人多了三倍。研究人員表示:「腳以及那些與腳部相關的物品,是最為普遍的迷戀對象。其中腳和腳趾、襪子和鞋子最受人喜愛。」(羅傑・多布森〔Roger Dobson〕:

2010：165）義大利波隆納大學（University of Bologna）的研究人
員說：「一般來說，戀物傾向指的是人們因某些物品的刺激而產生
性慾，但是這種迷戀程度還不到戀物癖的診斷標準。在很多情況
下，人們只是藉由這些物品來增進情趣、或是提高滿足感，並不
是沒有這些物品就興趣缺缺。」（同上，166）然而，科學家仍然
不清楚人們為什麼會發展出對物品的性偏好，也不知道這些性偏
好究竟是如何產生。有人認為，由於腳和生殖器都是由同一個腦
區所管轄，因此二者在認知上可能會產生重疊。（同上，167）例
如史努比裡的查理‧布朗似乎總是在尋找他的破毛毯，他的戀物也
許原來只是和同伴間嬉遊的儀式，但是終於變成查理‧布朗焦慮的
來源。惠特曼（Walt Whitman）的一首詩〈有一個小孩外出〉寫著
「……他注視著第一個物體／然後變成那物體／物體也成為他的
部分／在當天或當天的某個時辰／或在延續多年的反覆循環中」。
我們成長，就如同外出玩耍，隨身攜帶著一條舊毛毯。有時它會就
此被遺落在某處，但總是會再找到一條新的。（黃秀如，2005：24）
其他如：

表 3-3-2　戀物類型與戀物行為及其代表人物

戀物類型	戀物行為	代表人物
愛鵝癖	山陰有一道士，也養了一群羽毛很美的白鵝，被王羲之在無意中見到了，於是徘徊不忍離去，堅請道士轉讓給他。可是道士不肯，除非王羲之替他抄一部《道德經》。為了要得到這群鵝，王羲之欣然應命，從上午一直寫到下午才寫完，帶了一群白鵝歸去。（方時雨，1986：15）	王羲之
竹癖	《晉書‧王徽之傳》記載，魏晉時代的「竹林七賢」，以喜歡在竹林中聚會而聞名。著名書法家王羲之的兒子王徽之，據說有一段「何可一日無君」，就是不可一日無竹的佳話。（邵毅平，2005：84）	王徽之／竹林七賢／蘇軾

	蘇軾的〈於潛僧綠筠軒〉詩,對於自己愛竹的癖好作了誇張的表現:「可使食無肉,不可居無竹。無肉令人瘦,無竹令人俗。人瘦尚可肥,士俗不可醫。旁人笑此言,似高還似癡。若對此君仍大嚼,世間那有揚州鶴。」(同上,84)	
花癖	一次聽說貴侯家有山茶花一株,花大如盌,張籍忖度一下覺得不太可能到手。便用自己的愛姬柳葉作為交換。不時人稱為「花淫」。(黃秀如,2005:32) 宋朝宋伯仁有「梅癖」,而這個雅癖也使他完成了《梅花喜神譜》一書,是後代畫梅者的參考經典。此書同時也是宋代版書的精品之作,曾先後經士禮居、藝芸書舍、滂洗齋收藏。(同上,33)	張籍／宋伯仁
刀劍癖	有刀劍癖的阿根廷小說家波赫士(Jorge Luis Borges)在《小徑分岔的花園》的序言中說:「寫作大部頭的長篇是一種怪癖,既辛苦又受窮,而且是把一個幾分鐘就能說清楚的意思膨脹到五百多頁的胡鬧。」(黃秀如,2005:36)	波赫士
石癖	米芾愛石成癡,據說他到漣水當官時,見到一塊模樣像個老人四的巨石,連忙具衣冠拜揖,喊他為「石兄」!狂癲怪癖,可見一斑。(國文天地編輯部,2001)	米芾
瓶癖	有「瓶癖」的袁宏道,為此寫下了《瓶史》,書中稱:「余觀世上語言無味面目可憎之人,皆無癖之人耳。若有所癖,將沉湎酣溺,性命死生以之!何暇及錢奴宦賈之事。」(黃秀如,2005:34)	袁宏道
古器癖	趙明誠、李清照夫妻倆坐在屋裡烹茶喝,指著堆積的書史,說出某一件在某一部書裡、在某一卷裡、第幾頁和第幾行,以說對與否來賭喝茶的先後。(王序,1974:207)	李清照
古書畫癖	米芾除有「石癖」外,更有「嗜古書畫之癖」,每次看到別人所藏佳品,必定要臨摹幾份,日後則以此換得其他佳品。一次與蔡攸一起觀賞王衍字帖,米芾看後便將捲軸納入懷中,起身就要投河自盡。蔡攸一問之下,米芾答道:「生平所蓄,未嘗有此故寧死耳!」蔡攸不得已只好將字帖送給米芾。(黃秀如,2005:33)	米芾

| 藏書畫癖 | 元朝趙夢堅有藏書畫癖，一次他以珍貴名畫換得極為名貴的〈蘭亭集序〉完整拓本，狂喜之餘，變連夜搭船回家。不料途中遭遇大風，將船翻覆，他幸得被沖到水淺處而得以站立，只見他緊緊抓住此一拓本，便向其他人說：「蘭亭在此，餘不足介意也。」此後他便在卷首處提了「性命可輕，至寶是保」八字。（黃秀如，2005：33）朱文石，一次為了得到宋刻本《後漢記》，竟用身邊的侍姬作為交換條件。這位美婢曾經以工整的楷書補抄了李清照的〈金石錄‧後序〉，使《金石錄》成為完璧。美婢走時於牆上留下「他日相逢莫惆悵，春風吹盡到旁枝。」（同上，34）清順治年間，有書畫癖的吳洪裕，死前竟囑附家人將〈智永法師千字文真跡〉及〈富春山居圖〉燒掉殉葬，可謂自私之極。所幸〈富春山居圖〉並未燒完，現藏於故宮博物院。（同上，34）葉德輝家中藏書甚豐，珍本尤深藏不露，且絕不借人。為防杜親友開口借書，常於書齋標貼一字條：「老婆不借、書不借」。每年曬書，是生活中的一件大事。訂每年六月為「翻書節」，珍本書中，並夾置春宮書片，為防火災。（王覺源，1989：592、596）段成式有藏書癖，有名言：「借書還書，等於二呆。」堪稱經典。（黃秀如，2005：33） | 趙夢堅／朱文石／吳洪裕／葉德輝／段成式 |
| 書癖 | 宋朝開國宰相趙普對《論語》嗜之成癖，每當他有重大問題時，便取出《論語》苦讀一番，就能解決。從癖好的角度論述，每當趙普讀起《論語》，心緒及思路便隨之平靜、清晰，問題也就迎刃而解了。由此可見，趙普讀《論語》未必獲得什麼解決問題的技巧，但透過這一項癖好，卻能時時獲得一份好心情。（孫凱欣，2008）義大利詩人但丁（Dante Alighieri）一生酷愛讀書，一天早晨，他上街去買菜，未到菜市場，看見書攤上有一本新書，便拿起來看，沒想到竟讀了五、六本。雖然菜沒買到，他卻高興的大喊：「我讀了一些好書！」（釋妙蘊，2005：62） | 趙普／但丁／阿維森納／厄拉多塞 |

	阿拉伯著名學者阿維森納（Avicenna），從小愛讀書，後來他醫道高明名譽滿天下。一天，君主奴赫二世把他請去治病，對他說：「要是能治好我的病，我將以厚禮謝你。」阿維森納為國王治好病後說：「我什麼禮物也不要，只要能讓我到王家圖書館隨意看書，就心滿意足了。」（同上，62） 地理學家厄拉多塞（Eratosthenes of Cyrene）出生於希臘在非洲北部的殖民地昔蘭尼，曾擔任亞歷山大里亞的的圖書館館長，晚年因雙目失明不能閱讀書籍而絕食自殺。顯然他有極為嚴重的閱讀癖。（黃秀如，2005：31）	
棋癖	鄭俠有奕癖，「自已左右守對局，左白右黑，精思如真敵。白勝則左手斟酒，右手引黑勝反是。」（黃秀如，2005：33） 曾國藩每天早上要跟另一個棋迷小兵鮑超對奕；兩人志同道合，天天過棋癮。（殷國登，1986：251）	鄭俠／曾國藩
戀財癖	儉吝成癖的王戎，有一種奇矯的行為，那就是極端的吝嗇，他雖貴為司徒，卻是極端的儉約，因為怕花錢，所以衣著很樸素，也很少出門，專以貯蓄財富為平生樂事。其財富沒有人能比得過他，但他卻每日和老妻忙碌財富的積聚，年過六十，還時時在燈火下用算盤算著自己的財產。（張振華，1993：166）	王戎
狎妓癖	杜牧知道許多歌妓之中，要算紫雲最美，既到那裡，便問李願道：「那一個是紫雲？」李願用手指點，他看了許久，便道：「果然名不虛傳，你應當送給我吧！」於是他一面飲酒，一面作詩，一起興，竟旁若無人。（鄭惠文，1986：140） 溫庭筠是一個詩酒風流的浪漫人物，常與優伶妓女來往。他曾與妓女柔卿往來，一往情深，後來柔卿脫籍，與他同居；當時他的詩有段成式還寫了詩來「嘲飛卿」，戲諷他。（同上，149、151） 周邦彥從小就相當浪漫，行為不大檢點，鄰里人都看輕他。然而，他卻「博涉百家之書」，寫出極好的文章。他的詞，因為專寫纏綿的閨情，因此當代一些名妓都愛唱	杜牧／溫庭筠／周邦彥／柳永／關漢卿

	他的作品。於是他便愈加疏放不羈和柳永一樣，陶醉在胭脂粉堆裡。（鄭惠文，1986：171）	
	與周邦彥相比，柳永更是與妓女為伍，自號「奉旨填詞柳三變」，成為妓女真情與苦難的代言人。	
	關漢卿他說他吃喝嫖賭，樣樣都通，即使打落他的牙，打歪他的嘴，甚至打斷手腳，他依然樂此不彼，唯一能阻止他不上妓院的，是一命嗚呼！（同上，192）	
宮嬪癖	李商隱所以要用晦澀的語句和冷僻的古典，並非好賣弄自己的才華，而是有難言的苦衷，因為他戀愛的對象並非一般的尋常女性，乃是當時道觀中的女道士和皇宮中的宮女。一旦和這些身分特殊的人相戀為人所知道，不但不見容於當時的社會，甚至會招致殺身之禍。（鄭慧文，1986：148）	李商隱
戀纏腳癖	李後主特別喜愛能歌善舞的愛妾窅娘，因而為她構築六尺蓮臺以使她在其上舞蹈，窅娘為加強視覺效果而以布帛纏足，李後主為此深深著迷，此審美觀傳到民間之後，逐漸演變為纏腳的病態癖好。（黃秀如，2005：33） 「嗅女人小腳」，辜鴻銘譯書寫文章時，常右手握管，左手則握女人的小腳，有時且俯首去聞腳香，簡直是高度的色情狂，他稱必如是，才能文思泉湧。（王覺源，1989：493）	李煜／辜鴻銘
瘋茶癖	「吾年向老世味薄，所好未衰惟飲茶。」這是北宋文學家，唐宋八大家之一的歐陽修晚年時寫下的詩句，在感嘆宦海沉浮的同時，也表達了自己一生嗜茶的癖好。（曉晨，2005） 汪士慎是揚州八怪的代表人物，他把嗜茶、愛梅、賦詩、繪畫緊密的結合在一起。有人撰文談到汪士慎品茶的奇妙、考究煮茶水的清淳、講求烹茶法的獨特、選擇飲茶環境的淡雅與感受品味香茗的樂趣，其嗜茶癖很具有時代性，值得分析探討。（潘明寶，2007） 李清照在《金石錄‧後序》上說：「余性偶強記，每飯罷，坐歸來堂，烹茶，指堆積書史，言某事在某書某卷，第幾葉，第幾行，以中否角勝負，為飲茶先後。中即舉杯	歐陽修／汪士慎／李清照

	大笑，至茶傾覆懷中，反不得飲而起，甘心老是鄉矣。」（傅錫壬，1984）	
甘蔗癖	顧愷之喜歡吃甘蔗，但據說他吃甘蔗，總是先從梢頭吃起，慢慢吃到老的一頭。人家見他這種吃法，不免奇怪，問他為什麼如此。顧愷之回答：「這樣可以漸入佳境（越吃越好吃）。」（方時雨，1986：39）	顧愷之
牛心癖	王羲之不僅愛鵝成癖，更嗜吃「牛心炙（烤牛心）」。（黃秀如，2005：32）	王羲之
荷蘭芹癖	德國浪漫主義作家霍夫曼（Ernst Theodor Wilhelm Hoffmann），他在寫童話時將一塊加了荷蘭芹的德國黑麥餅綁在鼻子前面。（釋妙薀，2005：70）	霍夫曼
戀衣癖	在他人的眼中，張愛玲這位「民國初年的臨水照花人」確實是位「奇裝異服」的奇女子，除了像是自創旗袍外邊罩短襖外，更以特例獨行的妝扮引人側目。楊翼編的《奇女子張愛玲》中的有趣記載：她為出版《傳奇》，到印刷廠去校稿樣，穿著奇裝異服，使整個印製所的工人停工。她著西裝，會把自己打扮成一個十八世紀的少婦；她穿旗袍，會把自己打扮得像我們的祖母或太祖母……有人問她為何如此？她說：「我既不是美女，又沒什麼特點，不用這些來招搖，怎麼引得起別人的注意？」（張小虹，1996：80-82） 約翰・濟慈（John Keats）要穿上他最好的衣服來寫詩。（約翰・麥斯威爾・漢彌爾頓，2010：14）	張愛玲／約翰・濟慈
鰻魚癖	齋藤茂吉非常喜歡鰻魚，只要餐桌上出現蒲燒鰻，他就會高興得眉開眼笑。他熱愛鰻魚的程度，已經到了只要有鰻魚可吃，就會覺得「雖然只有那短短的幾分鐘，樹木似乎都變得更鮮綠了。」（嵐山光三郎，2004：126）	齋藤茂吉
煙草癖	培根（Francis Bacon）在《生與死的歷史》中寫道：「在這時代變得如此普遍的煙草……（帶給人們）如許的暗喜與滿足，所以一但吸食了，簡直割捨不下。」首次對煙草上癮的情況作出描述。（黃秀如，2005：34） 芥川龍之介很喜歡抽煙，據左藤春夫表示，他一天可以抽上一百八十根敷島牌香煙。（嵐山光三郎，2004：283）	培根／芥川龍之介

| 嗑藥癖 | 沙特（Sartre）寫作《辯證理性批判》期間，天天不斷服用咖啡、茶、香菸、煙斗、烈酒、巴比妥類鎮靜劑，以及科利德藍。而沙特是把科利德藍當唐果嚼著吃的。（大衛·柯特萊特，2000：115）羅馬皇帝馬可奧里留斯（Marcus Aurelius）有服用鴉片的習慣，除了輔助睡眠、紓解軍事戰役的緊張壓力，也幫他遠離一向鄙夷的俗世之中的情緒煩惱。（同上，39）倫敦東區林立的鴉片煙館，乃是受了狄更斯（Charles John Huffam Dickens）、柯南道爾（Conan Doyle）、王爾德（Oscar Wilde）、羅麥（Luomai）等名家以及許多非名家的小說創作的影響。（同上，45）法國科幻小說家福爾納（Jules Verne），由於患有糖尿病，醫師們判定不宜動手術，醫生用嗎啡緩解痛苦。滿懷感激的福爾納寫了一首十四行詩——這不是他擅長的文體——讚美這為他鎮痛解悶的藥物。
西班牙醫生盧伊茲·布拉斯哥（Lu Yizi. Brad Glasgow）接生了一個死嬰，他吸了口雪茄菸，朝嬰兒臉上一噴，本來禁止的嬰兒竟開始抽動，接著臉部一扭，哭出聲來，這嬰兒就是畢卡索（Picasso）。（同上，100）
歐洲的一些藝術家們，尤其是文學家，曾經嘗試著用毒品來激發他們的靈感和創造力。他們最主要是吸食鴉片，後來也包括嗎啡、海洛因、古柯鹼，以及一般的酒類。這些為刺激創作而上癮的文學家以浪漫主義和超現實主義的詩人居多：德國的諾瓦利斯（Novalis）、英國的德·昆西（de Quincey）、柯爾律治（Coleridge）、慈濟（Keats），法國的波德萊爾（Baudelaire）、戈蒂埃（Gautier）……等詩人。（迪特爾·拉德維希，2005：27） | 沙特／狄更斯／柯南道爾／王爾德／福爾納／諾瓦利斯／德·昆西／柯爾律治／慈濟／波德萊爾／戈蒂埃 |
| 咖啡癖 | 法國文豪伏爾泰（Voltaire），有一位法國醫生形容他是「最顯赫的咖啡癮君子。」（大衛·柯特萊特，2000：19）巴爾札克（Honore de Balzac）為了可以一天連續 18 個小時幾乎不眠不休的撰稿、修稿、校稿，強飲大量的黑咖啡，甚至還將如何沖泡出高濃度的提神咖啡寫在《論現代興奮劑》一書裡，與讀者分享自己多年的心得。而 | 伏爾泰／巴爾札克 |

	巴爾札克在 51 歲即就英年早逝。（巴爾札克，2010：170-171）	
巧克力癖	《索多瑪的 120 天》這一法國情色作家薩德（Marquis de sade）十分迷戀各種巧克力，連坐牢期間都乞求妻子送來巧克力粉、巧克力酒、巧克力丸，甚至還用可可油栓劑來軟便。「我要……一個撒了糖霜的蛋糕，」他在 1779 年寫道：「但希望是巧克力口味的，裡面的巧克力也要黑的像被燻黑的魔鬼屁股。」（大衛‧柯特萊特，2000：26）	薩德
玩具癖	音樂家拉威爾（Maurice Ravel）有「玩具癖」，家裡收藏了為數眾多的諸如發條鳥、報曉雞、音樂盒之類的玩具，後來被人寫成《兒童語魔法》一劇。（黃秀如，2005：36）	拉威爾
鏡子癖	西元 1915 年諾貝爾文學獎得主羅曼‧羅蘭（Romain Rolland），同時也是法國知名的音樂家，他寫作時往往在書桌前放一面鏡子，以便揣摩筆下人物的情緒和表情。（釋妙薀，2005：16）	羅曼‧羅蘭
賭博癖	李清照非常講究生活的樂趣，她喜好玩運用心智的賭博遊戲，到了入迷的地步。她在〈打馬賦〉的序中說：「予性專博，晝夜每忘食事。」（鍾玲，1984）	李清照
戀人癖	但丁一直是位死心塌地的情人，暗戀著琵雅特麗切（Beartice），直到他於 1290 年早逝。幾年之後，他將自己對她的追憶譜成了他的第一部大作《新生》（Vita Nuova）；這部以詩及散文寫成的故事，敘述著他自九歲起就對他一見鍾情。（路易斯〔Lewis R. W. B.〕，2003：13）	但丁

三、潔癖╱汙癖

　　文人中有不少人有潔癖或汙癖的行為，潔癖或汙癖的行為也各具形態，讓人不禁莞爾，或許也反映出文人真摯的一面。如：

（一）潔癖

表 3-3-3　潔癖代表人物及其潔癖行為

代表人物	潔癖行為
白居易	白居易〈新沐浴〉也談到沐浴後飲酒的樂趣。在炎熱的夏夜，雖然搖扇驅暑，但是仍然全身流汗，因此白居易到池潭中洗澡，以石頭為浴床、浴斛，然後帶著清涼的感覺，唱著歌回去睡覺，令他相當愉快。（蔣武雄，2009）
蒲宗孟	《宋史》〈蒲宗孟傳〉說：「（蒲）宗孟趣尚嚴整，而性侈汰……常日盥潔，有小洗面、大洗面、小濯足、大濯足，小大澡浴之別，每用婢子數人，一浴至湯五斛。」像這種人似乎又洗澡洗得太過分了。（蔣武雄，2009）
倪雲林	關於他愛潔成癖的個性，有許多故事傳說：相傳他每天早上洗臉時，都要換水幾次，每天戴的帽子和穿的衣服，都要拂拭幾十次，軒齋外的梧桐樹和假石山，也都常常洗滌，恐沾染塵埃。為了要保持庭院那一片碧綠的苔，如果花謝了，掉在上面，只許用長竿縛針挑取，或用黏黐取出，不使綠苔賤壞。（方時雨，1986：87）
米芾	傳說當他撞見一個名叫「段拂」，字「去塵」的年輕男子的時候，歡天喜地的說：「哇！好傢伙，你既『拂』又『去塵』的，自然是乾乾淨淨的了！真是我的賢婿啊……」於是，就把女兒嫁給了段拂。其實僅僅是名稱，與段拂乾不乾淨，根本扯不關係，米芾如此潔癖，真是令人噴飯。米芾嫁女，沒啥道理可多談，全然是潔癖所造成的。（國文天地編輯部，2001）
森鷗外	學習細菌學的森鷗外，對生食的警戒心很高。不但不喝生水，就連水果也不生吃，要煮過才吃。「父親喜歡煮過的水果，在白色砂糖浸漬下透出淡綠的梅子、橙色的杏子、琥珀色的水蜜桃、艷紅色的天津桃，從出下到漫長夏季的盡頭，這些依序端上父親的餐桌」（森茉莉《兒時日常》）。森鷗外在大正 11 年 7 月去世，最後一餐是水煮桃子。要研究細菌，就必須要了解所有食物中的菌種不可，結果養成了連水果都要煮的極端潔癖。既然討厭生食，蒸好的鰻頭，對森鷗外而言正是理想的食物。（嵐山光三郎，2004：16-17）

| 泉鏡花 | 泉鏡花喜歡吃紅豆麵包，吃前他會用火將麵包兩邊烤過，最後將手指捏著的地方丟棄不吃。蘋果也必須先由妻子將手洗淨後削皮，削皮的手還不能觸摸到。由於他非常害怕細菌，所以無法出外旅行。所有的食物除非煮開他絕對不吃，就連蘿蔔沾醬他也必須煮過才肯吃。（嵐山光三郎，2004：76-77） |

（二）汙癖

表 3-3-4　汙癖代表人物及其汙癖行為

代表人物	汙癖行為
王安石	平日不修邊幅，又不愛洗澡，以致身上長了不少虱子。有一回，他和御史王禹玉一起上朝，有隻虱子一直爬到了他的鬍鬚上他也不知道。宋神宗見了，忍不住望著他發笑。退朝之後，王安石問王禹玉：「皇上為什麼老是望著我笑？」王禹玉把原因告訴了他，他就叫差人把虱子捉掉。王禹玉逗他說：「唉唉，不可輕去！應該獻一句吉利的話，以歌頌這虱子的榮耀。」於是一本正經地說：「屢遊相鬚，博得御覽。」王安石聽了，也不覺大笑起來。（楊明麗，1993：12）
荻原朔太郎	朔太郎不喜歡洗澡，他可以好幾天都不洗澡，即使他母親懇求他洗澡他也不洗，他只要在家裡喝酒，不一會就將酒灑在菜上，然後還把菜撒得整個榻榻米到處都是。（嵐山光三郎，2004：234）
梶井基次郎	梶井基次郎患有肺結核，有一回朋友在梶井租屋處聚會，梶井幫大家泡咖啡，可是咖啡杯卻不夠用，他也只是把自己喝過的杯子稍微沖洗一下就給別人用。有一回，他竟然把人家櫃子裡的東西翻出來大喝，以為有小偷闖入。當他寄宿別人家時，還因為放煙火把榻榻米燒的漆黑，他根本就是個厚臉皮又邋遢的人。（嵐山光三郎，2004：336、338）
菊池寬	他很討厭洗澡，連到溫泉旅館也不洗澡，和服的腰帶綁也不綁地拖著到處走，絲毫不在乎自己的穿著。早晨起床後他不洗臉、不刷牙，也不洗手，就開始大口大口地吃早餐，完全是一副野人模樣。（嵐山光三郎，2004：260）

四、其他怪癖

北宋孫奕著有《履齋示兒篇》，其中有〈癖〉、〈癡〉兩章，稱：「性癖之不同，如人面焉。」（引自黃秀如，2005：33）「人上一百，形形色色」，每個人都有各自不同的面貌、個性與特色；每個人也就有著迥異其趣的嗜好、偏愛和熱中的事物。（殷國登，1986：序11）可見一種癖性反映出一種文人性格。而在上述以外，還有其他類，如：

表 3-3-5　其他怪癖類型與怪癖行為及其代表人物

其他怪癖類型	怪癖行為	代表人物
紙張顏色癖	大仲馬（Alexandre Dumas）以特定的顏色來代表一種文體，比如：寫小說用藍色稿紙，寫詩用黃色紙，寫散文則用淺紅色紙。（釋妙蘊，2005：16）	大仲馬
稿紙留白癖	福樓拜（Gustave Flaubert）寫作時往往一張十行的稿紙只寫第一行，留下九行空白。（釋妙蘊，2005：16）	福樓拜
卡片癖	弗拉基米爾‧納博科夫（Vladimir Nabokov），在三吋寬、五吋長的卡片上寫作。（約翰‧麥斯威爾‧漢彌爾頓，2010：13）	弗拉基米爾‧納博科夫
裸體癖	雨果（Victor Hugo）在目睹了「三十年戰爭」的暴行之後，完成長篇大作《悲慘世界》，雨果自稱寫作必須赤身裸體才能達到文學的最高境界。（黃秀如，2005：35）愛爾蘭詩人謬爾（Samuel Beckett），這位浪漫掛帥的詩作家非得全身脫得赤光才會寫詩。（釋妙蘊，2005：17）佛瑞斯特‧麥唐諾（Forrest McDonald）就在節目裡自曝，他習慣一絲不掛地在阿拉巴馬州家中的陽臺上寫作。（約翰‧麥斯威爾‧漢彌爾頓，2010：13-14）	雨果／謬爾／佛瑞斯特‧麥唐諾

親嚐癖	牛頓（Sir Isaac Newton）除對煉金術有著極端興趣之外，更有一大癖好，那就是對任何東西他都想要親自看看、摸摸、甚至親口嚐嚐。在他的實驗手記裡有108處記載了他所品嘗的各種物質的味道，就是這種奇特癖好所促成的成果。（黃秀如，2005：35）	牛頓
站著寫作癖	英國童話作家卡洛爾（Lewis Carroll）、英國女作家伍爾芙（Virginia Woolf）喜歡站著寫作（釋妙蘊，2005：16）海明威（Emest Hemingway）有站著寫作的癖好。（黃秀如，2005：36）	卡洛爾／伍爾芙／海明威
牛奶癖	俄國知名文學大師杜斯妥也夫斯基（Dostoevsky）吃些什麼？根據他的太太在日記中提到：「我們愉悅的吃了點乾酪、喝茶、吃水果」，這樣的形容在日記中出現不只一次，顯示這是杜斯妥也夫斯基的日常飲食。除此，溫牛奶濃湯也是他喜愛的點心。（釋妙蘊，2005：70）	杜斯妥也夫斯基
戀睡癖	宋人釋惠洪《冷齋夜話》說：「范堯夫謫居永州，閉門，人稀識，面客苦，欲見者或出，則問寒暄而已，僅掃榻奠枕，于是揖客，解帶對臥，良久，鼻息如雷霆，客自度未可起，亦熟睡，睡覺常及暮而去。」（蔣武雄，2009） 北宋初年的陳摶以愛睡覺聞名，他隱居在華山雲臺觀，他用睡覺作「擋箭牌」，推拒那些勸他下山作官的故友，可以一睡好幾個用都不醒。（殷國登，1986：92）	范堯夫／陳摶
腹稿癖	王勃寫文章有一個怪脾氣，就是寫作從不打草稿，下筆之前，預先磨墨數升，然後飲酒，醉後擁被高臥，醒來時立即揮筆疾書，頃刻成篇，不改一字，當時人稱為「腹稿」。（鄭惠文，1986：87）	王勃
騎驢覓詩癖	中唐詩人中，李賀的詩風是最奇特的一個，他受到政治仕途上的嚴重打擊，使他心情萬分愁鬱，每天騎著驢子，教一個小廝背著一個行囊，四處遊山玩水，吟詩作詞。一路上觸景生情寫了一句便往背囊一丟，愈行愈多，觸景愈多，生情也愈多，背囊中積存的詩句也愈多。回家後加以整理，就成了極好的作品。他又	李賀

	精於音律，所作的樂府詩，教坊裡的樂工都給配上曲譜，叫歌女唱歌。他曾做過奉禮協律郎，但仍是終日騎驢外出尋覓詩句不輟，除了喝醉或是遇到喪事，從不間斷。（鄭惠文，1986：136）	
自戕癖	多次「成功的自殺」（或者說「自殺未遂」），對普拉絲（Sylvia Plath）而言好像是一種「詩隱」（poetic addiction），透過對詩的沉溺與痴醉，普拉絲用它來與生命歷程的各種絕望進行影舞式的搏鬥。例如在描寫自己死亡經驗的絕命詩〈邊緣〉（Edge）中，普拉絲以身體分裂、人影分離的方式，跳出了垂死的自己，宛如是深情款意的觀賞他人的死亡，但她又隨即人影重合地進入了自己，進入自己的作品，與自己的死亡融合為一。對許多藝術家來說，這種融合帶來了紓放和解脫，一種為美的清涼。普拉絲以她有限生命中，以極其強烈而鮮明的藝術形式探索死亡體驗。（宋國城，2010：202、227） 1954 年以《老人與海》（The Old Man and Sea）一書獲諾貝爾文學獎，聲望達到巔峰的海明威（Ernest Hemingway），獲獎之後，海明威於 1961 年，在自己家中用他那把心愛的獵槍自殺身亡。（同上，143） 維吉妮亞・吳爾夫（Virginia Woolf）生長在一個富裕的大家庭，父親是執教於劍橋大學的爵士，母親是一位富護理知識並關心貧弱階層的傳統女性。吳爾夫留下了九部長篇小說和無數短篇。1941 年二次大戰炮火襲擊英國，她位於倫敦郊區的住宅被炸毀。而她在寫完最後一部小說《幕間》並留下給夫婿的遺書之後，投河自盡。	希薇亞・普拉絲／海明威／維吉妮亞・吳爾夫
詩癖	南宋詩人杜旃有詩癖，著有《癖齋小集》。（黃秀如，2005：33）	杜旃
餅乾癖	夏目漱石明顯嗜食甜食類，尤其是餅乾。《書簡》中，「啃著餅乾檢查試卷的答案，餅乾一掃而空答案卻毫無進展」、「餅乾吃的太快一個也不剩」。（嵐山光三郎，2004：5）	夏目漱石

香癖	據記載他每次去別人家中作客，走後他所坐過的席子上還能保留香氣三天。（黃秀如，2005：32）每次上完廁所後一定要到香爐燻上幾燻才可罷手。（同上，32）	荀彧／劉季
幽閉癖	犬儒主義的代表人物第歐根尼（Diogenes）長年住於木桶之內。一次亞歷山大慕名來訪，當亞歷山大問他需要什麼時，他只是驕傲的回答：「只希望你閃一邊去，不要擋到我的陽光。」（釋妙蘊，2005：31）	第歐根尼
假想敵癖	最奇特的是挪威劇作家易卜生（Henrik Johan Ibsen），他的所有作品都在瑞典作家斯特林（August Strindberg）的「鞭策」下完成。原來易卜生一向將斯特林當成死對頭，每次寫作時，他一定要把斯特林的畫像放在桌上，這種有趣的寫作怪癖，正是他時時激勵自己寫出好劇本，以迎頭趕上斯特林的方法。（釋妙蘊，2005：17）	易卜生
自戀癖	曹操養子何晏，為人極為自戀，史稱：「晏性自喜，動靜粉帛不去手，行步顧影。」人稱：「傅粉何郎」。（黃秀如，2005：32）加乃子啊！你那如同枇杷般的明眸，為何消瘦？加乃子啊！你不再像小鳥般地低鳴，是因為寂寞的秋天嗎？（大正七年《愛的煩惱》）詩中的她其實是在自問自答。岡本加乃子被戲稱為「青蛙」，臉上的粉厚得讓人想用飯匙刮她。渾身都是贅肉，因為脖子太短，整個人看起來就好像身體上黏著個青蛙臉。經常把自己打扮的閃閃發光，喜歡將十隻手指的八指戴滿戒指的品味，讓人不敢苟同。再加上個性傲慢、任性妄為，從來不知反省自己，讓大家對她感冒。（嵐山光三郎，2004：237、240）	何晏／岡本加乃子
晚禮服癖	狄更斯（Charles John Huffam Dickens）是英國政治家兼小說家，紳士派頭的他一定要穿上正式的晚禮服才寫得出好文章來。（釋妙蘊，2005：17）	狄更斯
樹洞癖	英國浪漫主義詩人雪萊（Percy Bysshe Shelley）的書房和他的詩一樣浪漫，他總是在他的書房──一片松	雪萊

	林裡，找尋一個可以棲身的樹洞，然後像隻野鳥似的窩在裡頭讀書、寫詩。（釋妙蘊，2005：28）	
幽靜癖	同樣在樹林裡，俄國文豪托爾斯泰（Leo Tolstoy）除了找尋靈感，主要是避暑、以及避開頻繁的來訪者。他在家附近的謝樹林中建了一棟小屋子，只讓風聲和蟲鳥聲進去，其他一概謝絕。（同上，28） 法國文學巨將雨果（Victor-Marie Hugo）的書房一樣避開群眾，但是他卻是敞開視野、擁抱世界。他的書房位於蓋納西島最高點的瞭望臺上，天花板和牆壁都嵌上玻璃，可俯瞰碧海、仰望藍天，坐擁一室煙雨晴陽，取名「水晶室」，可謂實至名歸。（同上，28）	托爾斯泰／雨果
另類書房癖	英國知名作家蕭伯納（George Bernard Shaw）的書房真正是個流動工作室，小小的可移動式斗室，冬天時推向朝陽的位置、夏天時推到陰涼的地方，無所謂方位和風水，創作時身心舒泰，寫出好文章就是最好的風水。（釋妙蘊，2005：28） 美國幽默大師馬克‧吐溫（Mark Twain）的文章全出自他那八邊形的小屋子，在這個七面都有窗子的書房中，每一扇窗都是他寫作之餘抬頭休息的風景畫（同上，28），	蕭伯納／馬克‧吐溫
旅館	薩克萊（Thackeray）無法在自己家裡從事寫作，必須在旅館或俱樂部之類的場所才能進行創作。對此他解釋說：「公共場所可以刺激我的大腦運轉。」（約翰‧麥斯威爾‧漢彌爾頓，2010：13-14） 丹麥的童話大師安徒生（Hans Christian Andersen），總是在旅館中完成一篇篇膾炙人口的精采童話，而飯店和旅館都成了他的書房。（黃秀如，2005：28）	薩克萊／安徒生
爛蘋果味道癖	亞歷山大‧波普（Alexander Pope）只有在身旁放上一箱爛蘋果的時候才能寫作，那種腐爛的氣味可以激發他的靈感。（約翰‧麥斯威爾‧漢彌爾頓，2010：13-14）	亞歷山大‧波普

　　楊萬里在〈宜雪軒記〉中稱有癖之人「若病膏盲,若嗜土炭,未意瘳也。」認為「癖」這種病是不容易治癒的。(黃秀如,2005：33)

　　好文章的寫作,大都寓於靈感;而靈感與癖好,又是分不開的。通常每個文人都有一種癖好,這癖好便是靈感的泉源。古今中外文人們的癖好,多半是很怪異、很有趣味的。如宋代文人由浩,寫文章時,必先藏身於蔓草叢生之中,出而揮毫,其文立就。據說盧騷必在太陽晒到頭頂熱烘烘之際,他的思路才能展開。德國哲人席勒,每聞蘋果香味,就文思大發。還有些文人喜歡在恬靜的地方深思,或藉助刺激物以疏通思路。如薛道衡寫文章,必先隱坐空室或面壁而臥;法國大文豪大仲馬,寫詩歌、小說、散文,要用個別固定顏色的紙張;匈牙利小說周開,一定要用紫墨水,才能寫出文章。最有趣的:有些人在寫作時,脫下鞋襪,一手寫、一手弄著腳趾(或說是章太炎)。一個純粹的文人,寫文時有其癖好,又何足怪?(王覺源,1989：79-80)而這還得跟文學創作連著來看,才知道怪癖的作用「何其大」,豈能小看!

第四章　文人怪癖與文學創作的
關係之一：直向

第一節　嗜酒直接影響文學的創作

　　文人怪癖與文學創作的關係，不出直向、辯證和相斥等情況（詳見第一章第三節），本章就先談其中的直向關係。

　　所謂直向關係，是指文人怪癖對文學創作的影響，透過刺激物對創作產生較快速的反應，在距離上也較短，讓作品可以立即性的呈現。圖示如下：

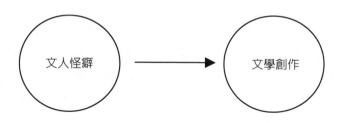

圖 4-1-1　文人怪癖與文學創作關係圖

　　此種直向的影響情況，又包含直接、間接／輾轉或自覺不自覺等等。本節先說直接影響的情況。酒為何會影響文學創作？因酒的影響力較大較直接，是一種強力的催化劑，對文學創作歷程

較短暫（也就是喝了馬上會有作品產生），所以才判定嗜酒會影響
文學創作。

　　當然，這種情況不是絕對的。它也可能會是間接或輾轉影響
文學創作、以及自覺不自覺影響文學創作，但因為催化劑的作用，
所以大多情況下可以把它看成文學創作的觸媒。

　　另外，嗜酒為直接而非間接／輾轉，是因為文人受酒精的催
化，是快速而直接的。但戀物為何不是直接而不是間接／輾轉？
那是因為文人在戀物上，受到「物」的刺激是長期性的影響，所
以是輾轉或間接而非直接性。因為在第二節的戀物中輾轉影響是
指對文學創作有周折性、循環反轉的，有一定時間累積所造成的影
響；而間接則是指文人在創作上從戀物中非直接獲取而是有階段性
的影響，所以嗜酒是屬於直接而戀物則屬於間接或輾轉的影響。

　　本章從嗜酒文人來探究與其文學創作關係，當中以幾位嗜酒
文人為代表人物。

　　因為在第一章中，已有說明無法羅列全部的文人怪癖，也沒有
辦法普遍指涉，在簡擇與詮釋上的標準難免會帶有個人主觀的價值
判斷，無法絕對的客觀，只能挑選其中一部分有代表性來討論。

　　我們知道，「天下沒有不好喝的酒，只有不會喝的人」（當代名
作家子于名言）（殷國登，1986：195），這句話對許多「無酒不歡」
的文人來說，想必是一句至理明言。而酒的異名極多，這裡面既有
酒本身的區別，但更多的是人們對它感情的不同。清酒（無酒精者）
叫「釀」；濁酒叫「盎」；酒味厚的叫「醇」；薄的叫「醨」；重釀酒
叫「酎」；一宿而成的甜酒叫「醴」；美酒叫「醑」；未榨的酒叫「醅」；
紅酒叫「醍」；白酒叫「醆」；稀粥稍發酵而有酒味叫「酏」。那些
「瓊漿玉液」、「玉醴金漿」都是屬於文學語言了。至於滲透著人們
感情的別名也很多。如讚美它的稱為「美祿」、「歡伯」。曹操禁酒，

人們不敢公開談論酒，於是就給酒起了別名。例如經過過濾，除去酒糟的清酒稱「聖人」；沒有過濾的叫「賢人」。又如較佳的酒稱為「青州從事」，次酒稱為「平原督郵」。佛家的「五戒」就包括戒酒，一些出家的僧人不能忘情於酒就稱為「般若湯」，指它可以使人增長智慧。（王學泰，2003）

如陶潛因政治時事的刺激，終於使他縱情詩酒。從此他天天喝酒，無論相識的不相識的，只要有人肯請他喝酒，他總是要去的；而且每次喝酒，必定喝的大醉才回，所以他一天到晚，總是醉醺醺的。他本來不想再見權貴，但是為了酒，終於也違反了他的初志。他除了只想喝酒，其他什麼都不要求，甚至鞋子破了，也不想再做一雙。州刺史王弘經常送酒給他，他想多喝幾天，便滲進一些春秫的水。可知他是多麼愛喝酒，又是怎樣窮的沒有錢買酒呢！（秦漢唐，1994：236-266）如〈醉後〉：「阮籍醒時少，陶潛醉日多。百年何足度，乘興且長歌。」在〈賞春酒〉：「野觴浮鄭酌，山酒漉陶巾。但令千日醉，何惜兩三春。」還有歐陽脩在〈戲書拜呈學士三丈〉中提到：「淵明本嗜酒，一錢常不持。人邀輒欲飲，酩酊籃輿歸。歸來步三徑，索莫繞東籬。詠句把黃菊，望門逢白衣。欣然復坐酌，獨醉臥斜暉。」這是歐陽脩以陶潛自居，而陶潛愛酒，也對後代起了一定的影響力。（李辰冬，1984：135-139）

陶潛不僅是晉代偉大的詩人，在整個中國文學史上，也很少有人能夠比得上他所以能有這樣的成就，應該歸功於他率真的性情。他不拘禮俗，加上能避開現實的宦海是非（做官雜事多不能靜心寫作），隱遁於田園自然。（鄭惠文，1986：64）正如當今余光中從在中山大學任教以來，常覺得沒有適度的閑情來做自己，因為他說退休三年以來，在西子灣仍然教課，要演講、翻譯、備課，這些紛繁的雜物，既不古典，也不浪漫，只是超現實，「超級的現實」而已；

不料雜物越來越煩，兼任之重早已超過專任。只是退休後不再開會，真是一大解脫。自己也非常感嘆的道出：啊不，我不要做什麼三頭六臂、八腳章魚、千手觀音；我只要從從容容做我的余光中。（余光中，2005：191-199）

魏晉之際，權爭激烈，士大夫稍有不慎就會捲入政治勢力的混鬥中，往往會因此覆家喪命。因此，尚怪務虛的竹林七賢，也未必個個都「苟全性命於亂世」，還是有人最終人頭落地。所以好怪佯狂的行狀，確實可以被人視為異類；然而文人的怪異以極大的熱情確立這一文化樣式，卻成了另一個可供馳騁智慧的領域，可以孕生實用知識的母體，成為精神翱翔的天地，可以聚攏人心的號召，和善惡操行的鏡子。（林在勇：151、179）

文人的仕途，不可能一路順遂或平步青雲，縱使空有滿腹才華並不表示便可以獲得所要的，如財富、地位、名聲以及權勢。但文人所以以出仕為最終目的，便是認為只有透過這樣的方式，才可進一步改善或改變一切，可惜並非每個人都可一步登天。

李白認為自古就把清酒比作聖人，把濁酒比作賢人，說明聖賢都是愛喝酒的；至於神仙飲酒就更普遍了，不然怎麼處處會有酒仙？既然天與地，聖與賢，乃至天上的神仙都愛酒，那飲酒就是合乎大道，順乎自然，適乎人情的。飲酒不僅使生理上得到享受，產生飄然欲仙的快感，還可以在精神上得到種種滿足。想要得到什麼，酒後彷彿就可以出現在你面前；你如果想排除煩惱與憂愁，酒後就會先煙消雲散。這種樂趣，只有飲酒的人才能得到，不飲酒的人是無法體會的。（謝楚發，1996：245）

李白的飲酒理由有淺層與深層之分。淺層者，指他不假思索，隨手拈來的理由；深層者，指經過認真思考，並用以指導其行動的理由。不過，無論是淺層還是深層，嚴格來說都只是李白思緒的反

映。李白在其〈月下獨酌〉中所寫的：「天若不愛酒，酒星不在天。地若不愛酒，地應無酒泉。天地既愛酒，愛酒不愧天。已聞清比聖，復道濁如賢。聖賢既已飲，何必求神仙？三杯通大道，一斗合自然。但得酒中趣，勿為醒者傳。」（清聖祖敕編 1974：1853）或許是強詞奪理，但也顯出李白的天真幽默與浪漫。李白認為愛酒是天理自然，用不著有什麼愧疚之心。李白說天和地都是愛酒的，人還有什麼不能愛的？你若問他，你怎麼知道天愛酒，地也愛酒？他會回答你：天如果不愛酒，天上怎麼會有酒星？酒星自然是專管造酒的，如果地不愛酒，怎麼地上會有酒泉郡？酒泉郡的泉水不就是有酒味嗎？那地喝下的酒就不知有多少了。（謝楚發，1996：244、246）李白與酒在我們現在認為是一體兩面的關係，有如焦不離孟，孟不離焦般的親密。

　　再從深層理由來看，像老子說過：「天地尚不能久，而況人乎？」莊子說過：「人生天地之間，若白駒過隙，忽然而已。」自從他們的這種言詞一出，「人生如夢」的思想就廣為流行。尤其詩人，更為嚴重。自魏晉以來，這種思想幾乎成了詩歌的一種永恆的主題。李白不消說也得了這種遺傳病，而且似乎比前人想的更深更多。李白如何充分利用和享受這有限的生命？李白有種種追求，而其中最簡便、最易達到目的的，便是飲酒。酒中自然無憂無慮，自有美妙世界。看李白〈襄陽歌〉中的「鸕鷀杓，鸚鵡杯，百年三萬六千日，一日須傾三百杯」所說的，無非就是如此，還有「清風明月不用一錢買，玉山自倒非人推。舒州杓，力士鐺。李白與爾同死生。」（清聖祖敕編 1974：1715）李白這種發自心底的與酒同死生的呼喊，也就是面對人生短促，光陰不再，功名富貴難求，「天之美祿」易得的實現，所作出的避難就易的選擇。這種選擇與其說是李白理

由，不如說是對萬事不稱意的煩惱人生中一種否定與無可奈何。（謝楚發，1996：248-249）

　　古代文人普遍愛好飲酒，也衷情於詠酒，翻檢浩瀚的文籍，便可應證詩與酒的不解之緣。北宋四大家之一蘇軾，一生酒緣甚厚。其沉醉人生，不僅發揮在嗜飲、評酒、釀醅各方面，更寫下諸多與「酒」有關的作品，如〈酒子賦〉、〈濁醪有妙理賦〉等等。精緻的品酒藝術、豐富的酒文化，也寄寓了東坡的人生思想和酒哲學，其中有的作品深蘊作者的憂患意識。在短暫如寄的生命中，難免會遭遇種種的詩意與挫折，諸如感情的變質、仕途的困躓、親朋的聚散，這些不如意倘若無法排除，往往將在內心鬱結成種種愁緒。而「士」的階層，因其學養、理想抱負和社會地位種種因素互相作用，往往是社會中最具憂患意識的群體。實則早在《詩經》篇中已出現藉酒消愁的詠嘆了，當歷代文人廣泛的共鳴，「酒」也成為士人心目中不可替代的「忘憂物」。觀蘇軾酒詩，敘及借酒消愁的部分甚多，如「三杯忘萬慮，醒後還皎皎」數杯澆腸，雖然暫時得醉，醒來之後，皎皎萬慮仍再襲上心頭，但面對這「眾人事紛擾」的世界，「酒」無疑是排憂解愁的最佳良方。（石韶華，2000）

　　但至少還有讓蘇軾開心的事，就是在人生宦途一路崎嶇、在人生的貶謫生涯中，卻還可從容閒適的進行釀酒之樂。而蘇軾雖然酒量有限，卻能玩賞酒中逸趣，一盞在手，自足自得。所以說：「我雖不解飲，把盞歡意足。」以及〈和陶潛飲酒二十首自序〉說：「吾飲酒至少，長以把盞為樂。往往頹然坐睡。人見其醉，而吾中了然，蓋莫能名其為醉為醒也。」其中「以把盞為樂」是自得自適的境界，「為醉為醒」，蘇軾豈有不知而了然於胸？世上醉酒的人，豈真以為酒可以忘憂解愁？「醉時萬慮一掃空，醒後紛紛如宿

草」，酒醒時分，愁苦或倍於醉前，醒醉之間，豈別無樂地？蘇軾
既能玩賞酒中樂趣，雖然酒量不佳，但對酒的鑑別卻有主見，嘗
說：「惡酒如惡人，相攻劇刀劍。」又說：「山城薄酒不堪飲」。「惡
酒」、「薄酒」均不適飲。又《竹坡詩話》載：「潘長官以東坡不能
飲，每為設醴。坡笑曰：「此必錯著水也」。蘇軾有詩，題曰『潘
攽老造逡巡酒，余飲之，云：莫作醋，錯著水來否？』」惡酒傷人，
薄酒不堪飲，醴酒又如作醋加水！為求「歡」、「適」，則只有自求
多福，自行釀製。東坡於釀酒一事，既有心得，又有興趣，在其
詩文中記述較詳細的就有以下，如〈蜜酒歌〉自序說：「西蜀道士
楊世昌，善作蜜酒，絕醇釀。余既得其方，作此歌以遺之。」在
〈真一酒詩自序〉說：「米、麥、水三一而已酒，此東坡先生真一
酒也。」（黃啟芳，2002：7-9）如果不嗜酒，怎麼可能連釀酒也要
親力親為？

　　當今之學者劉武提到：

> 飲酒或解酒憂忿，苦悶的聯係是中國古代飲酒詩的一大特
> 點，這也明顯顯示出中國古代士人飲酒作詩的一種基本心
> 態，或者一種基本主調。這是一種宣泄，也是一種放肆；這
> 是一種越軌，也是一種平衡。（劉軍，1988：166）

　　中國古人透過喝酒尋求某種越軌的滿足，以便使日常傾斜的心
理得到平衡。古代文人所寫的飲酒詩中，那些抒洩苦悶與怨憤之氣
的心聲，似乎比純然滿足於醉酒的歡樂及沉浸在酒肉的饜享中來的
多。（石韶華，2000）可見濃郁的酒香對文人創作的影響是確定的。
而根據上述文人嗜酒狀況，可以下列圖示：

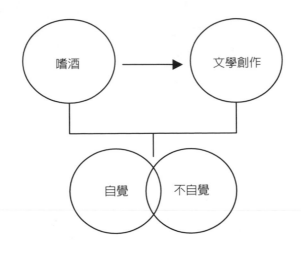

圖 4-1-2　嗜酒影響文學的自覺與不自覺創作關係圖

　　從圖 4-1-1 中可以看出嗜酒的怪癖對文學創作的直接關係。也就是說,在濃烈的酒意當中對創作給最直向的刺激,進而激發創作的靈思。只是當中還可分成自覺與不自覺兩種情況。

　　這可以看出文人為何嗜酒,因為嗜酒所產生的影響力較大較直接,是一種在身體與精神上的催化劑,而透過這樣的催化力量,使文人在文學創作上有更豐沛的撼動力量。有時也讓文人在創作的距離上縮短許多。也就是說,透過「酒精」這樣一個媒介,對於作品的產生有立即的效果。文人博學多的,便會對本身有自命不凡或有任重道遠的心志,期待透過權力的取得,使意圖得以伸展;而這樣的追求,並不是人人都可以達到,失意的仍屬多數。這時文人在憂愁懣悶、憤恨難消之際,只能用酒來療癒;它不一定是澆愁,但絕對可以當作一種心靈上的撫慰。因此,文人嗜酒影響文學的創作關係可以用下圖來概括:

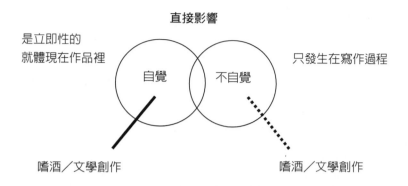

圖 4-1-3　嗜酒直接影響文學的創作關係圖

　　從上圖中，可以顯示出文人創作與其嗜酒的相關性，但在心路歷程上仍有些許的差異。簡單的說，就是嗜酒行為對文人起了文學創作的作用，但在嗜酒／文學創作卻有自覺與不覺的差異。在文人創作自覺部分，可以說是立即性的，文人因心境的起伏不定，所以需要以酒為媒介，在喝了酒以後，不但受到酒精的刺激影響，並且將飲酒中感受抒發於作品當中，在上圖中以實線來表示；而不自覺中的虛線則是指文人在創作歷程中，「酒」雖是孕育作品的推手，但在文學創作中卻不見一個字「酒」字，此為不自覺影響的部分，但卻在實際創作歷程有受到嗜酒癖的影響，也在所探討的範圍裡。試看陶潛〈飲酒〉詩中的第十九首：

> 疇昔苦長飢，投耒去學仕。將養不得節，凍餒固纏己。是時
> 向立年，志意多所恥。遂盡介然分，終死歸田里。冉冉星氣
> 流，亭亭復一紀。世路廓悠悠，楊朱所以止。雖無揮金事，
> 濁酒聊可恃。（陶潛，1996：190）

　　這首詩反映出陶潛政治上的失意心情，因為本身不闇仕途風尚，於是透過「酒」來彌補作為「無」（理想落空）的殘缺事實的替代物，同時也是陶潛所鍾愛的東西。官宦路途並非如原本所想，只好聊且以酌酒為恃。陶淵明所感懷的是宦情未遂的歸隱心志以及可知憑藉的「濁酒」替代物。（邱以正，2009）

　　另外，陶潛也在詩裡表達自己因官場失落感而隱居的心情，如〈飲酒〉第十六首：

> 少年罕人事，遊好在六經。行行向不惑，淹留遂無成。竟抱固窮節，飢寒飽所更。敝廬交悲風，荒草沒前庭。披褐守長夜，晨雞不肯鳴。孟公不在茲，終以翳吾情。（陶潛，1996：190）

　　隱居，不是逃避，所謂「有道則見，無道則隱」，這裡有許多複雜的道理。隱居，正是為天地保存一點乾元之氣，等待由剝而富的時機。當然隱居是辛苦的，除了要耐得住寂寞，還得忍得下心中的不平。如果心中沒有理想，沒有堅持，那能不見異思遷？所以隱居也須有極高的涵養，這叫做「固窮」。（傅武光，1999）這雖沒有提及是否飲酒，但從中可看出陶淵明堅決的自我期許。陶淵明二十首〈飲酒〉詩，其中多篇提到酒，又以醉意朦朧來代替觀察社會的清醒頭腦，所謂「不覺知有我，安知物所貴。悠悠迷所留，酒中有深味。」（〈飲酒〉第十四）正表現他深刻的理智以酒遣悲的情懷。（黃淑貞，1999）

　　中國古代詩人中，李白的豪飲是無與倫比的。倘若說詩是他的生活寄託與精神生命，則酒是他的靈感，詩酒相伴，酒詩相生，詩藉酒膽，酒助詩興，一生留下無數的酒詩佳話。從李白嗜酒與文學創作的關係來看，〈將進酒〉一篇頗能呈現出他的性格和詩風：

君不見，黃河之水天上來，奔流到海不復回。君不見，高堂明鏡悲白髮，朝如青絲暮成雪。人生得意須盡歡，莫使金樽空對月。天生我材必有用，千金散盡還復來。烹羊宰牛且為樂，會須一飲三百杯。岑夫子，丹邱生；將進酒，君莫停。與君歌一曲，請君為我側耳聽。鐘鼓饌玉不足貴，但願長醉不願醒。古來聖賢皆寂寞，惟有飲者留其名。陳王昔時宴平樂，斗酒十千恣歡謔。主人何為言少錢，徑須沽取對君酌。五花馬，千金裘；呼兒將出換美酒，與爾同銷萬古愁！（清聖祖敕編，1974：1682-1683）

這首詩是藉題，發表他的酒論心話，但並不是獨白，而是有幾位知己作陪，因此場面熱鬧。盛唐時代，每個士子都想要見功立業，李白也是備了才能，願為輔弼，但終究落得寥落無成。在酒後出狂言，酒後吐真言，常使人失去禮俗常態而難以控制自己的時候，就會歡喜與悲愁、欣喜與幽憤等千頭萬緒襲上心頭。（黃雅淳，1999）

玄宗晚年本無心於朝政，又有一個頗解人意的文學侍從，每有宴飲遊賞，必攜李白參加，隨時為他賦詩寫辭，以助豪飲之性。李白從草野走進金鑾殿，得以待詔翰林，侍從出遊，自然感到極為榮寵，正如他自己說的：

子雲叨侍從，獻賦有光輝。激賞搖天筆，成恩賜御衣。（清聖祖敕編 1979：1736）

這幾句詩，是他侍從玄宗遊溫泉宮回來後寫給他朋友的。其得意之情，寵榮之心，見於言表。當然這樣的場合也離不開李白最愛的美酒。在供奉翰林期間，多數時間都在隨駕、讀書、飲酒、

遊覽、訪友等事上，自然以參與了一些代草王言等大事。而最有意義的要算寫〈和番書〉了。唐朝與吐番的關係時好時壞，吐番常使用當時不通行的吐番文字，弄的朝廷譯員難以翻成漢文。唐朝怕連一個堂堂大國連吐番文都不認得，怕是有損國格。玄宗立刻要大臣找出一個通曉此文字的人，老臣賀知章認為李白學識淵博，又生於碎葉，與西域人有往來，於是推薦了李白。結果李白在酒店大醉，雖然還在醉中，仍一口氣將信譯了出來。還按照玄宗的要求寫了一封和睦友好的〈和番書〉。一觸即發的一次戰爭危機，就在李白的筆下消除了。真可謂化仇恨為友善，化干戈為玉帛，大大緩解了當時甚為緊張的唐蕃關係。（謝楚發，1996：76-77）

李白醉後，不僅助了他的詩興，更添了他的狂放與傲氣，這一點李白的詩友杜甫早就發現了。所以在〈飲中八仙歌〉說李白：「長安市上酒家眠，天子呼來不上船，自稱臣是酒中仙。」其實李白如此桀驁不馴、狂放不羈，在酒後表現的最充分。所以蘇軾的〈李太白碑陰記〉劈頭一句就是「李太白，狂士也」，並說他「戲萬乘若僚友，視儔列如草芥」。李白所以能狂的起來，酒著實助了他一臂之力。（謝楚發，1996：269-271）

蘇軾是一個情感豐沛的詩人，對家人、兄弟、朋友都抱持著同樣的關懷態度，而在詩中也不乏流露出深刻的情誼，如相當有名的〈水調歌頭‧丙辰中秋，歡飲達旦，大醉，作此篇，兼懷子由〉是他的作品中相當出色的一篇：

> 明月幾時有，把酒問青天。不知天上宮闕，今夕是何年。我欲乘風歸去，唯恐瓊樓玉宇，高處不勝寒。起舞弄清影，何似在人間。轉朱閣，低綺戶，照無眠。不應有恨，何事長向

別時圓。人有悲歡離合，月有陰晴圓缺，此事古難全。但願
人長久，千里共嬋娟。（張夢機等，2000：103）

當時蘇軾的弟弟蘇轍在濟南，詞中敘述了蘇軾乘著月色，喝酒
喝得大醉之餘，所興發的一些感觸，以及對久違了的弟弟蘇轍之間
的思念之情，手足情懷油然而生，於是揮筆而就此篇。文人往往藉
酒消愁，在不如意或是遇到挫折的時候，總是喜歡藉著喝酒，聊以
消解心中的苦悶。（戴忞臻，2003）

對於蘇軾來說，沉醉美酒也是逃離黑暗現實的重要方式。蘇軾
一生歷盡浮沉，新舊黨的夾攻，烏臺詩案的打擊，以及垂暮之年的
一貶再貶，其人生歷程的艱辛與仕途的坎坷，不是一般士大夫所能
相比。在與酒有關的詩作中，不時可見他對現實的不滿、政治失望
及遯世避俗的思想。如〈送劉邠倅海陵〉：

君不見阮嗣宗，臧否不掛口，莫誇舌在齒牙牢，是中惟可飲
醇酒。讀書不用多，作詩不須工，海邊無事日日醉，夢魂不
到蓬萊宮。秋風昨夜入庭樹，尊詩未老君先去。君先去幾時
回？劉郎應白髮，桃花開不開。（引自石韶華，2000）

蘇軾的種種無奈，只好藉酣飲來作精神避難，逃離現實，足見
他對政局憂懼及莫可奈何的心情。（石韶華，2000）

米芾、蘇軾和李公麟這三位宋代名家常常在一起，他們在彼此
家中聚會、喝酒、說笑、作詩，經常半醉半醒。而詩、書、畫最主
要的材料就是兩種液體：酒和墨。中國藝術史上有一次大盛會，十
六位學者齊集在王詵駙馬的府邸中，這就是有名的「西園會」。大
家公認蘇軾喝了酒有靈感，能寫出最美的字畫。黃庭堅曾寫道：「東
坡居士及不惜書，然不可乞。有乞書者，正色詰責之，或終不與一

字。元佑中鎖試禮部,每來見過案上紙,不擇精粗,書遍乃已。性喜酒,然不過四、五已爛醉,不辭謝而就臥。鼻鼾如雷,少焉甦醒,落筆如風雨。雖虐弄皆有意味,真神仙中人。」元祐二年三月康孟師已經出版了蘇家兄弟幾本字帖的複印品,有人發現一卷破紙上有蘇軾的字跡。審視之下發覺是他謫居黃州期間半醉寫成的〈黃泥坂詞〉。有些地方字跡模糊,連蘇軾都認不出是自己的傑作。(林語堂,1993:274-276)

綜觀來看,中國文人對酒產生了一定的依賴性,而酒也對文人在作品上造成了一定程度的影響力;但是反過來看,不僅僅只有中國才有「酒」這類的精神催化物。雖中國酒文化歷史淵遠流長,最早是用來作為祭祀祈禱的用品之一,但西方難道就沒有此佳釀嗎?西方美酒也是不可勝數的,如葡萄酒、威士忌都是醇美飲品。因此,可從前章所觀察到的,為何在酒癖的部分,以中國文人為多,西方文人難道就不嗜酒、愛酒、瘋酒嗎?這可從文化差異上來看,中國文人是須藉著晉升權力階層,而到達權力的核心位置,所以必須努力追求仕途,以達到目的,甚至是一種交際應酬的手段;但在不順心、失意絕望之際,只好投身酒鄉,藉酒精暫時的麻痺受創的身心靈。然而,西方的文人難道不嗜酒嗎?他們也飲酒,只是他們更多的是酷愛沉醉在嗑藥、咖啡癮上。在前章有提到西方文人創作來源的癖好是較多反映在嗑藥、咖啡與煙草上面,不管其刺激源的原因如何,都是為了讓這些創作者有別於以往、更勝平時的創作力量。如巴爾札克就是典型的例子,他因堅持不改酷嗜咖啡的習慣,致使心臟病的後果提早來到。所以我們可以中西文化來看,對癖好物的媒介是有很大的差異。

文化是一個歷史性的生活團體(也就是它的成員在時間中共同成長發展的團體)表現它的創造力的歷程和結果的整體,當中包

含了終極信仰、觀念系統、規範系統、表現系統和行動系統。（沈清松，1986：24）這個定義包含了幾個要素：（一）文化是由一個歷史性的生活團體所產生的；（二）文化是一個生活團體表現它的創造力的歷程和結果；（三）一個生活團體的創造力必須是經由終極信仰、觀念系統、規範系統、表現系統和行動系統等五部分來表現。這五個次系統的內涵分別如下：終極信仰是指一個歷史性的生活團體的成員，由對人生和世界的究竟意義的終極關懷，而將自己的生命所投向的最後根基，如希伯來民族和基督教的終極信仰是投向一個有位格的創造主；觀念系統是指一個歷史性的生活團體的成員，認識自己和世界的方式，並由此而產生一套認知體系和一套延續並發展他的認知體系的方法，如神話、傳說以及各種程度的知識和各種哲學思想都是屬於觀念系統，而科學作為一種精神、方法和研究成果來說，也都是屬於觀念系統的構成因素；規範系統是指一個歷史性的生活團體的成員，依據他的終極信仰和自己對自身及對世界的了解（就是觀念系統）而制定的一套行為模式，如倫理、道德等等；表現系統是指用一種感性的方式來表現該團體的終極信仰、觀念系統和規範系統等，因而產生了各種文學和藝術作品（包括建築、雕塑、繪畫、音樂、甚至各種歷史文物等等）；行動系統是指一個歷史性的生活團體的成員，對於自然和人群所採取的開發或管理的全套辦法，如自然技術和管理技術。（同上，24-29）

　　經由這樣的定義及限定，文化的五個次系統就可以分派在創造觀型文化、氣化觀型文化和元起觀型文化等三大系統底下（就是每一個系統都可以再區分為五個次系統）。（周慶華，2005：223-225）

　　五個次系統既分立又有交涉，要將它們並排卻又嫌彼此略存
先後順序，總是不十分容易予以定位；又如表現系統所要表達的
除了終極信仰、觀念系統和規範系統等等，此外當還有呈現它自
身，也就是由技巧安排所形成的一種美感特色，而這都在一個「表
現」（將終極信仰、觀念系統和規範系統現出表面或表達出來）
概念下被抹煞或被擱置了。（周慶華，1997：74-75）雖然如此，
這個設定所涵蓋的五個次系統作為一個解釋所需的概念架構，卻
有相當的實用性。文化和一般廣義的文明沒有分別，彼此可以變
換為用。而這倘若要理出一個「規制」化的系統來，那麼把這五
個次系統重新「編整」一下，它們彼此就暫且可以形成一個這樣
的關係圖：

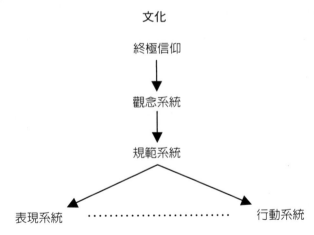

圖 4-1-4　文化五個次系統關係圖

資料來源：周慶華，2007a：184。

　　當中終極信仰是最優位的，它塑造出了觀念系統，而觀念系統再衍化出了規範系統；至於表現系統和行動系統，則分別上承規範系統／觀念系統／終極信仰等（按：表現系統和行動系統之間並無「誰承誰」的情況；但它們可以「互通」〔所以用虛線來連接〕。如「政治可以藝術化」而「文學也會受政治／經濟／社會影響」之類）。這看來就「眉目清晰」多了；而隨後所要據以為論述相關的課題，也因為它「已經就緒」而不難一一取得對應。（周慶華，2007a：185）

　　世界現存三大文化系統，分別是創造觀型文化、氣化觀型文化及緣起觀型文化。創造觀型文化的相關知識的建構，根源於建構者信宇宙萬物受造於某一主宰（神／上帝），如一神教教義的構設和古希臘時代形上學的推演，以及近代西方擅長的科學研究等等，都是同一範疇；氣化觀型文化的相關知識的建構，根源於建構者相信宇宙萬物為自然氣化而成，如中國傳統儒道義理的構設和衍化（儒家／儒家注重在集體秩序的經營；道家／道教注重在個體生命的安頓，彼此略有「進路」上的差別），正是如此；緣起觀型文化的相關知識的建構，根源於建構者相信宇宙萬物為因緣和合而成（洞悉因緣和合道理而不為所縛就是佛），如古印度佛教教義的構設和增飾（如今已傳布至世界五大洲），就是這樣。而這就可以依上述的五個次系統分別填列內含而標出三大文化系統的特色（周慶華，2007a：185）

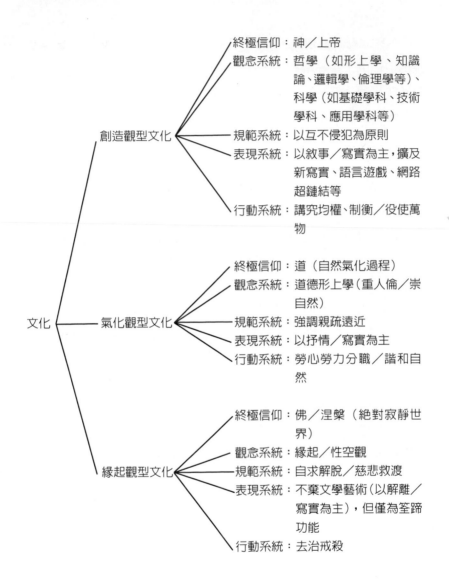

圖 4-1-5　三大文化系統與文化五個次系統關係圖

資料來源：周慶華，2005：226。

　　以上述文化現象來看，為何中方文人怪癖在嗜酒行為上反映出來，但中方卻是沒有嗑藥、吸毒、菸癮等怪癖行為，反觀西方文人，在怪癖行為上並無喝酒但有嗑藥、吸毒、菸癮的嗜癖行徑，這二者雖都是神經刺激物，但對文人在文學創作來說，是有其不同程度的影響。原因是中西方文化性不同。以下除了從文人嗜酒與文學創作的關係來看之外，並將西方文人有嗑藥、吸毒、菸癮對文學創作的影響乃緣於中西方各有不同的文化系統而予以說明如後。

　　飲酒對於文人在文學上創作的影響，除了上述所說的分為自覺與不自覺的反應現象，還有一個是在文人為何會有上述嗜酒原因，也是所要予以探討的重點。

　　中國傳統上是屬於氣化觀型文化，所以終極信仰為道（自然氣化過程），觀念系統為道德形上學（重人倫／崇自然），規範系統強調親疏遠近，表現系統以抒情／寫實為主，行動系統講究勞心勞力分職／諧和自然。因此，依據這樣的文化模式，將上述的說法帶入，探討其中西方文化上癖好的差異。在此先將五個次系統整編為以下關係圖，以便可以看出其中的差異性，並將它們各自的內涵特徵順勢予以條列：

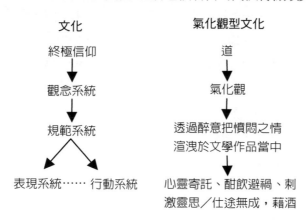

圖 4-1-6　中方文人嗜酒與文學創作直向關係的文化系統圖

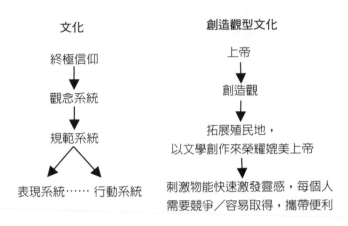

圖 4-1-7　西方文人無嗜酒與文學創作直向關係的文化系統圖

　　由圖 4-1-5 可知，中國傳統文人以追求功業、考取功名為最終目標。由於中國是大家庭的家族生活方式，每一家族成員所推選出的必定是最優秀的人才，背後所擔負的期盼與寄望讓他們只許成功不許失敗，每個人各有各的職務；但各家族與家族間的階層仍有一定的大小，而協助家族內成員向上攀取成功的支持力也有所侷限，所以文人一旦遭遇逐鹿宦途失敗，只能轉而寄託於嗜酒之中。而在大家族中要隱藏自己的情緒，以求和諧自然，只好以酒稍解鬱悶，以氣的渾沌虯結化身融合於家族之中。但文人心中煩悶以及懷有的抱負，飲酒酩醉似乎是心靈寄託的唯一法則，更有甚者期待藉此刺激能開啟靈思運作，有助於創作。而規範系統強調親疏遠近，在此關係下個人的生活範圍也受到很大的限制，文人唯有藉酒精來麻痺自己，並透過醉意把憤悶之情渲洩於文學作品當中。還有在中方的觀念系統是氣化觀，使得中國傳統社會搏成的有如一團氣，不分彼此，乃著重於「團夥為生」；也正因為是涵蓋在氣化觀型文化之下所運做的一切，全都必須在「顧全大局」之下生活，所以個人是沒有隱私空間可言，因此在文人的嗜癖

行為上，必須更要謹慎小心，不能輕意流露出冒大不韙的言行，而危害自己的家族與社會和諧，只好轉而埋首訴情於創作當中（更何況沒有上帝可以榮耀媲美，尋求高劑量刺激物來幫助創作就屬多餘）。

　　至於西方文人在對怪癖的喜好上，與中方文人是大不相同的。如圖 4-1-6 所示，西方是屬於創造觀型文化，在文化五個次系統中，行動系統講究均權、制衡／役使萬物，所以西方文人嗜癖的刺激物如嗑藥、咖啡、菸癮等，這些都是屬於西方所創造出來的物品，不僅容易取得，也方便攜帶，使每個有需要的人「唾手可得」。在表現系統以敘事／寫實為主，擴及新寫實、語言遊戲、網路超鏈結等，使得文人怪癖行為與文學表現，便因為有上述的刺激物而可以更快速的刺激靈感來創作。由於上述的刺激物能快速的反應，所以對西方文人的精神不窘就帶來了更大的衝擊；而從規範系統以互不侵犯為原則來看，西方文人在文學創作上為了可以榮耀媲美他們所崇敬的神（上帝）；並且人與人之間，是單獨的個體，可以盡情的表現，不像氣化觀型文化那樣是大家族的生活型態，必須受到極大的約束。正因為重視個人，所以西方文人更需要在西方社會中相互競爭，以體現上帝造人的美意。由於每個人受造時各有不同的才華，可以表現在不同的領域，如在經濟上發展貿易、拓展殖民；而在文學創作上，便是藉由優越的才華力求精湛的表現。還有西方在觀念系統乃是創造觀，使得個人在文學創作上有不同以往的優異表現，以顯上帝無上的創造能力。至於終極信仰便是上帝／神，期望依恃這些刺激物質的衝擊，可以對文人在文學創作中發揮強大的影響力與激出火花，以不枉費上帝造人的一番「苦心」。

　　酒這種東西，古代稱為「天之美祿」。就是大自然為人類投入它的懷抱，使它得到溫暖，不感到寂寞，而給人類的一種回報。文人在創作上不僅可以無限量地享受這種美味，而且可以將它當作人

生跑道上的潤滑劑與興奮劑，以達到心力與才力的頂點。如李白憑酒增強自己大鵬之志與濟世雄心；憑酒壯大膽量，與禮教、世俗抗爭，與自己的命運抗爭；憑酒盡情表達歡樂、發洩憤怒、掩藏悲哀、排解憂愁；憑酒加發靈感，寫出大量壯麗的詩篇。總括來說，李白如果沒有終身以酒為伴，以酒為命，那麼一離開酒就會感到空虛，人生就沒有意義、沒有光彩。有了酒，就有生機，有了慾望，一切就會變得可親可愛，充滿誘惑力、充滿詩情畫意。（謝楚發，1996：239-240）而這大體上不是西方人所能想像的。

第二節　戀物間接或輾轉影響文學的創作

　　文人怪癖與學創作的直向關係，第二種是間接或輾轉性的。

　　所謂間接或輾轉，是指文人怪癖會影響文學創作的，主要是要戀物部分。也就是對身體、器物、或是某種動作與姿勢，有著無可抗拒的迷戀和堅持，因為難以自拔或不想自拔，所以或多或少都會影響到文學創作。雖然如此，這些異常行為對人所產生的依賴性影響是有相當程度的共識的。

　　戀物為什麼是屬於間接或輾轉而不是直接或自覺不自覺的影響，因為戀物在創作的距離會比較長遠，不如嗜酒有立即性的影響力，所以戀物是間接或輾轉影響文學創作。但這也並不是絕對的，有時候戀物也會立即性影響到文學創作，這裡只是依照比重來作權衡。

　　精神醫學上對戀物癖（Fetishism）的定義是「依賴某些無生命的物件，作為性興奮與性滿足的刺激。」（黃秀如，2004：29）我們活在物質世界裡，我們擁有的東西確實會造成影響。這並不意味著我們是物質主義者。我們開的車、住的地方、穿的衣服、收集的東西、想要的東西都有其意義。畢竟物質可以使我們的生活更舒適

一些，讓我們麻痺一下、提供某種程度的安全感、把訊息傳給別人，
有時候甚至可以讓我們享受幾小時的快樂。（珍・漢默史洛〔Jane
Hammerslough〕，2002：23）戀物是長期影響文人創作的其中一個
特殊的原因，而「戀物」是魅惑於物質賦予的魔力，還是在擁有的
過程中發現了它的本質，而人生有些事與物品發生關係。（同上，
序1）此部分執著戀物，只有些士人對於某種特定的「物」產生執
著性的喜愛。（陳宥伶，2010）

　　戀物者在於長時間浸淫於某物或某人，對特定的事物觸動心
絃，讓文人因此大發創作靈感，可以確定該物對文人有不可抗拒的因
素存在。而我們可以把戀物對於文人創作的直向關係，以下圖來表示：

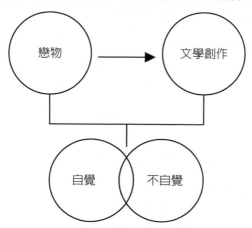

圖 4-2-1　戀物影響文學的自覺與不自覺創作關係圖

　　李清照是歷史上相當有個人特質的一位女詞人，在由她的詩文
作品和事蹟來看，李清照為人真是豪放灑脫，活力充沛、鋒芒畢露。
她的七言絕句〈八詠樓〉：「千古風流八詠樓，江山留與後人愁。水
通南國三千里，氣壓江城十四州。」

　　許多批評家都提到她個性狂傲，這種個性出現在古代女子身上，可說是格外凸出。據她自己在〈金石錄後序〉分析說：「余性不耐，始謀食去重肉，衣去重采，手無明珠翡翠之飾，室無塗金刺繡之具。」可見她並不著意追求上流社會婦女的時尚，反而是在精神與行為上多方面認同北宋士大夫的活動。李清照生長在士族階級之中，影響到她的政治立場和拜國情操，也有利於她個性和才華的發展；而與趙明誠的結合，除兩人志趣相投，互相切磋，趙明誠拓展了她金石學方面的知識和眼界，也豐富了她創作的泉源。（鍾玲，1984）

　　宋人喜歡飲茶，上自帝王，下自販夫走卒，至於文人雅士往往藉飲茶以為嬉戲，號稱「鬥茶」。能懂得「鬥茶」趣味的文人，並不多見。因為鬥茶，第一：必須精於茶理。第二：鬥茶多取上品為之，不是行家，更不無從儲置。而李清照夫婦二人對茶的興趣，二十多年從不曾間斷。至於在李清照作品中，提到「茶」的也不少，都充分表現了她在茶藝方面的修養，如在「晚夢」詩中說道：「嘲辭鬥詭辯，活水分新茶。雖非助帝功，其樂莫可涯。」（傅錫壬，1984）

　　李清照先後同時的周煇記載了一段她南渡之初的軼事：「頃見易安族人，言明誠在建康日，意安每值天大雪，即頂笠披蓑，循城遠覽以尋詩，得句必邀其夫賡和，明誠每苦之也。」這段話不但顯示她詩興不淺、精力充沛，而且她嚮往天地之大，不肯侷限於閨閣之中。此事發生於李清照四十五歲，正值宋室南渡之初，中元大多陷金人之手。而不到一年前，李清照才獨自從山東的青山逃到建康來，投奔任建康知府的趙明誠。那時他們在青州固地十多間心愛的書畫古物，以盡化灰燼。李清照抵建康之時，可以說有國破家亡之痛，又失去畢生的珍藏，但她仍然興致勃勃地在大雪紛飛中，尋求美，尋求詩的靈感，可見其堅強與達觀。（鍾玲，1984）

　　愛鵝成癖的王羲之戀物行徑，讓唐代的大詩人李白曾有詩詠此
事：「右軍本清真，瀟灑在風塵。山陰遇羽客，愛此好鵝賓。掃素
寫道經，筆精妙入神。書罷籠鵝去，何曾別主人。」（方時雨，1986：
15）又有一次，王羲之聽說有一個老太婆，養了一隻很會叫的鵝。
他生性愛鵝，因為鵝一面走、一面叫，頸子一伸一縮，伸屈盡致的
動作，可比使他領悟出許多書法上的筆法。而白鵝那一身高雅的白
色，更令王羲之鍾愛。（王偉松，1980：162）這樣戀物怪癖使得
王羲之的筆法、風格不會一昧的模仿他人，不落窠臼。

　　義大利詩人但丁所寫的《神曲》都是古往今來最偉大的詩，由
某個觀點看，它是本自傳：一個人在故土遭到殘酷的虐待後，找到
了自己並且有所成就的一番經歷。它也是藉韻律對但丁所承襲的整
個文化世界（包括古典的、基督教之前的、基督教的、中古的、托
斯卡那的，尤其是佛羅倫斯的文化世界）所作的一番探索。它也是
在《新生》結尾時所答應的，已頌讚琵雅麗特切・波提納利（Beatrice
Portinari）的長詩。但丁在九歲時，在許多年輕人當中首次看到了波
提納利的女兒琵雅麗特切。他當場就被她迷住了，而實際上在他終
身視覺與詩歌的追憶中都是如此。（路易斯〔Lewis R. W. B.〕，2003：
24、37）所以後來當琵雅麗特切嫁給他人之後，但丁陷入了自責而
惶然不知所往，卻又見到了愛神身影的另一異象，這次是位身著白
衣的年輕人。愛神告訴他——或者我們可以說但丁現在告訴他自
己，不要演戲了，反而要對琵雅麗特切本人寫「一些押韻的詞句」
才行，如此一來才能講清楚「你自從童年起就已久久屬於她了」。但
丁的回應是寫出〈歌啊，我願你〉（Ballata, i'voi），它的開首是：

　　　　歌啊，我願你照到那愛神，
　　　　與他一起去見我的戀人，

你一定要吟唱我的辯白，

如此一來，或許我的主宰然後才可以對她細訴。（引自路易
斯，2003：64。）

這首歌謠繼續說：「她一定得聽你訴說，我相信她對我是氣憤
難平。」愛神必需告訴但丁的戀人，說他一開始便對她一往情深，
而且「從來就沒有移情別戀。」但丁還為這首歌謠添加了一首十四
行詩──〈我所思我所想的全都是訴說著愛情〉。

（路易斯，2003：64-65）但丁很心繫於琵雅麗特切身上，但
她在 25 歲時卻去世了。但丁在琵雅麗特切去世的時間裡，認真地
研習哲學，他在哲學中找尋慰藉；而不可避免的，他發現自己浸淫
在波埃提烏斯所著的《哲學的慰藉》之中。這本書是波埃提烏斯晚
年在帕維亞（Pavia）的獄中所著，其中散文夾雜著詩，描述靈魂
如何透過哲學，而在見到上帝的異象中找到了最後的安慰（但丁在
被判死刑而流亡之際重讀這篇論文，發現他對個人而言更加重
要）。如但丁所記，他也在西塞羅的著作──特別是在〈論友情〉
（De Amicitia）這篇談論友誼的文章中找到慰藉，因為西塞羅文中
對失去心愛者的人提出了睿智的忠告。（同上，87）

除了〈任誕〉中有提到王子猷的愛竹，在《世說新語》中的〈簡
傲〉中有另一條的記載，也可知道王子猷對竹子的愛好與執著：

王子猷嘗行過吳中，見一士大夫家極有好竹。主已知子猷當
往，乃灑掃施設，在聽事坐相待。王肩輿徑造竹下，諷詠良
久，主已失望，猶冀還當通，遂直欲出門。主人大不堪，便
令左右閉門，不聽出。王更以此賞主人，乃留坐，盡歡而去。
（吳紹志，1995：257）

　　竹子的形象在文人心中總是代表著清峻不阿、高風亮節，文靜、高雅的自然品格讓歷代文人不知傾注了多少情感，透過謝朓的〈詠竹〉：「窗前一叢竹，清翠獨言奇。南條交北葉，新筍雜故技。月光疏已密，風聲起復垂。青扈飛不礙，黃口獨相窺。但恨從風籜，根株長相離。」可以很清楚看到竹子在文人心中具體的形象。竹子在魏晉時期似乎是受士人所喜愛的植物之一，許多文人喜歡徜徉在竹林之中，清談品評、飲酒談玄，如《世說新語》中就記載竹林七賢的事：「陳留阮籍、譙國嵇康、河內山濤三人年皆相比，康年少亞之。預此契者，沛國劉伶、陳留阮咸、河內向秀、琅邪王戎。七人常集於竹林之下，肆意酣暢，故世謂『竹林七賢』。」《晉書》中描述王子猷是「性卓犖不羈……蓬首散帶，不綜府事。」可見他的名士風度，是如此任誕不羈，切合當時反對傳統禮教的風氣。史書描寫他不著重於外表，「蓬首散帶」，但是他所喜愛的竹子卻是十分高潔，與他自己的形象產生矛盾，但也因此凸顯出他內心正是如同竹子般的高風亮節，不被世俗所污染，依舊保有文人的理想品格。（陳宥伶，2010）

　　再來看另一個戀物嗜飲咖啡並自許為「文學拿破崙」的巴爾札克，表明立志將用筆完成拿破崙用劍也無法完成的事。其《人間喜劇》是由137部作品組合而成的鉅作，記載了各個階層社會及各行各業的人在全國各地的生活狀況。在簡單敘說故事的背後裡，反映的是作者終其一生的鑽研及思考，一個改革社會的夢想。且巴爾札克說自己一向只喝白開水，也許自己長期喝咖啡的習慣能幫助自己達成研究的目標，因為巴爾札克不喝酒。他自己說，葡萄酒不管我喝多少，在我身上都起不了任何的作用。根據勾芝龍（Gozlan）的記述，巴爾札克只喝水跟大量的咖啡，並不喝酒。「咖啡的作用」，羅西尼對巴爾札克說：「可以延續15至20日」，剛好足夠寫一部歌劇。（奧諾雷・德・巴爾札克〔Honore de Balzac〕，2010：63、87、163）

　　煙草是最晚被發現的興奮劑；再來它的上癮性比起其他興奮劑又是最強的。一開始吸菸，會有強烈的暈眩感。剛會吸菸的人大多會出現唾液分泌過多，往往還伴隨著噁心、嘔吐的症狀。棄這些身體發出的警告於不顧，吸煙者仍我行我素、漸漸適應，這個痛苦的學習過程會持續好幾個月；最後終於像米替達得（Mithridate）那般地取得勝利，進入了天堂。該如何形容菸草所達到的境界？於麵包及菸草二者之間，貧窮的人會毫不猶豫地選擇後者。一些聰明絕頂的人也承認，菸草可以幫助他們度過難關。在心愛的女人及菸草之間，多情的紳士也會毫不猶豫地捨棄美人。（奧諾雷・德・巴爾札克，2010：117、121-123）抽鴉片的行為與鴉片癮也在英國上流社會與中產階級迅速蔓延，鴉片製劑使量增加的元兇是南北戰爭、有專利權的製藥業，以及最重要的一個原因，皮下注射的嗎啡之風行。（大衛・柯特萊特，2000：45）

　　戀物癖的「物」上面，不一定單純的是指無生命的事物，如但丁因為迷戀的女性因而誕生〈新生〉這美妙詩篇。在中方文人怪癖，也有這樣的迷戀對象，但所激起的靈感源頭則是來自「狎妓」。風流詩人杜牧在政治場上，一直鬱鬱不得志，這樣的一個人，處於這樣的一種心情下，又住在當時全國最繁華的揚州，在這樣的地方，他便流連青樓，迷戀女色，成了一位典型的風流浪子，過著偎紅倚綠的生活。（鄭惠文，1986：140）在關漢卿的作品中，我們可以看出一個投身戲劇工作者風流的形象，但是整日在脂粉堆裡打滾，在劇場工作，也豐富了他的社會見識，使他能洞察人生百態，因此在他筆下出現的人物，無一不生動，反映了當時的真實情況，同時廣泛的反映出了元代政治的黑暗混亂以及社會的不合理現象，使雜劇充滿感人至深的藝術力量。（鄭惠文，1986：193）關漢卿的作品《感天動地竇娥冤》，提及當時社會陷入黑暗

之中，善良的老百姓過著悲慘的生活，婦女們被凌虐更達到慘不
堪言的程度。為了揭露黑暗，明辨是非，在當時來說，可以寓宣
教於娛樂之中的，就莫如戲曲了。關漢卿不是苟且圖生之流，「是
箇蒸不爛、煮不熟、捶不扁、炒不爆、響噹噹一粒銅豌豆」（〈不
伏老〉）。在他創作的戲曲汪洋大海裡，喚庸愚、警懦頑之心，昭
然若揭。這就是關漢卿所以從事戲曲活動的主要原因。（丁志堅，
1967：84）在唐代，詩家不僅從妓女身上獲得永不枯竭的創作源
泉，而且還必須藉妓家的歌唱以揚名立世。據統計，在《全唐詩》
收集的四九千零三首詩歌中，有關妓女的就有兩千多首，這表明
唐代文人的詠妓詩在唐代詩歌中已佔有一定的地位了。晚唐時的
妓女施以流於冶艷，更多地帶有末世文人及時行樂、自我麻醉的
病態心理。較具代表性的有杜牧〈遣懷〉。詞起於隋唐，流行五代，
至兩宋於是蔚為大觀，成為「一代之文學」。從詞的起源來看，它
與妓女的關係至為密切。眾所周知，中國文學中詞的體裁是從唐
代妓女改唱格律詩而迅速成長起來的。尤其晚唐詞人溫庭筠，更
將詞這一文學體裁推向新的里程碑。溫庭筠出身貴族世家，但因
其在政治上鬱鬱不得志，官止於國子助教，生活於是趨於頹廢放
蕩。他時常出入歌樓妓院，對於歌妓們的生活情感，有了較深的
觀察和體會，對她們的悲慘命運，寄予了一定同情。（徐君等：
2004：226-229）至宋代，妓女更成為當時辭人綺思麗情的淵藪。
文人墨客紛紛以狎妓為題材，大唱讚歌。宋代為妓家填詞最出名
的首推周邦彥和柳永二人。周邦彥在徽宗時曾提舉為大晟府，時
常在教坊妓館或勾欄瓦舍中度日，他最擅長的是鋪敘歸思離恨，
尤以表現青樓中的風流艷情為能事。其中《片玉集》中的〈少年
遊〉、〈青玉案〉等都是極其穠豔佻薄的名作。與周邦彥相比，柳
永更是日與妓女為伍，自號「奉旨填詞柳三變」，成為妓女真情與

苦難的代言人。正因為他與妓女同為天涯淪落人，具有同樣的情懷與志趣，拋卻了一切道德的面具，進入到平凡的真情之中，使自己在詞的造詣上不斷提高，達到巔峰，佳作迭出，揚名於世。《避暑錄話》說：「教坊樂工，每得新腔，必求永為詞，始行於世。」《樂府餘論》說：「耆卿失意之俚，流連坊曲，遂盡收俚俗語言，編入詞中，以便妓人傳習，一時動聽，散撥四方。」以致在他死後，出現了「群妓合金葬柳七」的動人佳話。宋代妓女不僅是文人詞家永不枯竭的創作泉源，而且在宋詞的內容、音律、牌調格式及傳唱推廣上也都作出了重要的貢獻。（徐君等：2004：230-231）

　　由於戀物的輾轉影響，是指對文學創作有周折性、循環反轉的，是有一定的時間累積所造成的影響；而間接則是指文人在創作上從戀物中非直接獲取而是有階段性的影響。但是嗜酒為直接而間接／輾轉？那是因為文人受酒精的催化是快速而直接的；而戀物為何不是直接而不是間接／輾轉，那是因為文人在戀物上，受到「物」的刺激是長期性的影響，所是以轉轉或間接而非直接性（詳見本章第一節）。只不過間接／輾轉的自覺與不自覺交集的部分，屬於模糊地帶，不便討論，所以只能探討其中有相關的部分。

間接或輾轉影響

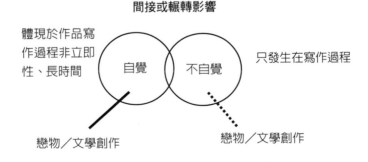

圖 4-2-2　戀物間接或輾轉影響文學的創作關係圖

　　根據以上所述各項戀物為主的文人怪癖與文學創作關係來看，文人創作歷程也可分成自覺與不自覺的差異，因為人對於習慣依賴某項的人、事、物上面來看，是要有一定時間程度上的積累，更是長時期以來對於心靈培育而得出的化育歷程，陶冶文人們的精神，帶給文人靈感以及思維的空間。依戀之物對文人創作的影響來說，自覺主要著重展現在文人的創作過程，對於文人的影響是長時間性的薰陶；其過程上。簡單來說，就是文人在精神上感到滿足愉悅之情，此時文人受到所戀之物的精神感召，激發其創作靈感，都屬文人自覺的範疇。而不自覺與文人創作影響來看，戀物的行為僅限於創作的過程，就是文人在寫作中需要靠所戀的「物」的影響，進而能誘導創作屬此。如怪傑辜鴻銘寫文章時，右手握管，左手則握女人的小腳，有時還會低頭去聞腳香，這樣才有作品產生。

　　李清照在〈金石錄後序〉追憶他和丈夫趙明誠賞完書畫的幸福時光。「每獲一書，即共同勘校，整集籤題。得書、畫、彝、鼎，亦摩玩書卷，指摘疵病，夜盡一燭為率。」這篇文章寫於南宋紹興年間，當時趙明誠已病逝，李清照自己也輾轉喪亂之間，往昔粗衣疏食所覓得的圖籍金石百不存一，但是在她的回憶裡，這些失去的快樂都閃現著無可取代的光芒。（黃秀如，2004：13）這便是屬於自覺的案例。李清照因趙明誠兩人共同的興趣，回憶過往，成了李清照餘生的唯一信仰；加上國破家恨，顛沛流離之際，使她更加懷念往昔。

　　但丁因在智識方面感到豁然開朗，便繼續研讀神學家的著作，他在福音聖母教堂駐足。他在教堂裡受人指導，研讀聖多馬斯‧阿奎諾（Thomas Aquinas）的著作。這位有學問的高僧，死前正要完成其傑作《神學總論》（Summa Theologica）。這部鉅著編入了新近發現的亞里斯多德的哲理，並且實際上將這哲理變成基督教的說法，而為《神曲》提供了基本的教義結構基礎。但丁在城市另一邊

的聖十字教堂的聖芳濟會中心內消磨時間,接受教導研讀聖波拿文
圖拉的秘密主義的論文,其中他所敘述的「尋找上帝的心靈之旅」
這句話,成了他最具影響力作品的題目。波拿文圖拉自己從聖奧古
斯丁那兒吸收了不少有關異象的思想;而由波拿文圖拉產生了《神
曲》中神秘主義的詩歌,他充滿各處,並且委婉地修正了多馬斯‧
阿奎諾極其現實的哲學口吻。(路易斯,2003:87-88)

　　但丁在 1290 年代早期所寫的《新生》,混合著追思與短詩,令
人矚目。但丁在這著作中談到他初次見到琵雅特麗切。他回憶著
說:「她穿著檢樸又得體,顏色至為高貴,繫著深紅色的腰帶,打
扮與她青春年華相得益彰」──想必是戴著適合這個場合及她妙齡
的花環。借用詩人後來的用語:「然後這位男孩整個人,都像『愛
神』無比的力量投降了。」但丁隨著的「愛神」的擺布,「在童年
時期三番兩次」找尋琵雅特麗切,他在他身上看到了「她那高貴又
值得稱讚的舉止,的確只能用詩人荷馬(Homer)所說的『她不是
凡人的子女,而是神的孩子』來形容她」。(路易斯,2003:39)但
丁可以創作如此不凡的作品,來自於對於戀物的自覺影響下,他愛
讀書,喜愛他所戀慕之人,一生為了「它」與「她」而創作,因為
在這樣的刺激之下,長期的氛圍中,帶給了他無比狂熱的刺激與想
像空間,讓人們得以有幸可見《神曲》的誕生。

　　另外,先前所提到有關所戀物的奇癖上,在中方有的戀纏腳癖,
所依戀者無不迷戀甚深。對於辜鴻銘這位最著名的纏足「擁護者」所
迸發的熱情,我門必須透過相當的跨脈絡才能理解。辜鴻銘成了一個
典型,也就是所謂的「蓮迷」或「蓮癖」的老古董。因為在當代的世
界裡,除了他之外,沒有任何一個受過高等教育的人會有這種古怪的
品味。辜鴻銘對於小腳的喜愛,與其說是保守,不如說是其國族主義
的獨特表現,據說他還把纏足稱為中國的國粹。(高彥頤,2007:86)

　　綜上所述，在第一節的部分所探討的是嗜酒對文人創作的影響，而第二節所講的是戀物對文人創作的影響，嗜酒帶來的刺激一般來說來的比戀物更為快速與直接，是創作者需要快速的來麻痺自己的東西；而戀物則不一定很直接會在文人的作品中出現，而且有時文人也不自覺到會帶給自己有何巨大的影響力。因為嗜酒是立即性的催化劑，而戀物除了有一定的時間，更要花費相當大的心力去收集或培養，如古玩的收集，在所戀的「對象」方面，也要恰巧遇到可引起創作的動力來源，並是有距離性的因素，所以可再總結第一、二節來展現出下面這個圖：

直接影響／間接影響

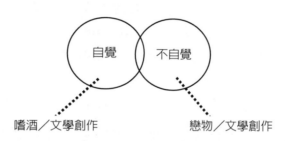

圖 4-2-3　嗜酒與戀物直接、間接或輾轉影響文學的創作關係圖

　　在上圖 4-2-3 的圖示中，從中西方的戀物例子中，發現中西方戀的物品不盡相同，但為何會出現這樣明顯的差異？如中方文人多嗜酒，所戀的物品多半是古玩字畫；而西方所戀大多是菸、藥物、咖啡等，那是因為從中所依照便利性不同而有不同的結果，但從中仍會有互相交集之處，並非表示西方就沒有嗜酒的行為發生。自古中方是文酒不分，但文人愛酒卻各有不同的緣由：（一）有人嗜酒，是為自標風流。（二）有人縱酒，是因失意而強作豁達。（三）有人濟世之志，卻不斷碰壁，志不得伸，於是藉酒自慰。（四）友人詩酒

放懷，乃為恣情所注。（余莭芳、舒靜 1999：74）而嗜酒和嗜咖啡、嗑藥的不同，在於一個可隨時隨地取得；中國的文人大多不得志，才會喝酒。因為文人仕途不順遂，喝酒可以讓其忘掉苦痛、跳脫出環境空間，文人失落寡歡，飲酒是唯一暫時忘卻煩憂的唯一出路。

　　這些文人怪癖的行為，可從文化系統中再細分其中的文化差異，進一步了解中西方在戀物上為何有明顯的喜好差別。由三大文化系統來看，中國傳統文化是屬於氣化觀型文化，而氣化觀型文化中的世界觀是以「陰陽精氣化生宇宙萬物」為核心而有種種宇宙萬物生成變化的或詳或略的說法。由於氣化的隨機集聚和不定性以及容易量產等緣故，使得同時或繼起的相應的觀念也就以分「親疏遠近」來保障秩序化的生活；而要分親疏遠近，當然會以因男女關係媾精而來具有血緣關係的為準據，這樣就搏成了一個以「家族」為基本單位的社會結構型態。而在這一社會結構型態中，個別人的自主性及其活動範圍就受到了很大的限制。而語言這種兼有本體和方法雙重性的東西（前者指語言是人的一種生活方式；後者指人可以進一步使用語言來後設創立或議論事物），自然也就隨著定調範疇了。換句話說，漢民族緣於氣化觀的集聚謀畫的生活型態，在先天上就沒有個別感受組成分子私自說話的餘地，一切都得「顧全」周遭家族人的感受（即使擴大到外面泛政治階層制的聯盟圈，也不例外）。白人世界基本上是一個被創造觀籠罩的世界。這個世界觀預設了一位造物主，而所有受造者（人）凜於造物主個別造物的旨意（而不像氣化那樣的「蚵結」在一起），彼此但以「分居」為最切要的考量（也就是白人世界是以「個人」為社會結構的基本單位），以致說話就只侷限於所要互動的對象。由於創造觀有這些特徵（包括轉體悟造物的美意而積極於模仿造物主的風采去創造事物、被選中的優越感勃發而極力於發展資本主義和殖民主義以及他方世界

的妥協臣服而讓他們予取予求等等）（周慶華，2007a：80-82），所
以所見的伸展形態就迥異其他。而通觀創造觀型文化所以能夠如此
橫掃全球，自然跟它的整個信仰的「衍變」有關。倘若要追溯這段
歷史，那麼就可以從關鍵性的基督教獨立自希伯來宗教（猶太教）
為廣召徠信徒而新加入「原罪」的觀念談起：因為「原罪」教條的
強為訂定，所以導致必須尋求救贖（以便重回天堂）而出現明顯的
「塵世急迫感。」這種急迫感的「積重難返」，就是到了十六世紀
宗教改革後新教徒（並一起「刺激」帶動舊教徒）的相關反應的「逾
量」表現；新教徒脫離天主教教會後所強調的「因信稱義」觀念，
逐漸演變成要以在塵世累積財富和創造發明（包含哲學、科學、文
學、藝術等等的建樹翻新）來榮耀上帝或當作特能仰體上帝造人「賜
給他無窮潛能」的旨意而不免會躁急蹙迫；尤其在資本主義和殖民
主義隨著矯為成形後，更見這種「過度的煩憂」。（周慶華，2006：
250）而它可以透過列圖來看出「整體」的形態：

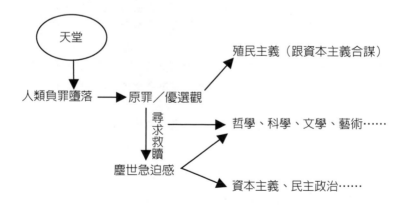

圖 4-2-4　原罪觀的影響面

資料來源：周慶華，2007a：243。

　　圖中的「優選觀」，已經先有人加以揭發了（韋伯〔Max
Weber〕，1988），但還不夠「貼近」著講。換句話說，對新教徒來
說，「優選觀」是在他們漸次締造現世巨大成就以及武力殖民取得
支配優勢後才孳生出來的；而這一觀念既然定型了，相伴的殖民災
難就隨後四處蔓延，一直今天仍未稍見緩和。（周慶華，2007a：
243-244）

　　經由各種戀物怪癖的戀「物」中西方不同，及對自身在文化系
統之下的影響來看，對於顯露出來的文人在戀物間接或輾轉影響文
學的創作，我們可以得出以下的圖示：

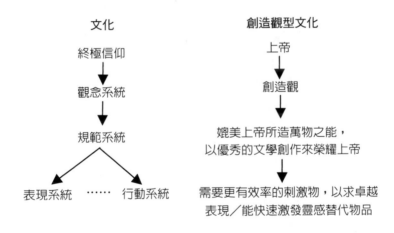

圖 4-2-5　西方文人戀物與文學創作直向關係的文化系統圖

　　由此可知，在中西的文化系統上，西方屬於創造觀型文化，個
人著力於追求自我超越（詳見圖 4-2-5），在規範系統中因西方資本
主義的興起，唯有透過大量貿易，和新教興起而獲得或累積大量財
富。那是因為西方人有塵世急迫感，為與他人有競爭的「抗衡力
量」，所以才會更需要有依戀「物」可以和他人「一較高下」。也正

因為在創造觀型文化的影響下，西方有「原罪」的觀念。「原罪」
與「優選觀」是一體兩面的關係，深怕如果在塵世中沒有達到上帝
賦予人、賜給人有創造的能力，可發揮其無窮潛能，進而無法比他
人更加優秀，在死後無法回歸到上帝的身邊，因此造成緊張感；在
表現系統中便醞釀尋找抒解壓力的方法，除了飲酒以外的方式，是
必須要更有效率的、更容易驅使自己振作起來的媒介；因此影響到
行動系統上。由於當紓解壓力的方法不夠，無法釋放之餘，便只有
另覓其他的替代品（咖啡、菸草、藥物）。如狄更斯在紐約的誦讀
會結束後，他又去了費城、巴爾提摩和華盛頓。他給詹姆斯・費爾
德（James Feld）的信中說：「一切都順利。」儘管天氣奇冷，狄更
斯依然不顧他的身體能耐，還要繼續他的誦讀會的行程。幾個地方
的誦讀會下來，狄更斯的確是支持不住了、在 3 月 29 日他寫信給
瑪麗說：「我一點胃口都沒有，昨晚我服用一些鴉片劑，它是唯一
可以使我舒適的東西。」（郁士，1982：153）因為酒並不能天天喝，
因酒而醉，只會耽誤正事，且並不能解決文人創作上的困擾，而藥
物、煙草、咖啡除了攜帶方便之外，還可在隨時需要時取得。在西
方的戀物中有嗑藥癖，中方卻是嗜酒癖，中西戀物的「興趣」上差
異甚大，那是因西方有「塵世急迫感」的緣故，在西方文人有自戕
也是此急迫因素造成的。在西方社會中，文人要脫離原有匱乏的生
活，必須比起其他人更努力，不管在工作、事業上也是如此。要不
是歐洲人有計畫地在殖民地生產，咖啡也不可能成為大眾化飲料。
咖啡能成成為世界性飲料及全球化作物，則要歸功於歐洲人。咖啡
風行歐洲是十七世紀後半的事，當時社會大眾也是以咖啡館為消費
中心，就和伊斯蘭世界一樣。咖啡館很快就變成男士們宴飲、閒聊、
洽公的重要地點，法國文豪伏爾泰之類的名人也在此討論文學與
政治，於是咖啡館又成為孕育自由觀念與革命思想的場合。（大

衛‧柯特萊特〔David T.Courtwright〕，2000：19、21）在事業拓
展上要競爭，文人在創作上也要彼此競爭，不僅要「高人一等」，
更要「出類拔萃」，如要量產；而用來振奮精神的必需品便因此而
產生。

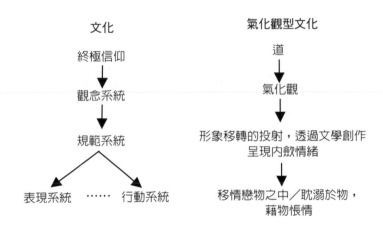

圖 4-2-6　中方文人戀物與文學創作關係直向關係的文化系統圖

　　正如里亞，薩瓦蘭（Sawa Lan）精確地觀察解釋，咖啡是能使
人血液暢通，激發出思考的動力是一種促進消化、提神、使大腦運
作更持久的興奮劑。在《論現代興奮劑》書中，巴爾札克巧妙的將
寫作比喻為「作戰」，而咖啡則可是幫助他領導各軍隊打勝戰，順
利交稿的秘訣。可敬的是，雖然巴爾札克一直都十分清楚這「毒品」
對他健康造成的嚴重傷害，但為了能夠不斷的自我超越，他選擇像
個「藝術家」，以自己的生命去換取更高的成就。（奧諾雷‧德‧巴
爾札克〔Honore de Balzac〕，2010：85、170）但酒和咖啡、煙草、
嗑藥的不同，在於第一咖啡、煙草、嗑藥可隨時隨地取得；第二是
這兩種刺激物對人們在精神上所呈現出來的反應也大不相同，以酒

來論作用是麻痺自己，另一個是振奮之用。中國的文人大多不得志，才會嗜酒，因文人仕途乖舛，喝酒可以讓其忘掉苦悶、暫且跳脫出失落的環境空間，文人鬱鬱寡歡，飲酒是唯一暫時忘卻煩憂，讓自己稍微喘息的唯一出路。另外，中西方在戀物癖上也會所差異。如西方有刀劍癖，在此系統一樣有文化系統的差異。例如玩具癖（玩偶），因是人造物，而西方人為了要仿造上帝造人（造物主造人），而想和上帝有所較量，就是在此競爭心理之下所孕育而成的產物。也是西方的人努力實踐上帝造人的「神蹟」，而自己（人）便是此一神蹟下的產物，所以必定竭盡心力去體現一切神給人的無窮天賦。相較於西方。中方在戀物上就顯的較為含蓄，侵略性並不如西方強烈，是較內化的情感。這是因為中方並沒有造物主的信仰觀念，自然就沒有創造媲美等行為。傳統的漢民族在所屬世界觀的影響下，認為氣是流動的，而所產生的如水墨畫（有很多的留白），也很相應，強調氣韻生動。在此的規範系統，戀物純然只能轉作形象轉移的投射，作為現實世界的情感寄託，既無法突破藩籬，僅能在渾沌幽微中寄寓內斂的倫理觀念；因此在行動系統的表現上，只得轉而耽溺另一目標，彼此提高本身的藝術成就，刺激創作泉源；而表現系統中，失意與不滿的情緒表現上仍較為含蓄，縱有文情洶湧的意志，也只能移情於戀物之中，以免除己患。李清照在〈金石錄後序〉中說：「出仕宦，便有飯蔬衣練，窮遐方絕域，盡天下古文字奇字之志。」這段文字說明，趙明誠出仕後，仍不改初衷，他立下了吃蔬菜，穿粗衣，走遍天下直至人跡罕至的邊遠地區，蒐盡天下古文奇字的大志。因此，雖然他是一個傑出的金石研究專家，可是他的名字所以為千年來的廣大中國人所熟悉卻是因為李清照的緣故。兩人的才學、愛好是使他們能擁有藝術化的美滿和諧的婚姻生活的保證。李清照生活的婚姻生活雖屬幸福美滿，但一旦失去

所有之後，那一定更加的痛不欲生，回首過去種種，就是連長年收集的金石器物也已經散亂了。然而，她偏偏又是個感情豐富，追求真摯愛情的女性。而值得慶幸的是，寫作能給予李清照精神寄託和情感補償。她將她的幸福和快樂經過精心加工後，藝術地留存在天地之間；她內心深處的痛苦經過過濾之後，隱藏於她筆端下的字裡行間。（余芳、舒靜，1999：101-141）

　　至於孤傲，作為一種心態，在中國古代有悠久歷史的傳統；而在某種程度上，它是中國古代文人在現實汙濁中求取的心靈淨化的一種理想人格。不為五斗米折腰而採菊東籬的陶潛，放浪形骸、白眼傲視的阮籍，乃至憤然出京、求得心靈自適的李太白，都體現了強烈的孤傲性格。寄情山水、傲嘯林泉，寧肯玉碎，不為瓦全，是理想、是品格，在沉濁的現實生活中吸引了多少文人士大夫的嚮往和追求。（譚帆，2004：193）古代文人不獨經由觀劇、誦劇來獲取文化信息和陶冶情趣，同時也將優伶藝術視為抒發自身情感意趣的工具。因此，文人與優伶間不僅能激勵意志，在文人士大夫來看優伶藝術有時還能錘鍊文思。正是基於這種認識，大量的文人為優伶藝術編撰腳本，並藉此抒寫自身的懷抱；而遭逢時運不濟、社會混亂之時，文人對優伶藝術的參與更顯興旺。如元代雜劇的興盛，就是跟大批落難文人的加入密切相關。（同上，144-145）

　　「鞋杯」本是風月場上調情逗趣的道具，卻不時與作為雅文化代表的文人行止勾連在一起，摻混著文人的情致與俗趣。其實，不管是蹭蹬科場還是獨擅名場，不管是酒肉長賒還是風光無限，他們的心靈似乎永遠焦灼徘徊。困頓者多反激出清脫不馴的乖戾之氣，而高居廟堂者道德的面具下往往是卑汙的個人生活。也許文人們種種行為上的乖戾放縱，除了貪圖享樂、彰顯不羈外，還有些蕭然世道中消滯化鬱的解脫之意。（趙興勤等，2009）

第三節　潔癖／汙癖自覺或不自覺影響文學的創作

文人怪癖與文學創作的直向關係，第三種是自覺不自覺性的。到這裡已經可以窮盡文人怪癖與文學創作可能的直向關係，而直向關係不出直接、間接或輾轉的類型。所謂自覺與不自覺的影響，是指在行為上這樣的癖好，是自身性的行為反應，有時自己可以意識到、有時自己無法意識到有這類的行徑出現。而不經意的出現的行為，可以將其影響性圖示如下：

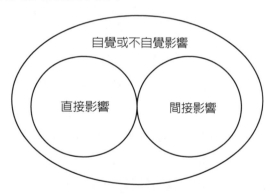

圖 4-3-1　文人怪癖與文學創作的三種直向關係圖

此圖中自覺與不自覺的範圍最大，包含了直接影響與間接影響。

潔癖／汙癖為何屬於在直向關係的第三種自覺與不自覺的影響？因為潔癖／汙癖是一種自身性的，此種自身性有時察覺得到有時察覺不到，所以才把潔癖／汙癖歸類在自覺與不自覺的媒介範圍。

乾淨是好的衛生習慣，可是愛乾淨愛得什麼都嫌不乾淨，動輒洗手換衣服，一天可以洗上幾次手，換幾十套衣服，把心思都花在對付「髒」上面，這種人心理就有點毛病了，在醫學上特稱為「潔

「癖」。古代的中國有不少人有潔癖，愛乾淨的情形也各具姿態。（殷
國登，1986：79）在唐朝以「詩中有畫，畫中有詩」聞名的王維就
有潔癖。據說他晚年隱居在藍田的輞川別墅時，地上不許有一點點
灰塵，每天有十幾個人專門負責打掃；另外有兩個家僮每天專門忙
著縛製掃帚，有時候還供應不上打掃所需呢！宋人米芾的潔癖更為
嚴重，他每天必要洗上好幾十次的手，洗完後，米芾兩手相甩猛拍，
至乾為止，他不用毛巾擦手——嫌毛巾不乾淨，他身上穿的衣服也
必求整潔乾淨，有一點髒就脫下來換洗；因此，米芾的衣服往往是
洗壞而不是穿壞的。米芾在擔任太常博士時，由於愛乾淨，太廟祭
服竟被他洗得連繡在上頭的藻火圖案都洗壞了，米芾也因此被貶官
外放。（同上，80-81）

　　元代四大畫家之一的倪雲林，他為人清高絕俗而雅有潔癖。因
他太愛乾淨了，也難有中意的愛人。有一回，他看上了金陵歌妓趙
買兒，晚上就住在趙買兒的別館中。夜裡，趙買兒要上床就寢，睡
在裡床的倪雲林問過買兒洗過澡沒有？趙說洗過，倪雲林疑心她沒
洗，叫她再去洗一次。趙買兒洗完後再上床來，倪雲林摸摸她的頭
臉，摸摸她的身體，從頭一直摸到腳，一邊摸一邊聞，摸到私處一
聞，又推買兒下床重新洗澡。趙買兒再洗一次澡，上床來時，倪雲
林一摸一聞，還是嫌她不乾淨，要她再去洗。等趙買兒再洗好回來
時，天已經亮了，倪雲林竟然沒跟他敦倫燕好，就告辭而去了。（殷
國登，1986：81）

　　倪雲林還因潔癖的關係與朋友反目。當時有個文人畫家楊維
禎，他才氣縱橫卻貪杯好色，每次招妓歡飲時，如果見坐間妓女纏
了一雙好小腳，便把她的繡鞋脫下來，把酒倒進繡鞋裡，捧鞋而飲，
稱為「金蓮杯」。古代女人的裹腳布其臭無比，楊維禎卻樂此不疲。
有一天，倪雲林與楊維禎同桌歡聚，他又脫女人的繡鞋飲金蓮杯，

倪雲林一見，大為噁心，他怒氣沖沖地站起來，兩手一掀就把酒桌翻了。楊維禎見狀，也立刻變了臉色，酒席便不歡而散，從此倪、楊反目成仇，竟再也不見面了。（殷國登，1986：81-84）

可見有潔癖的人樣都愛乾淨，處處嫌別人不夠清潔。如果到了疑神疑鬼的地步，就接近病態的邊緣了。其實有潔癖的人，一切的舉措並不一定合乎衛生的條件，只是心理上感到滿意就行了。（殷國登，1986：序 8-9）另外一位好潔的大作家是白居易，不只愛乾淨，還特別愛洗澡，因對他來說，除了放鬆心情，更可以讓情緒舒暢無比，所以有幾首詩都是他在沐浴之後所抒發出來的作品，也表現出他急於去除國家之危，但又無力回天的複雜情緒。

所以不管是文人的潔癖還是汙癖，這些大多出於一種習慣性的行為上。在這樣的規範之下，有文人的堅持，轉而影響文學的創作產生。如圖所示：

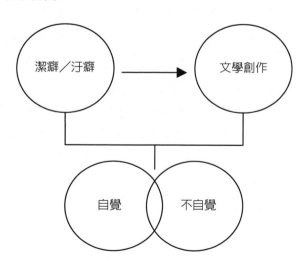

圖 4-3-2　潔癖／汙癖影響文學的自覺與不自覺創作關係圖

　　在我國文學史上，唐詩是封建社會詩歌發展的高峰。白居易就是其中最傑出的一個。他的作品，不僅是我國優秀的文學遺產，也是世界文學的寶貴財富。但仕宦的不得意，生活的清閒，使白居易更能致力於詩歌創作。而他的詩歌，由於具較高的思想性和強烈的藝術感染力，當時不論在國內和國外都廣為流傳。日本平安朝詩歌發展，就是受到白居易的直接影響。他的詩歌甚至已經被翻譯成多種外文。（朱金城，1992：257、260-262）白居易晚年退隱洛陽，寫了不少閒適詩，其中一部分是消極頹廢，自我陶醉的作品，主要是怕捲入黨爭的漩渦，企圖全身遠害。白居易的思想是儒、道、佛三家的混合產物，他中年曾惑於道家的丹藥，後來皈依於佛教。雖然各個時期的表現不同，但「達則兼濟天下，窮則獨善其身」的儒家思想在他身上始終居於主導地位。因為白居易這時內心充滿著錯綜複雜的矛盾，他的一些閒適詩並未完全遠離現實。有一次他在沐浴之後，感到心恬形適，卻又忽然想到了人間的苦難，吟出了：「是月歲陰暮，慘冽天地愁。白日冷無光，黃河凍不流。何處征戍行？何人羈旅遊。窮途絕糧客，寒獄無燈囚。勞生彼何苦，遂性我何優。撫心但自愧，孰知其所由？」（清聖祖敕編，1974：5217）白居易在〈新沐浴〉詩中似乎感到實現他的「兼濟」之志已經絕望了。感到人民像自己一樣的「溫暖」是不可能的，所以產生了疑問，但根本原因還是找不出來。他不知道，在封建社會裡，他的理想是絕對不可能實現的。（朱金城，1992：266）

　　日本的文學家也有此一好潔之癖的文人，就是日本近代文學史上的大文豪森鷗外，他從小就接受中國古典文學的薰陶。根據森潤三郎《鷗外森林太郎》裡的記載，森鷗外五歲就跟著儒學家米元綱善學四書。自幼就熟讀四書五經，《史記》、《左傳》等古籍，對中國古典文學有很深的接觸。年輕時，拜師於著名漢學家衣田學海。

留學德國前，讀的不只是西洋文明思想的相關書籍，更沉靜於中國小說的世界裡，可以看出森鷗外不僅是熟讀中國的經典史籍，也廣泛涉獵小說的領域。（林淑丹，2005）所以森鷗外自德國回到日本時，也開始創作與翻譯等文化活動，不曾中斷。多年來，他一直過著日本俗語所說「腳穿兩雙草鞋」，表示一個人擁有兩種職業的日子，而且兩種職業都卓越成就。（林景淵，2007）然而，由於他留學德國的關係，從以前到現在，在眾多有關森鷗外文學的研究論中，大家都只注重，也只探討西洋文學對他作品的重要性，忽略了從小就根深蒂固的中國文學素養對其重要性。（林淑丹，2005）看的出來，雖然森鷗是留學德國的知識分子，從事的行業也是西方科學的醫學，但根本實質上他的文學脫離不了中國文學的影響。

　　森鷗外留學德國時讀的是衛生學，這有很大的關係。森鷗外二十三歲時以軍醫身分留學德國，跟著細菌學權威培坦考菲爾（Phil Peitan Test）教授學習，並跟著衛生學者柯霍（Kehuo）在衛生學實驗所從事研究。討厭生食，愛好扁豆、蠶豆，吃的時候，一定在桌上擺濕毛巾來擦手，注重清潔。雖然常帶小孩到上野精養軒、銀座資生堂等知名餐廳用餐，卻經常把「不要吃美乃滋這種黏膩的東西」掛在嘴邊，因為他認為黏膩的西餐食物，無論是製作或是端上盤子時，都很容易有細菌，比較不衛生。也就是說，從衛生學的角度來說，餐廳端出來的黏膩食物是不能被原諒的。（嵐山光三郎，2004：16、18）除了對飲食的嚴格要求之外，森鷗外也是因為學醫的關係，及自己有嚴重的潔癖個性，反映出對文學的嚴謹態度，而這樣精實的性情也表現在作品中。

　　森鷗外在文學創作中，率先投入文壇的《舞姬》，主人翁是一年輕優秀的青年太田豐太郎，公費前往德國留學。在自由空氣中感受西歐的近代化文明，也邂逅了一位年輕貌美的舞者，並產生戀

情。但太田背負著日本家庭、社會的期待，痛苦的割捨掉了這一段沒有結果的愛。《舞姬》的故事乃是森鷗外的投影。森鷗外蓄積了漢文菁華，獨創了自己的文體。何況故事中的歐洲景象乃是日本青年所憧憬的。《舞姬》一炮而紅，實在是作者擁有得天獨厚的條件。他的另一部小說《阿部一族》是一段殉死的故事，但更加曲折複雜。描寫武士阿部彌一右衛門與主公細川忠利的故事。整個故事圍繞著阿部與主公相處的微妙關係，最後阿部終於殉主，阿部家人反而受到責備，也可能遭受處罰。阿部家人在極度失望中尋求自我了斷。武士時代階級分明，人人必須固守忠義。森鷗外透過生花妙筆，點出那個時代的悽愴與無奈。（林景淵，2007）

　　另一個也是相當有嚴重潔癖的是日本作家泉鏡花，他非常害怕細菌，明顯的表現在飲食上。他不吃生魚片、因為他認為蝦蛄、章魚、鮪魚、沙丁魚等都是下等魚，所以特別討厭，他只吃比目魚、烤鹽漬鮭魚和鯛魚等。他甚至還說只要吞下一顆蠶豆他就會鬧肚子，肉類則是除了雞肉以外一律不吃。他一輩子沒吃過春菊，他說因春菊的莖部有洞，一種叫做花金龜的有毒蟲類，會在裡面產卵。（嵐山光三郎，2004：74）由於有著極度的潔癖，所以無法外出，即使需要外出，他也會在保溫瓶裡裝滿煮開的酒，在火車上小口啜飲。因為在火車上沒辦法燒水泡茶，所以畫家岡田三郎住的夫人送了燃燒固體酒精的爐子給他，聽說泉鏡花雖身攜帶這個酒精爐在火車上燒開水。有一回鏡花夫人鈴在火車上點火煮麵，遭到車掌斥責，泉鏡花還據理力爭了一番。他的生活就是這樣。所有和他熟識的友人，每每見識到他既奇特又異常的行為時，都十分驚訝。（同上，76-77）

　　當然有好潔的人，相反的也就會有對愛清潔這類的事不以為意的人。如王安石的皮膚黝黑，尤其是在印堂部分更是黑得令他的學

生們擔心，怕是死期到的徵兆。結果醫生大笑，說那是經年累月積成的污垢。就給了幾顆肥皂豆，叫他們拿去給王安石洗臉。沒想到王安石卻說：「我天生就是個黑皮子，肥皂豆又能管什麼用？」後來，呂惠卿也推薦偏方——用芫荽（俗稱香菜）去黑，王安石仍是一笑置之。（楊明麗，1993：12）王安石的太太不但有潔癖，還帶有一點神經質，跟王安石恰恰相反。（同上，22）慶曆 2 年（1042年），他在揚州當簽判，在韓琦的手下實習公務。王安石常常秉燭夜讀，直到天亮，才在書桌上趴一會兒。一覺醒來，往往遲了，就急急忙忙的衝進衙門。經常是頭不梳、臉沒洗，也忘了穿制服。（同上，35）可見在生活上是如何的不拘小節以及「隨性」了。

　　王安石有絕句詩說：「京口瓜洲一水間，鍾山只隔數重山，春風又綠江南岸，明月何時照我還。」據吳中一為讀書人家藏的王詩手稿，第三句最初寫的是「春風又到江南岸」，後圈去「到」字，旁邊批注「不好」，改為「過」。後又圈去，改「過」為「入」，再改為「滿」，共改十多字，最後才定為「綠」字。（宋裕，1995）王安石在五十六歲時，因在政敵的冷潮熱諷中罷相。退出政壇的王安石自號為半山老人，從王安石僱人築池塘及廣植樹木來看，或許會猜疑這位致仕後的宰相，會將新居廣建及修飾起來。其實不然，他的臥室只是一個八尺見方的紙糊房間。《續建康志》記道：「所居之地，四無人家。其宅僅閉風雨，又不設垣牆，望之若逆旅之舍。有勸築垣，輒不答。」在文學的領域裡，作者的創作，常與朝夕相處的環境相輔相成。王安石退居半山園後，儘管住宅簡陋，但所居之地，與翠黛的鍾山為鄰，又離滾滾東去的長江不遠；再加上半山園內的蔭垂鳥語，及定林寺的梵誦蟬鳴，於是在儉樸的起居中，乃增添了大自然無窮的靈氣。以王安石過人的聰慧，對四周的景致留下了許多不朽的詩篇。在一首〈江上〉的詩句裡，王安石將「靜」與

「動」結合使用，更構成了另一番渾然一體的絕妙境界。「江上秋蔭一半開，晚雲含雨卻低徊；青山繚繞疑無路，忽見千帆隱映來。」上句由「靜」的青山映出煙雲繚繞的迷濛山巒，下句則繪出「動」的千帆，從遠方的山下江面，忽隱忽現地駛近而來。南宋陸游的名句「山重水複疑無路，柳暗花明又一村」，大概是受了〈江上〉的影響，才寫出了那意境雷同的詩篇。（黃敬先，1995）

在萩原葉子的《父親‧萩原朔太郎》中有詳細的記載：「我的父親吃飯時還是會掉飯粒，喝醉酒之後情況更加的嚴重，不管是餐桌上或榻榻米四周，飯粒和菜渣掉的到處都是。端飯碗時他會將碗靠在左臉，吃飯的樣子非常奇怪，所以他的臉頰和飯碗之間，經常都是飯粒四散」、「有一天晚上，我在父親的位子上鋪了許多報紙，要他坐在報紙上」。由此看來，朔太郎的行為和小孩沒兩樣，在他家中似乎是養了一個名為父親的孩子。（嵐山光三郎，2004：233）

在此節所探討的是潔癖／汙癖自覺或不自覺影響文學的創作，因為這兩種怪癖行為屬於一種生活習慣，所以在此有可能是文人直接、間接、自覺或不自覺的影響到文學創作。但和第一節嗜酒為直接所不同的是，是因為嗜酒受酒精的催化過程。是快速而直接的，但潔癖／汙癖是文人與生俱來的一種習慣，不用依恃外物的助力來達成；而與戀物也有所不同的是，文人在戀物上受到「物」的刺激是長期性的影響，所是以轉轉或間接而非直接性。同樣的，在潔癖／汙癖自覺或不自覺影響文學的創作中，因當中有模糊地帶，必須存而不論，只能探討其中有相關的部分。

在中國社會來看，汙癖或潔癖是本身一種直接的習慣，與文學創作關聯有著鮮明的印記，在作品中呈現出個人色彩及性格。而就上述例子，可從圖 4-3-2 來看：

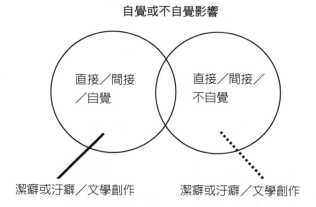

自覺或不自覺影響

直接／間接
／自覺

直接／間接／
不自覺

潔癖或汙癖／文學創作　　　潔癖或汙癖／文學創作

圖 4-3-3　潔癖或汙癖自覺或不自覺影響文學的創作關係圖

　　白居易在〈新沐浴〉透過沐浴的行為，進而體現到人民的困苦，有著「人溺己溺」的體會，並苦心救世卻是難以實現；而森鷗外在作品當中，也充滿了自處在那個時代的無力感，充滿身不由己的慨嘆。這可從圖 4-3-1 中，看出屬於在直接／間接／不自覺的部分，因為透過一種習慣，應該是指非常頻繁的，而這是作者在作品中投射自己的影子。

　　王安石在生活的打理上，是如此令人吃驚，從現代的衛生角度來看，是多麼讓人不能認同！如以滿身汙行並不以為忤的他，遇到了愛潔成癖的日本文豪森鷗外，不知會迸出怎樣的火花出來。但也因為王安石性格上是如此的灑脫，所以在面對各種情況都能夠大化之的去處理，充分表現客觀的態度。

　　在當時保守派的領袖司馬光，本來也與王安石友善。後來王推行新法，司馬光致書反對，王安石復書，堅持自己的變法立場。他們原是兩個敵對營壘的領袖。但當王安石將再度出山，派兒子王雱到京都開封預先尋找住房時，王雱對人說：「我父親的意思，房子

一定要與司馬光的家相距很近。父親在家裡常說，要與司馬光為鄰居。因為司馬光為人件件事有規矩，值得人學習。與他為鄰，兒孫輩得到很好的教益。」這件事，又使我們看到，政治上對立鬥爭的雙方，是又如何相互尊重，體現了古代政治家的胸懷。（賴漢屏，1991）心中充滿了虛懷若谷的氣度，才能有如此不凡的大度。汗癖作為一種生活習慣，似乎沒有人會特意點明，但從王安石的處世風格不難想見他是一位心胸寬大的人。而上述的例子說明，也是屬於汗癖對於文學創作是屬不自覺的反應。

泉鏡花因為覺得外界實物都有細菌，所以在他的作品中有很多題材都是從日常生活中隨處可見取來的。泉鏡花也非常討厭蒼蠅，他的《厭蠅記》描寫一個在瞌睡中遭到蒼蠅叮咬而瀕死的幼童故事。事實上，他也因為蒼蠅可能傳播黴菌而避之唯恐不及。那個遭到蒼蠅叮咬的幼童，其實就是泉鏡花自己的化身。因為他太討厭蒼蠅，所以還利用千代紙自製蓋子套在煙管上，每吸一次就換一次。除此之外，燙酒壺或茶壺的壺嘴也都必須套上蓋子。在麴町的租屋處，光是擦拭樓梯的抹布就有三條，這是因為隨著樓梯的高度不同，堆積的灰塵多寡也不同，所以必須準備三條專用抹布。（嵐山光三郎，2004：79）泉鏡花在他的生活上可能覺得到處都有不潔之物，是布滿在細菌灰塵當中，所以像他如果討厭什麼，那個事物便會出現在作品當中，所以如《厭蠅記》就是屬於文人在文學創作中自覺的展現。

萩原朔太郎的作品發表的很晚，算是晚熟的詩人，詩集《吠月》出版時，他已經三十一歲了。在那之前，他雖博覽群籍，但卻沒有固定的工作，整天無所事事。身為前橋市頗負盛名的醫生父親密藏命令他說：「你什麼事都不用作，但是不准你變成公子哥！」密藏所說的公子哥，指的就是小說家和詩人，但他也無法接受朔太郎想

成為雜役工人的要求。整體來說，萩原朔太郎在發表詩作之前的思考期非常長，因為生活裡有太多空閒的時間，讓他深感無聊，只好漫無目標地在街上閒逛，說來還真是個毫無生活能力的人。他因為對這樣的生活感到羞恥，所以只好逃避現實，進入一個完全不同的世界。在他的詩集《吠月》中有一份名為〈雲雀料理〉的菜單。

> 五月清晨的新綠和薰風將我的生活變成貴族，嬌豔欲滴的天藍色窗下，我想和我心愛的女人共用純銀的叉子，我希望在我的生活中，也能夠偷嘗一次那在天空閃耀的雲雀料理的愛之器皿。（引自嵐山光三郎，2004：224）

另外，還有〈雲雀料理〉的詩篇：

> 進獻給你昨夜的愛之餐點，／我用魚蠟的憂愁薰香蠟燭，／打開親愛的綠窗。／仰望悲憐的荒蕪天際，／在遠方漫流的東西，／手中奉獻雲雀的器皿，／親愛的你走向左邊。（引自嵐山光三郎，2004：225）

　　無論是菜單或是詩篇都是他饑渴的妄想。萩原家雖然生活優渥，但也不可能讓無所事事的兒子享受這樣的大餐。從這些文字中，可以看出朔太郎這個被父親表示會養他一輩子的長子，試圖奮力一搏的痕跡。（嵐山光三郎，2004：224-225）

　　綜上所述，在第一、二節分別從嗜酒對文人創作的影響、戀物對文人創作的影響來探討（前述），嗜酒與戀物所帶來的刺激不盡相同；所以如同潔癖／汙癖對文人常帶有生活化的影響力，而生活是一種習慣，文人處在席比床的環境當中，對作品的展現，有時在創作上是帶著「無意識」的體現，以致可再總結第一、二、三節來展現出下面這個圖：

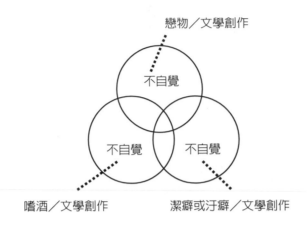

恋物／文學創作

不自覺

不自覺　　　不自覺

嗜酒／文學創作　　　潔癖或汙癖／文學創作

圖 4-3-4　嗜酒、戀物、潔癖或汙癖不自覺影響文學的創作關係圖

　　如圖 4-3-3 中，嗜酒與文學創作有時是作者自己無意識的情形下而創作出來的，但大多以忘卻現實時的作品，有時飲酒只是一種手段而非目的。而戀物是消除緊張的情緒，文人也並不會特別「言明」自己的怪癖，更不會出現在作品中。所以如白居易雖有他的政治責任，但終究是「孤臣無力可回天」，無法扭轉乾坤之嘆，只好藉助於習慣中，稍微沉澱自己的心靈。

　　況且白居易又迥異於一般有才學的文人，他在詩中經常表現出強烈的不自信，尤其詩中描述到有關他身任的官職時，幾乎都會提到自己才小力微，唯恐自己不能勝任目前的職務。例如任校書郎時提到「小材難大用，典校在秘書」。校書郎官品雖卑，但任此職的仕人都被國家寄予厚望，但是本身的職務卻是「以閑養學」，讓國家棟樑能沉潛一陣子，有了過人的學識後，方能授與要職為國家服務。如〈松齋自題〉中所述：

非老亦非少，年過三紀餘。非賤亦非貴，朝登一命初。

才小分易足，心寬體長舒。充腸皆美食，容膝即安居。

況此松齋下，一琴數帙書。書不求甚解，琴聊以自娛。

夜直入君門，晚歸臥吾廬。形骸委順動，方寸付空虛。

持此將過日，自然多晏如。昏昏複默默，非智亦非愚。

（清聖祖敕編，1974：4715）

　　白居易被選中為翰林學士時，這種「不自信」的自我評價明顯。（陳家煌，2009：193）對照白居易行事謹慎的態度，可以反觀王安石想做什麼或想提出政治改革就立刻進行，即使得罪一堆人，他也不在乎的坦然性格，從自身癖好的區別可以觀察出兩人在對人處世上的準則也大不相同。

　　森鷗外對料理店精通到可以寫出一本《東京料理店散步》的程度，然而他到了料理店，看到招牌或菜單上有錯字絕不放過，必定出面指正，連小孩也嫌他囉嗦。連菜單招牌的錯字都不能容忍的嚴格性格，也帶有異常的神經質。（嵐山光三郎，2004：22）芥川龍之介在一篇回憶文章中，提到初次看到文豪森鷗外的印象：「恩師夏目漱石的葬儀在青山齋場（殯儀館）舉行，我在大門帳棚簽到處服務。有位穿著大衣、帶著帽子的悼客遞上名片。此人一表人才，神采奕奕，可是人間社會少有的相貌。名片上的大名是：森林太郎。哦！原來是大師光臨。當我弄清楚時，大師早已入內。」這一年（1916年），十五歲的芥川剛投入夏目漱石門下不久，而五十四歲的森鷗外已從陸軍省醫務局長退休，在文學創作方面早已卓然成一大家。（林景淵，2007）有明顯潔癖的森鷗外，除了對自己很要求，對他人也相當嚴格，連家人都受不了。而他在《舞姬》中其實寫的是他自己一段經歷，而這是不自覺的行為，尤其他又愛與其他日本文人筆戰，相信他自己不覺得與他自己嚴厲的性格有關。

　　在政治上蘇軾與王安石一直是敵對的兩方，但在文學事業上，王安石、蘇軾都是當代一時的大作家、大詩人，他們在這方面更是互相切磋，互相稱譽，絕不「文人相輕」。蘇軾作〈表忠觀碑〉，有人抄送王安石看。王快讀一遍，說：「這是什麼話呀？」他旁邊有個幫閑的文士，看見安石不以為然，馬上盡力詆毀蘇軾的文章，說這也不對，那也不好。安石不答話，再三研讀，又離開座席，邊走邊讀，忽然長嘆一聲說：「這真是《三王世家》（《史記》中的名篇）一樣的好文章呀！」那幫閑的文士聽了無地自容。這是王安石對蘇軾文章的評價。而王安石有〈題西太一宮壁〉六言絕句，寫在宮觀的牆上：

> 柳葉鳴蜩綠暗，荷花落日紅酣。三十六陂春水，白頭想見江
> 南。（引自賴漢屏，1991）

　　西太一宮在汴京（開封）西南郊，詩是王安石舊地重遊時所做。一二句寫夏天郊外景色柳綠荷紅，蟬鳴陣陣，極具聲色之美；後兩句由眼前陂塘的水聯想到舊居金陵山容水貌，蘊含了不盡的往事前塵，是一首極蘊藉的好詩。蘇軾奉命祭神來此，讀到這首詩，十分稱讚，並寫了和作。可見蘇對於王的詩藝也是非常佩服的。蘇軾與王安石在鍾山相會，邊遊邊讀談，講論古代詩文，參禪論道。事後王安石對人說：「不知要過幾百年才能出一個像蘇東坡這樣的人物！」（賴漢屏，1991）這也是文人對自身怪癖不自覺進而影響文學創作的顯現方式。

　　罹患肺結核的梶井基次郎和朋友一同聚會喝咖啡，與會友人雖然心有不安，但為了怕他傷心也只好硬著頭皮把咖啡喝了，這當中其實包括了他們同位文學夥伴的同志情感。他們知道梶井基次郎正在努力地和病魔對抗，所以他們非喝不可，為的是想藉此告訴梶井

「喝咖啡是不會傳染肺結核的」。梶井要和好友一起上街時，朋友也會擔心，催著他先量體溫。梶井說溫度計是「惡魔小工具」。量完體溫之後，他就會馬上甩一甩溫度計，然後就率先走出房間。梶井此時的心境就投射在小說《悠哉的病人》中，書中的主人翁及田也得了肺病，每到冬天他就會發燒和嚴重咳嗽，而且好像要把內臟都咳出來似的。（嵐山光三郎，2004：336）

從三大文化系統來看，中華文化體系以氣化觀型文化為代表，原因在於中華文化是傳統的陰陽氣化相生而成，氣是流轉不定的，所以充滿了飄忽與不確定性。

這麼一來，自然就會從該不確定性中謀取「不確定」的權益（也就是當事人可以展現相關的企圖心，但得有人肯服氣才能遂行謀取權益的願望），而產了「親親系統」，也就是中華民族重人倫、崇自然的觀念。也由於精氣化生成人的過程充滿不確定性，而氣聚集本身所顯現的「團夥」性也應驗在人的「群居」中，導致人得區分「親疏遠近」來保障秩序化的生活。因此，在語言表現上，偏重抒情、寫實的方式。也因為「家族」的結構型態，為了維持家族不滅，家族成員必須勞心勞力的分職，以達到諧和自然。（王韻雅，2011：171）從文化學的角度看，「有序」和「髒亂」等兩種生活方式，其實背後各有不同的世界觀促成著，彼此不可共量，也沒有好壞的區別（也就是說，在中國是氣化觀，在西方是創造觀，彼此難以「一概」看待。前者，讓人不得比照大氣的「流動」和「和合」著過；後者，既然相信萬物為上帝所造「各別其類」，那麼過「井然有序」或「互不相干」的生活，也正表示能善體上帝的旨意。如果要「互相勉強」遷就對方，一定難免人為的殖民災難）。（周慶華，2003：170）由以上相關說明，可以得出文化系統的內容差異，並製成關係圖如下：

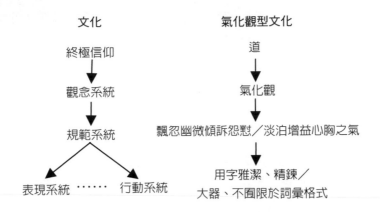

圖 4-3-5　中方文人潔癖／汙癖與文學創作直向關係的文化系統圖

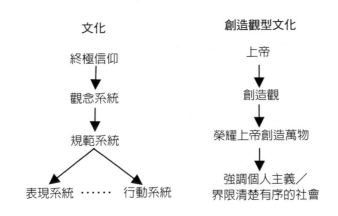

圖 4-3-6　西方文人無潔癖／汙癖與文學創作直向關係的文化系統圖

　　由圖 4-3-4 與 4-3-5 可知，在中方社會當中，不論是在規範系統、表現系統或規範系統，都是受到了觀念系統的統攝，而在這上一層是受到終極信仰所影響著。中方系統上在文字的運用上是有差別的，受氣化觀型文化的影響，在行動系統表現勞心勞力及和諧自

然，所以在家族中過著群體生活，就不可以太過於「特別」，否則就容易招嫉，以致沒有潔癖是很正常的。反過來，如白居易、森鷗外都是受泛氣化觀的影響，就容易比他人更顯出「奇特」之處了。因為如沐浴的行為在「群體」家族中，是屬於個人私事，一般人不會拿出來讓大家知道，畢竟它在「搏聚」的生活中會顯得太過自我。至於表現系統以抒情、寫實性為主，在有潔癖的人身上，用字遣詞會較為斟酌，著重在鍛字鍊句上；看待事情也較小心警慎，不會特異顯現自己，像白居易就常有「看輕」自己的文句出現。但比較王安石，雖然可以到好幾天都不洗澡的地步，但這樣的文人反而是不拘小節，尤其他的作品中也顯示出較為大器的格局（如毛澤東也不喜歡刷牙，所以格局也較大）；不會與人在枝微末節上爭執，對事不對人，擁有客觀的處世態度。後者不管在與人交往或看待世事，都能夠隨遇而安。此外，在規範系統上，強調親疏遠近，因漢民族由「家族」構成，每個人恰如其分的扮演好自己的角色，但也因此受到一定的行為限制，如果特別愛乾淨的話，便顯示出自己「與眾不同」；而在觀念系統是為氣化觀所統攝，並沒有如西方造物主（神／上帝）的概念，因為漢民族來自於氣所聚集，是「虛無縹緲」的虯結在一塊，所以不管是氣化觀底下所呈現出的「髒亂」，還是反襯西方創造觀的「有序」，都可以比較出文化系統的不同。但為何在汙癖中沒有西方的文人，那是因為受到世界觀的制約，西方人有造物主的觀念，普遍來說比較愛乾淨。西方世界相信每個人都是受到有如上帝造人般的「條理分明」及「辨別清楚」，過著井然有序的生活，所以為了要比照造物主把每樣東西都創造得整整齊齊、界限清楚而嚴謹，自然不會有汙癖的行為產生，以致也不會顯現出有潔癖的差異。但就中方人來說普遍不愛乾淨，所以如果有人有潔癖就會特別凸出，不啻是反其道

而行。而為什麼中國傳統文化下的人普遍不愛乾淨？那是因為萬物
是精氣化生，髒不不髒其實沒有太大的差別；氣是含糊不清且混沌
不明的，所以如果超出此混沌的範圍或跳脫出來就會變成有汙癖或
潔癖了。

第四節　其他怪癖多元的影響文學的創作

　　文人怪癖與文學創作的直向關係，第四種是其他多元怪癖的
影響。

　　所謂多元怪癖，是指除了前面所談到的嗜酒、戀物、潔癖／汙
癖以外的怪癖行為，都屬於其他多元怪癖的範疇裡。在多元怪癖與
文學創作的關係裡，也包含了直接、間接或輾轉、自覺與不自覺的
影響。

　　對於創作工作者，例如作家、畫家、音樂家或演藝人員，由
於他們的工作背景特殊，經常需要一些特殊靈感，因此他們的某
些習性或癖好較為鮮明。文字工作者最需要的是一張舒適的書
桌，如詩人管管家中就有兩張專屬的桌子，可是派上用場的機會
卻很少，據他統計他有三分之二的作品是在床上、地板上完成的。
個人習慣的養成跟個性有很大的關係，許多藝術家在創作前會先
培養氣氛，例如把空間布置的很舒適；但有些人認為舒適是用來
休息用的，要創作，何時何地不能進行？而越是極端的地方，越
能激發潛能。（邱秀年，1995）所以有文人作家會尋找自己的創作
空間，來激發創作靈感。而文人需要的刺激物，個個並不相同，
自有其獨特性，在此歸類於多元怪癖的範圍中。同樣的，面對不
同的怪癖行為，可將文學創作分為自覺與不自覺的類型，如下列
圖示：

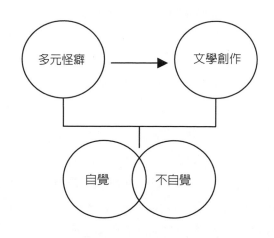

圖 4-4-1　多元怪癖影響文學的自覺與不自覺創作關係圖

　　以作為一名作家而言，海明威的一生真可以說是多采多姿。正如在一次的訪問中，有人問他在你的小說裡你寫了自己嗎？他回答說：「一位作家除了他自己以外，還能夠對誰了解得更為清楚？」他的好朋友西普曼說：「我不相信我曾聽到的他的任何嚴肅意見之後，後來沒有在他的作品中出現的。」（美・唐納遜〔May Scott Donaldson〕，1982：前言 1）1954 年，海明威在非洲因飛機失事幾乎喪生以後，有一些報導上說，他一生都在尋覓死亡。但是海明威自己反對這一說法，他認為：「若是一個人一生都在尋覓死亡，他怎麼會活到 64 歲，還沒有尋覓到？」他又補充說：「死亡是很容易找到的，因為她也正在尋找著你，可以在家中找到她，可以在高速公路找到她，可以在酒瓶旁邊找到她，也可以在浴盆中找到她。」在信件和談話中，如同上文所引的，海明威總是把死亡擬人化，用「她」來稱呼死亡，顯得他們之間的關係非常親密。1950 年他寫信給麗麗安・羅絲（LiLian. Rose）的信上說，死亡是他的女朋友，

也是他的敵人；死亡是他的馬，也是他的獵狗和老鷹；有時候，死亡則是他的小兄弟。而在他的作品中，可以看出海明威對於死亡的容貌非常著迷。例如在他的〈自然死亡的歷史〉(*A Natural History of the Dead*) 一文中，採用自然主義的筆法，把每一細節都很清楚的描繪出來。上面說：「屍體在埋葬以前，其容貌每天都不相同，顏色最先是白色的，而後開始變黃，特別是在受傷的部位。流出既像瀝青，又像彩虹般的液體出來。死人的屍體逐日脹大，後來他們的制服似乎已包不住脹大的屍體，好像隨時都要爆炸的樣子。有些屍體的腹部特別腫脹，有一些則在臉部，圓圓的像一個氣球。」海明威寫這種戰爭景色，有些報紙都不願意刊登。(美·唐納遜，1982：155-156) 海明威的怪癖是屬於多元怪癖中自覺或不自覺影響文學創作的類型，因為它的自戕癖好是來自於自身性的因素。海明威對死亡深感「興趣」，可說是充滿了好奇心。在作品當中也不諱言談死亡或死亡以後會發生的事，因為死亡仍是人們最不願去面對的真實。作者因此希望人們有「自覺」的方式來勇於面對，所以在作品中顯露出了海明威自覺的部分。

　　維吉妮亞·吳爾夫長於史蒂芬家族，不僅繼承了英國的貴族傳統，而且是一個具有社會改革和文學素養的「維多利亞式家庭」。這是一種以男性價值為中心、將所有資產投注於男子教育；女子只能在私人教師中獲取零星知識的父權家庭。而她恰好處於「維多利亞傳統」的衰微時期，展現在她面前的則是 20 世紀初期現實主義與現代主義熱情而絢爛的鬥爭，但是維吉妮亞一生卻為精神疾病所苦，數度因創作失調與思考過度而精神崩潰。社會壓抑與個性自由之間的衝突、來自雙親的舊傳統和新女性意識之間的混雜與對峙，始終構成維吉妮亞既是自我形成又是自我解構的兩股力量，以致在 1895 年到 1904 年之間，先後經歷了三次輕重不同程度的精神分

裂。（宋國誠，2010：10）在這樣的情緒緊繃之下，所激發出來的
火光，必然是極度的閃耀。

　　維吉妮亞的父親在喪妻之後，性格趨於暴列，但大部分作風既
嚴謹也開明，他親自督導維吉妮亞的文學創作與知識的啟蒙。儘管
他終不改其對女子被排除在正規教育之外——知識的性別歧視而
感到憤怒。維吉妮亞的母親是從不支持任何形式女權運動的人，她
甚至認為女性擁有和男性一樣的選舉權是一種道德敗壞的象徵。即
使維吉妮亞並不認同母親這種「房中天使」的保守觀點，但母親的
性格卻是她許多小說中傳統女性的原型。（宋國誠，2010：12）《航
向燈塔》中的蘭姆賽夫人是一個具有高尚品德的女性，但在她精心
調理、全心奉獻的家庭裡，沒有自己的世界，沒有抒發自己情感的
空間。為了和諧美滿，它可以犧牲自己的才華和夢想，她總是在眾
人沉默之後才開始發言。在維吉妮亞筆下，蘭姆賽夫人總是以「絕
對的靜默」和「無聲的自我」來換取她生活上的權力，以一種「無
形之體」和「無調之音」來表現她的女性特質。藉由內心獨白和視
覺幻像的方式，維吉妮亞述說著一個「沉默母親」無言的地位，一
個被男性歷史長期放逐乃至消聲匿跡的柔情世界。（同上，13）維
吉妮亞的怪癖是屬於多元怪癖中自覺或不自覺影響文學創作的類
型，她的創作是與她的「死亡印記」一起茁壯成長。母親一直是維
吉妮亞欣中的依靠，在一個極度父權的家庭中，母親及子女是沒有
價值的，所以當溫柔呵護她的母親去世後，她所屬的天堂似乎也隨
著消失，煙消雲散，取代之的是憤怒狂暴的父親，頓時天崩地裂的
震盪對他襲擊而來，造成她一生中首次的悲慟打擊。所以在作品中
型塑出母親明顯「良善賢淑」的樣貌，但母親仍渴望有自己獨處喘
息的空間，所以她既肯定母親的優點，但又為母親生命中卻乏「自
我」而進行女權運動，在作品中自覺顯露出深為女性的悲哀。

　　李賀在中國文人的歷史上，是一位奇特的人，無論在外貌或性情上。他異常纖瘦，但清拔而不文弱；通眉，長指爪；寫字特別快，能苦吟；性孤冷，落落不與俗人合；神經敏銳，多愁善感，看到一草一花，一石一瓦，幾乎無可不愁可泣。因受避諱之累而不能考進士，受了這次嚴重的打擊，心情萬分悒鬱，他有詩說：「我生二十不得意，一心愁謝如枯蘭」、「無人織錦韂，誰為鑄金鞭」。顯示出一個絕世才人的寂寞悲涼之感。從此他就以「詩」當作生命一般，每天早晨起來騎著驢子出去，使一個小廝背著行囊，偶爾想起好句子，便丟在囊中，回來再加以整理。後來鄭綮所說：「詩思在灞橋風雪中驢子背上」。他這種作詩的方法，晚唐的李義山曾仿效過，其實也有點像 19 世紀英國唯美派大師人王爾德。據說王爾德作詩好似劫賊，極其貪心地掠劫客人的東西，多多益善。（王序，1990：164-165）李賀的怪癖是屬於多元怪癖直接影響文學創作的類型，因為在騎驢覓詩的途中將所見所聞的山川美景編織羅列成為一篇篇的文學佳作。

　　在元和三年春，李賀帶著沮喪的情緒，躑躅在歸家的路上。仕進道路被阻塞，遭讒被毀後的懊惱心情，使李賀寫下了這首〈出城〉詩：

> 雪下桂花稀，啼烏被彈歸。關水乘驢影，勤風帽帶垂。入鄉
> 誠可重，無印自堪悲。卿卿忍相問，鏡中雙淚姿。（清聖祖
> 敕編，1974：4414）

　　唐人稱進士及第為「折桂」，他人折桂，自己下第，所以說是「桂花稀」。詩中描寫自己在歸途上孤獨悽涼、垂頭喪氣的景況。離家將近一年，今天重又進入鄉里，怎不令人欣喜；但是一想到仕途無望，心情又轉為悲愴。最後，李賀預先擬想到會面後妻子的心

理活動：看到丈夫的神情，揣知他沒有及第，卻又不忍心問他；透過妝鏡，見到她臉上的兩條淚痕。這首詩和〈仁和里雜敘皇甫湜〉一樣，都是李賀遭讒落第後的真實寫照。李賀從自身和友朋的遭遇出發，揭露了封建社會的考試制度和用人路線對賢能之士的壓抑、排擠和摧殘，從而抨擊了中唐時代政治的昏暗。在〈仁和里雜敘皇甫湜〉中：「洛風送馬入長關，闔扇未開逢猰棄犬。那知堅都相草草，客枕幽單看春老。」追述自己入京應試時遭受讒毀的經過，也暴露了禮部官員選取人材草率從事的態度。（吳企明，1992：19、52）

李賀初時滿懷希望，後來反都跌進了憤鬱憂慮的深淵。像他當時這種熱情的青年，當然會滿腔憤懣，千歲懷憂。加上又遭到小人排擠，宦途多舛，於是理想和現實產生了莫大衝突。（林央敏，1981）李賀從小是個大家口中所謂的神童，當然對他是寄予厚望的，但是外在的各種困擾是他無法去控制的；而能自己控制的，唯有創作而已，他只能將滿腔的抑鬱和想望發揮於作品當中。〈出城〉一詩，便是李賀直接將心中的委曲訴諸文字的明證。

在此節所探討的多元怪癖影響文學創作的關係，排除嗜酒、戀物、潔癖／汙癖以外的，通通歸類到多元怪癖；而多元怪癖的文學創作影響有可能是直接、間接或輾轉，也可能是自覺或不自覺的影響文學的創作。在此只討論沒有交集到的部分，當中的模糊地帶，一樣也是存而不論。

因此，在圖 4-4-2 中其他多元怪癖影響文學的創作關係，就可以將它分為直接與間接、間接或輾轉、自覺與不自覺等情況。第一、二、三節的嗜酒、戀物、潔癖／汙癖以外的隸屬於多元怪癖的部分，在怪癖行為之下對於文人創作的影響性，因為在前面第一、二、三節已有說明，所以在此不再贅述。

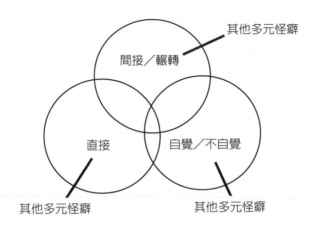

圖 4-4-2　其他多元怪癖影響文學的創作關係圖

　　海明威的《戰地鐘聲》一書，可以說是一本描述怎樣去死的小說。其中的男主角朱丹在短短的三天內，接受了痛苦的教育。他從女主角瑪麗亞學會了什麼是愛情；從白拉和安亞謀處，他學到了什麼是家庭之愛；最後，他又得意地學會了如何去死。每一個人最難的一課就是如何去死，因為死亡的價值要完全照自己的意志來控制的。《戰地鐘聲》的故事結構，原就植基對死亡的深刻研究上，死亡是一個未知的國土，從來就沒有人從那兒回來過。故事一開始，白拉就看出了朱丹迫在眉睫的死亡意識。此後，故事的進展不是討論朱丹應不應該死亡，而是討論他用什麼方式去死。其中有一場是描寫失敗者被屠殺的情景，勇敢的人在死亡之前大聲地叫罵，卻又難免一死。懦夫們卑屈地跪地乞求憐憫，事實上也難逃一死。但是這種卑屈的求生之情，反而刺激了敵人大開殺戒，連累了那些原可以不死的人也跟著一起被殺了。這是海明威在本書中，對於死亡所作的闡釋之一。《戰地鐘聲》於探討各種死亡中，對於自殺死極為

小心翼翼，因為本書結尾，男主角朱丹就是面臨這種考驗。在抽象的觀念上，以及在戰爭的巨大壓力下，海明威似乎並不反對自殺。（美・唐納遜，1982：155-156）

　　無論如何，海明威著迷於死亡的主題，不能夠全然歸諸他反戰的情感，或對藝術的忠誠。一位批評家范錫・包季萊（Vance Bourjaily）說：「使海明威作品成為動人的真正因素是死亡，死亡是他熟習的獵場，他從那兒帶回很多的戰利品，成為他書中的菁華」。（美・唐納遜，1982：157-158）從上述的資料中可以看出，作者心情上的轉變：在《戰地鐘聲》中作者有著太多與死神擦身而過的經歷，所以可以「自覺」的展現死亡的樣子。

　　在前面談過維吉妮亞對喪母的打擊之外，在她從6歲到22歲長達16年間，維吉妮亞一直受到來自兩位同母異父兄長的性侵害，這與維吉妮亞數次發作的精神病症有著時間上的關聯性。在《不為人知的維吉妮亞・吳爾夫》一書中，作者羅傑・波爾（Roger Poole）一改過去以「社會容忍」的觀點，來看待維吉妮亞的精神疾病。他從維吉妮亞童年時期的受創經驗，以及年長之後一種對童年生活的恐懼和忿恨心理，來透析維吉妮亞深藏的精神性格。書中透露，維吉妮亞很怕照鏡子，怕從鏡中看見自己的容貌與身體，這是一種「性創傷」所導致的身體污穢和罪惡感。長年而持續性的性侵害，造成一種「自我嫌棄」的性格偏向，是一種自我冷淡和屈辱性自慰的心理症候。（宋國誠，2010：13）這對維吉妮亞的人格成長和精神健康造成了重大的傷害，導致她在新婚蜜月之後立即發生一次嚴重的精神崩潰，形成她婚姻生活持久的缺陷（性冷感）。維吉妮亞一向厭惡照相，恐懼異性關係而且傾向同性友誼。這種性傾向，引導了維吉妮亞小說《雅各的房間》中那種兩性裂痕似乎永遠無法協調的觀點。她厭惡以男性為中心的社交場合，對「觀視自己」的事物總是

強烈排斥和不安。長期的性壓迫和極度壓抑，使維吉妮亞走向女權
主義的陣營。(同上，13)維吉妮亞是一個上天賦予才華的女子，
但上天又給她無情的磨難，母親死亡已是惡夢的開始，加上親人無
情的對待，更是讓她的世界崩塌瓦解；又無法與他人傾訴自己遭受
的侵犯，只好在作品中「不自覺」的展現對男性強烈的排斥與厭惡
感，也對自己討厭與反感。可見心理因素對她作品的影響之深。

　　根據李賀現存 241 篇作品統計，「鬼」字出現 10 次，「魂」字
出現 12 次，「哭」字出現 10 次，「泣」字出現 15 次，「啼」字出現
30 次，「血」字出現 14 次，「死」字出現 23 次，「老」字出現 56
次，由這些字眼的頻繁出現，可見李賀對衰老、死亡、鬼怪世界的
高度興趣。如在雨夜裡讀書，他能與鬼魂相親，悲聞鬼唱。像〈秋
來〉就透露了：

> 桐風驚心壯士苦，衰燈絡緯啼寒素。
> 誰看青簡一編書，不遣花蟲粉空蠹。
> 思牽今夜腸應直，雨冷香魂弔書客。
> 秋墳鬼唱鮑家詩，恨血千年土中碧。
> (清聖祖敕編，1974：4399)

　　李賀的心靈與千古含憂的古詩人幽明相通，「香魂」與「書客」
直為一體，今日的「書客」不就是明日的「香魂」嗎？另一首〈蘇
小小墓〉記載他經過蘇小小墳墓時，竟彷彿看見女鬼現身：

> 幽蘭露，如啼眼。無物結同心，煙花不堪剪。草如茵，松如
> 蓋。風為裳，水為佩。油壁車，夕相待。冷翠燭，勞光彩。
> 西陵下，風吹雨。(清聖祖敕編，1974：4396)

　　《李賀詩選》引《方輿勝覽》云：「蘇小小墓在嘉興縣西南六十步。乃晉之歌妓，今有片刻在通判廳，題曰蘇小小墓。」又引李紳〈真娘墓詩序〉云：「嘉興縣前有吳妓人蘇小小墓。風雨之夕，或聞其上有歌吹之音。」李賀根據這些傳說從墓地景象興起聯想，所刻畫的女鬼形象幾乎是詩人親眼所賭、親身所感似的真實：鬼影飄飛且又鮮麗凸出。而他如此親近鬼神，固然是面對元和時代的衰落腐敗以及個人遭遇的偃蹇多難，從一味耽溺於陰沉憂柔，而又從中得到些許安慰。死亡的事實使他思索到時間的永恆性和摧毀性。（盧明瑜，1997）與仕途無緣的李賀，在失落頹敗之餘，只好轉而對神鬼世界去尋求。他思索著人生，人生是無法有所得，只好從虛無之中來找到慰藉，可看出這是作者「間接／輾轉」的情感表態。

　　有打腹稿習慣的王勃，他的父親就是有「譽兒癖」的王福時。生長在一個文學氣氛濃厚的家庭中，他對文學接觸得相當早，修養也自然深厚無疑了。（王序，1990：111）如同李賀，王勃也是一位早亡的天才詩人；而且和李賀一樣，命運也是充滿了挫折與打擊。在他的作品中〈送杜少府之任蜀川〉這首五律詩，是相當膾炙人口的名篇：

> 城闕輔三秦，風煙望五津。與君離別意，同是宦遊人。
> 海內存知己，天涯若彼鄰。無為在歧路，兒女共霑巾。
> （清聖祖敕編，1974：676）

　　在別意中透露出進取的壯志，對未來充滿信心，嚴守聲律而又真氣貫注，神往無跡，的確是送別詩中的精品，歷來受到人們的賞愛。（楊曉明，2003：42-43）王勃的腹稿癖屬於多元怪癖的自覺不自覺影響創作的部分，因為腹中有稿，也只有自己知道，或自己明白曉得而已。在詩中我們看到王勃對人情的體貼入微，與對存在感

受的真摯體悟。那對人情的體貼入微,如詩裡「與君離別意,同是宦遊人」兩句中表露無疑,因為他以「離別」的處境將雙方納入到共同面臨割捨的雙向情誼之中,再以仕途上奔波無奈的「宦遊」本質點出為官者難以倖免的無常命運。正所謂在〈別薛華〉「心事同漂泊,生涯共苦心」中的甘苦與共,而同時解消了貴賤窮達、去住行止、升沉起伏、幸與不幸等外在遭遇的差異,由情感和命運的層次跟本地抹除了彼此的不同,從而平息了即將遷謫遠方的友朋離京淪落的悲愴。然而,同時他的世界觀又是宏大的、自信的。在「與君離別意,同是宦遊人」的低調之後,接著「海內存知己,天涯若彼鄰」一語卻隨著拔高,以宏觀鳥瞰的視野將萬里縮於方寸,藉知己知情泯化了天涯阻隔的無限距離。這告訴我們:原來「思念」可以不是纏綿哀絕的眼淚,而可以向宇宙縱身騁望的飛翔!(歐麗娟,2001)王勃與李賀的遭遇猶如屈原與賈誼,但王勃以更曠達的視線來描繪他所屬於的人生,從作品當中「直接」說出他並未屈服於「命定」,既使宦途已被扼殺,但思想是無法被控制的。

　　從上所知這是王勃在文字作品中直接傾露的靈魂,作為心靈與思維萃取得來的結晶,可以說是作家存在的神隨。然而,作家的靈魂雖然鏤刻於作品當中,作品卻未必反映作家的現實性格。在思想使行動、創作中與生活之間,以互補的方式維持著一種特殊的均衡,特別是一個年輕的天才藝術家在盡情採擷的同時,因為生活歷練的不足,以致於在面對生活大流時翻覆滅頂。(歐麗娟,2001)

　　俄羅斯文豪托爾斯泰也是公認的文學巨擘。其中布局宏偉、結構複雜、描寫五百多位人物、逾130萬字的《戰爭與和平》,為世界文學作品中描述人物作最多和全球印刷數量最大的一部長篇小說,就是他的代表作。在《戰爭與和平》波瀾壯闊、氣勢磅礴的鉅構裡,托爾斯泰以拿破崙遠征俄國為時代背景,交錯描寫戰爭年代

與和平歲月，既生動呈現了 19 世紀俄國社會、政治變遷，也藉書
中兩位主角的遭遇，深度探索了生命的意義，被認為是俄國 19 世紀
初的時代教科書與世界文學最偉大的史詩式長篇小說。如裡面說：

> 上帝不是憑理性所能理解的，而是憑生活了解的⋯⋯最高的
> 智慧只有一個，要獲得這個智慧必須更新內在的自我，使自
> 己完善；為達此目的，我們必須在心裡放進上帝的光，這光
> 叫良心。（引自陳幸惠，2007）

托爾斯泰年輕時因為欠賭債，被驅離了莫斯科，於是加入高加
索邊境的軍隊，那地方那種荒野的氣味，積雪的山峰和乾燥的空
氣，使他欣喜若狂。經過四年半的軍隊生活，他以一名成名作家的
身分，回到享樂的世界來。可是他什麼都不曾浪費；他當時所知道
的，所察覺到的，如俄國軍隊悲劇式的剛勇，和高級軍官們殘忍性
的愚昧，都表現在《戰爭與和平》裡。他常常去一個御醫的家，後
來與柏爾斯家的女兒結婚，這個家永垂不朽，因為在「戰爭與和平」
裡，它化為洛斯托甫家。《戰爭與和平》描繪了各戰場，像圓形幻
畫似的，加上騎兵的攻擊，屠殺和英勇，莫斯科的焚燒，法國軍隊
經過無情的冰天雪地而退卻──一切全以雷霆萬鈞之力加以描
述，可謂空前絕後。（秦祥瑞，1977：50-51）托爾斯泰在作品中間
接／輾轉的述說了戰爭所帶來的悲哀。他是虔誠的教徒，上帝給予
人珍貴的生命，是如此輕易的被奪走，加上對於種種存在於當時的
不平等現象，是他從作品當中期望以筆打破的藩籬。托爾斯泰的多
元怪癖是直接影響文學創作。因為他需要絕對的安靜和覺對的獨
處，這是來自於它的幽靜癖好。

綜上所述，可知中西文化系統怪癖對文學創作造成的差異。西
方國家，長久以來就混合著古希臘哲學傳統和基督教信仰，這二者

都預設（相信）著宇宙萬物受造於一個至高無上的主宰，彼此激盪
後難免會讓人（特指西方人）聯想到在塵世創造器物和發明學說以
媲美造物主的風采。如科學就這樣在該構想被「勉為實踐」的情況
下誕生了。而基督徒深信「人類的始祖」因為背叛上帝的旨意而被
貶謫到塵世，以致於後世子孫代代背負著罪惡而來；而為了防止該
罪惡的孳生蔓延，他們設計了一個「相互牽制」或「相互監視」的
人為環境，也就是所謂的民主政治。（在文學上則設立獎賞制度如
諾貝爾文學獎）。（周慶華，2007a：187）而氣化觀型文化傳統在信
仰自然氣化道理的儒道信徒身上所體現的，他們所關懷的有緣純任
自然一路而來的個體的「困窘」（不自在）和緣重視人倫一路而來
的倫常的「敗壞」（社會不安定）。前者是道家的先知老子、莊子等
人透視人間世誘引個己的分別心和名利欲而遺留的夢魘後所考慮
要除去的。至於依附道家而又別為發展的道教，在既有關懷的基礎
上又加了一項「命限」，也足以令人側目。當中道教所認定的「困
窘」，基本上跟佛教所認定的「痛苦」無異（這也可以用來解釋佛
教東傳中土所以「一拍即合」而廣泛引起迴響的原因），只是構成
這一「困窘」的終極真實，多集中在較為明顯可見的「分別心」（別
彼此、別是非、別生死）和「名利慾」上，彼此稍有差別。而道家
信徒所要追求的終極目標，就是沒了分別心和名利慾的逍遙境界
（純真自然）、「坐忘」（離形去知）等涵養為他的終極承諾。這在
道教，又加了「方術」（如服食、燒煉、導引、內丹、符籙、禁劾
和祈讓等）以保全人的神氣而長生不老。這比道家的作法，似乎又
更「進」了一層。後者是儒家的先知孔子、孟子等人考察人間世私
心和私利橫行所造成而需要舒緩的惡跡。這跟道家的關懷對象可以
構成一種對比，而跟基督教的關懷對象也可以互照出本質的差異。
原因是上述各教派（學派）所關懷的都在一己的罪愆、苦痛的救贖

和解脫上，只有儒家獨在倫常方面著力。它以人倫的不和諧而導致
社會的不安定為關懷對象，並且認定私心和私利是構成倫常敗壞的
終極真實。如何扭轉，就在確立行仁行政這一終極目標，而以推己
及人（己欲立而立人，己欲達而達人）為終極承諾。（周慶華，2007a：
240-241）因此，中西方文化系統的內容，可製成關係圖如下：

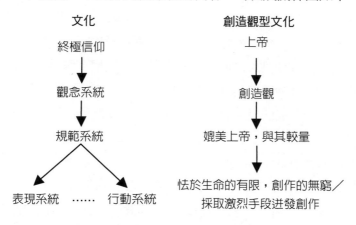

圖4-4-3　西方文人多元怪癖與文學創作直向關係的文化系統圖

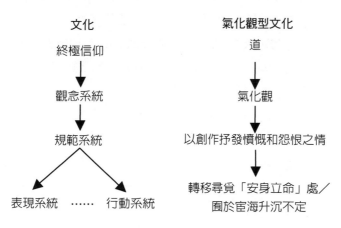

圖4-4-4　中方文人多元怪癖與文學創作直向關係的文化系統圖

　　從圖 4-4-3 可知為何在西方文人多有自戕的怪癖，而中方則沒有這樣強烈的手段，那是因為西方人除了有「原罪」觀念外，還有「塵世急迫感」的深層文化的影響。如海明威曾經對人這般說：「當你成為一個作家的時候，你會覺得非繼續工作不可，因為如果你一旦停頓下來，就會永遠把它失掉了。那時候，如果再想把它收回來，那只有上帝知道了。」又說：「我必須要繼續寫作。我預料再也不能活到五年以上，所以我必須趕緊的埋頭苦幹呢！」（秦祥瑞，1977：63）前面所列舉的西方文人都是世界文壇上舉足輕重的人，他們有些人在他們的聲望達到巔峰之際，怕無法再尋求自我突破時，便容易採取激烈的手段。因為西方文化受創造觀的影響，極力追求個人的榮耀、具有自我主宰的表現方式，加上線性觀念的發展，因此而想和上帝有所較量；於是在此競爭心理下，而當達到世界頂端怕無法再攀越的挫折時，或是對自己的創造要求達到極高時，就會轉而另尋一種更強硬的手段。而從圖 4-4-4 可知中方文人受氣化觀的影響，當中氣屬流動靈轉，嚮往和諧且重人倫「己欲立而立人，己欲達而達人」的目標；而當自己無法得其所欲時，便從追求「仕途」的方向轉而流動到另一個「適得其所」的地方。所以中方文人大多是失意人；而在氣化觀的影響下，如何從悲愴憤慨的下場找到自己的「安身立命」途徑，則是信守氣化觀型文化中的文人要走的「中庸」之道的唯一準則。

　　圖 4-4-2 中交集的部分，是文人怪癖對文學創作直向影響的模糊地帶，可以代表二者間有或廣闊的包含了其中兩個方面。因為此中含有不確定性，無法明確的認為屬於哪一種類別，所以將它存而不論。

第五章　文人怪癖與文學創作的
關係之二：辯證

第一節　嗜酒行為與文學創作的相剌激式辯證

文人怪癖與文學創作的關係，第二種是辯證。所謂辯證關係，在本研究所指稱的文人怪癖和文學創作的關係，在限定它們是由潛能到現實的歷程時，彼此就是一體的兩面；而在限定它們也可以是由現實到潛能的歷程時，彼此就是辯證的。因此，它們根本無法別為顯出什麼「正反合」或「演化」的特徵；它們只是「相互依存」。

此種關係，依理不出相剌激式辯證、互補式辯證、類唯心式辯證等情況（詳見第一章第二節）。本節所要探討的是相剌激式辯證，判定標準主要在於怪癖對於文人所產生的反應，可說是相互影響，也就是彼此互相刺激；所互相刺激的因素，會在文人作品中呈現。

嗜酒行為與文學創作會構成相剌激式辯證，是因為嗜酒對文人創作有催化作用，而有些文人在文學創作的中會流露出渴望喝酒，更加要接受酒精的刺激。但並非所有的文人都有這樣的渴望，也可能是互補式辯證或類唯心式辯證，這裡只是取較多可能性來討論。

換句話說，嗜酒成癖的文人，除了愛喝酒，更將「酒癖」形諸文字，越創作時酒喝的越多；而在創作中也會更想喝酒，酒氣與文氣合而為一。

此節要探究的就是這種嗜酒行為與文學創作的相刺激式辯證關係。而所謂相刺激式辯證，是指刺激源與創作行為中所產生雙向的影響。而相刺激式辯證在所有的辯證關係中是最典型、最基本的相互影響，所以是非屬於唯物或唯心辯證。相刺激式辯證有時較難判定，因為須從中審思創作者的背後動機來源，及作者的創作當下的情緒狀況，都不好探得詳情，所以只可作為一個參考的依據。但因為是怪癖與文人之間的相互刺激，並不是所有的怪癖行為都有對創作給予影響，所以在「量」上面較難以判斷。因此，這部分總的來說比較偏向神經上的刺激。如圖所示：

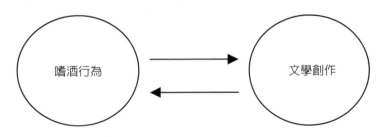

圖 5-1-1　嗜酒行為與文學創作相刺激式辯證圖

由圖 5-1-1 中得知嗜酒行為對文人創作給了一定的動力。原來文人飲酒，具有遠離塵囂、暫忘憂愁的作用。希望能遁入杯酒世界中，改造身心狀態，使自己進入酣醉境界，而後忘懷清醒時的得失順逆。（羅中峯，2001：171）而文人士子受過教育，或儒或道，都有自己對人生價值的追求，所謂「胸有大志」、「抱負甚高」。使他們不苟同一般百姓那種為滿足物質生活需要而忙碌勞作的生活，總

希望有一些精神的樂趣。因此，酒成為寄托友情的象徵；也可用酒寄情，酒又成為懷念、傷道的通情表情之物。也就是酒可以使氣氛熱烈、心理放鬆，增進了彼此的了解。所以南朝劉宋時代，荆州刺史王忱說：「三日不飲酒，覺形神不復相親。」可見酒在人際溝通中作用還不小。（布丁，1993：181）

　　酒鄉方能成為安居之所，陶潛的居息於酒正是酒入體內與身心的相互交融，其中有著基本的物性作用與生理基礎。依據《本草綱目》記載，「酒能行諸經不止」、「味之辛者能散，苦者能下，甘者居中而緩。用為導引，可以通行一身之表，至極高之分」、「明其性熱，獨冠群物，藥家多用以行其勢」。可見酒體內通行經絡，能散能下，快速的周遍全身，是其物性的本然，也自然立即改變身體的內在空間結構。由於傳統醫學認為身體的各部分包括身心之間的迴路，本就是一充盈著氣的具體空間，並以「氣」的流動來說明身體的空間性及形神、身心之間的關係。因此，酒的影響是形神具現、身心具在的。但是人的存在並不是一個孤立的個體，而是面對世界具有行動與反應能力的身體主體，酒醉後的身心在改變的同時仍然不斷向外投射，凝聚多變的環境氛圍，牽動著身體與世界的對話關係，這個關係最易從人際表現體察，也是酒具正負面的作用。（蔡瑜，2005）

　　因為酒容易取得，尤其酒精的特性是一種精神層面的催化劑，中方文人創作屬於意象式的描寫方式，是一種抽象化的概念，著重於意境的筆法。而文人飲酒達到精神上的迷亂、朦朧，進而讓思緒呈現跳躍思考，就好比文學也是意象的描繪，而文人喝了酒可以讓這個意象更加的豐富鮮明。

　　嗜酒行為對文學創作為何是屬於相刺激式的而非互補式的，前者因為酒精進入體內，產生麻痺微醺的反應，這樣的歷程是有立即的效度，因為文人抒寫著重意象、抽象的概念，而飲酒可讓思緒呈

現跳躍思考。但是互補式是文人需從具體的物質上得到創作的力量，在心裡得到「補償」或「安全感」，也可以說文人從中得到苗壯心靈的力量，所以嗜酒行為屬於相刺激式辯證，而下節所要談的辯證關係戀物則屬於互補式辯證。

　　根據圖 5-1-1 中在此顯示出和圖 4-1-1 不同的是，圖 4-1-1 為直向式（就是單向）的刺激，而在圖 5-1-1 則呈現出相刺激式辯證（就是相互影響或雙向）的方式，因為在酒精的衝擊下，文人產生了創作的欲望；反過來在創作力煥發的過程中，更有喝酒的衝動，所以圖 5-1-1 和第四節文人怪癖與文學創作的直向關係是不同的。雖然如此，由圖 5-1-2 卻可以看出，在嗜酒行為與文學創作的刺激式辯證中，仍可分為文人的自覺與不自覺兩種情況（雖然不自覺的部分比較罕見且難以察覺）：

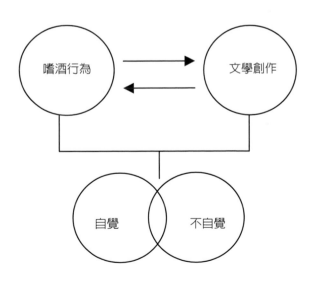

圖 5-1-2　嗜酒行為與文學創作相刺激式辯證的自覺與不自覺關係圖

陶潛在〈飲酒〉詩中的第十四首中說：

> 故人賞我趣，挈壺相與至。班荊坐松下，數斟已復醉。父老
> 雜亂言，觴酌失行次。不覺知有我，安知物為貴？悠悠迷所
> 留，酒中有深味。（陶潛，1996：183-184）

這首寫同趣的朋友聚飲、酣醉、忘情的妙味。如《莊子・秋水篇》所描繪的：「以道觀之，物無貴賤；以物觀之，自貴而相賤。」這是說喝酒喝到了「忘我」的境界，那裡還會知道「物」的可貴；這時大家所沉迷的就是一味「酒」以及喝酒的樂趣。（方祖燊，2002：154）

喝酒喝到了忘我，在心境上是一種何等的「灑脫」的境界，拋開了凡人世界的種種，陶潛進入了另一個更高、更深層次的「無我」之境。這種能忘卻自身耽溺酒味之中，是詩人的自覺部分。

有一年重陽節，園子裡開滿了菊花，香氣襲人，美麗極了。陶潛一個人坐在菊叢邊賞菊。他想一般人都希望長壽，所以對「九月九日」的重陽節特別喜歡，因為和「長久」有諧音，大家都要在這一天登高飲宴快樂一番。陶潛又想起看菊花能清心益壽，喝點酒能去慮忘憂；又喝酒又賞菊那又是多美的事呀！在這佳節豈可讓它白白過去！他這才又記起家裡好久都沒有藏酒了，也沒有多餘的錢可以買酒，杯爵塵生，酒罍空空。只好讓這菊花空自開的絢爛清逸，璀璨芬芳，無法酣醉欣賞。想起自己也正像這寒秋中的菊花一樣，徒自芬芳。誰來欣賞？雖然如此，他仍然很滿意這種隱居棲遲的生活。他不禁悠閒地唱起一支歌謠，抒寄自己的深情。看看花，唱唱歌，不是很安適快樂嗎？於是他寫下了一首「九日閒居」詩：

> 世短意常多，斯人樂久生；日月依辰至，舉俗愛其名。露淒
> 暄風息，氣澈天象明；往燕無遺影，來雁有餘聲。酒能祛百

慮，菊解制頹齡。如何蓬廬士，空視時運傾！塵爵恥虛罄，
寒華徒自榮。斂襟獨閒謠，緬焉起深情；棲遲固多娛，淹留
豈無成？（陶潛，1996：60-62）

　　所寫的正是「閒居」的生活感興。而陶潛摘了一大把菊花，正
想帶回去，剛好王弘派了一個白衣人送了好酒來，他高興極了，就
叫家人準備了肥蟹和園蔬來下酒。他就在菊叢邊喝起酒來，直喝到
醉了，才回屋裡睡大覺。（方祖燊，2002：224-225）陶潛雖無酒可
喝，但心心念念想喝酒，心中飲酒的渴望已從日常行為中不自覺的
顯露出來；而後又得酒暢飲，讓陶潛心中無限快意。

　　跟陶潛感情好又談得來的親友，像殷景仁、顏延之、羊松齡早
已離開了潯陽；如劉遺民、慧遠、張野都已經過世。這位白髮蒼蒼
的老詩人怎能不感到寂寞？尤其在細雨綿綿，路途為阻，園中樹
上，好花新開的春天，因為交通斷絕，連王弘都不能前來拜訪他。
他一個人在小室東窗邊，獨自喝著新釀的春酒，沒有親友可以談
心，只能獨自賞景，那種孤寂和孤獨的感觸可想而知。於是在他那
一季寂靜的春天裡，寫下了四章〈停雲〉詩：

靄靄停雲，時雨濛濛。八表同昏，平路伊阻。
靜寄東軒，春醪獨撫。良朋悠邈，搔首延佇。
停雲靄靄，時雨濛濛。八表同昏，平陸成江。
有酒有酒，閒飲東窗。願言懷人，舟車靡從。
東園之樹，枝條載榮。競用新好，以招餘情。
人亦有言，日月於征，安得促席，說彼平生。
翩翩飛鳥，息我庭柯。斂翮閒止，好聲相和。
豈無他人，念子實多。願言不獲，抱恨如何！
（陶潛，1996：4-6）

　　思念親友的情深，只能在獨酌悶酒中，來加深他對親友的思念。更讓他想起春天美麗的時光很快就要過去了，不能跟好友一起喝酒賞花，談說往事。在這裡，他忘記了物跟我的分別，人與樹的距離，構成了「情景交融」的境界，使萬物都飽含了情意。（方祖燊，2002：236-238）在孤單寂寞時，加上好友離去遙遠，不知今生能否有再相見的時候，陶潛在獨酌中道出悠悠的悵惘之情，是屬於自覺的表現。

　　陶潛對他的小孩，從小就寄以殷切的期望。他說自己晚睡早起，用心照顧孩子，教育孩子，希望他們長大了能夠成為傑出有用的人才。只因為家裡窮困，孩子不但跟著他擔飢挨寒，還要做一些繁重的家事，陶潛在心裡覺得對不起孩子；大概因此，他的孩子不能專心讀書，讀得也不太理想，所以他寫了一首「責子」詩：

> 白髮被兩鬢，肌膚不復實，雖有五男兒，總不好紙筆。阿舒已二八，懶惰故無匹；阿宣行志學，而不愛文術。雍端年十三，不識六與七。通子垂九齡，但覓梨與栗；天運苟如此，且進杯中物！（陶潛，1996：205-206）

　　一個人雖然達觀，可以忘情世事，可以忘情名利，但對自己兒女的愛與期望，卻未必真能放在心外，這也正是做父母的真情執著而不能忘懷的地方。（方祖燊，2002：104-105）這是文學創作反向對嗜酒行為產生相刺激式辯證，是屬於不自覺的反應。陶潛對孩子有很深的寄望，期待能成為國家的棟樑，但亂世當中保全性命已是難得，況且又沒有英明的國君，徒留無奈，自己覺得身愧於孩子，只好感嘆或許是天命如此，還是來飲一杯酒忘掉煩憂吧！

　　李白斗酒詩百篇，自然是酒刺激了李白寫詩靈感的結果。然而，李白的靈感是怎麼冒出來的？究竟是酒誘發了李白的靈感？還

是酒恢復了李白的靈感？李白自然是屬於「恢復型」的了。「恢復」是說，一個詩人原本才思橫溢，詩興長駐，一觸即發，由於長時間的大量飲酒，腦神經的元細胞膜逐漸硬化充滿，反應逐漸變得遲鈍，詩思慢慢枯澀，這就是慢性酒精中毒。須要再度飲酒，憑著酒精的刺激，腦細胞膜才能軟化，恢復原有的敏捷思維功能，詩思才能繼續如泉水般湧出。酒性一但過去，就麻木如初，詩的泉眼就被堵塞。如要再寫詩，就須再度喝酒。而李白是個「謫仙人」，才思、詩興自然要高於常人數倍，乃至數十倍。可是他狂飲、濫飲，「三百六十日，日日醉如泥」，這自然會造成慢性酒精中毒，而變得反應遲鈍，靈感不靈，必須借酒力恢復原有的才思與詩興。所以只要是在醉中，他的筆就不僅僅能生花，簡直就是一根魔棍，不論是有準備，還是無準備；是宿構，還是即興，只要筆一落紙，就會有驚風雨、泣鬼神的詩出來。當李白醉了的時候，就是他最清醒的時候；當他清醒的時候，就是他最糊塗的是時候。(謝楚發，1996：267-268)

　　在李白長流夜郎遇赦後，曾在江湘間遊歷了很長一段時間，與親朋好友、地方官員，交往甚密。在江夏與南陵縣令韋冰相與還。他與韋冰是老朋友，安史之亂起，韋冰在隴右張掖做官，李白卻長流到了三巴，彼此失去音信，不料忽然在此地相遇，這使李白驚喜異常，免不了開懷痛飲一番，暢敘情懷。醉後有詩相贈，就是〈江夏贈韋南陵冰〉，詩的末尾寫到：

> 人悶還心悶，苦辛長苦辛。愁來飲酒二千石，寒灰重暖生陽春。山公醉後能騎馬，別是風流賢主人。頭陀雲月多僧氣，山水何曾稱人意。不然鳴笳按鼓戲滄流，呼取江南女兒歌棹謳。我且為君捶碎黃鶴樓，君亦為吾倒卻鸚鵡洲。赤壁爭雄如夢裡，且須歌舞寬離憂。(清聖祖敕編，1974：1754)

這顯然是這些年來，他幾經挫折，愁悶鬱結，無處發洩，今日見了朋友，酒傾千鍾之後，平日忍隱。壓抑的狂傲、放誕之情，像火山爆發一樣發洩了出來，才說出如此動氣的話。說自己快要被如山如海的愁怨煩憂憋死了，恨不得捶碎這黃鶴樓，踢翻這鸚鵡洲，將眼前的一切砸個稀巴爛，才解心頭之恨。這樣狂放的感情與詩句，只有在李白酒酣之時才可能產生。（謝楚發，1996：271-272）

再看〈宣州謝朓樓餞別校書叔雲〉：

> 棄我去者，昨日之日不可留。
> 亂我心者，今日之日多煩憂。
> 長風萬里送秋雁，對此可以酣高樓。
> 蓬萊文章建安骨，中間小謝又清發。
> 俱懷逸興壯思飛，欲上青天攬日月。
> 抽刀斷水水更流，舉杯消愁愁更愁。
> 人生在世不稱意，明朝散髮弄扁舟。
>
> （清聖祖敕編，1974：1754）

這是個餞別的酒宴上，李白如果懷的是一般的煩憂，此刻酣飲高樓，正可以一澆了之；可是在他心中懷的是「人生在世不稱意」的真憂，所以酒喝得再多，也無濟於事，反而愈喝愈愁。為此他不能不老老實實地承認「抽刀斷水水更流，舉杯消愁愁更愁」。要用酒來消愁，就像抽刀斷水那樣不可能。（謝楚發，1996：277）

李白只要一飲酒，天地剎時就飛洋壯闊。李白酒杯的奔流域迴旋凝塑成盛唐氣象渾灝的時代風景。有時他是宴飲嗜酒為樂，與從弟遊於桃花園喝酒吟詩，如〈春夜宴從弟桃花園序〉：

> 開瓊筵以坐花，飛羽觴而醉月，不有佳詠，何伸雅懷？如詩
> 不成，罰依金谷酒數。（蘇石山，1998：590）

　　既然喝了酒，就不能不有寫詩的雅興。詩倘若寫得好，那是酒
盞中旋轉而成的才氣；詩倘若寫不出，還是酒喝得不夠，那就依照
石崇當年金谷園所擬的規定，好好地喝上三斗美酒吧！有時他和友
人歡飲，以詩題為證：「玩月金陵城西孫楚酒樓，答曙歌吹，日晚
乘醉著紫綺裘烏紗巾，與酒客數人棹歌秦淮，往石頭訪崔四侍御。」
這是天寶年間的金陵，李白倒穿宮廷的舊物紫綺裘和烏紗帽和友人
十餘人在船上喧呼笑鬧，歌酒自若。（范宜如等，1998：85）其實
李白的聰明、傲慢和狂放，在酒後表現得最為充分。他的醉酒是人
人皆知的；至於醉到什麼程度，是真醉，還是假醉，則只有他心裡
明白。他正可以利用這一點，借酒裝瘋賣傻，做一點平時想做卻不
敢做的事，說一點平時想說卻不敢說的話，或洩憤、或罵世、或抗
爭，使心情輕鬆一點，愉快一點。（謝楚發，1996：270）在〈江夏
贈韋南陵冰〉中李白道出只有酒才能一解愁緒，這是李白詩中不自
覺的體現。充滿狂想的李白，當然不可能把黃鶴樓搗碎，只好將情
緒傾洩於文字之中。而從〈宣州謝朓樓餞別校書叔雲〉與〈春夜宴
從弟桃花園序〉中，不管李白是快意不快意，稱心不稱心，總是有
「酒」這樣的好伴侶。心情不好要狂飲，心情愉快當然更非狂飲不
可，非酒不成，從而使得作品展現出文人自覺的癖好。

　　學仙是李白的終生追求，常常作夢也在煉丹。但如果問他酒與
成仙，只能選一樣，該選擇什麼，他最後還是會選擇飲酒，因為他
在詩中作過這樣的比較與選擇，如〈擬古〉之三：

> 提壺莫辭貧，取酒會四鄰。仙人殊恍惚，未若醉中真。
> （清聖祖敕編，1974：1862）

　　對凡人來說，仙人的生活雖說是逍遙自在，可是誰也沒有見過，那是虛無飄渺的。恍恍惚惚的東西，不如飲酒那樣的真切自然，所以最後還是選擇飲酒的好。李白求仙，自然是一種執著的精神追求，但沒有入魔，也沒有染上宗教的偏執狂，所以最後他仍要選擇物質上的滿足。（謝楚發，1996：279-281）這是文學創作反向對嗜酒行為與產生相刺激式辯證，是屬於自覺的反應。文人知道大家有成仙的夢想，但是文人想告訴自己與他人，追求遙不可及的東西，還不如實際一點，選擇看得到摸得到的美酒。

　　蘇軾被貶到黃州時，住在農莊雪堂和城內的臨皋亭，每天來回，不到三分之一的路程變成歷史上最受歌頌的髒泥路。蘇軾每天穿過黃泥坂到黃崗的東坡去，脫下文人的衣帽，換上普通農夫的衣裳，一般人都不認識他。種田的空檔中，他常回城內小醉一回，醉了就躺在草地上睡覺，傍晚等好心的農友叫醒他。有一天他喝醉了，就寫下一首名為〈黃泥坂詞〉的浪民狂想曲。後半部如下：

> 朝嬉黃泥之白雲兮，暮宿雪堂之青煙。喜於鳥之莫余驚兮，幸樵叟之我嫚。初被酒以行歌兮，忽放杖而醉偃。草為茵而塊為枕兮，穆華堂之清晏。紛墜露以濕衣兮，升素月之團團。感父老之呼覺兮，恐牛羊之予踐。於是蹶然而起，起而歌曰，月明兮星稀，迎余往兮餞余。歸歲既晏兮草木腓。歸來歸來，黃泥不可以久嬉。（引自林語堂，1993：224）

　　多虧他愛月愛酒，這種生活使蘇軾寫出了最好的散文和詩篇。（林語堂，1993：224）到黃州不久，蘇軾曾經發生過一次令人啼笑皆非的事情。某日，蘇東坡與數客夜飲江畔，醉而又醒，醒而又醉，至三更，填了一闋〈臨江仙〉詞，才於浩歌聲中和眾客分手。但到了翌日，有人謠傳他「暴斃」；有人謠傳他「冠服挂江邊，駕

舟長嘯而去」。當時他還屬「罪人」身分，須受「監視」的，郡司
聞報，不免驚慌失措，於是偵騎四出，遍處尋找，豈料搜尋到他住
所，他卻正鼾聲如雷，優遊於「黑甜鄉」中。因為，那闋〈臨江仙〉
詞的最後兩句，是「小舟從此逝，江海寄餘生」，以致而有「潛逃」
的誤傳。原詞如下：

> 夜飲東坡醒復醉，歸來彷彿三更。家僮鼻息已雷鳴。敲門都
> 不應，倚杖聽江聲。長恨此身非我有，何時忘卻營營。夜闌
> 風靜縠紋平。小舟從此逝，江海寄餘生。（張夢機等，2000：
> 116）

當時的黃州郡守，只意會及「小舟從此逝，江海寄餘生」，而急
得慌忙失態，立刻如臨大敵，率眾尋訪，而人回家睡覺，並未潛逃。
（陳香，1991：49-50）蘇軾著實把太守嚇壞了。他只是在江上小舟
中喝酒，感到晚上夜空很美，一時興起靈感大發，才寫下這首作品。
最後這個謠言傳到京師，連皇帝都聽到了。（林語堂，1993：225）

蘇軾被貶黃州時結識了許多好友，但來去並無法全遂己願。所
以友人溫久餞行，無非是為「把酒慰深幽」，掃除離情別意和蘇軾
一路上的孤淒。對於人生漂泊無定，聚散無常的悲哀，蘇軾似乎無
可奈何，只能藉著醉酒來驅散。如〈送岑著作〉：

> 懶者常有似，靜豈懶者徒。拙則近於直，而直豈拙歟。夫子
> 靜且直，雍容時卷舒。嗟我復何為，相得歡有餘。我本不違
> 世，而世與我殊。拙于林間鳩，懶於冰底魚。人皆笑其狂，
> 子獨憐其愚。直者有時信，靜者不終居。而我懶拙病，不受
> 砭藥除。臨行怪酒薄，已與別淚俱。後會豈無時，遂恐出處
> 疏。惟應故山夢，隨子到吾廬。（引自石韶華，2000）

在這個「交情自古春雲薄」的社會，蘇軾看盡人情冷暖、世態炎涼，昔日親近的友人，如今只剩下貌從。當別人對蘇軾指目牽引時，岑象求卻投以憐憫，這份情義殊為難得。所以岑象求今還蜀，蘇軾尤感不捨。無奈薄酒不能袪愁，別淚無法留人，期待後會又怕情誼淡薄了，只好冀望將山的幽夢長伴故人，好讓兩人情誼綿綿不絕。（石韶華，2000）如學者劉軍所說：美好的回憶、未來的憧憬、綿綿的離愁、真誠的祝福……統統在餞別的飲酒中得到了加深、得到了寄託、解脫、慰藉。臨別餞酒，在於這種浩瀚無際、深沉無底的情意中交流與貯存。（劉軍，1998：166）

從蘇軾的〈黃泥坂詞〉與〈臨江仙〉中，可以知道這時雖然被貶官，但才華洋溢的他，不管到哪裡都能發揮他的才能，做什麼像什麼；即使遇到不如意，也總能在痛苦的時光中，找出快樂的因子。當農夫能飲醉田旁，和友人夜舟賞月中歡飲，當然更要大醉一場，而這些都是蘇軾生活中暫且可以「放肆一番」的機會。從這裡也可看出酒癮的怪癖對蘇軾產生了不自覺的影響。而〈送岑著作〉是蘇軾在無奈人生中，觸動心靈的寄託只有「酒」這一位好「友」的寫照；而這位好友幫他驅離失落，對蘇軾來說屬於自覺的顯現。

陶潛飲必盡醉，醉必靈思暢發，賦詩以自娛，所以在他的作品中歌頌飲酒的樂趣非常多。在他的一百二十六首詩篇中，他用了跟「飲酒」有關的文字，有「酒、醪、酣、醉、醇、飲、斟、酌、餞、酤、壺、觴、杯、罄」等十幾字，其中單「酒」一字，就出現 32 個。由此可見他的作品與酒的關係。如〈連雨獨飲〉詩中說：

> 運生會歸盡，終古謂之然。世界有松喬，於今定何間。故老贈余酒，乃言飲得仙。試酌百情遠，重觴忽忘天。天豈去此

　　哉，任真無所先。雲鶴有奇翼，八表須臾還。自我抱茲獨，
僶俛四十年。形骸久已化，心在復何言。（陶潛，1996：93-94）

　　詩中的陶潛認為人既然不能長生不老，那麼人生在世就應多飲
酒自娛。因此，他就借故老贈酒，說只有喝酒才可以得到神仙一般
的快樂：試著小酌兩三杯，就會百情具遠，憂勞頓失；多喝幾杯，
甚至連「天」都渾然忘掉了。只是能飲酒自得，獨任真性，一切聽
之自然，與人無競，那就沒有什麼得失榮辱，先後高下之分，自然
能夠像神仙一樣，身生奇翼，非常的自由開闊。大致上，喝酒能夠
得到沉醉醇芳飄忽酣適的真樂趣，這樣求名求利的心自然會淡了下
去。因此，人間的榮利浮名，都可以像泥塵一般的擺落，自可解脫
一切煩惱。（方祖燊，2002：143-144）

　　我們可從上述探討其中西方文化上的差異。在此先將五個次系
統整編為以下關係圖，以便可以看出其中的差異性；並將它們各自
的內涵特徵順勢予以條列化。如下圖所示：

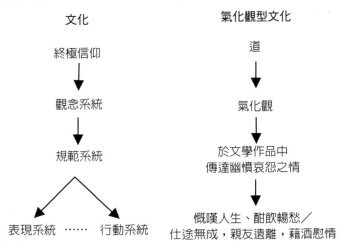

圖 5-1-3　中方文人嗜酒與文學創作辯證關係的文化系統圖

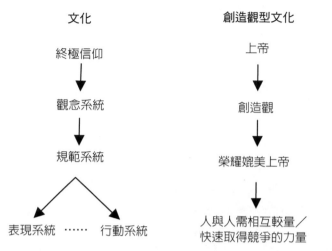

圖 5-1-4　西方文人無嗜酒與文學創作辯證關係的文化系統圖

　　可知中國傳統文人為氣化觀型文化所統攝，崇尚如「氣」流動般優雅瀟灑的寫意。而西方文人受創造觀型文化的影響，一心要模仿上帝的風采，以便「還原」或「存真」上帝造物的實況，進而讓帝國主義的威力遠播他方。（周慶華，2007b：88）由圖 5-1-3 中方社會屬大家庭式的生活模式，不容許個人的立場過度顯明，於是大家只好「渾然一氣」的埋首於文字當中，傾吐心聲。但在圖 5-1-4 可見西方社會強調個人主義，鼓勵展現自我的優點與美好，因為迸現上帝造物的「極美」，所以人和人之間在競爭當中期待碰撞出美好的火花來榮耀上帝。

第二節　戀物行為與文學創作的互補式辯證

　　本節探討的是戀物行為在文人創作文學時的互補式辯證關係。我們活在物質的世界裡，這就是我們的生活。我們相信物質是有魔

力的,可以滿足更深層的需要;而不論你想擁有某件東西,或是滿足自己已經擁有的東西,重點都不在答案,而在你自己的問題。試想我們想從物質中得到什麼樣的力量?為什麼我們想要得到這種力量?(珍‧漢默史洛,2002:48-49)也難怪文人生活於失意、落寞、恐懼中,渴望能從他處得到安全的撫慰,進而得到「補償」。

文人怪癖與文學創作的辯證關係,第二種是互補式辯證。

所謂互補式辯證關係,是指沒有了所需就用另外的來彌補;反過來,另外沒有了或不足時,就轉而再用原來的事物來彌補它。

戀物與文學創作的辯證關係,便是屬於互補式的。互補式是相互強化且會在量與質上顯現,而戀物會讓文學創作上的質和量有所提升;反過來文學創作也會強化戀物的質和量。此關鍵是戀物可以量多;而有可以對所戀物更加精緻的挑選,則是涉及到質的問題。當然這也不是絕對的,戀物行為與文學創作也有可能是相刺激式或類唯心式辯證,這裡一樣取較多可能性來探究。

戀物行為對文人創作來說,沒有了所需物就用創作來彌補它;或文學創作的動力沒有了或不足時,就轉而用戀物來彌補它。所謂互補式辯證,就是透過「戀物」與「文學創作」的相互協助、彼此強化文人之間自己的戀物所需,以及從中豐富自己的文學創作,致使有「量」或「質」的提升(就是所謂的互補)。

如下圖所示:

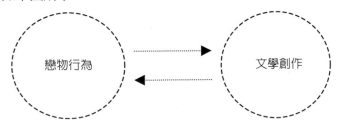

圖 5-2-1　戀物行為與文學創作互補式辯證圖

　　圖 5-2-1 顯出和圖 4-2-1 不同的是：圖 4-2-1 為單向式的刺激
（就是怪癖直接給予文人創作靈感），而在圖 5-2-1 則呈現出互補
式辯證（就是相互影響或雙向）的方式，因為在戀物的影響下，文
人產生了創作的欲望。所謂的互補，就是指彼此的連合、交合來彌
補或補足，或是補償彼此的不足（才各自用虛圈表示）；而補償可
以說是文人藉成就以克服自卑的歷程。換句話說，文人在戀物的行
為與文學創作上，其中一方如果有不足，便會驅使另一方去補足，
而造成戀物促使文人創作而在創作中又使文人更加沉迷於戀物的
情境。所以圖 5-2-1 和第四章文人怪癖與文學創作的直向關係是不
同的。雖然如此，由圖 5-2-2 卻可以看出，在戀物行為與文學創作
的互補式辯證中，仍可分為文人的自覺與不自覺兩種情況。當中自
覺的情形較多，而不自覺的情形則較不易顯現出來。雖然不自覺比
較罕見，但也不能說完全沒有，我們仍應該予以保留。

　　戀物行為與文學創作的關係為何是屬於互補式的，而不是相刺
激式的？那是因為相刺激式的來源取得容易，對文人精神層面可以
立即起催化作用；而互補式是文人需從具體的物質上得到創作的力
量，而這些具體的物質則是要文人本身長期收集而得來的。由於長
期浸淫在其中，在心理層面得到「補償」或「安全感」，也可以說
文人從中得到茁壯心靈的力量，所以戀物則屬於互補式辯證關係，
而嗜酒行為屬於相刺激式辯證關係。但又為何戀物不屬於類唯心式
辯證？那是因為戀物就是要透過具體事物，文人才能有所創作，但
屬於類唯心式辯證的潔癖／汙癖，則是指人自身的習性，一種與生
俱來的行為模式在心中產生漸進的辯證關係，是一體兩面的依存關
係；它是以其行為的感官活動造成創作的動力來源，所形成的二者
彼此互動關係。

　　但是從文人的心理狀況來看，只能從作品中來研判該「物」給予的是否為直接的刺激，因為「戀物」對文人創作的影響不一定是當下發生，有可能是在若干年以後才產生感觸，而我們不能排除這樣的情況。所以說對文人是自覺的情形大部分都存在，但是不自覺的反應也不能說完全沒有，只是這部分較難以覺察，因為以物質本身來看種類萬千，有時並非常有或容易隨身攜帶，這些帶給文人的是隱隱然的心靈上的安全感與放鬆。因此，可用下圖表示：

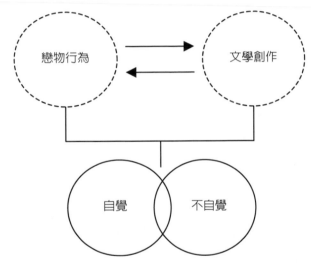

圖 5-2-2　　戀物行為與文學創作自覺與不自覺互補式辯證圖

　　如戀小腳癖的辜鴻銘，不僅主張一夫多妻，還要時常逛妓院。但他逛妓院志不在嫖，而為尋三寸金蓮，他認為女人腳美就是美人。因此，對女人小腳特具嗜好；尤其嗅小腳的臭味，每一嗅及輒文思勃興，他嘗戲稱那是一貼「興奮劑」。他曾以七字訣妙語傳聞士林。他說：「小腳女士、神秘美妙，講究的是瘦、小、尖、彎、

香、軟、正七字訣；婦人肉香，腳惟一也，前代纏足，實非虛證。」
又說：「女人之美，美在小足，小足之美，美在其臭，食品中其臭
豆腐、臭蛋之風味，差堪比擬」。所以他寫文章時，偶而文思枯竭，
只要把玩元配夫人淑姑的三寸金蓮，捏捏嗅嗅，頃刻之間，靈感泉
湧，下筆千言，倚馬可待。（王培堯，2001）這樣奇特與怪異的嗜
好，引得世人用怪世狂傑來形容他。

　　又如有人崇拜但丁，不僅因為他是一個歷史人物，更因為他是
沒有時間性的。這位義大利語文之父想像力和理想豐富，充滿拓荒
者的精神。所作《神曲》的重要性在於它說明了普世的信條——人
要成為社會的良好分子，必須反求諸己，深自省察，戰勝罪惡和誘
惑。那時他大聲疾呼，要求世人守秩序、愛和平、重公德。但丁的
《神曲》成名極早，所寫的每一細節都極逼真，如被詛咒者的痛苦、
得救者的喜悅、他自己在神遊途中所遭遇的危險經過等，所以許多
讀者竟認為是實在的故事。當年一個觀察家曾說，但丁時常出現憂
鬱而沉思的神態。從他的作品中，我們看出他強烈的意志、堅決的
主張、暴躁的脾氣。他的一些最好的詩簡直是謾罵；他以同樣激烈
的態度抨擊帝王、教皇和平民。可是他仍多出人頭地的朋友始終對
他忠心耿耿。他的戀愛影響了他的一生，啟發了他最理想化的思
想，這點我們不能忽視。但丁和琵雅特麗切（Beatrice Portinari）見
面的機會不多，但丁在關山遠隔中對她的懷念，就寫了不少優美的
情詩給她。但丁對琵雅特麗切的精神的愛「支配了他的靈魂」。他
在《神曲》裡把她當作樂園的嚮導。這樣一來，他的「心上人」也
就永垂不朽了。（秦祥瑞，1977：24-26）

　　但丁與琵雅特麗切邂逅九年後，這位年輕的女性真的和他寒
喧。但丁在《新生》中說：「他向我打招呼……禮貌的不可名狀，
以致於我似乎經歷了『無上的至福』。」但丁感到整個人都充滿了

幸福，回家倒頭便睡。他在夢中見到了他的主宰兼主人──「愛神」
的形象。「愛神」懷中抱著剛同他打過招呼的女子，「在我看來，她
除了裹著深紅色的布帛之外，別無寸縷」。「愛神」的一隻手握著但
丁的心，餵給這位女子吞食，然後仍抱著這位女子放聲啜泣，像是
要升往天庭。但丁恢復神智之後，寫了一首關於這場夢境的十四行
詩──他陳述道，他已經察覺「他有以音韻敘述字句的才能」，作
了若干自修的練習，並將這詩一份份送給全城「愛神的信徒」。（路
易斯，2003：43）但丁心中充滿了對琵雅特麗切無盡的愛意，但心
目中的女神終究因家族勢力而琵琶別抱，但丁只能將悔恨徒留心底
深處。或許正因為渴切而不可得，所以便將心中的激情與夢想放諸
文章，將對她奔放的情意轉成無與倫比充滿想像力的經典名作。

　　後來有一天有一位朋友前來，帶但丁去參加當地的一個聚會。
許多的年輕仕女一起來到一位新婚女性的家中：但丁解釋道，這些
仕女因為「新娘第一次在她新郎家中的餐桌上入席」，所以依照佛
羅倫斯的風俗前來為她作伴。但丁站在那裡凝視著這夥人，不禁感
到一陣極其強烈的顫動，他只好靠在深厚牆上的一幅畫上。他所以
心絃顫動，乃是因為他突然在這群仕女當中認出了琵雅特麗切。其
他的人觀察到但丁的情形，開始取笑他，顯然琵雅特麗切也加入起
鬨、但丁在稍微恢復神智之後，寫了一首十四行詩，對這項經驗表
達憂傷，〈妳與其他女子一起，嘲笑我的外貌〉（Con l'atre donne mia
vista gabbate）：

　　　　妳與其他女子一起，嘲笑我的外貌；
　　　　而你不曾想到，心上人，何以
　　　　我會像是一尊如此奇怪的人像
　　　　當我凝視妳的美艷。

如果妳洞悉此情，「憐憫」她

就不再經常頑固地將我來整。（引自路易斯，2003：66）

但丁又寫了兩首十四行詩，設法用它們來解釋他的狀況。他在第一首中寫道：

當我來見妳，

我的臉龐表現出我心的顏色；

它再衰竭，東倒西歪隨地傾斜，

劇烈的震顫引起醒醉，

似乎連石頭（墓碑）都在大叫：「去死，去死。」（引自路易斯，2003：67）

第二首十四行詩結尾表示：

……我奮力掙扎，想法子幫助自己；

一切皆為慘淡，勇氣全失，

想要治癒，我來看妳；

如果我抬眼看看，

我的心絃便起震顫

它來自我的脈搏，會使我魂飛魄散。（引自路易斯，2003：67）

　　這是後來但丁於 1290 年代的中期，它們才被蒐集在一起成為一部詩文夾雜、與眾不同的作品《新生》，並在但丁記載童年對琵雅特麗切一見鍾情，直到她香消玉殞都還愛她的敘述中，各自佔有地位。（路易斯，2003：65-68）在暗戀的人面前，但丁總是希望可以表現出最好的一面，但是詩人終究是失態了，琵雅特麗切和其他

人一起嘲笑但丁的窘況，使他無地自處，這讓但丁遭受莫大的打擊，所以詩人在此自覺的呈現出他心中強烈的反應與哀傷。

後來當琵雅特麗切香消玉殞時，但丁感到有義務替佛爾科‧波提納利（Foerke Portinari）傷心欲覺的女兒寫點詩。他創作了兩首十四行詩。其中一首比較引人入勝，它是這樣開始的：

> 妳的芳容憔悴
> 秀目低垂，憂傷難掩
> 是何原因，使妳的朱顏
> 看來向自己的模樣一般可憐？（引自路易斯，2003：77）

但丁敘述道：「幾天之後，事情就發生了，我身體的一部分被令人憂傷的病痛所纏，結果持續有九天之久，我嚐到了最厲害的痛苦」。他發燒發熱，為死亡的夢幻所苦；他看到一群蓬頭垢面的女子宣布他自己死亡，然後琵雅特麗切也死了，隨後看到天空變黑、地震、鳥雀墜地的異象──也就是世界末日。（路易斯，2003：76-77）對但丁來說琵雅特麗切的死亡，無異代表著自己也死去一般。她離去那一天，對但丁來說無疑是世界末日，他自覺的表現出痛哀傷至極的情感。

琵雅特麗切去世一年多後，但丁坐在某個公共場所中，滿腦子都充滿了痛苦的念頭。此刻他碰巧看到對面的大樓。「然後我看到一位溫柔的女子，年輕又非常美麗，以十分同情的眼光由窗口注視我。由她的神色判斷，所有的憐憫都出自她的內心」。但丁不久就發現自己在對這位窗邊的女子吟著十四行詩：

> 我的眼睛看到太多憐憫
> 出現在你的臉龐……（引自路易斯，2003：82）

　　在接下的日子裡，但丁便尋找這位不知名姓的年輕女性，憂愁的欣賞變成了積極的渴望與歡樂。直到但丁力稱自己擺脫了重重迷戀，倘若是上帝讓他長命百歲，他將「訴說他的種種切切，而對其他任何女性則從來沒有如此。」這件作品這樣預示了他作詩方面將有雄圖之後，便以下列的銘文作結：

> 但丁・阿里基耶利
>
> 的新生
>
> 結束於此（引自路易斯，2003：83）

　　新生畢竟是詩人但丁的整個生命，他是一位在寫詩中發現自己的存在有著偉大的目的的人。在新生的狀態中，對於永生的憧憬又加強了他的了解力。（路易斯，2003：82-83）但丁雖說看到的是陌生的女性，那名女性帶著同情的眼光看著但丁，但其實是在此位女性的眼中影射出自己的現況。但丁不自覺的流露出對琵雅特麗切的懷念，他認為應該重振起來，要如浴火鳳凰般的重生。

　　但丁在身體康復後，寫了一首〈坎佐尼〉，敘述他遭遇到的事：

> 一位富有同情心的妙齡女子，
>
> 全身洋溢著溫柔氣質，
>
> 他在我時常拜訪死神之地，
>
> 看到我的雙目充滿悲悽，
>
> 聽到我的話說空虛無力，
>
> 害怕得不禁悲泣。（引自路易斯，2003：78）

　　這是《新生》中的第二各重大的轉捩點，但丁對生與死的意義都有所了解。佛蘭西斯・佛格（Francis Fergusson）提供了令人信服的洞見：良夜的神祕樂趣及空虛失落，與中世紀愛情和死亡的浪

漫傳統不分家，但丁現在則與這份傳統分道揚鑣，而歡迎且讚美死亡是通往不朽的途徑。佛格森（Ferguson）說：「最後，死亡之甜美表示他深信琵雅特麗切的不朽，因而導致他再度肯定人類，並且使詩人神志一新，醒對世界。」（路易斯，2003：78-79）這是文人在文學文學創作對所戀物的行為產生了自覺的互補式辯證：在作品裡表達他對生命有了新的看法，死亡並不可怕。因為高貴的人是永遠不朽的，所以詩人在作品中闡揚所戀對象，是存於心中遠不朽，也感謝有這樣一位高貴的人。

　　但丁在童年時期愛慕著琵雅特麗切，也在當地學校接受基本教育，有時受私人導師的指導。顯然他讀過六世紀拉丁法學者普里西安（Priscian）的著作，他靠死記而學習道德教訓的《伊索寓言》，以及一本討論政治行為的論文。在拉第尼的指導之下，他所攻習的中古拉丁文，結果在他於十年後讀魏吉爾（Publius Vergilius Maro）、西賽羅（Marcus Tullius Cicero）、與波埃提烏斯（Anicius Manlius Severius Boethius）等人的著作時，不但幫不了忙，反而成了障礙。但是但丁博覽群書，吸收哲學、神學、文學、歷史等一切知識，而且過目不忘；他在佛羅倫斯各大教堂的內部閒逛，又到各個橋上徜徉，觀看河水山林連綿不絕的美景，經常都激起他在視覺方面的想像。（路易斯，2003：39-40）但丁在 1292 年到 1294 年博覽群書，為他的餘生產生了創作及智識的成果。如果他在《新生》結束時已經成了一位專心以抒情詩讚美愛情的詩人，那麼就以較有實質的文化而論他現在更加富足：他成了掌握十三世紀主要古典哲學派以及神學範疇內語言與觀念的詩人。（同上，88-89）但丁心裡除了對琵雅特麗切的依戀之外，這讓他感到幸福；另外在知識的追求上，也接受到相當程度的影響力。在這樣雙重的激勵下，加上但丁不自覺接觸到這些具體事物，而後才有充滿想像力的《神曲》。

　　嗜喝咖啡的巴爾札克發現一個很可怕且殘忍的方式，所以只推薦給精力旺盛、有著一頭烏黑健康的頭髮、皮膚為朱紅色，接近鮮紅色，手掌方大、兩條腿像路易十五廣場上的柱子一樣健壯的人。（奧諾雷・德・巴爾札克〔Honore de Balzac〕，2010：99）空腹喝咖啡時，這時你的胃，有如一個內壁布滿著天鵝絨般的袋子，覆蓋著吸盤和乳頭狀突。胃裡除了咖啡，什麼也沒有。於是咖啡便開始攻擊這敏感且柔軟舒服的內層袋，成為一種強制分泌胃液的食物，它扭擰著這些吸盤和乳頭狀突，就像女巫呼喚著神一樣。它粗暴地對待胃壁，猶如一名馬車伕百般粗魯地對待一匹年輕的馬。神經叢著了火，將火花一直傳送到大腦。於是身體內部一切全都動了起來：腦中的想法動搖得就像戰場上拿破崙大軍的一支營隊一樣，奮勇迎戰。「記憶」已就定位，展開軍旗；「比較、對照」就像輕騎兵，在策馬飛馳中整理好隊形；「邏輯」就像炮兵，急忙地帶著炮車及炮筒趕到；「機智才能」則變裝成狙擊手。寫作技巧開始浮現於腦海，白紙上布滿墨水筆跡，欲罷不能、徹夜通宵，直到黑墨汁如黑色豪雨般地下滿整桌紙張。猶如戰爭在黑色粉末撒滿天後結束一樣（勾芝龍在他的書裡記載著咖啡對巴爾札克的重要性：「晚餐過後，他就開始準備對他意義深遠的咖啡，一種歷史性的咖啡，就連伏爾泰喝的咖啡也無法媲美」）。（奧諾雷・德・巴爾札克〔Honore de Balzac〕，2010：99-103）

　　巴爾札克自己應該很明白的體認到咖啡這個刺激物，在他創作的歷程中已經是不可或缺的東西，而是沒有「它」就沒有作品，也沒有享譽文壇的偉構。

　　巴爾札克筆下的畫家弗雷法（《無名之傑作》主人翁和作曲家岡巴赫《岡巴赫》主人翁）過度追求絕對藝術的行為。這兩位追求藝術家受盡無力達到他們於理想幻象中瞥見的藝術境界的折磨，由

於違反創作的基本法則，他們的生命以一事無成告終。弗雷法與岡巴赫的激情是由於過度自愛，自我變得傲慢、邪惡、甚至腐化的表徵。這兩個藝術家失敗關鍵似乎在於他們有著撒旦式的驕傲；他們無理的奢望正是來自這份驕傲。最後，由於無法接受失敗的事實，弗雷法割頸自殺，而岡巴赫則淪落街頭，以賣唱維生。這兩位藝術家從事者高估自己的創作能力；人不是上帝，他們的能力是有限的，因此他們追求的完美藝術境界是永遠無法實現的。（陳維玲，2002）弗雷法追逐的美術理想是畫出具有藝術及生命完美境界的圖畫，然而藝術家可能如同大自然般有著完美無缺的創造能力嗎？想要精確地複製玄奧的現實事物，必須如上帝般擁有大自然的威力。我們發現弗雷法過錯的根源：他與上帝同化。所以他渴望抓住事物的本質，渴望向生命、大自然奪取奧秘，為的是讓自己擁有造物主的能力。至於岡巴赫，他幻想著伊甸悅耳的聲音。其反抗精神不在於他想徹底改變大自然的意圖，而是在於他堅信持有允許他與無限和超自然力量聯繫的天堂聖言的鑰匙。巴爾札克賦予他們真正藝術家的優點，及對工作的毅力與奮發，拒絕享樂，對藝術的鍾愛及自信。他們也意識到自己的偉大，意識到自己被選定從事創作但是他們絕不會放棄工作習慣，甚至當他們在未來擁有榮耀時，也不會放棄。（同上）巴爾札克正因為如此明瞭現實，知道創作除了是求得溫飽之外，也努力求取美好的名聲。但人的能耐終究有限，對自我作品要求還是必要的，那是一種負責的態度，不管是對自己還是他人，是對社會觀感的一種責任。雖然如此，巴爾札克盡心盡力的工作之餘，也是很懂得享樂，如他喜愛美食，在有能力負擔下對於住家的豪華裝飾也毫不馬虎，所以這是他在作品中闡發自覺的特性。作為一個天賦型的作家，必要達到盡善盡美，但終究無法與上帝相仿。

　　巴爾札克在 1814 年時，舉家遷至巴黎，他則進入雷匹特的寄宿學校。在這學校中，巴爾札克有被逐、被棄的感覺，因此在《悽慘人生》裡，他又把自己小時候的自己投射在拉斐爾的身上，藉著他說出以下的話：「我的父親從未給過零用錢：以為我有吃、有穿，肚子裡塞滿了拉丁文和希臘文，就完全滿意了……我認識上千左右的學生……卻不記得有那個孩子的雙親，對孩子是像這般全然不加聞問的」。巴爾札克一直不能祛除內在的反抗，因此也一直不能做個「好學生」，煩惱不已的父母於是又把他送到另一所學校。可是他在那裡仍沒有表現得更好，這使他母親懷疑，難道這小子真是沒出息的笨蛋？雖然母親怨嘆、指責，他終究還是完成了學業。（褚威格，1980：17、22）巴爾札克一直被壓抑著、撲熄了的反叛的火燄，突然在他的胸中燃起。他勇敢的抬起頭，堅決的宣稱，他不要作律師、公證人或法官，他不要從事什麼中產階級的行業。他已經下定決心要當個作家，要憑將來的傑作而獲取自立、財富和名聲。她的母親決定跟他長期抗戰，一定要他餓個半死不活的，她陪他去找房子，可是卻選了最差勁、最破敗、最受罪的房間，巴黎的貧民窟還比那些要好。縱是如此，巴爾札克的想像力卻遠超過他的現實環境千倍以上，他的眼光能賦予最樸實無華的事務以鮮活的意趣，並將醜惡提升。從他的蝸居，看到的是巴黎灰暗的屋頂，可是這樣陰沉的景象，也能帶給他安慰。《悽慘人生》裡這樣說：

> 我記得自己是多麼快活地將麵包浸在碗中的牛奶裡，一邊坐在窗前，呼吸著新鮮的空氣。我游目四顧這一片棕、紅和淺灰的瓦頂和石板屋頂覆著青蘚苔的景致……我看到一位老婦……清晰而鼻子勾曲的側影……一位年輕女子在梳粧，並

> 不是有人在看她。我只能瞧見她姣好的眉毛和長長的髮
> 辮……我細審那些蘚苔，他們的顏色經雨而鮮明起來……白
> 日的失意和風馳電掣……霧水的憂傷，太陽的徒然昇起，夜
> 晚靜寂的迷魅，日出的奇幻，烟囱的炊煙都是我所熟悉、使
> 我快樂的。我愛我的囚牢。我待在這裡，因為我要。（引自
> 褚威格，1980：22-23）

巴爾札克日以繼夜地坐在桌前寫著，常常三四天都不離開房間一步，即使出門，也只是去買麵包、水果和提神不可少的咖啡。（褚威格，1980：17-19、22、25）

巴爾札克從小是個不受寵愛的小孩，父母不付出應有的關愛，但卻要求他的未來；一但他可以自立門戶後，即馬上將那深埋已久的怨恨，一骨腦的宣洩出來，做自己想做的，寫自己想寫的，即使身處方寸之地，也不以為苦，因為他有他的理想。但從小受到的冷漠，在回首來時他仍不自覺的從作品中傾訴出來，母親輕視他，忽略他，他心中必有不服輸的因子存在，從小得不到母親的愛與包容，但他認為自己是不平凡的，是有天賦的作家，所以從上述作品可以看出這是屬於作者不自覺的部分。

另外，趙明誠和李清照的生活已傳為千古佳話。一般人心目中的印象是，以李清照的才華，趙明誠望塵莫及，都因為傳說趙明誠見到李清照那首〈醉花陰〉，心中不服氣，自己填了五十首，但仍然比不過李清照。其實他們兩人的才學是相輔相成的，可說是亦師亦友。李清照在金石學方面的興趣和造詣，就是趙明誠調教出來的。（鍾玲，1984）在靖康元年的夏天，有一次趙明誠出守淄川，在邢氏村偶得唐代白居易所書的《楞嚴經》，共一百幅，397 行。趙明誠欣賞後久久不忍釋手，於是漏夜騎馬攜回家與李清照欣賞。

當時喝酒又烹茶，相對展玩，狂喜不已。據趙明誠在《楞嚴經》跋上所敘經過的情形是這樣的：

> 淄川邢氏之村，邱地平濔，水林晶淯，牆麓磽确布錯，疑有隱君子居焉。問之，茲一村皆邢姓，而邢君有嘉，故潭長，好禮，遂告其廬，院中繁花正發。主人出接，不厭余為茲州守，而重余有素心之馨也。夏首後相經過，遂出樂天所書《楞嚴經》相示。因上馬疾驅歸，與細君共賞。時已二鼓下矣，酒渴甚，烹小龍團，相對展玩，狂喜不支。兩見燭跋，猶不欲寐，便下筆為之記。（引自傅錫壬，1987）

當時這對老夫老妻已經結婚 25 年。趙明誠還那麼急切地要李清照分享他的快樂，可見二人的相得相愛。李清照〈金石錄後序〉中描寫他們新婚之後，兩人一面吃瓜果，一面展玩碑文，自稱是上古治世葛天氏之民。一直到趙明誠去世，他們夫妻的確過的是神仙眷屬的生活，也可以想見趙明誠是李清照創作的泉源。（鍾玲，1984）

兩人新婚燕爾時，便沉浸在藝術海中。有一天，有一個人拿來一幅畫，問趙明誠買不買。那是一幅讓李清照眼睛發亮、趙明誠怦然心動的珍品，南唐大畫家徐熙的〈牡丹圖〉。那時人們評價徐熙「畫草樹蟲魚，妙奪造化」，「長於畫花竹……以墨筆畫之，殊草草，略施丹粉而已，神氣迥出，別有生動之意」。徐熙的畫，意境淡雅而有骨力，與李清照的創作風格有相通處。因此，〈牡丹圖〉讓李清照格外欣賞。而趙明誠是鑑賞家，焉能不知此畫的珍貴價值。可是賣畫人堅持要二十萬錢，少一文錢也不賣。或許此人並非真的想賣畫予趙明誠，只是藉機讓他這位專家鑑定一下真假。二十萬錢可是一筆驚人的數字，趙、李二人雖是官宦子弟，

一時也不易籌集這筆巨款。李清照夫婦對這幅名畫把玩不已，愛不釋手，留在家中欣賞了兩晝夜，終因想不出辦法籌不到錢，只得又還給了賣主。為此，夫婦二人相對惋惜、懊悔了好幾天。這件事對李清照觸動很深，為了更好地幫助丈夫搜集文物，李清照開始謀畫節約開支、積纂錢。於是她壓縮自己的日常生活開支：菜飯去掉第二道葷菜，每餐只吃一樣葷食；每個季節的衣服只有一件錦衣；頭上沒有明珠翡翠的裝飾物；室內沒有描金刺繡的傢俱器物。能有如此心胸作為的女子，實屬罕見。（余茝芳、舒靜，1999：105-106）

從李清照的許多作品中，不難發現她對趙明誠感情極深，不管多少年過去了，還是惦記著他們同甘共苦二十多年，與他展玩古器、賭書潑茶的丈夫。一但失去長伴左右的親人後，任誰也很難平復這種傷痛及失落，尤其她身為一個女性，要獨自生活那是更加困難與艱辛，但那過往的時光，仍舊是她生命中無法抹滅的光芒。

但無論受過什麼樣的傷害，李清照從沒動搖過對趙明誠的忠誠，他是她一生的摯愛。趙明誠雖英年早逝，但他在李清照心中獲得了精神上的永生。因此，對過去歲月裡曾有過的幸福快樂生活的回憶，成了他晚年苦澀生活的慰藉。翻開她晚年的作品，可以看見她深沉的憶昔傷今之感。這份痛徹肌骨的傷感被她淡淡訴來，卻有著震撼人心的力量，如〈孤雁兒〉中說：

> 藤床紙帳朝眠起，說不盡無佳思。沈香煙斷玉爐寒，伴我情懷如水。笛聲三弄。梅心驚破，多少春情意。小風疏雨蕭蕭地，又催下千行淚。吹簫人去玉樓空，腸斷與誰同倚？一枝折得，人間天上，沒個人堪寄。（余茝芳、舒靜，1999：146）

　　前半生她品嘗的只能算是清愁，後半生才為濃愁。前半生是和淚寫詩，依恃人巧；後半生是泣血成章，只賴天成。她把一生的悲傷，永恆的眷念濃縮為一首千古絕唱——〈聲聲慢〉：

> 尋尋覓覓，冷冷清清，悽悽慘慘戚戚。乍暖還寒時候，最難將息。三杯兩盞淡酒，怎敵他，晚來風急！雁過也，正傷心，卻是舊時相識。滿地黃花堆積。憔悴損，如今有誰堪摘？守著窗兒，獨自怎生得黑！梧桐更兼細雨，到黃昏，點點滴滴。這次第，怎一個愁字了得！（張夢機等，2000：218）

　　人生因為有美，所以最後一定是悲劇。李清照的人生正如奧斯卡‧王爾德（Oscar Wilde）所言，以喜劇開場，以悲劇結尾。（余苣芳、舒靜，1999：145-148）

　　她的一生，是多麼的悲淒感人，每每回首往昔快樂時光與丈夫夜晚烹茶，對書評品是如何的幸福，但一想到對照眼下的淒涼，孑然一身又是多麼的諷刺啊！無法想像李清照的愁苦悲慘，但回想過往時肯定是加倍的心痛，於是在這兩首詞中，詩人自覺的在文字中表達了自己遭逢不幸的微微嘆息。

　　李清照中年以後，國破家亡，丈夫病死，多年收集的文物散失殆盡，她孤獨困苦的流落在江南，一身承受「玉壺頒金」的政治打擊和改嫁非良善之人的痛苦折磨。可是她在兵荒馬亂、顛沛流離中卻產生了在安穩生活中絕對寫不出的動人作品。如〈武陵春〉：

> 風住塵香花已盡，日晚倦梳頭。物是人非事事休，欲語淚先流。聞說雙溪春尚好，也擬泛輕舟。只恐雙溪舴艋舟，載不動、許多愁！（張夢機等，2000：214）

詞裡本都是實，但襯以虛字，則化實為虛，從而更深刻地表達出題旨，寫出了人極其悲苦的心情。這是一個備受折磨婦女的心靈傾訴。（余莒芳、舒靜，1999：191、193）原來趙明誠的死亡，還不是她一生最大的苦痛而已，在她流離失所中，伴隨而來的竟是讓她冰清玉潔的人格蒙受不白之冤的政治汙衊；而所嫁非人的屈辱，是她一生也揮之不去的陰影。李清照這時的心情應該比死還要難受，午夜夢迴之際，在她堅強的意志下，對於命運不覺的吐露出奮力抵抗與幽幽的傷感，帶給後人是無盡的憐惜。

趙明誠在做官時，曾經收到李清照寫的〈醉花陰〉一詞，這闋詞寫的蘊意綿長，情深動人：

> 薄霧濃雲愁永晝，瑞腦消金獸。佳節又重陽，玉枕紗廚，半夜涼初透。東籬把酒黃昏後。有暗香盈袖。莫道不消魂，簾捲西風，人似黃花瘦。（張夢機等，2000：215）

李清照年近 40 歲時，金兵大舉來侵，愉快美滿的生活和藝術氣氛不幸就因國難而完全毀滅了。夫妻倆人把歷代收集的金石字畫拋棄了一大部分，然後再逃到江南。但數年後趙明誠患病死了，這時她所受的悲痛與打擊，真是無可形容的。她只好抱著一顆破碎的心，無依無靠地在貧苦悲苦的環境之中東飄西泊。（鄭惠文，1986：176）這是文人在文學創作上對所戀物的行為產生了不自覺的互補式關係：動盪的生活，離亂無依的心情，讓文人更加懷念往昔玩賞金石字畫、石刻、書籍的時光。

另一個終日在妓院裡打滾的文人是關漢卿。在他生活的時代，是一個長期戰亂的時代。在元朝統治下，各族人民受著民族和階級的雙重壓迫。人民的生命安全沒有保障，受鞭撻也習以為常，蒙古貴族甚至「殺其夫奪其妻」。至於各級貪官污吏的貪污搜刮，那更

是普遍的現象。（溫凌，1993：1、3）從「九儒十丐」的說法，可以反映出當時文人的地位一般是低下的。面對這種現實，文人大致採取三種不同的態度：一部分人投靠蒙古貴族，為他們出謀畫策，成為他們的統治工具；一部分人看不習慣黑暗現實，憂鬱消極，「杯酒自放」，作了隱士；還有一部分人既不作蒙古貴族的幫兇，也不逃避現實，而是對黑暗的社會現實進行抨擊。關漢卿就是屬於後一類人。他對現實社會是不滿的，他不願意做官，或者被排斥，而進入了社會底層，透過雜劇藝術來揭露黑暗的社會政治，寄託自己的理想。（溫凌，1993：7-9）

　　關漢卿作品之一的《魯齋郎》的時代背景是北宋。劇中描述權豪勢要魯齋郎到處橫行霸道，搶人劫物，先後在許州和鄭州搶走了銀匠李四、孔目張珪的妻子，弄得這兩家妻離子散，後來經龍圖閣待制開封府尹包拯用智謀把魯齋郎的名字改成「魚齊即」，騙得了皇帝的批准，才把他處斬，為民除害。是一部以反惡霸為主題的公案戲。可以看出《魯齋郎》雖然以北宋為背景，實際上描寫的是元朝的社會現實。像魯齋郎這樣的特權份子，在元朝蒙古貴族統治下的現實生活中是屢見不鮮的。據《馬可波羅遊記》記載，元世祖的寵臣阿合馬「凡有美婦而為彼所欲者，無一人得免。婦未婚，則娶以為妻；已婚，則強之從己。」關漢卿正是目睹了多少元朝的魯齋郎的橫行不法的行為。多少人被壓迫被損害的事實，以愛憎分明的感情，揭露了這個社會特定的尖銳的矛盾。（溫凌，1993：23、26）士人以出仕為主要歸途，可是在異族統治下士子完全無出仕的機會，而他們只好依偎勾欄，與妓女結為至交。在這社會的最底層生活，冷眼旁觀，用他的筆鋒刻出一道道理歷史的血痕，要世人永遠引以為鑒。所以看盡社會亂象後，關漢卿更是在作品中盡現人間煉

獄的景象。此為不覺的呈現心中百般的痛苦，暗自期待能有光明到來的那天。

關漢卿寫了許多以妓女生活為題材的雜劇，其中以《救風塵》一部最著名。《救風塵》是一部意義深刻的喜劇，歷來對它的評價很高。劇中敘述妓女宋引章因受富豪惡少周舍的甜言蜜語的迷惑，不聽結拜姐姐趙盼兒的勸告，丟棄了秀才安秀實而嫁給周舍。婚後，遭受周舍百般虐待，多虧趙盼兒仗義相救，用智謀鬥敗了周舍，才使她跳出火坑，和安秀實重圓。（溫凌，1993：34）最後，在這場曲折的抗爭中，趙盼兒表現了她那機智、勇敢的性格和敢於抗爭的精神。關漢卿所以能把趙盼兒寫得這樣成功，是由於他十分熟悉和同情妓女的生活遭遇。在舊社會，妓女被壓在最底層，受盡侮辱和欺凌。她們想跳出火坑，擺脫這種非人的生活，但這又談何容易。趙盼兒以她的親身閱歷所得的認識是「旬前程，覓下梢（終局、結局），恰便是黑海也似難尋覓」。關漢卿深刻的揭露了娼妓制度的罪惡；而更為可貴的，是作者還看到在這群妓女身上，蘊藏著正直的品德和反抗的精神。他概括了這種品德和精神，加以誇張，賦予樂觀的、勝利的理想，對於鼓舞當時被壓迫、被損害者的抗爭意志有著一定的作用。（溫凌，1993：38）整日在妓院廝混的關漢卿，與妓女接觸最為頻繁，對於她們的生活無一處不明瞭，也替她們感到身為社會卑微身分的憐惜，所以他仍為她們來平反。在作品中描述即便是妓女，也是有著高尚的人格和卓越的智慧，和那些雖是衣冠楚楚但包藏禍心的人是不同的，於是在作品中呈現作者的所見所聞及悲慟。

由以上相關說明對於中西戀物的不同，可以得出中西方文化系統的內容差異，並製成關係圖如下：

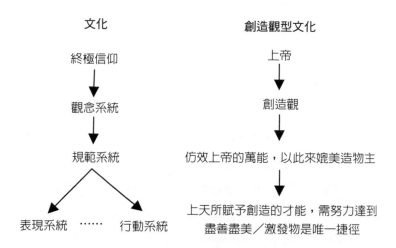

圖 5-2-3　西方文人戀物與文學創作辯證關係的文化系統圖

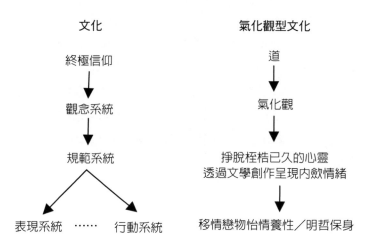

圖 5-2-4　中方文人戀物與文學創作辯證關係的文化系統圖

　　西方社會因為有「原罪」觀念，所以在宗教上努力尋求自我救贖，以便能重返天堂；但又因為彼此需相互競爭，以致出現明顯的

「塵世急迫感」。不過西方人認為造人的上帝，給予人的天賦各有不同，於是便有不同的方式來榮耀上帝，如科學、哲學、文學、政治、經濟等，伴隨而來的是殖民主義和資本主義的成形。而西方文化屬於創造觀型文化，個人著力於追求自我超越，進而比他人更加優秀，深怕在死後無法回歸上帝的身邊，因此有著緊張感；於是便醞釀尋找抒解壓力的方法，且要是更有效率的、更容易驅使自己振作起來的媒介。

巴爾札克回憶自己有一次在鄉下的朋友家裡，他們發現他當時十分易怒、熱中於和朋友爭論不休，討論問題時也不願低頭服輸。隔天，他承認了錯誤，大家於是開始尋找原因。那些朋友都是一流的學者，很快地就發現：原來是咖啡在尋找它的戰利品。（作者在解釋他的寫作創作過程，對他而言倘若要能寫出好的作品，必得身處於「亢奮」的狀態。然而，人會勞累，且亢奮狀態也會有一定的持續時間。因此，為維持寫作的精力，就唯有咖啡一條路，即使他內心清楚明白過量的咖啡是會讓他犧牲掉生命的成為咖啡的「戰利品」）。（奧諾雷・德・巴爾札克〔Honore de Balzac〕，2010：107）從這可以歸納出一個簡單的結論和教訓：某些精神刺激物一但廣泛取得、且積極促銷、降低價格，就會大受歡迎，如果這些人養成依賴的習慣，這些刺激物就所向披靡了。（大衛・柯特萊特〔David T. Courtwright〕，2000：23）

然而，驕者必敗！屈服於過度的誘惑，走極端的藝術家因為不懂謙卑而失敗，因為「只有謙卑能夠將我們繫於紮根的土地上；它迫使人們依靠土地，以土地為支撐點，以免遭受任何跌落失敗的危險」。因為沒有人能夠單單為了允許上帝佔領空間而在上帝面前表現卑下。但謙卑的深淵卻只能在上帝身上實現。在皮耶・洛布里（Pierre Laubriet）看來，藝術家必需接受藝術是限度的事實，且甘心只當個模仿者，而不是真正的創造者：他可能與上帝相似，但是

也只是相似。藝術家就像皮耶・洛布里所形容的：他只不過是「向上帝學樣的人」。（陳維玲，2002）

　　所以西方人終究明白人類不可能如同上帝一模一樣，但從「優選觀」可知要比別人優秀且更有機會的話，勢必要比別人花更多的時間和加倍努力付出。

　　如同安納瑪莉・巴洪（Ann-Marie Baron）所說：「藝術既不是複製品又不是抽象的作品，而是實在事物的揭露、發現或變樣」。在她看來，重新創造大自然是一無益、辦不到的企圖。這位自負畫家的過錯在於她這份想「重複現實事物」的反抗野心。（陳維玲，2002）巴爾札克努力創作，好像仿效上帝，但仍不可違背基本法則，越出秩序的界線，就如同上帝造人般井然有序。

　　中國傳統文化是屬於氣化觀型文化，而氣化觀型文化中的世界觀是以「陰陽精氣化生宇宙萬物」為核心而有種種宇宙萬物生成變化的或詳或略的說法。由於氣化的隨機集聚和不定性以及容易量產的緣故，形成了一個以「家族」為基本單位的社會結構型態。換句話說，漢民族緣於氣化觀的集聚謀畫的生活型態，在先天上就沒有個別感受組成分子私自說話的餘地，一切都得「顧全」周遭家族人的感受。戀物純然只能轉作心靈中心的投射，作為現實世界的情感寄託，既然無法突破藩籬，那麼只好在渾沌幽微中寄託隱微的意蘊。

　　在藝術創作的天地裡，苦與樂經常是相伴的，不管是陶然忘我，樂在其中；還是扭絞著心靈，苦思成吟，都是對於自己愛好的事物秉著一種執著的熱情。雖然苦思是嘔心瀝血，忘我是單純的快樂，但在生活中講究的卻是一種耐人尋味的「逸興」。（范宜如等，1994：150）文人雖然有抱負與責任，但主事者卻不加以重用，文人只好去尋求自己心裡所需的「物」來分散不滿怨懟的心，藉以達到「分心」的效果，也就是依「物」托情言志。

第三節　潔癖／汙癖行為與文學創作的類唯心式辯證

文人怪癖與文學創作的辯證關係，第三種是類唯心式辯證。

所謂類唯心式辯證，是指類似一個概念必然另起一個新的概念，從中開始的「正論」到相反的概念為「反論」，正反的綜合分析中彼此相互為用，產生漸進上升的境界；而在此雙向的連貫相互影響演化中，晉升為一體兩面的歷程，並潛移默化為具體的依存關係。

潔癖／汙癖為何放在類唯心式辯證範圍？那是，因為它是一種自身性的，比較私密性、又是個人性的行為，並非外物介入，所以跟文人創作形成一體兩面，也是和文學創作相互依存著往前邁進。當然這也不是絕對的，如果潔癖／汙癖被當成外物的話，也會被成相刺激式或互補式辯證，這裡也同樣取較多可能性來說。而總結本節和前二節的關係，可以圖式如下：

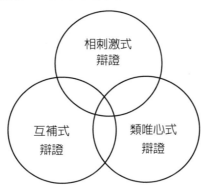

圖 5-3-1　相刺激式辯證／互補式辯證／類唯心式辯證關係圖

而相同的，在這裡也取沒有交集的部分來討論，對於它們相交集的模糊地帶得略去不談。

　　怪癖可以說來自於心理的不滿足，或是恐懼的一部分，所以會造成行為上的某種偏執或強迫的行為。在前面第四章第三節所探討的是潔癖／汙癖帶給文人文學創作上的影響，而這樣嗜好直接影響著性格，但在圖 5-3-1 與圖 5-3-2 中，與前面第四章所不同的是，在第四章是表示文人從潔癖／汙癖行為中倏發直接而得到創作的靈感。換句話說，在這樣的行為之中，文人因著怪異行徑所感受的心理因素。而在本章節的潔癖／汙癖行為與文學創作的類唯心式辯證中，指的是類似或接近唯心式辯證而非全然。表示文人在創作過程中，因為癖好的關係而激起創作慾望；或者是在創作的情境下，促動情緒而有嗜癖的渴望，這二者是以辯證方式在心理層面交錯運作。因為是一個概念必然另起一個新的概念，從中開始的「正論」到相反的概念為「反論」，正反的綜合分析中彼此相互為用，所以癖好與文學創作在彼此類唯心式辯證的情況下，會產生漸進上升的境界；而在此雙向的連貫相互影響演化中，晉升為一體兩面的歷程，並潛移默化為具體的依存關係。總括來說，本研究也是以「辯證法」和「心理學方法」互相搭配運用，取其有「相互影響」的部分來說明其中關係。

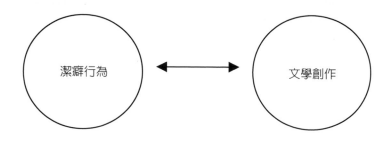

圖 5-3-2　潔癖／汙癖行為與文學創作類唯心式辯證圖

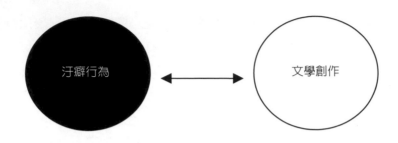

圖 5-3-3　潔癖／汙癖行為與文學創作類唯心式辯證圖

　　至於文人有潔癖但所創作出來的作品卻都呈現污穢、陰暗的內容；而文人有汙癖但創作出來的作品卻都是令人耳目清新、出淤泥而不染、潔淨飄逸的內容，以致有可能出現另一種類唯心式辯證。本節所論潔癖／汙癖屬於類唯心式辯證，是指文人習性、一種與生俱來的行為模式在心中產生漸進式的辯證關係，是相為依存的關係，以及是在感官活動行為中造成創作的動力來源，二者彼此有依賴關係，也是類似、接近於一種平衡的心理變化。但為何不屬於互補式的，也不是相刺激式？那是因為類唯心式辯證是文人主觀的心理變化，但是嗜酒中的相刺激式是文人從酒中取得創作靈感，而戀物中的互補式又得藉助「外力」或由外力協助，有長期性的因素下才有創作產生。

　　此外，從下圖 5-3-3 與圖 5-3-4 中潔癖／汙癖行為與文學創作的類唯心式辯證一樣有自覺與不自覺的現象。當中自覺的部分比較明顯，而不自覺的部分則比較難覺察。後者雖然不一定會從作品中顯現出來，但仍可以容許有它的存在，因為有時即使從各種跡象上也難以找著。換句話說，例子雖然難以找著，但在理論上應該保留有不自覺的情況存在。

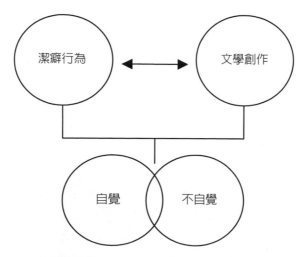

圖 5-3-4　潔癖行為與文學創作自覺與不自覺類唯心式辯證圖

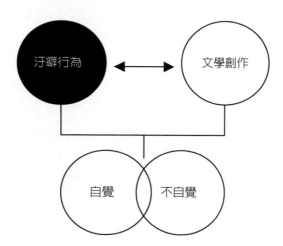

圖 5-3-5　汙癖行為與文學創作自覺與不自覺類唯心式辯證圖

　　據《雲林遺事》記載：有一次，雲林留客住宿，夜聞客人咳嗽，翌晨就命僕人仔細檢查有沒有痰涎吐出。僕偽稱痰吐在桐葉上了，雲林馬上叫人把梧桐樹洗淨，並把著痰的桐葉剪下，丟到老遠的地

方。雲林還時常叫僕人去七寶泉汲水，用前桶的水烹茶，用後桶的水洗腳。人家問他是什麼緣故，他說：後桶的水恐為挑者屁薰，所以只宜洗腳。《雲林遺事》還記載了一段他有趣的故事：雲林鄙視那些附庸風雅的人，所以得罪被關。他在獄中，每遇獄卒送飯，必叫高舉過眉，獄卒問他為什麼，他說：「恐怕涎沫濺到飯裡」。獄卒大怒，把他鎖在廁所旁邊，後經過許多人說情，才得以釋放。（方時雨，1986：89）

　　白居易很注意居住的環境，他借住長樂里的時候，曾為人整修竹林；到盩厔以後，又種花養竹美化環境。所以宋葛力方在《韻語秋陽》中引他的話說：「余自幼迄老，若白屋若朱門，凡所止，雖一日二日，輒覆簣土為臺，聚拳石為山，環斗水為池，所謂君子之居，一日必葺者者邪」。他在〈新昌新居書事四十韻因寄元郎中張博士〉詩中，說明了卜居的經過，而且詳細說明房子的位置，環境及整修的情形。這裡沒車馬的煩囂，很像山野一樣的清幽，有蒼松、翠竹，有開滿鮮花的花園，他的作品裡常常透顯庭園松竹花草的美。（劉維崇，1970：19、57）

　　洗澡在中國古代稱為沐浴。「沐」字是指洗頭髮，「浴」字是指洗身體。而且有時候被認為是一件很隆重的事。一般說來，中國古人是不常洗澡的，這可能與氣候、水源、貧富、生活習性有關，甚至於也有古人認為洗澡會損傷元氣。但洗澡本身卻是一件很令人舒服的事。唐人呂溫〈河中城南姚家浴後贈主人〉說：「新浴振輕衣，滿堂寒月色。主人有美酒，況是曾相識。」在有月亮的晚上，於朋友家中洗過澡後，穿著輕便的衣服，與朋友共飲美酒，其心情當然舒暢無比。（蔣武雄，2009）

　　所以對愛乾淨的白居易來說，經由沐浴的行為，能讓他得到相當的放鬆與自在。如〈香山寺石樓潭夜浴〉中提及：

炎光晝方熾，暑氣宵彌毒。搖扇風甚微，褰裳汗霢霂。起向
月下行，來就潭中浴。平石為浴床，窪石為浴斛。綃巾薄露
頂，草屨輕乘足。清涼詠而歸，歸上石樓宿。（清聖祖敕編，
1979：4999）

再看另一首〈早梳頭〉中說：

夜沐早梳頭，窗明秋鏡曉。颯然握中髮，一沐知一少。年事
漸蹉跎，世緣方繳繞。不學空門法，老病何由了。未得無生
心，白頭亦為夭。（清聖祖敕編，1979：4771）

白居易是有潔癖的代表人物，由以上的詩中可看出沐浴對他來
說是一件使他心情美好的事情。

另外，再看白居易的另一首〈詠懷〉：

自從委順任浮沉，漸學年多功用深，漸覺年多功用深。面上
減除憂喜色，胸中銷盡是非心。妻兒不問唯耽酒，冠帶皆慵
只抱琴。長笑靈均不知命，江蘺叢畔苦悲吟。（清聖祖敕編，
1979：4743）

因為主體不於聲名利祿中建立價值，所以白居易選擇了「委順」
的態度來面對外在一切的變化紛擾。委順就是委命，因委命而使主
體自身不計較與在意身外的是非，主體不被外界所牽動而得以滅除
得失憂喜之心。此詩從主體不拘泥於物的角度來審視屈原的行徑，
白居易認為屈原「不知命」，其悲吟騷辭均是一種不知命的自我痛
苦。當然，白居易也不是不了解屈賦所以動人最主要的原因乃在屈
原「不知命」。如他早期的詩：「楚懷放靈均，國政亦荒淫，彷徨未
忍決，遶澤行悲吟」，直接道出屈原所以遶澤悲吟的緣故，乃是他

「未忍決」的處世態度,彷徨不去是理所當然。但是白詩中寫道「長笑靈均不知命」,言下之意便是白居易「知命」,而知命的具體概念便是展現出「委順任浮沉」的人生觀,操持此觀念久了之後,便能有相應的「功用」。(陳家煌,2009:97-98)

白居易什麼事都不想管,所以對什麼事都懶散了起來。他到底懶到什麼程度?他時常不冠不帶,不梳頭不洗澡,不與友人來往,不專自己職守,書不讀琴不彈,日上三竿還擁衾不起。如〈慵不能〉:「腰慵不能帶,頭慵不能冠」;又如〈適意〉:「終日一蔬食,終年一布裘。寒來彌懶放,數日一梳頭」;又如〈因沐感髮寄朗上人〉:「年長身轉慵,百事無所欲。乃至頭上發,經年方一沐」。都可以看出他懶散的毛病。(劉維崇,1970:222)

再以〈詠慵〉為例來看:

> 有官慵不選,有田慵不農。屋穿慵不葺,衣裂慵不縫。有酒
> 慵不酌,無異樽長空。有琴慵不彈,亦與無絃同。家人告飯
> 盡,欲炊慵不舂。親朋寄書至,欲讀慵開封。常聞嵇叔夜,
> 一生在慵中。彈琴復鍛鐵,比我未為慵。(清聖祖敕編,1979:
> 4733)

白居易此詩看似曠達,實則滿腹牢騷。詩中「慵」意,觀其內容,較接近「無趣」、「無奈」,或是因為沒心情而提不起勁。詩中有官慵不選,如前文所提及,乃是白居易不滿意吏部所注擬的官職,在期待能重回翰林院的心情下,白居易的「有官慵不選」乃是一種淡然的埋怨。同樣的,不葺屋、不縫衣、不酌酒,主要是訴說自身因為無官而無收入所造成的貧困,沒有足夠的經費能從事上述的庶物;因欠缺經費而產生慵懶的心,屋況不佳、衣服破綻也無心力彌補。不飲酒、不彈琴的原因,則是經濟狀況不佳,提不起心情

從事自己喜好的娛樂。親友來信，因鮮有補官好消息，因此，白居易多意志消沉，懶得開封閱讀。因此，這一首詩幾乎是白居易埋怨久未補官，在沒有收入的情況下，導致生活經濟有困難。所以在白居易母喪滿、服除年餘後，遲遲不得補官，閑賦家中，對於自己無所事事而抒發其「感慨」。（陳家煌，2009：266）

　　在前面的〈香山寺石樓潭夜浴〉與〈早梳頭〉，可以想見白居易對於自身的好潔程度是有一定的要求。在詩裡面甚至因為沐浴清洗的緣故，看見自己的斑斑白髮的出現，而感嘆自己年輕不再，這是詩人明顯的自覺表現，將癖好反映於詩作中。但另外的〈詠懷〉與〈詠慵〉是屬於不自覺的情況，因為白居易既有潔癖，怎麼可能讓自己淪落到不修邊幅的狀況，想必是遭遇到令他大感喪氣的事情，心中滿滿怨氣無法發洩，已經無心整理自己，甚至是無心去關心任何事。於是故意做一些叛逆的行為，甚至希望能像嵇康那樣離經叛道，什麼都不要管才好；但又放心不下，既意懶又愛潔，實在是衝突不已。

　　白居易又在〈沐浴〉中說：

> 經年不沐浴，塵垢滿肌膚。今朝一澡濯，衰瘦頗有餘。老色頭鬢白，病形支體虛。衣寬有賸帶，髮少不勝梳。自問今年幾，春秋四十初。四十已如此，七十復何如？（清聖祖敕編，1979：4787）

　　這首詩反映出白居易真的是很久沒有洗澡了，因此終於有機會洗澡時，脫光衣服看到自己逐漸衰老的身體，想到四十歲已是如此光景，到七十歲又會是如何？不禁感嘆起來。（蔣武雄，2009）這是文學創作自覺性的對潔癖行為的類唯心式辯證：白居易愛潔，抒發於文學創作中，一但如願梳洗完畢，又看到自己不再年輕的面貌，更加不由自主的悲從中來。

　　有嚴重潔癖的森鷗外，也有著令人無法理解的一面。如在宴客席上，不愛喝酒的森鷗外也破例飲日本酒。森鷗外認為有賀古鶴所有的豪飲是痛快之舉，心情好的時候也會這樣喝。他在德國留學時代著有〈啤酒利尿作用〉的論文，研究內探討喝啤酒會想要小便的原因。森鷗外偶爾也和友人一起喝啤酒，把自己當實驗材料。但是他卻嚴禁自己的小孩沾酒。就連精養軒飯後甜點送上的奶昔，都因為「有酒精成分不准喝」而拿開。由此可看出森鷗外身為醫師異常神經質的一面。森鷗外帶著小孩時，常會認真挑選有名餐廳。森於菟敘述「大約一年會帶我到料理店兩次，多半是上野精養軒或九段的富士見軒，或者赤坂的偕樂園。當時東京知名的西洋料理店和支那料理店就是這三家。第一次品嘗到美味的支那料理，還有端上來的好幾樣小菜，都讓我留下深刻的印象。還有到神田川吃鰻魚的時候，等了太久覺得無聊，父親看著酒杯，說櫃子的門環圍著四個田字『環應該要唸成 KWAN，WA 的用法不對了』。此時父親的話很少，只是緩緩飲啜著酒。請一名美麗的女侍到我身邊收拾掉落的殘渣，默默微笑看著我。」（嵐山光三郎，2004：20-21）

　　有著嚴肅性格的森鷗外，連菜單招牌的錯字都不能容忍，可見其神經質的一般。這種性格導致鷗外喜好爭論，在文壇和坪內逍遙以沒理想論爭聞名；在專業醫學界也和《醫界時報》進行旁觀機關爭論；反對文部省發表的假名用法；五十歲時反對晉級令改正而自發請辭。森鷗外嚴密的潔癖，不容許任何妥協，在料理上也一以貫之。由於對於細菌的異常恐懼，森茉莉從小只吃煮過的水果長大。由「在親戚家為生水蜜桃的美味而驚嘆，在谷中清水町第一次喝到冰水」可以見得。（嵐山光三郎，2004：22）

　　森鷗外嚴謹的性格也反映到在描述傳奇人物時一絲不苟的態度，頗具實事求是的考據精神。《澀江抽齋》是森鷗外為偶然機會

下發現的一位江戶後期的儒學者叫澀江抽齋所寫的。對方是位優秀
的考證學者，與森鷗外一樣是個醫生。森鷗外將他的事蹟、志操、
交友情形、興趣、個性等予以明確的考證、解析。森鷗外在收集武
鑑（是指類似武家簡介般的紀錄）時對澀江抽齋很有興趣，在鑽研
澀江抽齋的傳記時，發現此人既是醫生又是官吏，同時也十分愛好
學問，種種經歷與自己十分相似。他說：「抽齋是『我』非常敬畏
的人」，接著是下列的敘述：

> 然而應該稱奇的是此人不僅走康莊大道而已，他也走羊腸小
> 徑。澀江抽齋不只讀諸子、經書而已，連古老的武鍵或是江
> 戶圖他也涉獵。若是澀江抽齋與我是同時代的人的話，兩個
> 人一定會在繁華的街上擦身而過。於是，我對此人不再陌
> 生，對澀江抽齋也因此感到特別親近。（引自林淑丹，2005）

其實澀江抽齋不單單如此，他廣讀各種領域的書籍，閱讀的觸
角伸的遠比一般人還廣。倘若澀江抽齋與森鷗外是同一個時代的人
的話，一定會很合得來。森鷗外先點出「抽齋是『我』非常敬畏的
人」，給予讀者莊重、正面的印象。然後帶出澀江抽齋的出眾、不
平凡的讀書習慣。澀江抽齋有首抒發心志的詩，被引作《澀江抽齋》
的開場白：「三十七年如一瞬，學醫傳業薄才伸。枯榮窮達任天命，
安樂換錢不患貧」。森鷗外介紹他的著作不僅與自己本行的醫學方
面有關的書，還有哲學、醫術相關的書籍，他樸素、腳踏實地過著
身為醫生、官吏、學者的生活。具有如此的修養及興趣的澀江抽齋
可說是個奇士，十分與眾不同。並且從森鷗外為何會以澀江抽齋作
為寫作題材的角度來看，我們也不難想像是醫生、官吏又喜好學問
的種種特點與森鷗外十分酷似，所以森鷗外自然對澀江抽齋感到特
別親近，因而對他產生濃厚的興趣。（林淑丹，2005）森鷗外對於

在歷史人物中找到與自己生活經歷相仿的人物時，應該是既高興又感到榮耀的，對於有相同情況的偉大人物，當然要大書特書；尤其澀江抽齋和自己一樣都有認真求是的態度。這是屬於文人自覺的部分，所以森鷗外好比找到了一面鏡子。

在森鷗外諸多的歷史小說中，豪傑傳《佐橋甚五郎》是一本頗耐人尋味的作品。《佐橋甚五郎》的大意如下：佐橋甚五郎是個非常靈敏、身手矯健的青年，武藝高強，是個中的佼佼者，在所有年紀相近的武士中脫穎而出，幾乎無人能與匹敵，尤其擅長吹笛。有一天誤殺了同儕，求助於德川家康，於是德川家康便提出交換的條件，倘若他能討伐甘利四郎三郎的話就幫他脫罪。於是佐橋甚五郎便吹著他拿手的的笛子，輕易地將臥在他膝前的甘利四郎三郎殺了。可是此時德川家康卻改變心意，說到：「多虧我那麼疼愛甘利四郎三郎，對他就像對自己小孩般，那兇狠的小子卻趁熟睡時把他給殺了」。在隔壁房間無意間聽到這番話的佐橋甚五郎，甚為感慨，此後便不知去向。佐橋甚五郎果然是一個「意志堅定又強悍的人」，作品裡把他偏激、不尋常的作風及與德川家康強大的權勢下對立的情形，十分鮮明地刻畫出來。可以再看一次森鷗外對作品《佐橋甚五郎》的簡介：「小山城中的一個賞月的宴會上，當年的美少年佐橋甚五郎，趁城主甘利四郎三郎熟睡時將他殺害。他嘲笑德川家康，打退濱松，偷偷地前往朝鮮，在慶長十二年時以朝鮮國使者身分來朝，以威嚴凜正的態度謁見德川家康的奇人。意志堅強又強悍的人，連家康也要警戒十分，描寫他曲折離奇的一生的故事」。可以肯定的是，倘若以中國小說傳奇的概念，重新分析佐橋甚五郎的人物造型時，我們可以理解豪傑佐橋甚五郎不是一個言行與他人異的怪人，而是一個出眾、具優異特質的奇才；同時也不難看出森鷗外對中國傳奇小說中奇人、奇才的關懷在《佐橋甚五郎》中表露無

遺。（林淑丹，2005）在前面所述森鷗外的言行，可以知道他是一個自我要求嚴謹的人，一字一句都馬虎不得；而這樣的性格，暗自期望在眾人當中脫穎而出，所以他挑選佐橋甚五郎是有寄託情懷在裡面，是屬於文人不自覺的一面，期望可以同這些歷史奇人受到大家的矚目。

　　另一個潔癖重症患者就是泉鏡花，不只愛乾淨，連要吃進肚裡的食物也都要煮沸消毒過。他因為實在太害怕細菌了，所以還隨身攜帶放有酒精棉的攜帶型消毒氣，以便隨時擦拭手指。必須跪坐在榻榻米上行禮的時候，他會將手背朝下再點頭行禮。公共廁所因為小便可能噴上來，所以他拒絕使用。所有和他熟識的友人，每每見識到他既奇特又異常的行為時，都十分驚訝。所有的食物除非煮開他絕對不吃。即使是艷陽高照的夏天，他照樣一邊吹氣一邊吃著熱騰騰的雞肉火鍋和滾燙的酒。他喜歡豆腐；縱是因為家境貧窮，但他燉煮豆腐的方式一點也不馬虎，且相當具有煮沸殺菌的效果。（嵐山光三郎，2004：75、77）此外，他喝茶要先把烘焙過的茶葉煮沸加鹽後才肯喝。他對粗茶也有特別的沖泡方式。泉名月曾說他沖泡粗茶時，會將燒得火紅的木炭放進小型的櫻花木長火盆，再用盛岡產的鐵水壺把水燒開，將烘焙好的茶葉放入萬古燒的茶壺中倒入熱水，熱水必須醃過茶壺才行。他每晚會喝兩壺左右的酒，而且還是熱得讓人連酒壺都拿不住，可能燙傷嘴巴的酒。他還曾經寫過「山茶花和剛燙好的熱酒」的句子。（嵐山光三郎，2004：76）這樣的怪異行為可說是癖到了極致，不造成任何人的困擾是不可能的事情。

　　雖然泉鏡花在私生活中有異常的潔癖行為，但這卻在他的文學表現中「開花結果」。他的作品中有許多妖怪，充滿了怪異和唯美，但他書中出現的妖怪卻都比人類單純且更具思考能力。他所以在書

中描寫妖怪或幽靈，是因為他心中的恐懼。雖然他一心求死，卻還是無法從對霍亂及赤痢的恐懼中解脫。泉鏡花在這種異常的心態下創作的作品，夏目漱石批評為「狂想」，佐藤春夫卻稱讚是「美麗的奇想」。泉鏡花著有一部小說名為《酸醬草》，書中描寫有個藝妓到醫院去探病，在回程的電車中遇見一位骯髒的老婆婆，藝妓見到老婆婆口中嚼著酸醬草，覺得很噁心就趕緊下車。當她到麵店去吃炸蝦麵時，炸蝦麵中混有酸醬草的幻覺迎面襲來，她覺得自己好像吞進了酸醬草，回家後開始大吐特吐，其實她是咳血了。每回只要一咳血，她就又以為自己吐出了酸醬草。這究竟是「狂想」還是「美麗的奇想」？泉鏡花對食物的恐懼，不禁將他的日常生活都牽引進完全不同的幽冥世界中。（嵐山光三郎，2004：82-83）泉鏡花的師父去世時，將弟子招至床前說：「從今天起，你們要多吃點難吃的東西多活些日子，好多寫一點好文章。」泉鏡花遵照老師的話，活到 66 歲，臨死前他所咳出的痰中有些許的血絲，不知道在他眼中這些血絲是否也變成了酸醬草？不！因為他對酸醬草的幻覺，已經隨著小說的完成而昇華了。（同上，85）因為泉鏡花害怕細菌已經到了筆墨無法形容的地步，所以深深恐懼著所處環境的不潔淨，這是文人在自覺中於作品闡述了自己的心聲，所見所聞都像是有細菌附著在身上一般的駭人。

宋代主持熙寧變法的王安石，可說是一位道道地地不常洗澡的人。據宋人葉夢得《石林燕語》說：「王荊公（王安石）性不善緣飾，經歲不洗沐，衣服雖敝，亦不浣濯。與吳冲卿同為群牧判官，韓持國在館中，三數人尤厚善，無日不過從，因相約，每一兩月，即相率洗沐。」王安石經年不洗澡，幸好有朋友相約每隔一兩個月洗一次，否則不知要等到什麼時候。由於王安石不常洗澡，因此沈括《夢溪筆談》說：「公（王安石）面黧黑，門人憂之，以問醫。醫

曰：『此垢汙，非疾也。』進澡豆令公靧面。公曰：『天生黑於予，
澡豆其如予何？』」可見王安石確實是個經年不洗沐的人，以致於黑
垢滿面，醫生給他澡豆，要他洗臉，竟然也不接受。（蔣武雄，2009）

　　或許王安石真是不太修邊幅吧！許多書上都記載他不愛乾淨
的毛病。他不僅不愛洗澡，也不太愛換衣服。當他在京師擔任群牧
判官的時候，幾個好朋友約定：每幾個月定例洗澡一次，並且輪流
替王安石準備換洗的衣服，號稱「拆洗王介甫」。洗完澡後的王安
石，穿上衣服，一點異樣的感覺也沒有，從來沒問起衣服是誰的。
（楊明麗，1993：12）

　　王安石作為一個大文學家，詩、詞、散文無不擅長，寫詩則尤
長七絕。他罷相後退居鍾山，鄰居有位楊德連，號「湖陽先生」，
時相過從，王安石寫過一首著名的絕句〈書湖陽先生壁〉送他：

　　　茅簷長掃靜無苔，花木城畦手自栽。
　　　一水護田將綠繞，兩山排闥送青來。（賴漢屏，1991）

　　這首詩後面兩句寫屋前遠眺景色，是宋朝有名的句子。「一水
護田」，白色的帶子圍繞著稻田，像是在保護那一片綠色；「兩山排
闥」，打開大門，那兩座山頭把青色送入人的眼簾，這是一個多麼
開朗、幽靜的住處！在這裡，物與物之間，物與人之間的關係，多
麼和諧！湖陽先生既是王安石的鄰居，王安石自己的居住環境，也
就不言而喻了。（賴漢屏，1991）而自然界的山山水水，都情意纏
綿地百般柔情地敞開了它們的心胸，用它們的乳汁和芳肌為我們的
詩人送來激情，釀造靈感，送來一派純淨和祥和的美。（李勤印，
1994：237）

　　鍾山又名北山，王安石有一首〈北山〉絕句，寫晚年生活，也
很有名：

　　北山輸綠漲橫陂，直塹回塘灩灩時。

　　細數落花因坐久，緩尋芳草得歸遲。（引自賴漢屏，1991）

　　鍾山把翠綠送到大水塘，綠色、青草、春水，漲滿了水塘。在
這暮春時節，直的水溝，圓曲的水塘，到處漲滿了水。微風起處，
波光粼粼，老人在落花邊坐坐，在芳草中走走，那種閒適安謐的心
態，充分流露在詩行中。這從曾經首倡新法的大政治家，從翻雲覆
雨的政治波濤中退到這平靜的花叢草澤，從日理萬機變為細數落
花，生活的落差該有多大！其實，在入相之前，他就想到了這一天。
（賴漢屏，1991）

　　這兩首詩可以想見不愛乾淨的王安石，竟然寫出如此精緻細微
的作品，看到美好的景色自然而然流露出詩興，在美麗巧妙的景色
中，觸動了詩人的心靈。這是屬於詩人自覺性的部分，雖與癖好似
乎無關，但卻反向更牽動了詩人的創作動機。

　　蘇東坡在湖州（浙江吳興）任滿還京後，曾去拜望宰相王安石。
他在書房等候時，發現王安石桌案上有一首未完成的詠菊詩：「昨
夜西風過園林，吹落黃花滿地金。」禁不住提起筆來續道：「秋花
不比春花落，說與詩人仔細吟。」意思是菊花不像春花那麼容易被
吹落，王丞相似乎常識不足，因此得罪了王安石。後來東坡被貶黃
州，第二年的重陽節後，西風吹起，百花凋謝，菊花棚下，也見滿
地的金色菊瓣，東坡不由得又慚愧又佩服。王安石個性簡率，不太
注意生活細節。（黃志民，2010：388）這是文學創作不自覺性的對
汙癖行為的類唯心式辯證，足見他雖然對生活是那樣的隨心所至，
但在創作卻是很用心與執著的。

　　萩原朔太郎因為詩集《吠月》的出版被喻為詩壇的代表詩人，
就連北園白秋和森鷗外也都對他讚嘆不已。朔太郎一躍成為詩壇的

寵兒，六年後又出版了第二本詩集《藍貓》。這本詩集的憂愁及倦
怠的色彩濃厚，是一本充滿所謂「藍貓風格」的作品。在這段期間，
萩原朔太郎迎娶了加賀前田家士族的女兒稻子，不久長女葉子出
生，同時也廣受狂熱的書迷支持，過著「悠閒雅緻的食慾」的生活。
他的書迷甚至還會贈送酒糟醃漬的魚卵和河豚、海參、烏魚卵，培
根、蓴菜和山珍海味到他家中。《藍貓》中有一首名為〈悠閒雅緻
的食慾〉的詩：

> 在松林中漫步
> 看見了一家明亮的咖啡廳
> 在遠離市區的地方
> 沒有
> 人會上門
> 是一家藏身在林間追一中夢想的咖啡廳。
> 少女害羞臉紅地
> 端來如曙光般清爽的特製餐盤
> 我緩慢地拿起叉子
> 吃著蛋包飯
> 天空飄著白雲
> 非常悠閒雅緻的食慾。（引自嵐山光三郎，2004：227）

　　「非常悠閒雅緻的食慾」的說法，在大正時代的時尚圈成為一
種如同流行般的理想料理，高明地撩撥了時代感。（嵐山光三郎，
2004：227）但這首詩中隱藏的虛軟獠牙和改變，其實是《吠月》
中所呈現逃避現實的虛無意識的延長。《吠月》是被父親宣告「會
養你一輩子」的兒子破碎的感性、群聚了孤獨的陰影，和伸往內心
的觸手所創造的怪物，萩原朔太郎只將自己作為探求的對象，完全

不管現實的問題。「悠閒雅緻的食慾」其實只是「雲雀料理」這個
痛苦幻覺的變形。《藍貓》中還有一首名為〈那隻手就是點心〉的
詩，描述的是他想吃女人的手的願望。

> 拇指的肥美和其粗暴的野蠻
> 啊！
> 恭敬地接受那磨得光亮的一根手指
> 想放進嘴中吸吮，一直吸吮
> 手臂像酥餅般鬆軟
> 手指是冰糖般冰涼的食慾
> 啊！
> 這個食慾
> 如孩童般壞心眼無恥的食慾（引自嵐山光三郎，2004：228）

「悠閒雅緻的食慾」和想吃女人手指的無恥合而為一，朔太郎
棲身在平凡世界內側的皮膜世界，價值觀也與眾不同。閃耀的詞彙
在虛構的生理黑暗面綻放，在布滿重重恐怖的灰暗森林中，有家撩
人「悠閒雅緻的食慾」的咖啡廳。（嵐山光三郎，2004：228）

萩原朔太郎也是汙癖的代表人物，可是在作品裡面卻看不出有
汙癖的情形。其實汙癖是藏在他的心底，是沉默的一種反抗。在優
渥的生活中，父親要養他一輩子，對他來說有如魔咒，硬生生的箝
制住他的心靈。他要反抗，便是將反抗之心化為文字，在他看見美
好優雅的飲食和女人的手指，反而更加激盪出創作的火花；兩兩
相生，將汙癖隱藏在美麗的文字底下，是文人自覺性的一種刻意
的呈現。

梶井基次郎粗魯不愛乾淨的行徑，令人大為反感。在京都時，
因酒醉的情況更誇張，不是朝著餐廳的裝飾品到處吐口水，就是在

清洗酒杯的水盆裡清洗自己的生殖器。（嵐山光三郎，2004：332）
還有一回他和朋友在一起吃西瓜，梶井就把湯匙放進切成兩半的西
瓜裡，一古腦地吃了起來。其他人因害怕被傳染肺結核都不敢拿湯
匙，但梶井雖然明知大家的感覺，卻還是毫不客氣地享用他的西
瓜。當時在場的廣津和郎，就已經感受到梶井與眾不同的強勢作
風。（同上，340）梶井基次郎因為小說《檸檬》而成為清新感性的
知名小說家，卻在為世人肯定前英年早逝。他的《檸檬》在昭和六
年被武藏野書院以創作集的方式出版，當時梶井正好 30 歲。《檸檬》
全長不滿十張稿紙，故事描述的是將安裝在丸善書上的一顆檸檬與
「所有好的事物，所有美的事物」互相匹敵的價值錯亂意識，其實
是顆炸彈的檸檬，十分鐘後就會引爆丸善美術書書架的幻想。檸檬
的色彩「將混雜的顏色加以調和之後，偷偷吸入紡錘形的身體裡後
突然清澈起來」。在梶井基次郎的小說中，沒有肉食者的油膩，只
有素食者的味道淡淡地飄在澄清的寂靜中。（嵐山光三郎，2004：
330-331）觀察梶井奮鬥的過程，可以想見那顆放在丸善書上的檸
檬；在它鮮黃的外皮之下，是如何封鎖了梶井 31 年來隱藏惡意的
血痰。而那檸檬黃的顏料，就好像軟管中擠出的單純顏色。梶井那
顆紡錘狀的《檸檬》就好像身分不明不吉祥的靈魂，以血痰為螺絲
將它精密地組裝起來。小林秀雄在《文藝時評》中說這本小說是「天
資質樸的隱喻」，並讚美梶井是「武裝精緻的野人，也是受到肯定
的審美家」。（嵐山光三郎，2004：341-342）梶井基次郎衝突的人
格，就好像是他本人的性格與清麗的檸檬，給人完全相反的感覺一
樣。梶井基次郎是霸道又誇張的人，但他把自己包裹在檸檬裡面，
看似是個粗魯無文的人，其實是有顆靈秀敏感的心；在污穢的表象
下是一個藏著恬淡精巧的性靈，文人藉著小說來反映出自己的細膩
神經，這屬於文人自覺性的部分。

　　從三大文化系統來看，在中國傳統的氣化觀型文化（日本也深受此文化影響）陰陽氣化，人是精氣化身，死後回復精氣，歸於自然。但以家族為重心，仍須守著「群聚」的生活，所以要顧念彼此家族中的成員。在西方是創造觀型文化所統轄，上是由至高無上的上帝所創造，所以西方人在宗教觀念上必須依照上帝創造萬物般的「各別其類」，過著「互不相干」或「井然有序」的生活，並創造表現自己的才能，以榮耀上帝，最終才能回歸到上帝身邊。由以上相關說明，可以得出文化系統的內容差異，並製成關係圖如下：

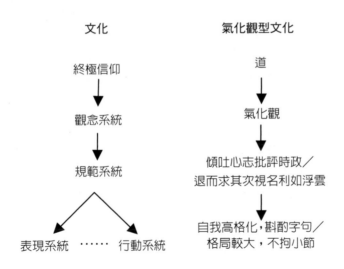

圖 5-3-6　中方文人潔癖／汙癖與文學創作辯證關係的文化系統圖

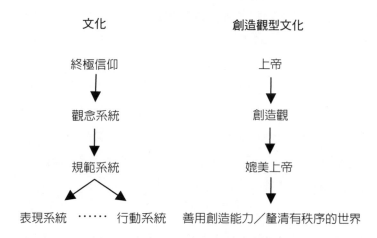

圖 5-3-7　西方文人無潔癖／汙癖與文學創作辯證關係的文化系統圖

　　從圖 5-3-6 與 5-3-7 可知，在中西方社會中，不論是在規範系統或表現系統或規範系統，都是受到了觀念系統的影響，而在這上一層則是為終極信仰所統攝。受氣化觀型文化的影響，中國傳統的宗教僅佔著極為薄弱的地位，因為這裡主張人是世界的中心，主宰這世界的是凡人而不是萬能的神；人們所關心的只是相互之間的關係而不是和神的關係，只是此生而不是來生。在西方文化中，無論是古希臘的多神教，抑或是後來的一神教，都是主張主宰這世界的是萬能的神而不是凡人；人們所關心的不但是相互之間的關係，更是與神的關係；不只此生，更是來生。（邵毅平，2005：191-192）

　　如白居易所以身慵性拙，自有他的道理。他說：「巧者焦勞智者愁，愚翁何喜復何憂。莫嫌山木無人用，大勝籠禽不自由。網外老雞因斷尾，盤中鮮鱠為吞鉤。誰人會我心中事，冷笑時時一掉頭。」他不汲汲於富貴，不惶惶於名利，是因為富貴名利容易招致災禍；

好比魚因為吞鈎才被捕，雞由於斷尾而逃脫。他拙於求仕，拙於謀生，所得到的結果是樂享天年；否則，不是為斧鉞所斬首，就是因焦勞而喪命。（劉維崇，1970：220）至於白居易明是愛潔的人，但為何也會有懶於梳頭的不潔行徑？那是因為大家族中，過著團體生活，「好潔」這樣的行為太過明顯，容易樹立敵人，就如同他那樣的時代，再好潔也仍需潛藏自己，否則容易招來禍端。但反觀西方人，每個人都是「好潔」的；如有「好汙者」，不但顯現出與他人不同，也會讓人覺得不可思議。

第四節　其他怪癖行為與文學創作的多元的辯證

文人怪癖與文學創作的辯證關係，第四種是其他怪癖行為的多元的辯證。

所謂其他怪癖行為，是指除了前面所談到的嗜酒、戀物、潔癖／汙癖行為以外的怪癖行為，都屬於其他多元怪癖的範疇。

在多元怪癖與文學創作的關係裡，也包含了相刺激式辯證、互補式辯證、類唯心式辯證的影響。

其他多元怪癖行為，指的是在前面幾節所談到的嗜酒、戀物、潔癖／汙癖等怪以外的怪癖，都歸到其他多元怪癖的類型。在第四章第四節所探討的是多元怪癖影響到文人創作的直接因素，而本節所探討的則是其他多元怪癖行為除了會對文人的文學創作有相當的影響之外，反過來文人在創作的過程中也會更加「興起」對於怪癖的愛好；在這樣互相的影響下，可以視為一種雙向式的辯證關係。

根據圖 5-4-1，可以顯示出和圖 4-4-1 的不同，因為圖 4-4-1 為直向式（就是單向）的刺激，而在圖 5-4-1 則呈現出或為相互刺激

式辯證、或為互補式辯證、或為類唯心式辯證的方式。由於在其他多元怪癖衝擊下，文人產生了創作的欲望或欲念；而在創作的實踐中，又會反過來刺激多元怪癖的強化，所以圖 5-4-1 和圖 4-4-4 所示文人其他怪癖與文學創作的直向關係是不同的。雖然如此，由圖 5-4-2 卻可以看出，在多元怪癖行為與文學創作的辯證關係上，仍可分為文人的自覺與不自覺兩種情況（雖然不自覺的部分比較罕見且難以覺察）。

　　另外，在第四節中是表示文人多元怪癖行為的啟發而直接得到創作的靈感；而在本節的多元怪癖行為與文學創作的辯證中，指的是文人在創作過程中因為癖好的關係而激起創作慾望；或者是在創作的情境下，勾動當下的心緒而更加有嗜癖的渴望，這二者是以辯證方式在心理層面交錯運作。因此，癖好與文學創作在彼此辯證的情況下，會產生漸進上升或者互補交錯的現象；而在此雙向的連貫相互影響演化中，併成為一體兩面的歷程，且潛移默化為具體的依存關係。總括來說，本研究也是以「辯證法」和「心理學方法」互相搭配運用，取其有「相互影響」的部分來說明其中關係。本節所探討的多元怪癖影響文學創作的關係，排除嗜酒、戀物、潔癖／汙癖這些以外的，通通歸類到多元怪癖；而多元怪癖的文學創作影響有可能是相刺激式、互補式、類唯心式辯證。但此三種交集到的部分，只能存而不論，因為它是模糊地帶，在此只探討其中的相關性。以下為圖示：

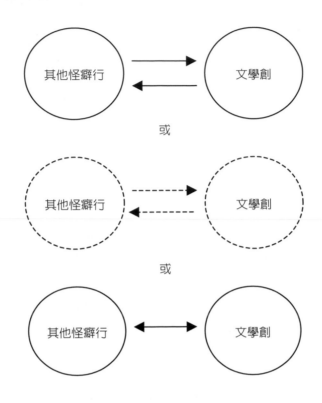

圖 5-4-1　其他怪癖行為與文學創作的多元辯證圖

　　至於其他多元怪癖行為，一樣有自覺與不自覺的現象（如圖 5-4-2 所示）。當中自覺的部分會比較明顯凸出，而不自覺則比較難察覺。後者雖然不一定會從作品中顯現出來，但仍可以容許有它的存在，因為有時即使從各種跡象上也難以研判。

　　換句話說，在例證上雖然難以採集，但在理論上應該保留有不自覺的情況存在。

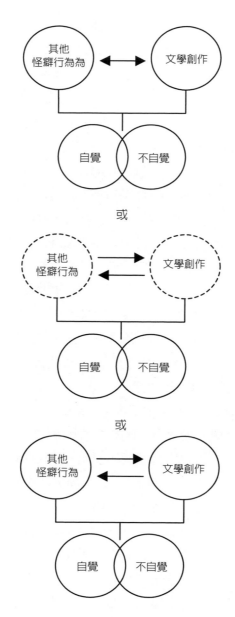

圖 5-4-2　其他怪癖行為與文學創作自覺與不自覺多元辯證圖

　　海明威寫作時與人不同處，就是他是站立著，將手按伏在書架上面工作。他在撰寫敘述體裁的文章時候，是用筆寫的；但在寫對白的時候，是用打字機打的，因為軍用打字機寫作比較迅速，藉此配合他腦海中蜂擁而來的思潮。他寫作的習慣和方式，是先行寫成短篇的故事，然後一段一段地誦讀給他的妻子瑪莉（Mary Welsh）聆聽。如果她對文章的內容表露著感覺有娓娓動聽的神色，他便知道文章還不錯。海明威還有一種古怪的脾氣，就是他雅不願意對別人談論他尚未出版的著作。有人叩詢原因，他會這般地回答：「我並不是文章小販。」他的巨著《老人與海》，是以古巴周圍的海洋作為背景的。他對於古巴四周海洋的景色風光，已經瞭如指掌，因為他曾經親駕那艘長僅 42 英呎的漁船「棟柱號」往來漂盪於四週的海洋，不計數次。一位古巴的記者，有一次詢問海明威：「古巴的海，為什麼比較其他的海洋，更具顯著的特徵？」海明威答道：「古巴海的許多特徵之中，最為顯著的就是它具有較多的狂風和海嘯」。（秦祥瑞，1977：65）可見海明威具有挑戰的精神，不畏懼大自然隨時有可能將它吞沒的危險。

　　海明威覺得死亡舞蹈是藝術中不可或缺的，藝術中的死亡描繪有其必要性，而獻身於藝術工作的人尤其應該面對死亡作深入了解。1920 年夏天，他和作家麥克・愛蒙一塊在西班牙旅行，因為麥克看見了一條狗的屍體上爬滿了蛆而轉開了頭。海明威批評他說：「我們對死亡，應該有一種分離的和科學的態度」。海明威表示，他們這一代的作家，要鍛鍊自己面對痛苦和殘酷的現實。海明威著迷於死亡的主題，不能夠全然歸諸他反戰的情感，或對藝術的忠誠。一個人充滿了這樣的想法，不能說他沒有病態心理的背景。（美・唐納遜，1982：157）其實每一個人都有屬於自己「怪異」的所在，「病態」情況因人而異，差別在於明顯與否而已。海明威

的其他怪癖行為與文學創作屬於類唯心式辯證的關係，死亡在他的心中終究是抹不去的影子，是與他共生也共死的一部分。

　　海明威的著名作品之一《戰地春夢》，其中對於戰爭的幻滅感寫的最透徹。（美・唐納遜，1982：66）而這部小說表面上以第一次世界大戰為背景的戰地愛情小說，實際上是一部悲劇哲理小說。小說情節非常簡單，一位美國青年弗萊德里克・亨利自願從軍前往義大利戰場，擔任救護車駕駛（這也是海明威參與一戰時的職位）。有一次戰鬥中，他在戰壕中吃乳酪麵條，沒想到一顆砲彈飛進豪溝，炸的他滿身是傷；卻因此獲得一枚勳章，原來光榮的勳章不過是一場「飛來的意外」。在療傷期間，他認識了一名英國護士凱薩琳。起初弗萊德里克並不愛她，但後來漸漸地愛上了凱薩琳，這意味著愛情作為一種避風港灣和精神依託，在戰爭中愈發顯得可貴並被珍惜。後來弗萊德里克和已經懷孕在身的凱薩琳一起逃往瑞士，兩人以為從此告別了殘酷的戰爭，攜手共創伊甸園的愛情生活，命運並沒有停止對這對戰火鴛鴦的無情捉弄，凱薩琳不幸死於難產。弗萊德里克雖然勇敢而幸運地逃離戰爭的迫害，卻還是無力抵抗生命的悲劇。末尾，弗萊德里克成了風雨漂流的流浪漢，一個無家可歸的幽靈。（宋國城，2010：156-158）《戰地春夢》一書中的男女主角，和海明威自己有很多相似處，如他們的戰爭經驗、他們的憂傷、米蘭醫院中認識的女孩們，所以海明威明顯把自己的經驗都寫入書中。而女主角凱薩琳則是由好幾個女人拼湊而成的，最重要的範本是美國紅十字會的護士艾格妮絲（Agnes），最後她死於難產。無疑地，這是他從第二任太太波凌（Pauline Pfeiffer）難產而實行剖腹生產的那件事上得到的靈感。（美・唐納遜，1982：83）在這部作品裡，很明顯的是海明威自覺的心理呈現，因為在他的人生經歷中存在著這樣恐怖而痛苦的經驗，再加上他對戰爭的厭惡，因此

便把這樣痛苦的過程化為他筆下的角色，有和他自己的怪癖相互的影響，這便是從他自戕的癖好中影響孕育了文學創作的靈感。而這是屬於類唯心式辯證，因為在死亡伴隨著海明威成長、茁壯、發揮文學才華終至死亡。

　　海明威有一篇題名為〈高山牧歌〉的短篇小說，寫一位愚昧的奧地利農夫，把他死了的太太屍體，藏在山上冰封的小木屋中，在屍體的嘴上掛一盞小燈，整個冬天，那農夫在他太太的屍體旁劈木材。像這樣的一個故事，如何解釋作者創造它時的心境？又如他的名著〈綠色山脈〉中，海明威更寫了一場殘酷的死亡情景，說當地人把一隻鬈毛狗拴在中央柱子上，用棍子追打，那條狗會瘋狂的轉圈逃避，最後猛咬自己，直到腸子都拉出來，終於死亡。人類或獸類的死亡，在海明威的作品中，永遠是一種探討不盡的的主題。（美‧唐納遜，1982：157）在海明威 13 歲時，很喜歡讀史蒂文生（Robert Louis Stevenson）的小說，他醉心於其中的一篇名為〈自殺俱樂部〉，此故事很少人知道。海明威 16 歲時，在校刊上登出了一篇敘述一個人嚐試用淹死的方法自殺的故事。在此故事數月前，他發表了他第一篇小說，也是登在校刊上，題名為〈神的裁判〉，說一位伐木工人在曠野中誤踩了捕熊的陷阱，結果以自己的來福槍自殺。其他還有類似的故事。在當時，那麼年輕的海明威腦海裡，竟然有著麼多的自殺故事，而且這種故事迷惑了他的一生。（美‧唐納遜，1982：159-160）從上面的小說中，很明顯的可以知道，其實在海明威很年輕的時候，死亡的種子很早便在他的心底埋下了根。或許這是他自己也無法察覺到的事情，自戕這件事情默默的一直縈繞在心頭，這是作者在作品裡不自覺的表現；而且是作者的文學創作中反向過來影響到自戕癖好的行為，使癖好的反應更加劇烈。這也是屬於類唯心式辯證的範疇。

在談話或給他人寫信時，海明威也經常提到自殺的問題。第一次世界大戰時，他躺在床上療傷，就曾經想到過自殺。（美・唐納遜，1982：160）1961 年 7 月，專欄作家康若立（Cyril Connolly）著文說：「海明想法很獨特，他一定由幼年時代開始，就對死亡與殘酷特別著迷，此後就醉心於死亡舞蹈的想像。他最好的和最著名的作品，幾乎沒有例外地都是植基於人於死亡之間的關係上，寫在死亡的陰影之下，人類的高貴氣質與勇氣的表現以及纏鬥情形。」（美・唐納遜，1982：158）

希薇亞・普拉絲（Sylvia Plath）出生於 1932 年的美國麻省，是美麗與實力兼具的才女；但父親在她仍是小女孩便過世的殘忍事實，使普拉絲因此事自溺於憂鬱，也多次因自殺事件而往返於醫院之間，更因想治療身心困擾而接受電擊，成為她終其一生難以自拔的傷痛，為她悲劇性的人生更增添了不安。婚後的她為了扮演好妻子的角色，犧牲了自己的文采與未來。但婚姻的失敗給了普拉絲致命的打擊，她決定與先生分居，帶著兩個孩子遷居倫敦，在艱苦中繼續創作。在 1963 年 2 月 11 日，一個潮濕而寒冷的夜晚，她在自宅內吞食煤氣自殺身亡。（宋國城，2010：200）普拉絲是一位聰明絕頂而又才華滿腹的作家，但這樣的作者卻有著敏感纖細的神經，家人的死亡以及背叛，對她來說不啻是另一種形式的「殺害」。所以普拉絲的其他怪癖行為與文學創作屬於相刺激式辯證。綜觀其歷程，死亡帶給她新的創作靈感，而創作時她又需要再接受的死亡的刺激，相互影響而成為不朽。

1960 年初版的第一部詩集《巨神詩集》，詩中充滿意象和絕望情緒，表現女詩人喪父的創傷和空虛寂滅的內心體驗。「巨神」是普拉絲父親形象的隱喻，普拉絲試圖重建這個少女時代就已離去的精神支柱，一個早逝的守護神。對於父親的死去，普拉絲懷有深重

的罪惡感,因為一種幾近癲痴的戀父情感,既包含對父親固執的憎
惡,又包含了對父親慈愛的依賴,如詩中:

> 提著鎔膠鍋和消毒藥水攀上梯級,
> 我像隻戴孝的螞蟻匍匐於
> 你莠草蔓生的眉上,
> 去修補那遼闊無邊的金屬腦殼,
> 清潔你那光禿泛白古墓般的眼睛(引自宋國城,2010:204)

　　普拉絲將自己比喻作「戴孝的螞蟻」,布滿在「莠草蔓生的眉
目」間,不是為了啃噬,不是為了覓食,而是為了修補死去的靈魂,
使其明亮,使其淨化。顯然,在普拉斯心中,父親是一個孤獨落寞
的英雄,父親的離去像是一刀把整個世界劈成兩半:一邊是「溫情
難再」;一邊是「傷痛難癒」。(宋國城,2010:200-205)對有多次
「自殺經驗」的普拉絲來說,這好像是一種「癮症」,如在《巨神
詩集》中,她已經將自己定了死罪,她從作品中自覺的表達出她的
痛苦與自責,並且這樣的傷痛自小便糾纏著她,而這也是文人的怪
癖影響於文學創作的例子。

　　另外一部《拉撒若夫人》是對死亡經驗的深度探索,是普拉絲
所有「死亡書寫」中最鮮明、最露骨的作品。作為一部私人化、自
白式的作品,《拉撒若夫人》既可看作普拉絲對死亡的嬉戲與嘲弄,
又可看作對復活的渴望;在生與死、陰與陽的界面上,普拉絲既
是輕快的游走,又是痛苦的隱隱發作。對普拉絲而言,自殺顯然
不是一個現實問題,不是走向死亡的行動,而是某種赴宴或蒞會
前的「洗禮」:一種類似宗教儀式的「受洗」,它是一種見證和滌
罪、一種資格與身分的「煥新」、一種抖落靈魂塵垢之後的輕盈和
暢快:

> 我是個含笑的女人
> 我才三十歲
> 像貓一樣可死九次
> 這是第三次了
> 每十年都得
> 清除一大堆廢物（引自宋國城，2010：228-229）

　　是什麼樣的意志或力量，使普拉絲如此縱情恣意於死亡書寫？是什麼樣的瘋顛和怪念，讓普拉絲透過徹底的自我袒露，在暗夜裡進行著一種獨角式的危險遊戲？如果我們把「貓一樣可死九次」一句改成「貓一樣可活九次」，就可以明白普拉絲的某種晦澀的動機。（宋國城，2010：227-230、212）

　　普拉絲即使清寒貧苦也難掩學業優異、天資聰穎的才華。8 歲時就以一篇描寫蟋蟀和螢火蟲的故事，發表在當時的《波士頓先驅報》。1950 年多次榮獲故事獎和詩歌獎，1951 年，普拉絲獲得婦女雜誌《小姐》小說競賽獎；隔年暑假，再獲雜誌社邀請前往紐約實習採訪。當年秋天，她吞服大量安眠藥企圖自殺，三天後被人救起，送往精神病院接受電擊治療。出院後普拉絲返回學院繼續就讀，但不久又再爬進家裡的地下室企圖服藥自殺。1955 年普拉絲以全校最佳成績畢業，並獲得「富爾布萊特獎學金」前往英國劍橋大學紐漢學院深造，獲得碩士學位。（宋國城，2010：199-200）端詳其生平，可見普拉絲是一邊在死亡邊緣排徊，一邊在創作中自我成長，是毀滅與重生同時進行著。

　　西方俗諺說：「在隧道盡頭總有光明再現。」（there is always a light at the end of the tunnel）1963 年的《鐘形罩》（The Bell Jar，另譯為《瓶中美人》）寫於普拉絲自殺前三個星期，不僅風靡當時的

歐美文壇，並且被視為美國文學史上女性悲情抗議的指標性著作。
《鐘形罩》以普拉絲自己早年的生活經歷為藍本，表達一個初入社
會年輕少女角色選擇的衝突和內心的抑鬱和掙扎。小說第一部分描
寫女大學生艾斯特・格林伍德在紐約的生命經歷到返回故鄉波士
頓；第二部分描寫格林伍德對故鄉傳統生活的厭惡、精神崩潰和自
殺經歷；第三部分描寫格林伍德接受精神治療、等待復原。小說取
名《鐘形罩》，本是指醫院中存放胎兒標本的罐子，這些胎兒通常
是因為母親吸毒或嗑藥或基因突變，而導致畸型早死。因此，「鐘
形罩」是一個具有驚懼與死亡的象徵，透過罐中的死體標本，象徵
人生的夭折、窒息、束縛、變形。對普拉絲而言，「人就像困在罐
中的嬰兒，一絲不掛、面無表情；這個世界就像那裝滿福馬林液體、
寒酸發中的鐘形罐子，就像一場噩夢」。（宋國城，2010：207-208）

　　格林伍德回到故鄉後，傳統「主婦形象」的影像立刻映入格林
伍德的眼簾，一陣冰涼的恐懼自心中升起。顯然格林伍德不甘於
「大腹便便、膝下成群」的生活，因為這種生活不是生命的圓滿而
是對死亡的投降；不幸的是，一個她寄望很高的寫作班，以語焉不
詳的理由拒絕錄用她，她無法獲得家鄉鄰里的肯定。一時間，她跌
入了失望的谷底。她自小優異的成績、卓越的寫作才華和一切理想
抱負，一夕之間化為泡影。似乎命運就像那禁錮著一灘臭水的鐘形
罩，逼迫她只能嫁為人婦，格林伍德陷入了精神崩潰，她多次自殺
以求解脫。有一次，她跳入海中，就像凱特・秀邦（Kate Chopin）
女性主義小說《覺醒》中的女主角伊登，遠遠游出了外海，希望被
海潮帶離這個世界，永遠不再靠岸。（宋國城，2010：209-210）

　　在《拉撒若夫人》中普拉絲似乎把「死亡」當成一場遊戲，經
過這樣的遊戲，可以有再重來的機會，如同她一次次的自殺與連接
而產生的作品一樣，在痛苦的洗鍊之後，破繭而出的乾淨靈魂。而

她最後一部自殺前的作品《鐘形罩》，其實也是呈現出普拉絲並不甘於平淡的主婦生活，在作品裡頭主角所想的就是她的想法。普拉絲的才華如此不凡，但社會的目光不可能讓她按照自己的意思去任意操控自己的人生，所以她只能在文學創作中操控自己的想法。而這樣不自覺的態度，從文學創作中更加引起自戕的動機。綜觀普拉絲短暫的生命中，死亡已然成為她生命的一部分，所以也是屬於類唯心式辯證：死亡活動的進行與文學創作是彼此增強進行著，並且更迭不息。

李賀的外貌很特別，巨鼻、濃眉、身材瘦長，還留著長長的指甲。因為體弱多病，不到 18 歲，頭髮就開始發白了。儘管如此，他自從束髮讀書以來，一直勤奮好學，閱讀了許多方面的書籍。同時專心致志地從事詩歌創作。他經常獨自騎驢吟詩，尋覓佳句，一有所得，就投入身上背的錦囊之中。他母親十分疼愛這個智能異常卻又身體羸弱的孩子，每當發現他錦囊中的詩句寫的夠多了，總要憂心忡忡地說：「是兒當要嘔出心乃已爾！」由於他自幼聰慧過人，再加上刻苦學習創作，因此詩名很早就傳揚海內。（吳明企，1992：11）李賀的其他多元怪癖與文學創作屬於互補式辯證，因為在詩的創作上，受到外來性的影響較為明顯；所見景致，從中得到佳句，雖是單句片語但經過李賀的生花妙筆加以裁減增添字句，篇篇變成是名作流傳於世。

李賀在久居繁華的都城後，一旦回到故鄉的懷抱，自然覺得心曠神怡，為自然的美麗所陶醉，他一口氣寫下五百多字的長詩〈昌谷詩〉，盡情地讚美昌谷土地肥沃、山川秀麗以及家鄉人民淳樸敦厚的風尚。〈蘭香神女廟〉大約也寫在這個時期。詩篇以奇妙的想像，描寫神女廟優美外景和神女出遊時飄然自如的神態，意境空靈，色澤濃艷。李賀擺脫官場，重返家園，對一草一木，一水一石，都有

著深厚的感情。如〈南園十三首其八〉:「春水初生乳雁飛,黃蜂小
尾撲花歸。窗含遠色通書幌,魚擁香鈎近石磯」。這首春意盎然的小
詩,滲透了詩人喜悅的心情。(吳明企,1992:34-35) 李賀在描繪
家園美景的同時,也流露出難遇知己、歸臥家園的感嘆。如在〈南
園十三首其十〉中說「邊讓今朝憶蔡邕,無心裁曲臥春風」和〈昌
谷北園新笋第四首其四〉中說「古竹老梢惹碧雲,茂陵歸臥嘆清
貧」。他只得砍取北園的新竹,埋頭創作,以寄托知音難遇的感慨。
李賀剛到家的時候,曾經寫過「甘作藏霧豹」的詩句,說明他確實
是想歸臥家園,遠禍全身的。然而,國家處在多事之秋,憂國傷時
的詩人,又不甘心於這種「臥春風」的生活。他身在家園,心存天
下,情不自禁地抒發出為國效力的豪情來。(同上,35-36) 在失意
悵然的心情下回鄉,一邊欣賞風景一邊尋覓詩句,這樣的感受深刻
的烙印在詩人的心裡。這可以看出在徜徉山水中,詩人的癖好影響
到文學創作,而詩句當中也流露出李賀自覺的反應。可知李賀看到
何種景象便將這些山水風景的印象注入腦海當中,是屬於相刺激式
辯證:騎驢覓詩所得偶有佳句,是當下最直接的感觸;而經過思維
考量的整理這些「片語」,加以裁減成為集神秘、幻想的動人創作。

　　李賀除了詩歌具有進步的思想內容以外,還因為獨具風貌,創
造了神奇瑰麗的詩境,給人以美的享受,取得了很高的藝術成就。
如〈天上謠〉是一首頗具代表性的作品:

> 天河夜轉漂回星,銀浦流雲學水聲。玉宮桂樹花未落,仙妾
> 采香垂佩纓。秦妃卷簾北窗曉,窗前植桐青鳳小。王子吹笙
> 鵝管長,呼龍耕煙種瑤草。粉霞紅綬藕絲裙,青洲步拾蘭苕
> 春。東指羲和能走馬,海塵新生石山下。(清聖祖敕編,1974:
> 4399)

詩人並沒有如實地去反映現實生活，卻帶著滿腔熱情，將理想編織成美麗的雲錦，著意描繪現實生活中不存在的、神話般的「天上樂園」。在那潔淨明麗的仙境裡，仙女捲帘、拾蘭，王子吹笙、呼龍，到處都是春花芳草，充滿著和諧寧靜。詩的結尾，還以仙女指著義和走馬、石山生塵，預示了人世間也會變的像天堂一樣美好。這座「天上樂園」，是李賀理想的詩境的美化。他在現實社會裡，到處碰到「天迷迷，地密密，熊虺食人魂，雪霜斷人骨」（〈公無出門〉）的險惡環境，難以尋求生活中的美好事物，於是鼓起想像的翅膀，上天入地、古往今來地展開奇思遐想，運迴然逸趣的藝術構思、大膽奇警的藝術誇張，以奔放熾熱的情感，創造出一個奇麗變幻的藝術意境。奇幻的想像，超現實的天上樂園，神話般的人物，無一不是現實生活中的投影，無一不是詩人憎惡黑暗社會，憧憬光明未來，上下求索，追求理想境界的藝術再現。（吳明企，1992：63-64）在〈天上謠〉中李賀寄寓了現實世界中沒有美好仙境，現世的環境是如此的痛苦惆悵，只有在幻想的情境裡，可以有天馬行空的想像，任意馳騁，自覺的呈現並是文學創作反過來影響癖好行為，促使李賀更酷愛騎驢覓詩的行徑。

再看一首李賀的詩〈金銅仙人辭漢歌〉：

> 茂陵劉郎秋風客，夜聞馬嘶曉無跡；畫欄桂樹懸秋香，三十六宮土花碧。魏官牽車指千里，東關酸風射眸子；空將漢月出宮門，憶君清淚如鉛水。衰蘭送客咸陽道，天若有情天亦老；攜盤獨出月荒涼，渭城已遠波聲小。（清聖祖敕編，1974：4403）

正是這樣一往不悔、以全副心魂投入創作，李賀才能以如此短暫的生命，留下如璀璨般的珠玉。「衰蘭送客咸陽道，天若有情天

亦老」，相信也是李賀最具知名的佳句，這是他的傑作，銅人是否
會因捨不得離開故國流淚？銅人的淚像什麼？如果銅人也會感傷
流淚，那麼天是否也有人間之情？李賀的詩思常有出人意表的飛
躍、突接、原本不可能關聯的物象，瞬間連繫，迸發眩目光華，這
正是天才的表徵。「天若有情天亦老」，七字中蘊含多少值得咀嚼、
深思的豐厚滋味。（方瑜，2001）

　　在李賀看盡現實轉而寄託於幻想世界的美麗境地，尋找依偎在
覓詩的癮頭裡，埋首自自己創作的天地當中，詩人是多麼無奈；尤
其是政治生涯已全然無望，自己的歸宿便只有託付在創作當中。李
賀在〈金銅仙人辭漢歌〉中，充滿無盡綺麗的幻想，這是不自覺的
行為，因為世上當然無如此佳境，只存於詩人的腦海，在文學創作
中反向刺激到覓詩的動機。李賀詩思的這種結構特點，顯然與他
「往往先成得意句，投錦囊中，然後足成之」的作詩方法大有關係。
（楊曉明，2004：324）

　　岡本加乃子是大地主的長女，身邊眾人對她唯唯諾諾，養成她
唯我獨尊的個性，就讀女校時，被戲稱為「青蛙」。16歲時以「大
貫野薔薇」的雅號，開始將和歌或詩作投稿到《女子文壇》。長得
像青蛙的女人卻自稱野薔薇，光是這點來看就已經夠嚇人的了。谷
崎潤一郎在《文藝》辦的座談會上，曾經表示「我從很早以前就討
厭加乃子」，還說「她實在是醜得可以，如果安分一點也就算了，偏
偏又喜歡濃妝艷抹，對和服的品味也遭糕透了。」被加乃子暗戀的
龜井勝一郎，在《追悼記》中寫道：「她看起來好像是經過十年修練
的大金魚，頭髮從兩側覆蓋著臉頰，她那閃耀痛苦的眼神彷彿是古
代的魔術師，根本就是祖先的模樣，就好像是坐在菩提樹下老奸巨
猾又殘忍的諸神之一」。佳乃子雖然長得不漂亮，但是人們對她的厭
惡，卻是因為她令人反感的行為與日邊增。（嵐山光三郎，2004：

237-238）雖不討人喜歡，可是岡本加乃子卻對自己深感信心，有著
十足的自戀癖好。岡本加乃子的其他怪癖與文學創作屬於互補式辯
證，在極度以自我為中心的她，是需要獲得他人所認同的；而認同
自己，也等於大家認同、接受她，二者互相彌補彼此不足的部分。

　　如她的詩，其實是在自問自答。加乃子的自戀在這逆境中，更
加如電流般地刺激，但無論她再怎麼自戀，這樣的詩歌一般人肯定
覺得不好意思而無法歌頌。同樣的，只要看過她在愛的煩惱中的描
述，就可以知道她自戀的情形多重。

> 我手指傷口的血滲入我如同馬鈴薯班雪白的肌膚，
> 只不過要削一顆馬鈴薯，我竟然如此不中用。
> 我雖然非常擔心，但被削去的肉也不會再長出來，
> 應該也不會因此生病吧！（引自嵐山光三郎，2004：240）

　　35 歲以後，無論她長得有多胖多醜，在丈夫剛本平一的寵愛
之下，她甚至還說「我的心臟就是我的寵物」，她自戀的對象不僅
是自己的外表，就連埋藏在自己臃腫身材下的內臟，她都迷戀不
已。（嵐山光三郎，2004：240-241）在愛的煩惱中作者自覺性的呈
現出對自己深深著迷的態度，也進而把自戀癖好抒發於文學作品裡。

　　後來在歐洲長達兩年多的生活，大大地改變了加乃子。細看加
乃子出遊的照片，她彷彿是恐怖片中可能出現的那種被詛咒的洋娃
娃，整個人胖得像個相撲選手：太過分開的雙眼眼神空洞，藏在肩
膀裡的脖子披掛著項鍊，身上穿著不合時宜的皮衣，手中還故意裝
闊地拿著晚宴用的扇子。閱讀她返回日本後所寫的《食魔》就可以
知道，這本小說是從如何處理西洋蔬菜菊苣作為開始。《食魔》是有
關一個廚藝精湛的大廚的故事，其中又因為大廚和一位精通法式料
理的女人錯綜複雜的關係，對應著法式料理的背景中，映照著大廚

家中粗糙的蘿蔔料理，可說是一部非常傑出的料理小說。此外，還有一位自美返國在京都經營時髦西餐廳的廚師的孤獨和倦怠，與她的野心互相呼應，文中詭異的氣氛讓主角一步步走入食魔的陷阱。加乃子開始直接描寫料理的真諦，捨棄以往借用料理的說明方式，就如同對自己喜歡的男人一般，她奮力將料理帶進自己體內，料理的甘甜香味纏繞在半老徐娘溫柔纖細的手指上。小說中廚藝精湛的主角廚師，一邊用單手料理著黑暗的情慾，一邊卻又讓另一隻隱身在黑暗中撩撥內心的手痲痺，最後烹煮什錦蘿蔔火鍋，鍋底有如退潮後餘留的泡沫殘渣。料理的濃稠甘甜，最後只落個狼狽地燒焦在鍋底的無常下場。新婚時加乃子只不過因為削馬鈴薯，就對因此受傷流血的手指心疼不已，轉眼間卻轉變成嘴邊沾滿油膩的可怕食魔，勇敢地走向充滿好奇的地獄餐桌。（嵐山光三郎，2004：242-243）雖然人人對她大肆批評，被批評醜陋反而更欲表現自己的優點，從作品中壯大自己的信心，雖有著醜陋的外表，但卻隱藏著細膩的心思。從《食魔》作者不自覺的沉默抗爭，到極度自戀的放大，是岡本加乃子無言的野心。將文學創作反向影響到癖好行為上，充分展現自戀的性情，這是互補式辯證：心理有所不足的，從創作中得到慰藉；而在創作成功後，更讓她得以壯大自己並在心理得到滿足。

她在論說文〈男人對食物的要求〉中也提到，男人只吃充滿脂肪的肉食料理以求果腹，是一種《食魔》的表現，有這樣的男人在身邊，容易讓女人焦躁不安。「過於油膩的料理在人的身體裡面，會像木頭一樣不斷燃燒產生熱量」。「食慾和性慾，和睡眠一樣是人的三大本能之一，所以要想有所節制，必須要依賴堅強的意志力」。「因暴飲暴食而死，如同對人類最低等的慾望獻身，是非常不名譽的事」。好事者看到這些可能會問「那你自己？」岡本加乃子在發表這篇文章之後一年兩個月，就死於腦充血了。（嵐山光三郎，2004：245）

　　只要將「又醜又沒有品味」這樣痛苦經過轉換，就能成為「又美又有品味」，加乃子在現實生活中一直對此奉行不悖；無論別人如何嘲笑她，對她而言始終都是「又美又有品味」的女人。認為加乃子彷彿是「谷崎潤一郎作品中的人物開始寫小說一般」的人是三島由紀夫。對谷崎而言，小說的妖怪竟然存在於現實中，而且還是個醜八怪，只要發現她試圖想接近自己，就越發不願靠近她。谷崎雖然擅長在小說中描寫光怪陸離的世界，但在現實生活中還是和普通人一樣，這也是他讓人無法模仿的地方。原本醜陋沉默的加乃子，在經過岡本一平施以特殊的怪女人變身法，稱讚她是「美麗的觀音菩薩」後，更加朝向妄想世界大步邁進的構圖，正是虛構的畫卷。也因為如此，加乃子才能寫出如此凸出的小說。（嵐山光三郎，2004：245）岡本加乃子當然知道他人的眼光，但從小養尊處優的驕傲心態，不容許信心被擊敗，所以唯有十分的愛自己，別人才會愛你。

　　因此，根據上述中西方文化多元怪癖的差異（日本文化可列入泛氣化觀型文化範疇），可將文化系統的內容，製成關係圖如下：

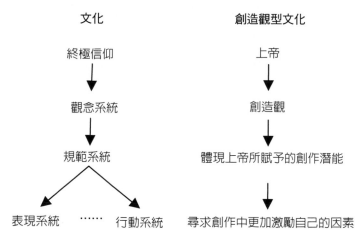

圖 5-4-3　西方文人多元怪癖與文學創作辯證關係的文化系統圖

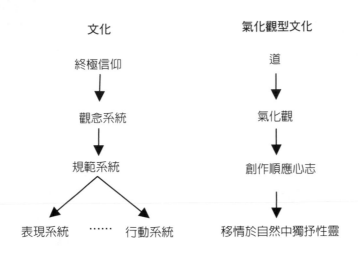

圖 5-4-4　中方文人多元怪癖與文學創作辯證關係的文化系統圖

　　西方受創造觀型文化的影響，信仰上帝的人，所關懷的是「原罪」。上帝以祂的形象造人，於是人的天性中都有基本的一點靈明；但這點靈明卻因人對上帝的叛離而隱沒。從基督教所拈出的「原罪」觀念來看，人都有與生俱來的一種墮落趨勢和墮落潛能，構成他的終極真實；但人都是上帝造的，都有靈魂，憑著這一點，人經由懺悔、禱告，就可以獲得救贖，死後進入天堂，永隨上帝左右（人可以得救，但有限度，永遠不能變得像上帝那樣完美無缺）。因此，進入天堂就是基督教徒的終極目標，而懺悔、禱告尋求救贖就成了基督教徒應有的終極信仰。（周慶華，1997：80-83）西方的宗教傳統使人們相信，人生並不中止於死亡，即使在死亡以後，也還有另一個世界在等待他們。如果他們在人世表現得足夠好的話，他們就有希望進入天國，那是一個比人世更好的地方。（邵毅平，2005：244）因此，對於海明威自己認為有幾個理由使他不至於自殺：第一他有工作要做，而只有那些有能耐的人，才能夠完成他們的工

作。雖然也有情緒低潮和黯淡的日子，但他們應該堅持下去，必須在死亡之前，把他們認為應該做的都把它們完成。第二他不會自殺乃是因為他對生命的愉快還有極大的興致。第三個使海明威延期到最後才自殺的理由，是他認為自殺會帶給孩子一個很糟的榜樣。因為他的父親就是自殺的。（美・唐納遜，1982：164-166）由於人是上帝所創造出來的，有著與生俱來的任務，便是充分發揮上帝造人的「美意」，所以反映於文學創作上就是在媲美上帝。

　　中方受氣化觀型文化的影響，因為道是自然氣化的過程，所以道家信徒所要追求的終極目標，就是沒了分別心和名利欲的逍遙境界（純任自然）。為了達到逍遙境界，道家信徒必須以「心齋」（虛而待物）、「坐忘」（離形去知）等涵養為他的終極承諾。又如信仰儒家的仁道的人，所關懷的是倫常的「敗壞」（社會不安定），所以獨在倫常方面著力。它以人倫的不和諧而導致社會的不安定為關懷對象，並且認定私心和私利是構成此一倫常敗壞的終極真實。這跟基督教顯然有絕大的差別：一個重視自覺自反；一個重視他力救贖。不僅如此，前者最終是要求得人倫的和諧（社會的安定）；而後者最終卻是要求得人神的安寧。漢民族把神或上帝看作天地精氣（陰氣陽氣中精淳的部分）的別名，而人就來自該精氣的化生。漢民族對於「神」或「上帝」的敬事，就只是感念「神」或「上帝」跟自己同一淵源（都是「來自」陰陽精氣）。這跟一神教信仰，以「神」或「上帝」為父而全心服事，迥異其趣。因為漢民族不像一神教信仰以唯一的「神」或「上帝」為關懷重點，所以自然而然的就全力於關注人世的一切。（周慶華，1997：85-86）中方文人在以抒情為主的心性之下，加上有著明顯的階級制度，堅守牢不可破的「家族」觀念，即使有志不得申，也只能獨抒性靈，不能打破氣化觀重人倫的觀念。

第六章　文人怪癖與文學創作的
關係之三：相斥

第一節　嗜酒行為與文學創作的迂迴式相斥

　　文人怪癖與學創作的關係，第三種是相斥。所謂相斥關係，有「反影響」的傾向，也就是有怪癖不直接反映出來，儼然此癖是「無可奉告」的。而相斥又包含迂迴式相斥、強抑式相斥和有意無意式相斥等情況，而本節先探討迂迴式相斥的情況。

　　所謂迂迴式相斥，是指當文人有此怪癖但會刻意避開，且作品中並不會刻意顯現出癖愛的蛛絲馬跡（例如酒）；知道自己有怪癖，但會在作品中刻意避開，不讓癖癮顯現出來，就是反影響式的怪癖。而本節先探討嗜酒行為與文學創作的迂迴式相斥關係。迂迴式相斥就是指文人在嗜酒行為上沒有明確表示而是轉個彎與文學作品展現相斥性，也就是故意繞個圈不顯出癖好特徵。換句話說，迂迴式相斥隱含有文人癖好本想放進作品裡面，但後來經過考慮後又選擇不把這樣的行為放進文學創作裡。本來嗜酒是最容易直接影響文學創作或跟文學創作構成相刺激式辯證的；而現在卻要刻意區隔，這中間少不了會有一番掙扎，所以迂迴式相斥就自然形成了。

　　為何嗜酒行為屬於迂迴式相斥？這是因為一個文人嗜酒如果不是直接影響創作，也不是跟創作構成相刺激式的辯證的話，就會

變成迂迴式相斥關係。在特定情況下發生的，就會產生迂迴式相斥。換句話說，文人嗜酒不是直接影響到他的文學創作，就是和文學創作構成相刺激式的辯證，但在某種特殊的情形下他會迂迴的避開跟文學創作的關係，這種迂迴就是有考慮或掙扎過，究竟要不要再作品裡顯現他的嗜酒癖好。當然這也不是絕對的，嗜酒與文學創作的相斥也有可能是強抑式、有意無意式相斥，一樣的這裡也是取其中較可能的來說明。

這跟相刺激式辯證不同的是，相刺激式辯證是文人怪癖與文學創作所相互影響，是雙向的彼此互動，而相斥則是刻意不要在作品中顯現出文人的怪癖，這二者有顯明的差異。

在此節中的迂迴式相斥與第二節的強抑式相斥，前者指的是嗜酒行為在文人的文學創作中，雖然有嗜酒的行為，或者當下是酒醉的狀況，但在創作時是故意轉個彎或繞圈不讓酒癮顯現於作品中；而戀物的強抑式相斥，與迂迴式不同的是文人在戀物行為中，原需要藉助具體物來創作，但在實際創作時也會機警的避開這樣的戀物行為或心情。

我們多半無法從文學創作中去推測怪癖的類型，但反過來卻可以從怪癖看出文學創作的脈絡，因為文人有的時候並不只有一種癖好，有的可能多達三、四種怪癖。而這些怪癖和文人的文學創作型態也各有不同。因為相斥性多半只侷限在特定的環境中，所以它大多只在都在特定時刻、特殊情況下，才會出現（除了有極少數是屬於恆常性的，其餘都是特定的範疇）；以致在特定時刻、刻意的狀態下顯現文學創作的不同關係型態（是內顯而非外力所造成的結果）。本節所要探討的就是這一嗜酒行為與文學創作的迂迴式相斥情況。而這點簡單來說，就是文人有嗜酒的行為，造成文人有創作

的衝動，但在字裡行間看不到酒意，也不讓人聞到酒味，嗜酒行為絕不在字裡行間流溢出來。

　　雖然如此，所列舉的文人怪癖，在文學創作裡是否也有屬於不相干的範疇？當然是有的，只不過那已無從考證，可以存而不論；剩下就是文人怪癖和文學創作肯定是有關係的。而這種關係，除了前面所探討的直向、辯證以外，就只能歸類到相斥的範疇，而這在實際上都是可以明顯的觀察出來。根據以上的定義，可以將嗜酒行為與文學創作的迂迴式相斥，以下列圖示來展現：

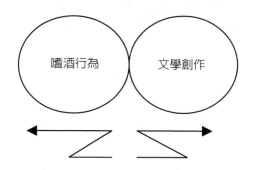

圖 6-1-1　嗜酒行為與文學創作的迂迴式相斥關係圖

　　在圖 6-1-1 中嗜酒行為與文學創作的迂迴式相斥並無交集的情形；而且在迂迴式相斥中也有自覺與不自覺的情況產生。其中自覺的部分比較明顯，而不自覺的部分則比較難以顯現出來；況且在不自覺的情況雖然不一定會從作品中顯現出來，但仍可以容許保有它的存在的部分，因為有時即使從各種跡象上也難以找尋判讀出來。換句話說，例子雖然難以找著，但在理論上還是應該保留有不自覺的情況存在。而在其中因為有模糊的部分，只能予以存而不論，在此只討論相關的地方。如下圖所示：

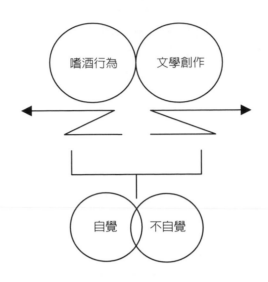

圖 6-1-2　嗜酒行為與文學創作的迂迴式相斥的自覺與不自覺關係圖

　　韓愈有詩:「多情懷酒伴,餘事作詩人」,似乎是飲酒較作詩更勝一籌。但在文人的生活中,二者已是孿生兄弟,不可須臾或離了。我們追溯文人與酒的神采中,可以懷想文人獨特的生命姿態以及與他所處環境那種既「相得」又「疏離」的況味。「相得」的是,在醉意盈懷之際與友人共飲的相濡以沫;「疏離」的是,作為一個文人總是有著比一般人更敏銳的思緒,人生的悲喜之情、時代的亂離感受於是成為生命的一部分,也是醉眼覷紅塵。(范宜如等,1998:113)

　　「喝酒」是阮籍拿手的行為之一,他參加大將軍司馬昭的集會,常常盤坐吹口嘯,酒喝的爛醉而沒有一點顧忌。司馬昭有個心腹,名叫鍾會,是專門監視反司馬氏的人,時常向司馬昭告密。鍾會常常到阮籍家,藉以刺探阮籍有無反叛之心,但是阮籍每一次都喝得泥醉,使鍾會找不到藉口密告,因而得以保全性命。後來他聽

說步兵營裡有一位對釀酒很有研究的廚師，並且在營裡現在就存放著三百斛酒，於是請求擔任比前職更低的步兵校尉，後世稱他「阮步兵」。阮籍上任後，更招來劉伶，兩人每天喝得醉醺醺的，絲毫不理會校尉的職責。所以稽康在〈與山巨元絕交書〉中這樣說阮籍：阮籍嘴裡不批評別人的過失，我常想學習他這一長處，可是無法做到，而且他的天性純厚超過一般人，他待人接物，無相害之心，只有愛喝酒的毛病罷了。以致於受到了禮法之士的彈劾，恨之如仇，幸虧得到大將軍的保護，才可保全無事。（姜伯純，1986：45-47、49-50）阮籍如此放任自己，其實在心中必定是痛心疾首，只因當朝無明君，廷中無忠臣，為求忠義兩全，只得讓自己這樣任意放蕩，耽溺於飲酒之中。

阮籍生於漢亡前十年，死於魏亡前二年。在時代的交替中，社會太黑暗，人民太痛苦、人情太淡薄了，他雖有滿腹牢騷也不敢對人說。可以看阮籍有名的〈詠懷詩〉第十四首：

> 感悟懷殷憂，悄悄令人悲！多言焉所告，繁辭將誰訴？（引自姜伯純，1986：59）

再看另一首〈詠懷詩〉第三十三：

> 胸中懷湯火，變化故相招，萬事無窮極，知謀苦不饒，但恐須臾間，魂氣隨風飄，終身履薄冰，誰知我心焦？（引自姜伯純，1986：60）

「終身履薄冰，誰知我心焦？」這是阮籍痛苦的呼聲。《晉書》本傳說：「鍾會數以時事問之，欲因其可否而致之罪，皆以醉豁免。」因為酒可以排除暫時的「殷憂」，又可以避難，他不得不終日飲酒，以求麻痺自己的神經，而沉淪於頹廢放浪形骸的生活裡。然而，這

種生活是他所願意的嗎？當然他是絕不願意過這種生活。《世說新
語》說：「阮渾長成，風氣韻度似父，久欲作達。步兵曰：仲容也
預知，卿不得復爾。」通常人都會要孩子承繼父志，可是阮籍竟禁
止他的兒子學他，可見他放浪形骸的生活是被環境壓迫成的。（姜
伯純，1986：59-60）《晉書》阮籍本傳說：「籍本有濟世志，屬魏
晉之際，天下多故，名士少有全者，籍由是不與世事，遂酖飲為常。」
可見他飲酒是為了要避禍遠害。阮籍孤傲放誕，真情率性，不以世
務為意；而他心有鬱結，須酒澆灌，同時也借酒韜晦，實施有效但
也有限的自我保護。因此，酒在阮籍的日常生活中有著不可或缺的
重要作用。（陳宥伶，2010）這兩首詩是屬於文人自覺性的創作。
在詩中也不見酒字醉意在其中，是文人另有感觸，雖想藉著飲酒撫
平心緒，但最後仍回思轉念，用曲折委婉的方式不讓酒味流淌創作
中，只表現深慟的哀情。在相斥的關係中，可以想見文人落寞的悲
哀，心裡有話不得傾訴，如有危害當政者的言談，便容易遭罪，更
甚者是禍延家人。在這樣身心都不由自主的情況下，只能抱著酒
瓶，來吐露哀怨；而文中不見酒味，只見文人濃濃的苦澀。

陶潛在〈與子儼等疏〉說道：

> 少學琴書，偶愛閒靜，開卷有得，便欣然忘食。見樹木交蔭，
> 時鳥變聲，亦復歡然有喜。常言五六月中，北窗下臥，遇涼
> 風暫至，自謂是羲皇上人。（陶潛，1996：386）

這段敘述所體現的情境氛圍與身體幻變，與〈讀山海經其一〉
極為神似。此文所言也屬夏日萬物新榮之際，同樣是涼風送爽，開
卷有得，自謂「羲皇上人」，乃是一種身體的幻變，可視為「俯仰
終宇宙，不樂復何如」的具現。在這段描述中陶潛似未言及飲酒，
但已與〈讀山海經其一〉的情境如出一轍。後世詩人更以此為「醉

鄉」的藍本。可見如欲復返羲皇上人淳寂的國度，依據世人的理解，酒是最佳的觸媒，當酒使身心由拘羈而自然，人就由凡夫俗子而變為羲皇上人。就是這種的身心體驗及所從生的幻想，使陶潛凝心忘我，回到自性本真的狀態，與宇宙萬化為一，而獲得一任自然的存在感受。此種感受能夠同時體現為陶詩的境界，乃基於此一情境與創作的神思活動有其相通處：身心經驗本就是創作的本源。（蔡瑜，2005）性嗜酒的陶潛，田園生活的優閒，使他有充分的閒暇去探討生命的意義，而酒也成了他的良伴之一；但酒並沒有進入他的文學創作，這是迂迴相斥式關係中文人自覺的呈現。因為文人渴望自然，不受拘束，只有酒可以輔助他，達到「萬物為一」的境地；酒只是輔助品，「為一」則是目的。

　　至於陶潛有〈飲酒〉詩，它所寄託的是自己的意識形態，表示自己的孤傲清高的品格，也肯定自己歸隱的心情，堅持自己的節操，對世族統治社會的鄙夷不屑。其中最廣為流傳的是第五首：

> 結廬在人境，而無車馬喧。問君何能爾，心遠地自偏。採菊
> 東籬下，悠然見南山。山氣日夕佳，飛鳥相與還。此還有真
> 意，欲辨已忘言。（陶潛，1996：170-171）

　　在此詩中只寫出自己找到人生歸宿的欣慰、閒適、寧靜的心情，及非常和諧的生命境界；也展現孤傲的品格，但其心情是平靜的，其境界是蕭穆的；也表現出對高車駟馬鄙夷厭棄的態度。（黃淑貞，1999）酒的物性形成的生理反應，足以使酣醉之人體驗到醒覺時迥異的身體感受與世界圖像。因為世界是身體主題所有體驗的場所，它包孕了一切個體，不論是真實或是幻想的；而人的幻想或想像，便是在此世界中的包容和混合體驗中，使我們與整個存在產生令人眩暈的接近。這便是陶潛的醉境與詩境交融的根源。（蔡瑜，

2005）但詩中確隻字不提酒字，如此的「曲折」避免，就是屬於迂迴相斥式中不自覺的關係。

另外，〈飲酒〉第六首中又說：

> 行止千萬端，誰知非與是？是非苟相形，雷同共譽毀。三季
> 多此事，達士似不爾；咄咄俗中愚，且當從黃綺。（陶潛，
> 1996：172）

這首說明人處季世，出處進退，各自不同，沒有什麼是非可說。世俗但以識時奮進、求名求利為俊傑，加以讚賞；而他自己仍然只知追從夏黃公、綺里季，修身潔己，隱居山林。（方祖燊，2002：149）政治感懷往往引發自政治現實與自身處境的對照。陶潛置身亂世，所面臨的是非考驗和判斷則更為複雜。在是非之中，省察內含了陶淵明對仕隱價值的選擇，「似」字隱約表現面臨選擇的那種猶豫、不確定的內心活動。他感嘆世俗「規規一何愚」的愚者仍浮塵於是非宦海，而自己既不願糾葛政治是非，又不得實踐士人理想，只好跟隨夏黃公、綺里季的所行，「且」自透露了歸隱的不得已。整體而言，詩中的政治感懷力道稍微轉化為政治現實與自身處境的思考和省察，而在詩末留下一縷淡而有味的悵然幽思。（邱以正，2009）

陶潛一邊飲酒一邊在心中自許心願，也對自己的人生做出了選擇，是文人自覺的迂迴式相斥。也就是說，在〈飲酒〉的詩組中，很多首都是在飲酒中闡發靈思，但以上幾首並未涉及飲酒的相關字眼。

因為陶潛的二十首〈飲酒〉詩都是醉後所寫的，所以總題為〈飲酒〉詩。內容很廣，或語往昔，或抒胸臆，或示信念，或談理想、或欽聖賢、或明操守、或寫生活，卻都是因酒而發，因酒而成的不像酒文學的酒文學。（方祖燊，2002：146-147）

　　還有整日沉湎於酒鄉的李白，他常在酒肆中喝的酩酊大醉，被人扶至宮中，醉眼朦朧中只見貴妃姿容嬌豔勝於往昔，池中牡丹顏彩絢爛，耳中絲竹細細生管幽幽，頓時詩思泉湧，寫下了一些膾炙人口的作品。李白常常喝得大醉，但玄宗常常臨時召他進宮填詞，皇上規定李白作「至少十首」以上的古詩或律詞，這是天子有意考驗他的捷才。另外，非常著名的〈清平調〉詞三首中寫道：

　　雲想衣裳花想容，春風拂檻露華濃。若非群玉山頭見，會向瑤臺月下逢。一枝紅艷露凝香，雲雨巫山枉斷腸。借問深宮誰得似？可憐飛燕倚新妝。名花傾國兩相歡，長得君王帶笑看。解釋春風無限恨，沉香亭北倚闌干。（清聖祖敕編，1974：1703）

　　據《松窗雜錄》記載，唐玄宗與楊貴妃在興慶宮沉香亭賞牡丹，繁花盛開，李龜年率梨園子弟至御前正欲獻演，玄宗說道：「賞名花，對妃子，焉用舊詞為？」於是命李龜年持金花箋宣召翰林學士李白進宮，白欣然奉詔，在宿酒未醒中援筆進呈。（朱金城等，1995：201）像〈宮中行樂詞〉這樣的應製之作，李白寫了不少，而〈清平調〉詞三首，可謂語語濃艷，字字葩流。李白將玄宗「賞名花、對妃子」的雙重得意心情準摸透了，於是在這三首歌詞中將牡丹、貴妃融在一起寫，以花喻人，以人比花，花即人，人即花，人面、花色融為一體。（謝楚發，1996：74-76）

　　李白討玄宗歡心，不限於對玄宗和大唐的直接歌頌，還在於應命製作，投玄宗所好。據《本事詩》所載，有一次唐玄宗正在觀賞宮中的大型演唱，聽著聽著嫌晚會單調，便對高力士說：「對此良辰美景，豈可獨以聲伎為娛？倘時得逸才詞人吟咏之，可以誇耀於後」。於是就叫高力士去宣召李白進宮。當時李白正被寧王邀去飲

酒，而且醉了，高力士花了很大的力氣才將他扶到玄宗面前。玄宗
知道李白並不精於音樂，就叫他作〈宮中行樂詞〉律詩十首。李白
叩頭請求說：剛才寧王賜我酒喝，現已醉了，請求陛下允許我隨便
一點，無所拘束，才可以施展我的薄技。玄宗當然答應，叫兩個太監
扶著他東倒西歪的身軀，並備筆硯，攤開紙張。李白便逞著酒力，略
作思索，取筆直書，文不加點，聲律對偶，無不精絕。且看第一首：

> 小小生金屋，盈盈在紫微。山花插寶髻，石竹繡羅衣。每出
> 深宮裡，常隨步輦歸。只愁歌舞散，化作彩雲飛。（清聖祖
> 敕編，1974：1702）

這首對宮女的嬌姿美態，歡歌笑語。作了窮形的刻畫，將太平
氣象，歡樂氣氛烘托到了極點。（謝楚發，1996：72-73）特別的是，
別人借酒力寫詩作文，或寫字作畫，往往是在事前有意飲酒助興，
激發靈感，就像宋代詩評家唐庚說的：「溫酒澆祐腸，戢戢生小詩」。
而李白卻往往於事前並不知道要寫詩，而是在已經喝得爛醉如泥的
狀態下應命而作的。但同樣寫的風流蘊藉，風神絕世。像前面兩首
有名的〈清平調〉詞三首和〈宮中行樂詞〉，就是在醉得不能站立，
須由人攙扶的情況下揮灑立就的，自然比一般藉助酒興的詩人更高
一籌了。（同上，266-270）這兩首都屬於自覺迂迴式相斥。也就是
李白描寫楊貴妃是醉後所寫，但全文不見一個酒字。這是唐玄宗給
李白限制了範圍，但醉醺醺的李白卻反而寫出了流傳千古的佳句。

古代的讀書人，主要有兩條路可走：隱居或者當官。作官榮耀、
顯赫、實惠，但忙忙碌碌，常常身不由己，有許多苦惱；隱居孤寂、
清貧，但隨心所欲，自由自在，有許多樂趣。蘇軾雖然不是隱士，
但對隱居快樂卻領會的很深。蘇軾在徐州當太守時，曾到放鶴亭上
飲酒，邊飲酒邊和隱士聊天，因而寫了〈放鶴〉和〈招鶴〉這兩篇：

鶴飛去兮，西山之缺。高翔而下覽兮，擇所適。翻然斂翼，
婉將集兮，忽何所見？矯然而復擊！獨終日於澗谷之間兮，
啄蒼苔而履白石。鶴歸來兮，東山之陰。其下有人兮，黃冠
草屨，葛衣而鼓琴。躬耕而食兮，其餘以飽汝。歸來歸來兮，
西山不可以久留！（蘇石山，1998：988）

　　寫的是隱士有兩隻鶴，馴養得很好、很會飛。每天一大早，
隱士就在山的缺口處放飛二鶴，任憑牠們到處去玩。兩隻鶴或者
飛到池沼中，或者在藍天白雲中翱翔，到了傍晚，牠們又都飛回
來。所以蘇軾感嘆的說：隱居真是快樂啊！即使貴為君主，也換
不來隱居之樂。《詩經》上說，大鶴在背陽的地方鳴叫，小鶴唱和
著。這野鶴，清遠閒放，超然於塵垢之外。難怪人們用它來比賢人
君子、隱德之士。（范軍，1996：271-272）這是文人自覺迂迴式相
斥的呈現：詩人一邊飲酒，一邊看著遠方展翅高飛的白鶴，想到自
己卻落到了這樣的處境中：但轉而一想，其實隱居自然也沒有什麼
不好，至少身體與心靈是自由的。文人心思一轉之下，雖有滿腹酒
意，只因是要淡泊曠遠的情志為當下的目的，而酒這時卻從詩文中
隱匿了。

　　「醉翁之意不在酒」，傳統文人對於飲酒的需要，實則是為了
藉以獲得「得之心而寓於酒」的酒趣深味；所以沉湎飲酒，於肆意
酣暢之際，增加生命的密度，致使酒成為縱欲享樂與生活中的麻醉
品。或如竹林七賢的終日沉酣、不問世事，已久為慢行存身之具，
表現放浪形骸、佯醉任達的姿態，來迴避當時的政局。換句話說，
飲酒成為在亂世中自全性命的策略行為，而飲酒則成為任真自然的
人生境界所寄託與表現的方法。（羅中峯，2001：172）只不過它未
必要跟詩文「連在一起」。

在此將中西方文化系統整編為以下關係圖，便可以看出其中的差異性，並將它們各自的內涵特徵順勢予以條列：

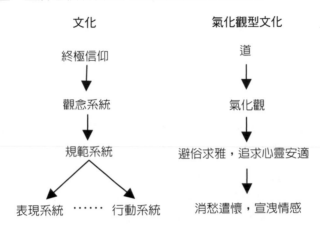

圖 6-1-3　中方文人嗜酒與文學創作關係相斥關係的文化系統圖

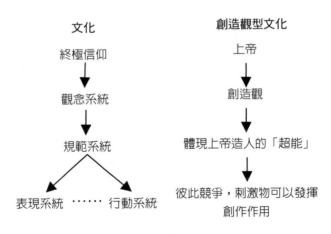

圖 6-1-4　西方文人無嗜酒與文學創作關係相斥關係的文化系統圖

　　中國傳統文人以追求功名、考取仕途為最終目標。由於中國人是過大家庭的家族生活方式，所以家族中優秀成員所擔負的家人期待，讓他們不能失敗。因此，文人一旦宦途不順，只能寄託在飲酒之中；而為求和諧自然，只好以酒稍解憂愁，以渾沌虬結於家族中。但文人心中煩悶以及懷有的抱負，飲酒酣醉是唯一的歸途，甚者期待藉此刺激能開啟靈思，有益於創作。由此可見，酒在士人的生活中扮演著很重要的角色，由於他們對於現實世界的不滿，以及當時苟全性命的需要，不得不借用酒精。他們雖為「醉客」，但實際上卻是比一般人還要清醒的，他們常具體呈現「眾人皆醉我獨醒」的面貌。也因為他們過於「清醒」，所以內心的衝擊、矛盾就變成了生命中所必須承載的痛苦，而酒精也變成讓他們的苦悶稍稍得到紓解的良藥。（陳宥伶，2010：430）還有在中方的觀念系統是氣化觀，使得中國傳統社會是「團夥為生」，個人沒有隱私空間可言，為求「大局全顧」，不破壞家族和諧為前提，只好轉而埋首訴情於創作當中（中方沒有上帝的信仰觀念，如尋求強力有效的刺激物就屬多餘）。至於西方文人在對怪癖的喜好上，與中方文人是大不相同的。西方是屬於創造觀型文化，西方文人在創作上為了榮耀媲美他們所崇敬的神（上帝），所以不像氣化觀型文化那樣是大家族的生活型態，受到極大的約束。正因為重視個人，所以西方文人彼此需要在社會中相互競爭，期待依恃一些刺激物質的衝擊，可以在文學創作中發揮強大的影響力與激出火花，以不枉費上帝造人的「崇高性」而體現上帝造人的美意。所以中方有的迂迴式相斥情況，就不是西方人所能想像的；他們可能都要把癖好帶進文學創作中，才覺得他們有「盡力」在做一件了不起的工作（詳見第四、五章）。

第二節　戀物行為與文學創作的強抑式相斥

文人怪癖與文學創作的相斥關係，第二種是強抑式相斥。

所謂強抑式相斥關係，是在特殊的情況下產生強制、壓抑的行為，而刻意的不顯出嗜好。

戀物行為為何會有相斥產生？因為這是刻意的相斥，戀物的種類很多，有的是屬於較私密且不可告人的，所以文人在這樣的心境下會刻意把嗜好隱藏起來，不會顯現在文學創作中（如愛鵝癖、戀纏腳癖、煙草癖、嗑藥癖、咖啡癖等）。這也是在特定情況下發生的（如文人所戀的物是別人所討厭或非常反感以及是時流所不容的情況）。而大部分的戀物不是間接或輾轉影響文學創作，就是跟文學創作構成互補式辯證，所以在特定時刻有可能會發生強抑式相斥。當然這也不是絕對的，戀物行為與文學創作也有可能是迂迴式或有意無意式相斥，這裡同樣取較多可能性的來討論。

本節所探討為戀物行為與文學創作的強抑式相斥，而強抑式相斥是指文人在文學創作當下有強制、壓抑的行徑；而另外也有刻意性的排斥，文人嗜好在作品創作中不明顯，而多有保留。強抑式相斥與互補式辯證不同的是，互補式辯證是文人怪癖與文學創作中所產生的彼此彌補的作用，而強抑式相斥則是刻意不要在作品中顯現出文人的怪癖，這二者是有不顯明的不同。因為無法從文學創作中去猜測怪癖的類型，但是反過來卻可以從怪癖看出文學創作的脈絡。由於文人有的時候有多種癖好，有多重性的，所以這些怪癖和文人的文學創作型態也有所不同，也就是癖好和文學創作的關係尚不盡相同，

文人怪癖與文學創作關係中的相斥，所指是文人在文學創作中的「反影響」。當文人有此怪癖但會刻意的將癖好從作品中壓抑下

去，也就是文人在創作中感覺到這樣的癖好並不適宜顯現在作品裡（而且這癖好如果是「無可奉告」或「令人反感」的），以致在作品中就不會刻意顯現出癖愛的蛛絲馬跡（例如戀纏腳癖）。換句話說，文人知道自己有怪癖，但會在作品中強迫自己把癖壓抑住、刻意避開，不讓癖癮顯現出來，就是反影響式的怪癖。而本節所要探討的戀物行為與文學創作的強抑式相斥關係，就是指這種文人在戀物行為上沒有將戀物癖表現出來，反而是故意將癖好壓下，刻意不展現作品裡，於是出現相斥性的關係。也就是說，強抑式相斥隱含著文人癖好本想放進作品裡面，但後來立即警覺後又不把這樣的怪癖行為放進文學創作裡。本來戀物是最具體的事物，也是最直接可以影響文學創作或跟文學創作形成互補式辯證的；而現在卻要刻意將愛戀的心情壓抑下來，這中間少不了會有一番抉擇，所以強抑式相斥就自然出現。

雖然我們多半無法從文學創作中去推測怪癖的類型，但反過來卻可以從怪癖看出文學創作的脈絡，因為文人有的時候並不只有一種癖好，有的可能多達三四種怪癖。而這些怪癖和文人的文學創作型態也大異其趣。因為相斥性多半會侷限在特定的環境中，大多只在都在特定時刻、特殊情況下，才會出現（除了有極少數是屬於恆常性的，其餘都是特定的範疇）；以致在特定時刻、刻意的狀態下顯現文學創作的不同關係型態（是內顯而非外力所造成的結果）（詳見本章第一節）。

在此節中的強抑式相斥與第一節的迂迴式相斥，前者戀物的強抑式相斥，與迂迴式不同的是文人在戀物行為中，原需要藉助具體物來創作，但文人創作時一經察覺後會壓抑住這樣的戀物行為或心情。也就是戀物使文人有創作動力，但是會刻意、故意的將它隱避起來。後者指的是在文人的文學創作中，雖然有嗜酒的行為，或者當下是酒醉的狀況，但在創作時故意轉個彎或繞圈不讓酒癮顯現於

作品中，可以說雖然嗜酒有創作的衝動，但不讓人聞到酒味在字裡
行間流溢出來，這是文人在多方的考量下避開此情況在作品裡。

所以強抑式要歸類到相斥，因為這是文人有所警覺，認為怪癖
不適宜放入文學創作中的結果。雖然在文學創作裡可能也有屬於不
相干的部分，但對於文人怪癖和文學創作肯定是有關係的，所以排
除前面所說的直向關係、辯證關係以外的就是相斥關係。這在理論
上可以明顯的觀察出來。戀物強抑式以下圖表示：

圖 6-2-1　戀物行為與文學創作的強抑式相斥關係圖

在圖 6-2-1 中嗜酒行為與文學創作的強抑式相斥，並無交集的
情形。而且在強抑式相斥中也有自覺與不自覺的情況。當中自覺的
部分比較明顯，而不自覺的部分則比較難覺察。後者雖然不一定會
從作品中顯現出來，但仍可以容許有它的存在，因為有時即使從各
種跡象上也難以研判。換句話說，例子雖然難以找著，但在理論上
同樣應該保留有不自覺的情況存在。以下列圖示表示：

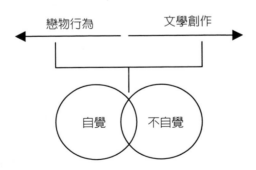

圖 6-2-2　戀物行為與文學創作的強抑式相斥的自覺與不自覺關係圖

　　古今中外許多名人都有各自的習慣與特殊嗜好（或惡習），最具代表性的習慣，見諸於美國作家馬克‧吐溫的不朽名言：「戒菸何難，我都已經戒一百次了。」只是雙重習慣：一種是抽煙習慣；一種是戒菸成了習慣。英國首相邱吉爾也是知名的癮君子，他把菸草尊稱為「尼古拉女神」，可見他對這項習慣沉迷的地步。口腹之欲最容易讓人積習難返，法國作家伏爾泰曾說：「咖啡是慢性毒藥，因為我喝了 65 年還毒不死。」盧梭也是咖啡的嗜飲者，直到他死時手裡還握著一杯咖啡，這才忠誠。（拾穗雜誌編輯部，1995b）

　　王羲之的傳世名作〈蘭亭集序〉創作於晉穆帝永和 9 年（西元353 年）。這年的暮春 3 月，初渡浙江並有「終焉之志」的王羲之，參加了在會稽山陰的蘭亭舉行的一次盛大集會。與會者都是當時的風流名士，王羲之飲酒賦詩、縱情盡歡後逸興勃發，當時趁著酒興欣然命筆，用蠶繭紙、鼠鬚筆即席書寫了一篇詩敘。於是中國書法史上的千古絕唱〈蘭亭集序〉便問世了。據記載：王羲之書寫此序時酒酣耳熱、胸無罣礙、心手雙暢、一揮而就，在微醉之中似乎若有神助。其筆底流露出的書法意態，恰如其詩序本身的內容一樣沖淡、空靈、瀟灑、自然。那柔中帶剛、含而不露的線條，那言不盡意、流美俊逸的筆法，有一種迷濛纏綿的永恆，一種得意忘形、超塵拔俗的快慰，又略略帶著一些對人生易老的無奈和淡淡的哀愁。縱觀蘭亭序帖，通篇氣勢貫穿、生機勃勃，用筆剛柔相濟、綿裡裹針，所流露出來的情緒和而不流、哀而不傷，都集中地體現了中國古代傳統的最高審美法則「中和之美」，而這種美則完全依賴於下筆時所醞釀的那種有意無意之間的創作心態來完成。據說王羲之本人次日酒醒後也對蘭亭書法取得的成功相當驚喜，「他日更書數千百本、終不及此。」原因是以後所書時，過於理智、過於清醒而經意，以致心手不能雙暢，難以有成。（趙建玉，1997）

　　王羲之這篇〈蘭亭集序〉，無論是從文章的本身講，或是自書法而言，都是他傳世的代表作品。這篇文章是他在微醺之際，隨興所至拿起筆來一揮而就的，可是卻寫得「飄若浮雲，矯若驚龍」，遒媚勁健，有如神助。這或許就是所謂無意求功，而功不可及吧！以後他雖然照樣再寫了幾遍，但終沒有一篇及得上這無意信筆寫來的一篇。（方時雨，1986：9）王羲之對鵝有深沉的迷戀，認為從鵝的姿態中，可以讓他領會到書法的技巧，這是文人在長時間下的癖好培養。但這次的修禊集會，是各大文人作家都來聚集的場合，文人在這種特殊的場合以及特定的時間下，當然不能將自己那「異於常人」的怪癖顯露出來。這是文人刻意強壓自己的嗜好，並不且是自覺的，也就是不能把對鵝的愛戀書於創中。因為寫於作品中，不僅不恰當，也可能遭人奚落，於俗所不容；所以王羲之在作品中，只能強抑住癖好，除對當時的山川水秀加以描繪，以及抒發心情，更不可能將自己的愛鵝癖好書寫在作品裡面。

　　日常生活中的辜鴻銘是個什麼樣的「愛蓮者」？他辭世後，他的同事胡適、周作人以及學生羅家倫等著名新文化運動健將，為他出版了一部紀念文集，裡面對於辜鴻銘的「蓮癖」，隻字未提。在臺灣出版的辜鴻銘逸事，談到了他的兩帖生活「藥劑」：一是「興奮劑」，指的是他的小腳妻；另一個則是他的「安眠藥」，指的是他的天足妻，她是日本人。辜鴻銘每當寫文章遭遇瓶頸，就會召喚妻子到他身邊，讓他捏著她的「小羊蹄」。據說辜鴻銘還口誦「七字真言」，認為這是掌握纏足神秘美妙之處的竅門：「瘦、小、尖、彎、香、軟、正」。欣賞小腳的樂趣，在他的眼裡，就像是品嚐臭豆腐、臭鴨蛋這類令外國人望之卻步的中國美食。儘管辜鴻銘喜愛小腳的聲名（或惡名）遠播，但我們卻很訝異地發現，他本人並未在著作裡多談他的這個癖好，同時代的舊識人也沒人提到這一點。與其試

圖將辜鴻銘這個人與他的傳聞分開，對我們更有助益的，應該是把焦點擺在那將辜鴻銘「傳奇化」的兩種相互糾葛的過程：他自己對「傳統中國」的理想化，以及大眾對其理想化的嘆為觀止。百年來，雖然大多數中國讀者對他捍衛的這些「惡俗」感到反胃，但卻樂於傳頌他的故事，因為有這麼一個人，放聲向世人反唇相譏：你們視為中國之恥的，我們視為中國之光。（高彥頤，2007：91-92）或許他不是一個「抒情式」的文學家，但他從骨子裡卻是一個「批判式」的愛國者。他的論點大多以批判西方文化，而反過來深思中國人可以學習，但不能一味盲從。

　　在《中國人的精神》一書中，辜鴻銘認為，中國人理想的女性，要能無私無我自我奉獻。完美的女性，應該要同時具備活潑愉快和悠閒恬靜的特質。雖然他未特別就纏足的例子申論，但根據他的邏輯，纏足可被視為一種身體表述，發揚中國婦女最美好的品行：柔順與端莊。換句話說，辜鴻銘喜愛纏足，就是因為它代表了一種至高無上、不容置疑的理想化女性，也是亂世中巍然不可侵犯的一方聖土。辜鴻銘顯然不是個擁護女姓解放的女權主義者；但從捍衛中華文化的角度來看，他是個國族主義者，甚至是個愛國主義者。他所理想化的中國女性，其實是用以比喻主權在握的中國，唯其如此才能抵抗外國人的視線以及他們的觀看方式。辜鴻銘有意誇大中國與外在世界的距離：因此，中國不該受到西方啟蒙準則的妄加評判，而應回歸中國自身對女性特質、正義和人性價值的定義。這種忒必拉大距離的作法，出自一種國族主義驅力，因為同樣的驅力也令他們熱切追求與西方平起平的地位，並在其直線式的國族史觀裡，埋藏「迎頭趕上」的修辭工夫。辜鴻銘是個徹底的國族主義者，因為他拒絕把西方的所謂進步與文明拿來用作衡量中國的標準。（高彥頤，2007：91-93）辜鴻銘對自己嗜好小腳的行徑，並沒有

刻意隱瞞，但在作品中卻從未流露出一字一句，這是文人自覺強抑式的隱蔽。正如有人很喜愛收集烏龜，但他並不一定會把對烏龜的喜愛或感覺寫在作品當中，其中有著無可奉告的「癖」，不可告人的特殊情況。因為當時的情況有太多的國仇家恨，有如風中殘燭的國家，辜鴻銘渴望能喚起人民的愛國情操，當然更不可能將這樣私人、代表「老舊文化」的嗜好表現在作品中。況且在一片追求新興世界的浪潮中，這樣特殊時刻更不能在作品中發出自己特殊愛好。

關漢卿的創作力極為充沛，是個古今中外罕見的多產作家，在雨後春筍般的元代著名戲曲家所寫的全部優秀劇作五百多種中，關漢卿的作品佔了六十種以上，比英國大戲劇家莎士比亞所作，幾乎多出一倍。現存下來的有十六種。關漢卿的創作態度是非常客觀的，真實的反映了當時的社會情況。這些作品，氣魄是雄大的，結構是嚴謹的，藝術手法是高明的，文字語言是雅俗共賞的。所以明人韓邦奇把他比作文章中的司馬遷，近人王國維把他比作詩歌中的白樂天。（丁志堅，1967：84）

在〈竇娥冤〉中，關漢卿成功塑造了竇娥這個被惡勢力迫害然而至死不屈的形象，並透過她的遭遇和抗爭揭露了元代社會政治的混亂、黑暗和殘酷，反映了當時被壓迫人民的反抗情緒。竇娥對當時黑暗社會的否定，是她反抗性格的集中表現，也是關漢卿對當代社會大膽、猛烈的抨擊。竇娥在生命的最後時刻，也仍然堅持著要「爭到頭，競到底」，相信正義會得到伸張，冤獄會得到昭雪。她連接發了三樁誓願來證明自己的不白之冤，這在現實的生活中都是不可能的。關漢卿卻藉著豐富的想像，讓這些不可能的事都實現了。它有力地表現出竇娥的反抗精神，也表達了當時廣大被壓迫者對統治者製造冤獄的憤慨和反抗的願望。關漢卿藉著竇娥鬼魂的口，揭露了官僚制度的罪惡，說出了被壓迫人民心裡想說的話。(溫

凌，1993：16、21）關漢卿身處的時代不容許太多的反叛想法，好
在有癖好得以慰藉。他是失意不得志的文人，但在創中更不可使用
強烈的言語和文字來批判當政者，這是文人自覺性強抑式自己的喜
好，不宣洩在作品中。

　　在關漢卿的全部劇作中，歷史劇佔有一定的數量，其中以〈單
刀會〉最著名。關羽駕著一葉小舟，在波濤滾滾的大江中，對著江景
撫今思昔，慷慨高歌，抒發英雄的情懷。在〈雙調新水令〉中說到：

> 大江東去浪千疊，引著這數十人，駕著這小舟一葉。又不比
> 九重龍鳳闕，可正是千丈虎狼穴。大丈夫心烈，我覷這單刀
> 會似賽村社（舊時農村中逢社日的迎神賽會）。（陳邦炎，
> 2001：46-47）

　　關漢卿熔鑄了蘇詞，發揮了那種「銅琶鐵板」式的豪邁風格，
經過自己的獨創，出色地表現關羽的英雄性格。在宴會上，關羽鎮
定自若，以理和威來對付魯肅，終於鬥敗了魯肅。當他脫離了險境
的時候，面對著江上的清風明月，滿懷著勝利的喜悅，表現出來的
又是另外一種心情。這時關羽已不是赴會途中那種高昂激越和緬懷
往事的慨嘆，而是輕鬆舒緩、充滿著無限愉快和自豪的心情。關羽
的英雄形象，難於忘懷。關漢卿創作這個劇本，雖是以歷史生活為
題材，但仍然有著鮮明的傾向性和現實意義。處在民族衝突和壓迫
嚴重的時代，作者著意描繪了關羽對敵征戰的勇氣和威武、智慧的
性格，無疑可以激發人們的英雄氣概，鼓舞人們抗爭的意志和堅定
人們勝利的信心；並且關漢卿所描寫的關羽，帶有較多的正統思
想。（溫凌，1993：50-53）

　　從關漢卿的劇作中表現了反對民族差別的精神。他生活在社會
地位和民族差別甚鉅的時代，作品既表現了對迫害者猛烈的抨擊，

對被迫害者深厚的同情和熱情的歌頌。就這個特定環境來說，顯然也是以民族的痛苦和希望作為自己創作思想的組成部分。卻帶有濃厚的時代氣氛，蘊蓄著激憤的思想感情和雪恥的信念，這都與他反對民族迫害的思想密不可分地滲透在一起。不過，作者的這種思想並不是直接地說出來，而是曲折地，含蓄地表現出來的。如在〈單刀會〉劇中，透過對歷史英雄人物的歌頌，也是一定程度上反映了作者的民族感情。（溫凌，1993：60）看到眾多社會亂象，但轉身一想到國破家亡，時不我予，難免也會有深沉的悲痛之鳴；關漢卿只能在妓院留連，於是文人將心中的呼喊，不自覺的化為歷史劇作，在這樣期望有「救世主」降臨，來解救蒼生的寄望下，他只能壓抑自己的癖好，藉英雄的故事來喚醒人民的愛國意識，當然不可以將這種被人視為「不入流」的癖好寫出來了。

巴爾札克是個名副其實的工作狂。他在信中曾經這麼寫：「一個月來我從未離開過書桌，我像個煉金術士般緊守著煉金爐，我彷彿生活在最嚴厲的專制政治下，夜以繼日的工作，毫無樂趣可言，我是筆和墨水的奴隸。」他可以一口氣振筆疾書十幾個鐘頭，中途稍停來片奶油麵包，並且一杯接一杯不停地喝濃咖啡。（陳家堃，1989）巴爾札克在《山谷裡的百合》序言中如是寫著，工作毅力似乎是天才藝術家的長處；是工作毅力使原本只處於萌芽狀態的東西得以發展。如果說才華起源於被培養的賦性中，意志則是一種征服，一種時時刻刻對本能、對壓抑住的癖好、對擊敗的忽發奇想及羈絆的征服。（陳維玲，2002）

巴爾札克在自傳性的小說《魯易‧藍伯》裡，對一個天才兒童痛苦的內在生活，有動人心絃的揭露。這個天才兒童由於他過人的天分，結果承受了雙倍的痛苦。書裡形容魯易‧藍伯有驚人的敏感和快速的記憶，如他對魯易‧藍伯縱情於秘密閱讀的描述：

他的眼睛一次可以看七、八行，而他的心靈也能以眼睛那般
的快速，捉住了它們的含意。常常只要一個字，便能給他整
句的意思。他的記憶力好極了，能精確地記住由閱讀所獲得
的思想。在十二歲的年紀，已經能夠用他的想像，在經常使
用的刺激下，使他對事物，能夠建立起精確的概念。他或
是經由類比而推論，或是天賦的別具慧眼，讓他能夠了解
自然的常理。當他這樣全灌注在他所閱讀的書本時，他似
乎不在感覺到肉體的存在，而僅借著內在的力量作用著，
這個力量竟變的出奇的擴展與延伸。（引自褚威格，1980：
13）

　　在學校裡，巴爾札克必須熟讀拉丁文法，可是他仗著天自穎
悟，瞄上一眼即可記住一頁，所以上課並不用心。巴爾札克天性善
良，可是他總無法忘卻小時候所受的冷落和忽視。他用雙重形貌，
來描繪自己成長的那些歲月。巴爾札克所就讀的學校，外觀看來像
個監獄似的，沒有假日，家長只能在特殊情況下獲准探望自己的孩
子。（褚威格，1980：10-13、15-16）

　　為了補充所受教育的不足，巴爾札克又被送到督爾的文法學校
就讀。在這學校中，他仍有被逐、被棄之感，因此在《悽慘人生》
裡，他幼小時候的自己投影在拉菲爾的身上，藉著他說出以下的
話：「我父親從未給過我零用錢，以為我有吃有穿，肚子裡又塞滿
了拉丁文和希臘文，就全滿意了。」（褚威格，1980：17-18）後來
巴爾札克來到巴黎，住在閣樓裡，一張硬板床，一張小橡書桌，上
頭覆著破爛的皮，樓梯有異味，門是幾塊木板粗陋拼成的爛門，巴
黎的貧民窟還比這要好些。雖然如此，巴爾札克的想像力卻超過他
的現實環境千倍以上。他的眼光能賦予最樸實無華的事物以鮮活的

意趣，並將醜惡提升。從他的蝸居，看到的是巴黎灰暗的屋頂（同上，21-22）。《悽慘人生》這裡說道：

> 我游目四顧這一片棕、紅和淺灰的瓦屋或石板屋頂覆著青苔
> 的景致。我細審著那些青苔，他們的顏色經雨而鮮明起來，
> 白日的詩意和風馳電掣，霧水的憂傷，太陽的突然昇起，夜
> 晚靜寂的迷魅，日出的奇幻，烟囪的炊煙都是我所熟悉的、
> 使我快樂的。我愛我的囚牢。我待在這裡，因為我要。（引
> 自褚威格，1980：22-23）

巴爾札克辛苦工作，卻從未享受過尊敬和信任，也沒有那隻手曾伸出來協助過他。他辛苦工作，以求解脫強迫工作的辛苦。他寫作，是為了有一天他不必再寫。他一分一毫地攢錢，不斷地要錢，要更多的錢，是為了不願被逼迫再想到錢。他把自己跟世界隔離，是為要更穩靠地征服世界、世上的國家、女人和奢華，以及世界之冠上最明亮的珍寶──流芳萬世的不朽名聲。（褚威格，1980：36）巴爾札克在《魯易‧藍伯》和《悽慘人生》中屬於強抑式的不自覺的創作。他雖是從作品中創造出自己的「倒影」，是一種無意識的回想過去的兒時記憶，兒童時期應該需要得到的關愛與溫暖，他一丁點都感受不到，所以他想自立門戶，但想要出人頭地就先得努力付出，因此雖然有如毒藥的咖啡，他也毅然決然的一杯一杯喝下了肚，只為了求的得成功與永垂不朽的名望，甚至發下用筆佔領世界的豪語。在此咖啡是陪伴他不休息發狂工作的良方，在他不眠不休努力工作的時候，咖啡已成為他生活的一部分。因此，既然他極度想要揚名立萬，怎麼可能把「居家產品」拿出來「示眾」，這當然是難登大雅之堂，所以不會在作品中顯露出來。他大概是希望作品受到歡迎，有必要預防有人對咖啡感到反感，所以故意將它隱去。

　　有服用鴉片習慣的大作家狄更斯，到老年身體不適仍不改這樣的
嗜好。狄更斯一向是經常在服用鴉片劑，他曾對喬琪安娜（Georgy
Anna）說：他的身體極不舒服，對於要參加瑪莉（Mary）女王的宴會
使他吃不消。他極力支撐著衰弱的體力參加霍頓爵爺（Sir Alex Horton）
位威爾斯（Wales）王子以及比利時國王舉行的宴會，然而當時他連上
樓梯的氣力都沒有，得要別人攙他進入餐廳。（郁士，1982：159）如
他的作品《孤雛淚》賺過不少人的眼淚與同情。現在臺灣的受虐兒不
少，但早在 19 世紀，狄更斯就已經是不折不扣的受虐兒。兒時因為家
中經濟陷入困窘，狄更斯純真的童年消失，也無法繼續升學，取而代
之的卻是難熬的童工生活，這段經歷讓他的文學作品染上一抹憂愁。
《孤雛淚》可說是他自身的寫照，但那段椎心刺骨的童年往事，並未
使他的作品呈現全然的黑暗，小孩應有的天真、無瑕及活潑天性仍充
斥其中。（顏愛群、廖培蓉，2003：36）狄更斯工作勤勉，有幾年一本
小說尚未脫稿，他又開始寫另一本，但他的大量生產並沒有減低他的
精力。在他的一生，創辦過三個週刊，他玩得也像工作時一樣勤；他
又在業餘的戲院演戲。他出席宴會，他發表演說，他也常宴客。這一
切都需要錢，又有一家的人口要他撫養。（劉省齋，1989：325-326）
狄更斯的作品屬於不自覺的部分，他從小辛苦而憂鬱的生活著，在努
力在生活夾縫中求生存，為求比別人有效率、更有創作靈感的激發，
一但接受過這樣的刺激，當然就無法割捨了；加上他又有生活經濟上
的考量，更促使他要加緊腳步拼命工作。但是也因為如此，他更不可
能也不可以將「鴉片癮」這樣的行為在創作中出現，因為除了是不良
的示範以外（小說家也是知識分子，應有良好美德，不能有「不良」
嗜好），也給人不好的觀感，所以在創作中癖好也被刻意的壓抑下去。
　　以中西方的文化來看，戀物行為也可顯出系統上的差異，如圖
所示：

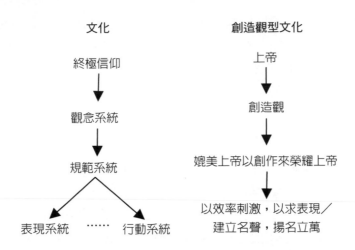

圖 6-2-3　西方文人戀物與文學創作相斥關係的文化系統圖

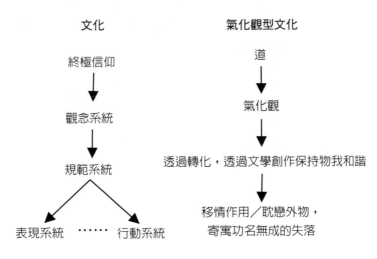

圖 6-2-4　中方文人戀物與文學創作相斥關係的文化系統圖

　　這是西方人信守創造觀而對於受造者為一獨立的個體「必須行為自負」的精神表現（周慶華，2007a：223），所以將講究平均同

等之下，大家盡其發揮自己的才能，以役使萬物（在文學中便是能盡情以文采影響他人）；並講求個人線性觀念，以個人為社會的基本單位彼此獨立互不侵犯為原則。因此，為了尋求救贖，西方文人便努力的在文學創作中實現，在不可能中創造出一篇篇名著，除建立名聲外，更將觸角伸及海外，傳播思想，最後以祈求重返天堂，回到上帝身邊。如巴爾札克的《悽慘人生》雖然成功了，他仍不以為寫作是讓他凌駕全世界的眾多選擇之一。事實上，他的才華可能以各種不同的方式表現出來。他真正過人的資質，是他的意志力，而這樣的意志力也讓他在文學路上找到出口。（褚威格，1980：64）所以為了達到這樣的目的，在文學創作中當然會將癖好刻意的壓抑，以免造成「反效果」，也杜絕悠悠眾口，不致於造成他人的反感。而中方人在信守氣化觀的觀念下，表現和諧自然，在文學作品中以抒情寫實為主，強調親疏遠近，觀念系統重人倫崇尚自然。又因為中方是精氣化生團聚而成，所以中方常會把道德觀念、忠君愛國的信念轉成自身的責任，因此「任重而道遠」的將這樣的責任背負起來。因此一但沒有了投效信念的舞臺，就好比斷了線的風箏一般，那樣的哀傷自憐，從此更加企盼得到撥雲見的的一天。所以不得志的文人經此歷程抒發創作，稍解鬱悶之情。而在這樣的時空下，為了傳達出某種特定的思想，宣揚理念與教化，所以文人也「異曲同工」的先把「戀物癖」暫且抑止不提了。

第三節　潔癖／汙癖行為與文學創作的有意無意式相斥

文人怪癖與文學創作的相斥關係，第三種是有意無意式的相斥。

所謂有意無意式的關係，是指一自身性的習慣，當知道自身的癖好會給人不好的觀感時，便會出現這樣關係。潔癖／汙癖行為對

文學創作為何會構成有意無意式的相斥?因為潔癖/汙癖是文人
自身性的行為,這二種情形都讓人不會想靠近你,所以有些文人不
會將此癖好顯現在作品中。此狀況也是在特定情形下發生的。也就
是說,當文人考慮到作品會帶給人反感或厭惡這二種行為的讀者看
的時候,便會刻意的避開。有意無意式相斥和前面二節迂迴式相斥
和強抑式相斥關係如圖所示:

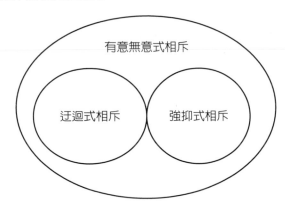

圖 6-3-1　迂迴式相斥、強抑式相斥和有意無意式相斥關係圖

　　從上圖中可知有意無意是相斥有可能是迂迴式相斥也有可能
是強抑式相斥,所以範圍上是較廣的。而在潔癖/汙癖的行為中有
可能文人有需要將癖好隱藏起來,所以會在考慮過後恰當的將癖好
轉折性的隱去,這便是屬於迂迴式相斥;而另一種強抑式相斥則是
當下情況不容許文人將癖好在創作中表現出來,文人懼於有反效
果,於是只能壓抑住自己的癖好。因此在有意無意式相斥中,因為
特定時刻,所以有可能會發生迂迴式相斥或強抑式相斥。當然,然
這也不是絕對的,這裡同樣取較多可能性來探究。換句話說,相斥
大部分都在特定時刻、特殊情況下才會發生,是文人在深思熟慮之

後所作出的決定；他緣於考量整個因素，終於不讓癖好顯現出來，這全是因為文人顧及他人的眼光所致。另外，除了王安石的汙癖是恆常性的，其他都是屬於特定的空間和時間。而潔癖／汙癖的有意無意式相斥，那是因為是文人在不經意的情況，或者是遇到特殊情境之下所表現出來的行為；而有這樣的思緒，才與文學創作形成相斥情況。也就是說，因為文人怕這樣的癖好為人所不容或讓人厭惡靠近，為免除這樣的疑慮也讓人沒有顧慮的情況下，文人將癖好故意不表現在作品中。由於潔癖／汙癖行為有些是自身的選擇性反應，有些是恆常性的顯現，在這樣的情況下與文學創作的關係，可以用虛線來表示。如下圖所示：

潔癖／汙癖行為　　　　文學創作

圖 6-3-2　潔癖／汙癖行為與文學創作的有意無意式相斥關係圖

　　因為已經是有意無意式相斥與自覺不自覺屬同性質範疇，在此便不再予以細分為自覺與不自覺。在圖 6-3-2 中潔癖／汙癖與文學創作的有意無意式相斥也有自覺與不自覺的情況產生，當中自覺（有意式）的部分比較明顯，而不自覺（無意式）的部分則比較難覺察。後者雖然不一定會從作品中表現出來，但仍可以容許有它的存在，因為有時即使從各種跡象上也難以研判。換句話說，例子雖然難以找著，但在理論上應該保留有不自覺的情況存在。

　　明朝書畫名家倪雲林，有著很嚴重的潔癖。他曾應邀赴宴，見到廚子上菜，立刻拂衣而起，主人驚問原因，他說：「庖人多髯，染多者不潔，吾何留焉？」這就點病態了。（拾穗雜誌編輯部，1995b）

有潔癖的白居易，在詩中常將自己當作自嘲的對象，對自我處境以詩人的獨特的眼光嘲解，令人讀後發出莞爾一笑。如〈攜諸山客同上香爐峰遇雨而還，沾濕郎及互相笑謔，題此解嘲〉詩中：

> 蕭灑登山去，龍鍾遇雨迴。磴危攀薜荔，石滑踐莓苔。襪汙君相謔，鞋穿我自咍。莫欺泥土腳，曾躡玉階來。
>
> （清聖祖敕編，1979：4893）

此詩描寫白居易與友人登山突然遇雨，狼狽不堪，襪汙鞋穿不堪的景況惹得一行人彼此笑謔，但是白居易卻風趣地開玩笑，請友人莫「欺」自己現在的不堪。白居易曾經以翰林學士的身分，於皇帝內宴時位於宰相之次，而上朝時與知制誥或中書舍人同列，身分尊崇。當然此二句明顯地表達出白居易昔榮今卑的處境，但是以「泥土腳」昔踏「玉階」相對比，白居易的自我嘲解展現了十足的幽默風趣。

（陳家煌，2009：289-290）這是詩人屬於有意式中的迂迴式相斥，白居易雖愛潔，但經過這樣一場的狼狽情況之後，他有感而發，人生好比陰晴不定的天氣一般，時而艷陽高照，時又烏雲密布那樣難以預料，心思一轉將自己的愛好暫且按下不發，且當時的情況大家都是滿身污泥，總不好「獨善其身」。

白居易在詩中屢屢提到退居歸隱之意，倘若從整體來看，我並不認為白居易真的要休官隱逸。在現實考量上，因為經濟因素的緣故，白居易也無法休官，因此白居易詩中所提到的退居或是歸隱，除了是內心的一種無法實現的期望外，另外就是他想要解除俗累，進入到閒適的狀況。在閒適詩中，被白居易視為外事的，乃指「名」和「利」而言，白居易要轉移的情境乃是在想法中除去名利的束縛。但有時還是無法逃避，此刻白居易便會由

衷地期盼能「掩關」，將這些擾人心思的事摒除在門外。如〈秋山〉詩：

> 久病曠心賞，今朝一登山。山秋雲物冷，稱我清羸顏。白石臥可枕，青蘿行可攀。意中如有得，盡日不欲還。人生無幾何，如寄天地間。心有千載憂，身無一日閒。何時解塵網。此地來掩關。（清聖祖敕編，1979：4719）

因病遊山，反而能「意中有得」；心中所以有千載之憂，乃是人生寄天地之間而且又被塵網羈絆，因此無法的「閒」。因此，倘若是屈身於塵網中，就算能境隨情移，但也只是暫時的心理調適狀態，並不能長久。因為在名利場中，經常無法自己。如他退居下邽守喪時所寫的〈遣懷〉詩說道：

> 寓心身體中，寓性方寸內。此身是外物，何足苦憂愛。況有假飾者，華簪及高蓋。此又疏於身，複在外物外。操之多惴慄，失之又悲悔。乃知名與器，得喪俱為害。頹然環堵客，蘿薜為巾帶。自得此道來，身窮心甚泰。（清聖祖敕編，1979：4729）

白居易並不是一個蔑視功名利祿的人；相反的，他還要花費極大的心力與工夫去追求名位，只是自身處境便如詩中所言「操之多惴慄，失之又悲悔」，不能捨棄又不甘被名器所束縛，「得喪俱為害」是白居易切實的人生體驗。雖知名與器是「外物外」之物，但是卻無法不去追求。白居易寫此詩時，乃是因為不由自主而處於「身窮」與「環堵蕭然」的處境，因此他雖得悟「此道」，但是此得想必也是無可奈何的成分居多。（陳家煌，2009：83）在〈秋山〉與〈遣懷〉中，這二者屬於無意式相斥。文人以追求功名為仕人的重責大

任，當然也是國強民善的心願，在這樣的環境之下，實在也很難做到放下一切歸隱的心情，最後只能徒嘆無奈。而在這種特殊情形下，文人只能強迫自己將癖好壓抑下來。

白居易因為禮法規定母喪必須守喪不可抗力的外在因素，使得他必須暫時拋下官員的身分，先前擔任諫官與翰林學士時的外在庶務也一併卸除，因此白居易在心情上便顯的輕鬆許多。如〈適意二首〉的第一首所呈現：

> 十年為旅客，常有饑寒愁。三年作諫官，復多尸素羞。有酒不暇飲，有山不得遊。豈無平生志，拘牽不自由。一朝歸渭上，泛如不繫舟。置心世事外，無喜亦無憂。終日一蔬食，終年一布裘。寒來彌懶放，數日一梳頭。朝睡足始起，夜酌醉即休。人心不過適，適外復何求。（清聖祖敕編，1979：4727）

在擔任官職時，白居易自認「拘牽不自由」，等到歸渭上時，方能感到如不繫之舟般的自由。倘若衣食能溫飽，就可以置身世事外。雖然白居易認為能免飢寒則餘物為浮雲，不用去追求身外浮榮及虛位，但是事實上白居卻以守職及盡忠的態度追求名位上的顯達，以致在行為上的急於功名富貴，也不妨礙他知足守分之志。白居易退居下邽後，希望能重入翰林院的企圖非常明顯。但是最後重入翰林的希望愈趨渺茫，他求助以前翰林同僚；而他回京任贊善大夫後，卻是有滿腹的牢騷。但這可以推測，白居易在貶江州前，應該沒有被刻意打壓，只是不受皇帝重視，並沒有在官位上擔任要職以符合自身的期盼罷了。（陳家煌，2009：84-85）潔癖潔中有汙（陳家煌，2009：309、308），從創作來看這是文人有意式相斥：本來愛潔，卻刻意不在作品中顯現出來，反而還說自己生活過的很懶

散，好幾天才梳頭。表面強壓抑著自己的癖好，心底卻藏著仍想欲求仕途之志，冀求能成為國的楨榦。由於文人不便在創作中說明自己的喜好，這樣可能帶給他人負面觀感，和他人格格不入，因此文人只能將癖好藏於心中。

　　森鷗外雖然有許多友人門生，但僅將自己的死托付與老友賀古鶴所一人。這稱不上是安詳的死，而是挑戰的死。就連死法，森鷗外的衛生觀念依然產生強烈的作用，連不熟的朋友也覺得危險，非到熟稔煮沸的關係絕不輕易交心。（嵐山光三郎，2004：23、25）

　　創作力極為旺盛的森鷗外不斷發表短篇小說，是一位多才多藝又積極努力的軍醫、文人。與森鷗外打過筆戰的坪內逍遙，在森鷗外去世後如此評價：「森鷗外是學者型紳士，同時又是紳士型作家。為人正直、做事嚴謹、高瞻遠矚、充滿信心；因此帶有霸氣，而且精力卓絕。我倆雖非摯友，我自認為十分了解他。」（林景淵，2007）森鷗外第一部長篇現代小說《青年》，內容描述一位心如白紙、矢志成為作家的青年——小泉純一，在東京這個謎樣的都市中尋求自己生存的意義。作者以愉悅的心情、典雅的文字，描繪了一部現代版的社會童話，並沿著主角內心成長的軌跡，冷峻客觀地探討「人為何而活」的嚴肅議題。是一部值得大家細細玩味的作品。換句話說，《青年》是森鷗外第一部長篇現代小說，內容主要是描寫小泉純一跟隨著自己的理想，從鄉間來到了東京這個謎樣的都市，希冀能從中尋求自己生存的意義，實現長久以來的理想。然而，在他看似單純、稚嫩卻複雜的內心中，始終受困於紛擾的人與事。外在世界的渾沌與未知，像似一片朦朧迷霧，遮蔽了那雙清澄的雙眸。（森鷗外，2001：序）每個人都曾經年少過。在那懵懂無知、似懂非懂的歲月裡，也曾有過滿懷的豪情壯志就待機會一展鴻圖，更有滿心的愁思悲緒亟於尋找宣洩的出口。該書中的主人翁小泉純

一,就是這麼一個心如白紙,卻懷抱理想、矢志成為小說家的熱血
「青年」。(森鷗外,2001:序9)縱使烏雲蔽日,也有雲開霧散的
時候;年輕的羽翼,終有展翅高飛的一天;年少時的無知與痴狂,
都將涵養著未來心智的成長與純熟。小泉純一藉由與好友大村間思
想、價值觀的相互交流,豐盈了他的精神層面;而與坂井夫人之間
的親密接觸,則成了他肉體成熟的催化劑。此刻,他就像一艘張滿
帆的船,蓄勢待發。無疑地,《青年》也相當程度的透露出日本當
時的社會現象與普遍的文化迷思。小泉純一在自己的日記裡,這般
記述著:

> 如此一來該如何是好。活。生活。回答簡單,不過內容卻一
> 點也不簡單。日本人知道什麼是生活嗎?跨進小學的門檻之
> 後便拚命在學生時代力圖上進,起初認為這就是生活。脫離
> 學校進入了職場便企圖好好表現,起初以為這就是生活。然
> 後,一開始便失了生活的意義。現在,是橫亙於過去與未來
> 間的一條線。若不能有意義地活在這條線上,生活一詞根本
> 就不曾存在。(引自森鷗外,2001:10)

除此,小泉純一和大村之間也有不少精采的對話。例如對於所
謂「新興人物」的註解,釐清了傳統保守與創新改革間的模糊地帶;
對於保持與否的價值觀,以及個人主義與利己主義的謬思,作出了
精闢詳盡的論辯。透過主人翁小泉純一的疑惑,森鷗外為當代青年
發出了一連串的疑問,也提供了明確的答案和思考方向。森鷗外在
《青年》一書中所描繪出的,是一部現代版的社會童話。他以愉悅
的心情、典雅的文字,沿著主角內心成長的軌跡,冷峻客觀地探討
了「人為何而活」的嚴肅議題。(森鷗外,2001:序10-11)個性非
常精實的森鷗外,在對食物有嚴重潔癖的情形下,於創作中為免於

給人「孤傲」的性情，反而轉換於探討人生的哲理，這是作者有意
式相斥的壓抑自己癖好。因為雖然他是醫生，潔癖的行為對他來說
或許很正常，但常將這種行為寫在作品中，如果對沒有或厭惡這行
為的人來說只會造成負面效果。因此，文人只好壓抑自己的喜好，
在《青年》中所探討的「人為何而活」的嚴肅主旨以及「男性貞操」
等相關議題，不啻也是另一種刻意壓抑自己所隱藏的「道德潔癖」。
另外一本短篇小說也是如此。森鷗外晚期的歷史小說更抒發了前人
未曾有的銳利精神。〈高瀨舟〉不僅讓讀者重溫史實，字裡行間，
更不斷提出生死觀、價值觀的重大問題。（林景淵，2007）森鷗外
這篇名作〈高瀨舟〉不但刻畫了日本幕府時代政治的黑暗腐敗，同
時也銳利、深刻地描繪出人類永遠不滅的人性，他的技巧或有些舒
緩，節奏也不明快，可是卻顯出無法掩壓的光芒。（夏目漱石等，
1996：15）故事內容敘述書到：羽田庄兵衛奉命押送犯人，聽說犯
人喜助是手刃胞弟的罪囚而已。羽田庄兵衛眼睛從沒離開過喜助的
臉龐，無論從上下看也罷，還是往橫裡看，都是顯出很愉快的樣子。
他心裡想著，過去自己不知多少次擔任過高瀨船的押送工作，可是
載送的罪囚幾乎每次都露出同樣悲慘的可憐相，而這男子究竟為了
什麼，臉上露出好像搭船觀光的神情，罪名聽說是了殺了自己的胞
弟，不管如何，在情理上當然不會很舒坦的。（夏目漱石等，1996：
18-19）羽田庄兵衛忍耐著，有點不好意思的說了：「你別怪我太多
嘴，你這次被發配到外島去，說是為了人命案子，不知道是不是可
以順便講一講那個事由。」喜助回答說，有一天他照常回家，無意
中一看，弟弟臉朝下躺在被窩上，四下全都是血，他完全不能明白
這是怎麼一回事。弟弟一邊用眼睛制止他不要走近身邊，一邊開口
說話，好不容易勉強說出：「對不起，請原諒我吧，因為這病好像
永遠不會好起來，所以我想早點解脫，好讓哥哥能減少一點兒累

贅。」他想要說一句話，可是無論怎樣說也說不出聲，所以默然地
看著弟弟喉嚨上的創傷，看樣子好像是用右手拿剃刀把氣管橫割
了，可是這麼做卻死不了，於是接著用那剃刀，好像挖東西似的轉
著往裡頭刺進去。正在這當口，打開他從裡面扣上的房門，鄰居的
老太婆進來了。然後他就被逮到村公署去了。可是他被抓去以前，
他把剃刀放身邊，一直看著半睜著眼就死去的弟弟。（同上，24-27）
羽田庄兵衛覺得自己有如親眼看到當時情景似地聆聽著他的話，這
究竟是謀害胞弟，還是所謂殺人嗎？這疑問當他聽到一半時就在心
理萌生了。而在聽完後也無法解決這項疑問，因為弟弟說：「如果替
我拔下刀就可以死去的」，因此要哥哥幫他拔下刀刃。於是哥哥就替
他做了讓他得以了結，這當然會說是他殺害的了。喜助不忍目睹那
種慘狀，想要從痛苦中把弟弟解救出來而斷了他的生命，這是犯罪
嗎？的確致他於死是犯罪的，可是一想到這是為了解決痛苦，就不
由得萌生疑慮，而且無論如何這都是難以理解的。（夏目漱石等，
1996：28）這部小說，探討的是人性和該不該幫人「安樂死」的問
題。或許是因為作者職業的關係，才會針對這種情形予以探討，這
是文人無意式相斥的迂迴性表現。也就是說，這是身為醫生的森鷗外
每天都會面對到的死亡問題，文人在創作中很自然的流露出來，而心
性潔癖的想法只好轉個彎探討人是否能替他人「解脫」的沉重議題。

關於有極度潔癖的泉鏡花，小島政二郎回憶道，他曾經和水上
瀧太郎、久保田萬太郎、大跟河案在鬥雞料理店「初音」偶遇泉鏡
花，於是大家就決定共坐一桌。小島政二郎逐項地吃著鍋中煮好的
食物，卻見泉鏡花把鍋子一分為五，並將蔥條排列整齊後翻著白眼
瞪著他說：「小島！從現在起，請你不要把筷子伸過來這邊！那邊
是你的！這邊是我的！」同樣的事情也發生在他和谷崎潤一郎、吉
井勇吃雞肉火鍋的時候。由於谷崎潤一郎熱愛美食，即使是生肉也

樂此不疲，所以只要鍋中雞肉稍微燙過他就會夾出食用，因此總是連正在等待肉片煮熟的泉鏡花的份也一併吃掉，泉鏡花受不了，就在鍋中畫出一條線對他抗議，不准他越線侵犯自己的食物。有一次他接受岡田三郎助的招待去吃中國菜，起初他還小心翼翼地挑選食物，酒過三巡後，就開始品嚐桌上的各式料理。爾後還津津有味地對著其中一道菜說：「還真好吃！」餐後當他知道他剛才吃的是青蛙時他嚇的臉色發白，趕緊將隨身攜帶的胃腸藥一飲而盡，發著抖說：「真是亂來！」泉鏡花嚴重的潔癖和他生長的背景也有關係。母親在他十歲時就過世，由父親撫養成人，但和父親卻沒有互相依賴的親子關係，父親死後家中生活陷入困境，泉鏡花精神衰弱的情形日漸惡化。（嵐山光三郎，2004：77-80）泉鏡花非常思念母親鈴，妻子鈴和母親同名絕非湊巧，由此可知泉鏡花好惡分明的個性。（同上，82）所以即使和相識相熟的朋友一起享用美食，他的癖好也不會因為是熟人而有所「退縮」。

　　泉鏡花在 19 歲時寫了一篇小說〈吃蛇〉，當時他正在尾崎紅葉嘉擔任門房，六年後的明治 21 年，這篇小說才得以發表。小說中有一部分是描寫一個叫做「稀有人類團體」的進食情形。小說中寫道：他們聚集在排斥他們的店家前面，或是排排站在店門口，大叫著說生意興隆的店家老闆小氣吝嗇，不給他們東西吃，眼睜睜地看著他們餓肚子；接著就從自己的袖口抓出一尾尾的蛇，扯斷肢後大嚼特嚼，接著又將口中的蛇肉到處亂吐，當時的情形任誰看了都會覺得噁心想吐。他們還說道：蝗蟲、水蛭、蜥蜴等是我們最喜愛的食物，請答應我吧！我希望可以不用再啜飲糞汁了；如果我必須把它當作味噌湯的話，那麼十萬石的稻米恐怕都要枯死了。他們最期待的豐盛飯菜，就是剛起鍋的長蟲。他們從一棵朴樹的樹洞抓了幾十隻蛇，在下鍋的同時蓋上的網目緊密的篩子，再用大石頭壓住，

以乾草煙薰，再起火加以烘烤。長蟲因為耐不住高溫掙扎扭曲，為了想要逃出煮鍋會口吐蛇信奮力將頭鑽出篩子，這些人便順勢捏住蛇頭一拉，整個蛇頭就連著背骨一起被抽出來。他們將抽出的蛇骨丟棄在一旁的蛇屍堆上，大啖鍋中的蛇肉，那樣的情景真的會讓人毛骨悚然。整篇文章雖然是泉鏡花慣用註譯假名的文體，但內容描述的情形和泉鏡花個人的喜好相互矛盾，難怪有人會以為這是谷崎潤一郎的作品。佐滕春夫認為對食物極盡挑剔能事的泉鏡花，竟然會寫出這樣噁心的作品，或許是反應了對他來說，一般人在日常生活中食用的普通食物，在他看來不是蛆就是蛇。（嵐山光三郎，2004：83-85）泉鏡花那樣有嚴重潔癖的人，在文學創作中竟然與自己的嗜好背道而馳，這是文人有意式相斥的迂迴方式，透過生動的描繪吃蛇以及煮蟲的經過，讓人看的毛骨悚然！但也因為文人這樣露骨的描述，讓讀者有身歷其境的感受，使用較為曲折的方式來看待這世上的事物。文人為求「普遍」，當然不可能將自己愛潔成性的癖癮顯現創作中，於是只好轉換方式博得眾人的認同。

不修邊幅的王安石，看起來像個目不識丁的糟老頭。有天他遊鍾山時，遇到幾個年輕人，口沫橫飛的談古論今，王安石靜靜坐一旁。當他們發現了這位陌生人，便問：「你也讀過書嗎？」王安石點點頭。有人問他姓名，王安石拱拱手說：「姓王名安石。」那些人聽了，心裡發慌，竟悄悄的散了。（楊明麗，1993：64）

王安石在鍾山的時候，每天吃了早飯就騎驢入鍾山，晚上疲倦了，來不及回家，就在定林禪寺睡覺。午餐是用一個袋子裝上十多個餅，餓了就吃，有時農民拿菜飯給他，他不管乾淨、口味，接過來就吃。他過著簡樸而瀟灑的生活。他的內心世界遠遠比物質享受要豐富、充實的多。尤其與卸任的兩位宰相對比，王安石的風度情操就更為鮮明凸出了。如他有一首〈北陂杏花〉，道出了他老年心態：

一陂春水繞花身，花影妖嬈各占春。縱被春風吹作雪，絕勝
南陌碾成塵。（引自賴漢屏，1991）

這首詩第一句寫水邊杏花，第二具兼寫花和影。三四句寫水邊
杏花，縱然被東風吹的像雪花一般飄飛，落在水中，也遠比那栽在
路邊（南陌）的好。因為路旁花落，難免為人所踐踏，便為塵土。
言外之意是，花要飄落，人要老死，這是不可避免的自然規律。但
花要落的是地方，人要老得有節氣，要像水邊杏花一樣，到死保持
清白。這是他一生最後的追求，體現了他價值觀念。（賴漢屏，1991）
人們說，他是頭「拗牛」。有人稱他「拗相公」；也有人說他是「人
形牛，任重而道遠」。蘇洵攻擊他「囚首垢面而讀詩書，鮮不為大奸
慝」。王安石確實有些拗，有些怪。所謂「拗」，是堅持理想，不肯阿
附取容；所謂「怪」，在於精神專注，對生活細節不注意，就像攝影
機，把焦點對準了一點，焦點外一切模糊。人們以常理推度，便以為
他故意做作欺人。（同上）王安石的汙癖是屬於恆常性的，已經與他
的生活合而唯一了。這首創作可以看出是文人無意式相斥，詩中描寫
風姿綽約的花朵，引發他無限的感觸，文人壓抑自己的癖好，不讓癖
好表顯出來，因為透過花開花落，感嘆人生自有規則，強求不來的。

有一次，王安石和兩個弟弟及王回、蕭君圭出遊。五人點著一
個火把，魚貫而入。洞有時寬敞有時狹窄，但景色是越來越奇。兩
旁和洞頂的鐘乳石奇形怪狀，美不勝收，恍如仙境一般，種人嘖嘖
連聲，讚不絕口。往裡又走了一小段路，有人說快出去吧！不然，
火要著完了。待出來，才發現火把還可以用好一會兒。幾人不免有
些後悔，可能不能再進去了。這時王安石乎有所感，產生一個念頭，
於是到旅館就寫了一篇流傳至今的〈遊褒禪山記〉。其中一段議論說：

> 夫夷以近，則遊者眾；險以遠，則至者少。而世之奇偉瑰怪、
> 非常之觀，常在於險遠，而人之所罕至焉。故非有志者不能
> 至也。有志矣，不隨以止也，然力不足者，亦不能至也。有
> 志與力，而又不隨以怠，至於幽暗昏惑，而無物以相之，亦
> 不能至也。然力足以至焉而不至，於人為可譏，而在己為有
> 悔。盡吾志也，而不能至者，可以無悔矣，其孰能譏之乎？
> 此予之所得也。（引自黃志民，2010：398）

　　人想要幹成一番事業，則必須具備三個條件，就是志、力與外
物的輔助。當這三個條件具備的時候，由於個人努力不夠而沒有達
到目的的話，會招致別人的譏笑而自己也會懊悔。如果已經盡力
了，而還沒有達到目的，那麼自己不會懊悔，而別人也沒有什麼可
譏笑的。自然界中那些美好的景色，往往在最險遠的地方，沒有堅
強意志的人是無法看到的。而社會中那些最偉大的事業，也需要付
出極大的努力才能完成，不是意志最堅強的人更是無法完成的。
（畢寶魁，2001：107-108）

　　這可以看出王安石努力進取、堅忍不拔的人生態度；也可以看
出王安石認真求是為學態度。這是文人無意式相斥。也就是說，文
人雖汗癖成性，但仍用迂迴宛轉的方式將癖好「隱忍不發」，為的
是訴說人生追求目標的哲理所在；而在這樣討論嚴肅課題的情形
下，更不會將自身私密的行為表現於創作中。

　　萩原朔太郎的母親知道他沒有生活能力，因此對他照顧可說是
到了過度保護的地步，而導致萩原朔太郎變本加厲地放蕩度日。昭
和二年萩原朔太郎創作了〈不死章魚〉，描寫飼養在水族館水槽裡
飢餓的章魚以為自己死了，在被遺忘的灰暗水槽中的章魚其實並沒
有死，只能忍受日以繼夜的飢餓，沒有食物，章魚只好吃起自己的

腳，當牠吃完所有腳後，只好翻轉身體吃起自己的內臟。當牠把所有的東西都吃完，水族館的管理員來時，水槽裡已經空無一物了。但是章魚並沒有死，即使在牠消失之後，牠還是活在水槽裡；在空空蕩蕩被人遺忘的水槽裡，永遠地，可能經過好幾世紀，都存在著一個極度缺乏和滿腹怨言，且肉眼看不見的生物。這隻章魚其實就是萩原朔太郎自己，他吞食自己的肉體之後，在消失的空虛中夢想自我存在的世界。這就是他對自己這個「被他人養了一輩子」的人的絕望，但他並不是在批評對他說這句話的父親，所有的一切都起源於自己，是他既恐懼又渴望的狀況。（嵐山光三郎，2004：231）萩原朔太郎在創作中呈現有意式相斥，在極度壓抑下，便是在創作中反映出自我墮落放棄與心靈上的放逐，因為他這樣任意妄為，不修邊幅，是將自己投射在章魚身上，他想將自己隱藏起來，而對於自己的喜好只能在作品中刻意的將它移除。

另一位汙癖代表是菊池寬，他在隨筆《我的日常道德》中提到：

> 當別人開口向借錢時，我會根據這個人和我的關係，來決定要不要答應，無論他多麼亟需用錢，如果只有一面之緣，我還是會加以拒絕。還有，除了當作生活費之外，我是不會把錢借給任何人的，如果是來借生活費的，我就借，但我心裡對於朋友的需求自有定見，只借給他們符合每個人生活水準的金額，錢一但外借，就從不想要對方還錢，而且也從沒人把錢還給我過。（引自嵐山光三郎，2004：255）

因為他自己都這麼說了，所以「看人行事仔細盤算」的說法，不如說是出自他的口中，由此可知他還真是寬宏大量。當你借錢給別人時，當下會獲得對方的感謝，但借錢的那一方，容易因為心有負擔而日漸疏遠，菊池寬當然很清楚對方的感覺，他所以故作大方

其實是為了減輕對方的心理負擔,身為債主反而得多費心思。(嵐山光三郎,2004:255)另外他在裡面還提到:

> 首先,比我有錢的人,給我什麼我都會高興地接受,要請我吃飯,我也不會不好意思,總而言之,只要有人要給我東西,我絕不會客氣的,因為彼此贈送禮物,能夠讓人生更為光明,收要收的高興,送也要送得歡喜。其次,別人請客時,要儘量多吃,不過吃到難吃的東西,不需要勉強說好吃,但是吃到好吃的東西,就不要吝惜讚美。還有,和別人一起用餐時,如果對方的收入明顯比你少的話,即使有些勉強也要堅持買單,如果對方的收入和自己相當,對方如果要買單就讓他買吧!(引自嵐山光三郎,2004:263)

這就是菊池寬對他和他人一起用餐時買單的原則,由他這個聚餐高手來說,格外具有說服力。菊池寬小說的特色,就是結局都很正面,看完後讓人心情愉快,即使內容出現作惡多端的人物,結局還是令人滿意,這樣的風格在在反映了菊池寬天真浪漫的個性。(嵐山光三郎,2004:263)這是文人有意式相斥壓抑自己的汗癖行為,因為也可以看出文人想要表達的是替他人著想的細膩心思;不僅要做的好還要做的巧,讓人察覺不到,不可讓自己的好意變成他人的負擔。在此他在這樣的情況下,刻意的抑制自己的癖好,也可以看出菊池寬因為不拘小節所以格局也較大,著實替他人著想的真誠態度。

從文化系統來看,中方以氣化觀型文化為代表(日本也深受此文化的影響),所以充滿了飄忽與不確定性。從文化學的角度看,「有序」和「髒亂」等兩種生活方式,其實背後各有不同的世界觀促成著,也沒有好壞的區別;而在西方是創造觀,彼此過著「井然

有序」或「互不相干」的生活，也正表示能善體上帝的旨意。由以上相關說明，可以得出文化系統的內容差異，並製成關係圖如下：

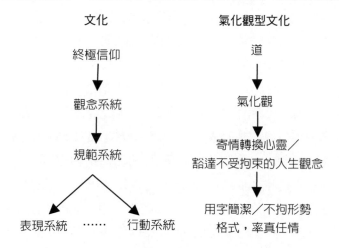

圖 6-3-3　中方文人潔癖／汙癖與文學創作相斥關係的文化系統圖

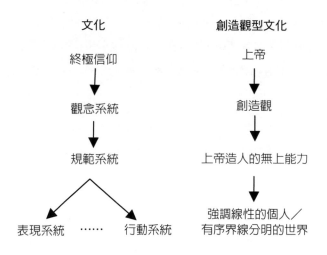

圖 6-3-4　西方文人無潔癖／汙癖與文學創作相斥關係的文化系統圖

中方受氣化觀型文化的影響,所以在群體生活中,就不可以太過於「特別凸出」,否則就容易招嫉,以致沒有潔癖是很正常的。如白居易、森鷗外都是受泛氣化觀的影響,當人是比一般人更加「異於常人」的優秀。因為好潔行為在「群體」中,是屬於個人私事,畢竟在「摶聚」的生活中會顯得太過自我。但比較王安石,雖然好幾天都不洗澡,這樣的文人卻反而是不拘泥於小細節,擁有客觀大肚的處世觀念。因漢民族由「家族」構成,如果表現特別愛乾淨的話,便容易顯示出自己的「與眾不同」;而中方並沒有如西方造物主(神/上帝)的概念,所以不管是氣化觀底下所呈現出的「髒亂」,還是反襯西方創造觀的「有序」,都可以比較出文化系統的不同。但是西方的文人,那是因為受到世界觀的制約,他們有造物主的觀念,普遍來說比較愛乾淨。西方世界相信每個人都是受到有如上帝造人般的「界線分明」,過著秩序井井有條的生活,是為了要比照造物主把每樣東西都創造得整整齊齊、界限清楚而嚴謹,自然不會有汙癖的行為產生。而中國傳統文化下的人普遍不愛乾淨?那是因為萬物是氣聚集本身所顯現的「團夥」性,髒不不髒其實沒有太大的差別;所以如果超出此混沌的範圍或跳脫出來,就會變成有潔癖或汙癖了。

第四節　其他怪癖行為與文學創作的多元的相斥

文人怪癖與文學創作的相斥關係,第四種是其他怪癖行為的多元的相斥。

所謂其他怪癖行為,是除了前面所談到的嗜酒行為、戀物行為、潔癖/汙癖行為以外的怪癖行為都屬於其他多元怪癖的範疇。

在多元怪癖與文學創作的關係裡，也包含了迂迴式相斥、強抑式相斥、有意無意式相斥，以及自覺或不自覺的情況。以下列圖示來展現：

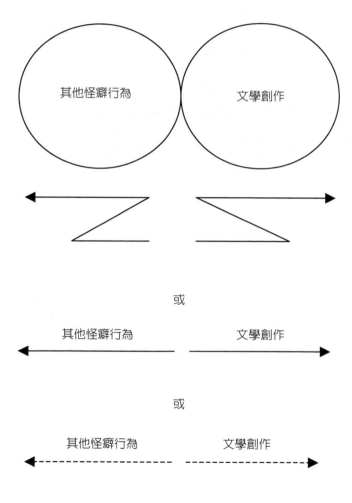

圖 6-4-1　其他怪癖行為與文學創作的多元的相斥關係圖

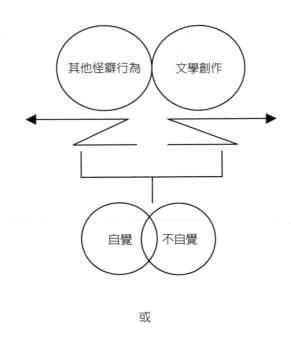

或

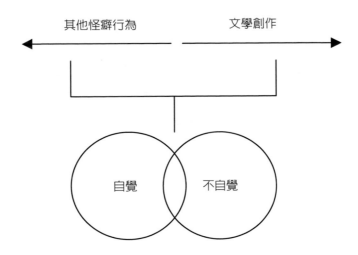

圖 6-4-2　其他怪癖行為與文學創作的多元的相斥的自覺與不自覺關係圖

有幽靜癖的雨果，他在玻璃書房裡，站在書桌前，他打開墨水瓶讓鋼筆吸滿墨水，他那認真專注的神態好像是在給槍枝裝子彈一樣。他鋪開稿紙，擡頭遠望海闊天空的景象，他的思緒又任意飛揚。雨果自己的住處包括了一間臥室和一間書房、臥室裡，一張床嵌在地板上，牀面幾乎與地面齊平，牀邊的地板上放著紙和筆，這有便於他靈感突至時能馬上拿起紙、筆進行創作。雨果的書房別具一格，它一面臨海，其餘三面由玻璃構成，站在玻璃書房裡眺望，能把美景盡收眼底。書房內還有一張很高的書桌，有兩張普通書桌那麼高，這是雨果親自設計的，因為他習慣於站著寫作。雨果喜歡通宵達旦地寫作，靜寂的夜晚更能使他的思緒任意馳騁。（陸樓法等，1992：127、182-183、248）雨果從 1948 年起就著手寫那部反映窮苦生活的鉅著，經過一階段的努力，《悲慘世界》已基本成形，它講述了「一個聖徒的故事，一個男人的故事，一個女人的故事和一個孩子的故事」。作品快要寫成了，但雨果才思噴湧，對原作數度易稿，改寫了大量篇章並增添了不少新的篇章。作品描寫了一個歷經艱辛、受盡摧殘的苦役犯，在受到寬容和幫助後，獲得了新生的渴望的故事，這個人就是被打過烙印、憂鬱憔悴的讓·瓦讓。雨果用大量的借喻細緻入微地表現了這個人不幸的人內心活動。人民起義是這部鉅著的中心與高潮。而雨果趕在《悲慘世界》出版之前，為全書寫了篇序言：

> 只要法律和習俗所造成的社會壓迫還存在一天，在文明鼎盛時期人為地把人間變成地獄並且使人類與生俱來的幸運遭受不可避免的災禍；只要本世紀三個問題——貧困使男子潦倒，飢餓使婦人墮落，黑暗使兒童羸弱——還得不到解決；只要在某些地區還可能發生社會的毒害。換句話說，同時也

271

是從更廣的意義來說，只要在這世界上還有愚昧和困苦，那麼，和本書同一性質的作品都不會是無用的。(引自陸樓法等，1992：192)

雨果曾自信的說「《悲慘世界》即使不是我創作的頂峰也是我創作的高峰之一。」事實證明，不僅在當時，而且在一個多世紀後的今天，《悲慘世界》依然擁有廣大的讀者，《悲慘世界》的確達到了雨果創作的顛峰狀態。(陸樓法等，1992：188、192、195)這是文人其他怪癖行為與文學創作的迂迴式相斥：面對眼前美景，文人無法舒坦自在欣賞；面對國家正義，雨果猛然一醒，所以在幾經轉折思量之下，他自覺的認為要替人民發聲，當他們的發言管道，讓不知人間疾苦的當權者明白人民的痛苦與辛酸。

大仲馬在寫文章時，是全神貫注的，就是不吃飯，也不打緊。在他執筆之時，倘有一個朋友去拜訪，他也不放下筆頭，用左手和朋友相握，請朋友坐下，他仍自顧自的寫文章。他又有一個特別的性格，就是所用的紙張筆尖，必須分門別類，如寫小說非藍色紙張不可；寫詩另用一種黃色紙張；寫雜誌上的小品文，必須用粉紅色的紙張，墨水也特別講究，但是不用藍色的。他如寫劇本，不能坐在椅子上，必須倒臥在沙發裡，墊上很軟的一個枕頭。他的作品有一個優點，就是他想像力豐富，譬如他寫小說，好似真有其人其事，躍然紙上。有時他自己化作了小說中人，開口說話，人家當他是神經病，實則他的用心專一；所以他的作品都很生動，他的精力也有過人處，不但在家裡能操筆撰著，就是出門在馬上或在車上，也能構思作文，同時能寫五種小說登在報上。他生平的作品出版後自己從來不再看過，因為他很忙，實在沒有功夫。(李文茹，1986：42-43)其中以《基督山恩仇記》是大仲馬的代表作之一，這部小說的第一個藝術特

點是：情節曲折、安排合理。第二個藝術特點是：光怪陸離，熔於一爐。小說著重寫基督山伯爵的復仇經過，大仲馬匠心獨運處，在於把三次復仇寫得互不相同，各異其趣，但又與三個仇人的職業和罪惡性質互有關聯。莫爾賽夫奪人之妻，出賣恩人，結局是妻子離他而去；兒子為他感到羞恥，不願為他而決鬥，他只得以自殺告終。維勒福落井下石，又企圖活埋私生子，結局是自己的犯罪面目被揭露，妻子雙雙而死，面對窮途末路他發了瘋。唐格拉爾是陷害唐泰斯的主謀，基督山以其人之道還治其人之身，讓他受騙，終至破產，並讓他忍受飢餓之苦，他被迫把拐騙的錢如數吐出。這樣的結局使復仇情節不致呆板，而是富有變化。這部小說觸及的社會生活面極其廣闊，上至路易十八的宮廷、上流社會的燈紅酒綠，下至監獄的陰森可怕和犯人的陰暗心理、綠林強盜的綁架和仗義輸財，也有市民清貧的生活，這些全都得到了精細的描繪。（大仲馬 2003：序 3-7）大仲馬的癖好，與文學創作的形成強抑式相斥。這樣的特殊癖好，使他寫小說時邏輯分明條理清晰，在作品中刻意隱藏起這樣的行為，不自覺的呈現在小說人物中；清晰腳色中的敘述，布局嚴謹而自然。也因為這樣的癖好，在創作時自己可以不會混淆其中，也因此大仲馬的創作是大量生產。

　　海明威只有在他的第一部小說《旭日東升》中，沒有直接描寫死亡，但是在那些戰爭與鬥牛場歸來的餘生者頭頂上，依舊有必死的命運之神在恐怖地翱翔徘徊。《旭日東升》發表後的次年，海明威寫信給英國畫家兼作家路易斯・懷德翰（Lewis Wyndham）說，希望自己以後的作品，能夠少一點血腥氣。但是相反地，他後來的每一部小說中，死亡卻成了全書的重要部分：有生育死亡者、有面對兇殘的敵人倒地死亡者、有人在碼頭上因流血太多而死亡者、也有心臟病發而死亡者，各種方法不一而足。（美・唐納遜，1982：158）《旭日東升》一書中的傑克・貝尼斯說：「我不在乎它是什麼，

我所要知道的，是如何在它之中生存。也許如果能找出如何生存的方法，那麼也就會明白它到底是什麼了。」海明威強調的是一個人用什麼方式渡過他的一生。在他的小說裡，常常有人發出這樣的問題，就是「應如何渡過一生？」當然，解答還是由海明威自己提出的，他認為每一個人都應該保有他的特殊性，應該尋求真理，不欺騙別人，更不欺騙自己，在壓力之下仍應保持高貴和勇氣，最後一個人應工作，並且努力工作。以上的箴言，除了適合於一個人的生活態度外，也適合於他所從事的行業上。（美‧唐納遜，1982：139）

《旭日東升》逼真而細膩的描寫了一戰後美國人的精神狀態，作品以反戰、厭世、頹廢的主題風格為主。主角傑克‧貝尼斯懷著滿腔熱血來到義大利戰場，然而屍橫遍野、滿地哀嚎的景象，摧毀了他的的愛國美夢。他的參戰實際上是「未戰先傷」，他根本還沒機會證明自己的戰鬥本事，就已經被砲彈炸得遍體鱗傷。雖然全篇充滿灰暗色調，但它背後卻是一種努力重新贏回生命價值的積極態度。旭日東升前的漫漫黑夜，正是清醒之前的迷惑，明日的太陽將會照常升起。《聖經》有言：「日出日落，大地依舊。」海明威在《旭日東升》中傳達了一種「負傷英雄主義」的題旨，但迷惘顯然並不是他終身的文學母題。對海明威而言，真正的英雄是悲劇性的，真正的英雄氣概不是征服者的勝利宣言，而是飽經創傷之後的寬容與慈悲。（宋國城，2010：151-152、155）在《旭日東升》中對於死亡的敘述，是不具體的，是文人其他怪癖與文學創作的無意式相斥：作者刻意壓抑對死亡問題的探討與深入刻畫，因為畢竟自戕這樣的行為對社會大眾來說是一個很負面的觀感，在作品中如果描寫太多太露骨，容易遭致他人的負面印象，所以文人自覺的將此癖好隱去。

海明威的父親在家中扮演著是舊式的嚴肅父親，對任何令人昏迷的酒精飲料尤其憎恨。他認為疏懶閒散也是罪惡，因此他經常督

導子女們要努力工作，發憤圖強。但很多事情上，結果都是子女獲勝，而他自己投降。海明威的父親晚年罹患了糖尿病，那是慢性病當然無法痊癒。一個有活力、富幹勁的人，變成了急躁並且多疑的人。雖然病情嚴重，他還是每天自己開車去執行他的業務。1926年，這位老醫生照例去看了一圈他的病人，然後回到自己的臥室，用海明威祖父史密斯留下的一把左輪手槍，對準了右耳後面，扣了扳機。（美・唐納遜，1982：171、173-174）海明威從小對父親又愛又敬，他的父親是一個外表嚴肅，但內心對小孩家庭有著極大包容力的人，或許對小孩是採取嚴格的教育方式，但那也是一位父親認為自己應該負起的責任。所以海明威父親的死，所帶來的震撼，其實是對他起了不小的打擊。在他心裡覺得父親太懦弱了。

　　《老人與海》不僅僅是一部「討海日記」，而是一部關於人類精神形式的寓言敘事；一精神形式的主題正是悲劇英雄主義，它表現在老人堅信「人不是為失敗而生」、「一個人可以被毀滅，但不能給打敗」的信念之上。老人面對大海，表現的是一種悲天憫人的情懷，一種崇高的生命倫理。（宋國城，2010：184）老人依據自己求生的經驗而習得的生活思維，把海洋「倫理化」和「生命化」。他把海洋擬作人間，給予善惡的分類和強弱的區別，乃至賦予君子和小人，陽剛與陰邪的等級秩序。軍艦鳥、鯕鰍魚、海龜、玳瑁、野鴨是人類的朋友，鯊魚和水母則是人類的敵人。實際上，老人對自然的態度不是一種盲目熱愛、一視同仁的溫情主義，而是一種敵友共存、血淚交織的關係。自然中既有善良也有險惡，正如人間有高貴也有卑鄙，但人們不能因為仁慈而放棄對邪惡的戰鬥！（宋國城，2010：187）他把海洋看成一個「生命場域」，一個生以眾人、哺育蒼生的母親。大海的存在是人類「自認確認」的存在，她的寧靜是人類渴望和平的象徵，她的咆哮則是人類過失的反映。人們對

大海的敬畏，證明了人類作為一種「倫理存在」的優越性。（宋國城，2010：189）這是文人其他怪癖與文學創作的有意式相斥，因為父親的自殺帶給他莫大的心理打擊，所以海明威對於自殺有莫名的反感，以致在作品中以迂迴式方式另外探討生命的意義；在創作中人要懂得與自然共處，熱愛生命才是一種無形的最強大的力量。

有幽靜癖的托爾斯泰，其實是貴族出身，繼承龐大家產，衣食無憂，婚姻美滿，家庭幸福，再加上豐厚的寫作收入，備受推崇的文名，實已達到世俗完美境地。但中年以後，托爾斯泰在思想上產生重大改變，「以今我否定故我」。根據英國作家莫德（Aylmer Maude）《托爾斯泰傳》所述，此時對自己用餐時享以豐盛菜餚，且有衣著整齊、戴白手套的家僕於一旁伺候的生活型態感到羞恥。他開始強烈認同無產階級農民，並認為「財產是不道德的，擁有財富也是不對的。」此外，身為基督徒，他又認為基督徒既強調愛、謙卑、犧牲自我、以德報怨，他就該放棄生活的一切娛樂享受，並且要降低身分。托爾斯泰曾說：「如果忘卻自己而愛別人，將會獲得安寧、幸福和高尚。」又說：「如果我有餘糧，別人沒有；如果我有兩件大衣，別人一件都無，我便從內在永生罪惡感。」不同於《戰爭與和平》的史詩企圖，《安娜‧卡列妮娜》則塑造了一個執著於愛情的叛逆女性形象，此書描寫勇於突破舊道德束縛的安娜，為追求真正的自由與幸福，甘冒上流社會集體撻伐，和年輕軍官渥倫斯基在一起。但花花公子渥倫斯基背叛了她，安娜在付出失去家庭、兒子、社會地等慘痛代價且不見容於世後，選擇臥軌自殺，作為她向這個世界的抗議。所以托爾斯泰在《安娜‧卡列妮娜》中說：「幸福的家庭都一樣，但不幸的家庭卻各有其不幸的原因。」那麼屬於托爾斯泰這良心之光與家庭不幸間的矛盾、鴻溝，究竟應如何

解套、弭平，因此許多評家多推許這部小說為藝術技巧最完美的一部。（陳幸惠，2007）要拋棄原本養尊處優的生活，一般人一定很難以接受，但心胸寬大如海般的托爾斯泰卻做得到，可以體諒他人的心情，是宗教信仰改變了他。所以在創作中他的怪癖與文學創作所呈現的是強抑式相斥：人生而平等，如果因為人因為身分關係而慘遭不幸，是他所無法容忍的；作者不自覺的希望用悲劇性的結局喚起大眾「平等」的可貴，這也是托爾斯泰直到終老的夢想。

王勃作文，素不精思，先磨墨數升，再痛飲沉醉，蒙頭而睡，及醒一揮而成，不加減一字。時人稱為「腹稿」。王勃的詩，上承六朝的遺風，不脫一種富貴華麗的氣息，喜歡創作當日流行的律詩。在詩中，能於曲折變化的描寫中，用婉轉的音調，通俗的言語，顯現出作者過人的才氣。如他相當有名的〈滕王閣序〉，是有一次他逆流溯江而上，抵達洪州，重九日參加都督府宴會。王勃到達洪州的時候，正值九月九日重陽佳節，那是一個秋高氣爽的日子。王勃有幸恭逢勝餞，參加了這次不尋常的宴會。閻公的女婿孟學士善於寫文，閻公有意在賓客面前誇示其女婿，便讓賓客即席寫一篇〈滕王閣序〉。而他的女婿早已構思好了腹稿，只等賓客的到來。宴會開始後，閻公將早已準備好的紙筆遍授賓客。賓客紛紛推辭，到了王勃的時候，他卻毫不猶豫地接受，使閻公大為惱怒，看他如何下筆。當王勃寫下地一句「南昌故郡，洪都新府」時，守在王勃身邊的人馬上稟告給閻公。閻公評論說：「不過是老生常談」。當稟報第二句「星分翼軫，地接衡廬」時，閻公沉吟不語。過了一會，又稟報說，王勃寫下了「落霞與孤鶩齊飛，秋水共長天一色」時，閻公頓時站起來，感嘆道：「此真天才，當垂不朽矣！」於是極歡而罷。（楊曉明，2003：61-63）所以透過王勃對人世的洞視體察，

透過〈滕王閣序〉中的「漁舟唱晚，響窮彭蠡之濱，雁陣驚寒，
聲斷衡陽之浦」與「關山難越，誰悲失路之人；萍水相逢，盡是他
鄉之客」之類的書寫而激盪人們的心魂，因為他喚起了存在處境中
失意、漂泊、滄桑、無常的本質感受，讓人們在不落俗套地重新體
驗自然景物的同時，也赤裸裸地面對虛無直扣心扉的痛楚。（歐麗
娟，2001）

　　腹稿奇才王勃，在這篇作品裡面表現出無意式相斥，因為作
品是他的靈魂，是從思維中形塑而來的，眼界所及是浩瀚的美
景，但是礙於當下的情況是文人聚會交際的場合，況且王勃的仕
途又是不順遂的，也難得有眾人聚集的場合可以讓他好好的發揮
自己的文采，當然不能就此放過；於是囿於這特殊的環境，便將
自己的癖好刻意排除，不將癖好流洩於作品之中，結果是獲得
好評。

　　愛吃餅乾的夏目漱石，寫了許多有名的小說。他從英國返國
後，擔任東京《朝日新聞》的文藝欄編輯。主張為藝術而藝術，寫
作風格自成一格。在短篇小說〈文鳥〉中，作者用第一人稱的手法
寫出飼養文鳥的經過，把主人翁耽於寫作的寂寞和籠子裡孤單生活
的文鳥栩栩如生地刻畫出來；人鳥之間的心理、姿態、感覺，寫來
十分細膩傳神，設身處地揣摩鳥的習性，由文鳥聯想昔日認識而今
已嫁人的藝妓，彷彿流動著時光的滄桑。如：

> 以前我認識的一個美女，當她若有所思時，我悄悄的走到她
> 後面，把她和服背後龜形腰帶的紫色固定繫帶的一端，淘氣
> 地垂拉下些，我伸手撫摸她後脖頸中間的肌膚，她便懶洋洋
> 地回過頭來，臉上的眉毛稍微皺成八字形，眼尾和嘴角綻露
> 笑意，同時把外形好看的脖子縮到肩膀。文鳥看著我時，我

忽然想到這個女子，她現在已經嫁人了。我淘氣地把玩她的
腰帶時，是她決定了婚事的兩三天之後。（引自夏目漱石等，
1994：60-61）

　　鳥是籠裡錮禁的生物，人又豈非自己心靈的囚人？文鳥最後的
結局，主人翁心理的黯然，最後女兒把文鳥埋葬於庭院中的土墩，
豎上一小塊木板牌的終局，使全篇瀰漫一股淡淡的溫煦的惆悵。能
把鳥寫得如此逼真細微，不愧是大師手筆。（夏目漱石等，1994：
53）這是屬於其他怪癖與文學創作的強抑式相斥，因為癖好是個人
的，而對於某樣的事物特別喜愛，文人總不好在創作中一再提及。
正因為那是較隱密性的，所以文人自覺性壓抑住自己的喜好，而與
創作呈現相斥的關係。

　　所以依照中西方文化系統的內容，可製成關係圖如下：

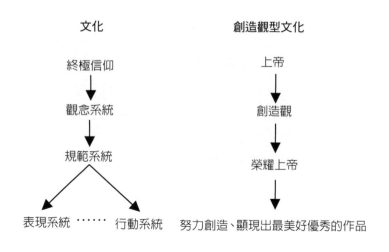

圖 6-4-3　西方文人其他怪癖行為與文學創作的多元的相斥關係的文化系統圖

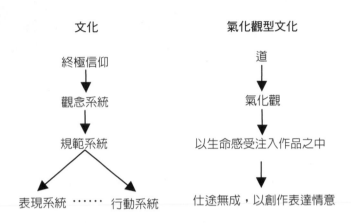

文化　　　　　　　　　氣化觀型文化

終極信仰　　　　　　　道

↓　　　　　　　　　↓

觀念系統　　　　　　　氣化觀

↓　　　　　　　　　↓

規範系統　　　　　以生命感受注入作品之中

↓↘　　　　　　　　↓

表現系統 ⋯⋯ 行動系統　　仕途無成，以創作表達情意

圖 6-4-4　中方文人其他怪癖行為與文學創作的多元的相斥關係的文化系統圖

　　綜上所述，可知中西文化系統中文人怪癖對文學創作造成相斥關係的差異。西方國家，長久以來都相信著宇宙萬物受造於一個至高無上的主宰，彼此激盪後難免會讓人（特指西方人）聯想到在塵世創造器物和發明學說以媲美造物主的風采。如科學就這樣在該構想被「勉為實踐」的情況下誕生了。如海明威對金錢的觀念與價值是，一個人應從他的職業上賺錢，為了賺更多的錢，他應該努力工作，同時也儘量做好工作。一個人獲得的金錢多少，成為量度他成功與否的依據。而為了追求這一目標，一個人在共處時，雖然應該公正，但偶爾也可以使用一點機敏和狡猾。海明威後來成為他那一行業──寫作中收入最高的作家，他達到此一目標，及憑著努力工作和特別的天才，有時候還不免要使用一點機敏或狡猾的手段。（美・唐納遜，1982：25）又如大仲馬用不同顏色的紙，如上帝造人樣清清楚楚，分門別類的要求自己。

　　因信仰的關係，讓西方人相信他們背負著「原罪」而被上帝懲罰貶謫到人世，以致後世子孫代代背負著罪惡而來；而為了防止該

罪惡的孳生蔓延，他們設計了一個「相互牽制」或「相互監視」的
人為環境，也就是所謂的民主政治（在文學的領域來說，為消除罪
惡能重回上帝身邊，就以具體的獎勵制度來區分優秀的程度差異，
如諾貝爾文學獎或其他的文學獎等）。因此，海明威構築於他自我
理想時，嚴守著三個道德條件：第一要有勇氣；第二欠債要還；第
三刻苦工作。（美・唐納遜，1982：184）

　　至於傳統中國所見的世界觀既然以宇宙萬物為陰陽二氣所化
生，那麼宇宙萬物的起源演變就在「自然」中進行；這無不暗示了
人也該體會這一「自然」價值，不必做出違反「自然之理」。傳統
中國人信守這世界觀，所表現出來的多半是為自然和人性、個人和
社會及人和人之間達成和諧融通、相互依存境界的行為方式和道德
工夫（而日本也受到泛氣化觀的影響）。（周慶華，2004b：295-296）
托爾斯泰在《安娜・卡列妮娜》的扉頁上寫下這樣的題詞：「伸冤
在我，我必抱應。」顯而易見，托爾斯泰認為，對於罪惡的懲罰只
應讓上帝來實施，而不應由人們（包括作家）自己來實施，這是西
方由宗教傳統而造成的普遍思想。可是在中國詩人的心目中，卻不
存在這樣的上帝，他們認為批評社會與聲討罪惡的權力捏在他們自
己手中，這種權力既是社會基於詩歌強大社會作用而賦與詩人的，
也是詩人根據自己作為社會人的責任感而自告奮勇地承擔起來。
（邵毅平，2005：196-197）

第七章　相關研究成果的運用途徑

第一節　在文學閱讀教學上「多具隻眼」

　　本研究深入探討文人怪癖與文學創作的關聯性,從中了解文人怪癖對文學創作的特殊影響力,希望經由此研究結果對語文教育有所貢獻。如在文學閱讀教學上所可以運用而能「多具隻眼」見人所未見的:包括對文人創作所以可能以及文人怪癖所極力分衍的向度等等,都能由本研究所提供的資源一窺堂奧。由於文人的怪癖不只一種,對文學創作也會有不同的影響情況,所以根據可能的情況作系聯,可以分派入直接、辯證和相斥的關係裡;另外即使文人的怪癖沒有進入到文學創作裡頭,但因為怪癖是存在的,可以「變成一個對照系」,而這個對照系就會有形無形的影響到文人的創作方向。也就是說,即使是他的怪癖沒有在文學創作中顯現,也會變成他刻意排斥的對象,就形成怪癖影響他的創作。諸如此類的發掘,都有助於讀者對文學的了解,而可以透過相關教學來援用提點,以便開啟「文學另類寫真」思路的參與探尋紀元。

　　至於在相斥的部分又如何帶進來運用?這是在某些情況下,不允許發展顯揚自己的怪癖(自己如果讓癖好在創作中顯現時,容易引起他人不好觀感,而變成有反效果的話;或者當下是一個特殊的環境,不一定要將癖好顯現在創作中,因為相斥本來就是有特定情況,必須刻意避開自己的癖好),但是我們可不能排斥這想法,因為這樣刻意的避開,並不致無法產生新的可能性。當文人怪癖妨礙到文學創作的接受度,那文人就需要自我節制;而我們讀者也要從

此得到另外一種啟發，也就是未必要讓癖好一定要介入文學創作裡
（當它會妨礙影響到文學接受的時候），這就是本研究第六章獨特
的貢獻所在。也就是說，文人怪癖對文學創作的正反面都對文學創
作有所貢獻。

　　在我們的社會中，語言是用來溝通及表達意義的主要系統，因
為語言用於不同的目的，我們的意義也以不同的方式、不同的語言
形態表達出來。因此，除非語言和使用時的社會情境有關，否則語
言就無法被了解、詮釋及評量。除此之外，語言及其形態是經由各
種社會情境中人類活動的實際運用學習而來；還有知識存在於個體
的心靈之中，是經由社會互動中組織、建構而來，是經由個人經驗
中的心理表徵而建立，並會隨著我們的生活而改變。（帕帕司
〔Christine. C. Pappas〕等，2003：12）文人的癖好也是一種個人
行為的語言，而這樣的身體語言使文人不由自主將它放入創作中，
使讀者感受到文人的心靈思維。如陶潛耽溺杯酒中，除了因為酒精
能麻痺自己之外，還可以在精神上思緒暢達的氛圍中，更無所掛礙
的奔放文思。

　　所以「飲酒賦詩」是陶潛生活的寫照。酒與陶潛已結下不解之
緣，不只生活中不能沒有酒，詩中也是酒氣薰人。據統計，在其一
百二十六首詩之中，與飲酒有關的文字，有「酒」、「醪」、「酤」、「醉」、
「醇」、「飲」、「斟」、「酌」、「餞」、「酤」、「壺」、「觴」、「杯」、「罍」
等，總共出現九十幾次，其中「酒」字有三十二次。這純是嗜酒而
詠酒嗎？恐怕也不盡然。蕭統〈陶淵明集序〉說：「有疑陶潛之詩，
篇篇有酒；吾觀其意不在酒，亦寄酒為跡也。」應是知言的談論。
（朱恪超，1991：59）詩人的隱居，本是不得已的，但他眼見當時
官場充滿了虛偽和貪婪，才能出眾、秉公正直之士不但受到誹謗，
而且常常橫遭不測。詩人不願意、也不善於在這樣汙濁的宦海中浮

沉。他對這種不合理的現實感到悲憤、困惑，但根本無力去改變它。逃避到田園中去，雖然比較清苦，但尋得了心靈的相對自由。他把歸隱視為生命的寄託與歸宿，因此才把田園生活寫得那樣平和、淳樸、美好。陶潛歸隱了，但並不可能全然脫離現實，他的思想感情和作品仍然受著時代、社會的制約。這種心情，在組詩〈飲酒〉、〈雜詩〉等作品中多有表現。（林世禎，1994：251）有一種表面以隱逸為名而實際是要用世的刻意遯世，它就不忌諱把自己藏匿起來，而有了所謂的反向操作的身體／權力模式。嚴格來說，只有在氣化觀型文化傳統中才會發生刻意遯世的現象；創造觀型文化中所見的「隱修」或「崇尚自然」以及緣起觀型文化中所見的「瑜珈行」或「避世修鍊」等等都搆不上這種別有目的的隱逸方式。氣化觀型文化中的人在只能關注人際關係的情況下，必有得志和不得志兩種型態；不得志時如果不明哲保身就會給自己惹來許多麻煩。而明哲保身除了以自導性的癲狂「隱於市朝」，事實上還有刻意遯世的一個途徑。這種刻意遯世可以是「真隱」，也可以是「假隱」。前者（指真隱）是為了消遙自適，純屬一種倫理的抉擇；後者（指假隱）則是意有所屬，已經過渡到政治場域而為反向操作的身體／權力模式的一個環節。（周慶華，2005：176）如最為人所熟悉的陶潛：「陶潛……以親老家貧，起為州祭酒，不堪吏職，少日自解歸。州召主簿，不就，躬耕自資，遂抱羸疾。復為鎮軍、建威參軍，謂親朋曰：『聊欲絃歌，以為三徑之資可乎？』執事者聞之，以為彭澤令。在縣公田悉令種秫穀，曰：『令吾常醉於酒足矣。』妻子固請種，乃使一頃五十畝種秫，五十畝種。素簡貴，不私事上官。郡遣督郵至縣，吏白應束帶見之，潛嘆曰：『吾不能為五斗米折腰，拳拳事鄉里小人邪！』義熙二年，解印去縣，乃賦〈歸去來辭〉。」（《晉書・隱逸傳》）既然自絕官宦生涯（大多隱姓埋名），那麼他們也就不可

能「委屈求全」再來一次相關的塵念（雖然在他們的骨子裡也不會缺少「希望有更多人一起出世」的弱式權力慾求）。（同上，179）自導性的癲狂在反向操作的身體／權力模式中仍有它的一定的地位和功能。而這得從「癲狂」這關鍵詞談起：癲狂是瘋癲痴狂的簡稱，它被視為一種「大腦機能活動紊亂，導致認識情感、行為和意志等心裡活動發生嚴重」的精神疾病。（陳國強主編，2002：182）而從人類學和社會學的角度看，「某些精神疾病人可以視為拒絕現存的社會組織，對具有標準化團體價值的社會事物持不同看法者，他們似乎站在他們『自我的文化立場』上另有一套獨特的觀念系統；他們跟普通人的差別是巨大而激烈的，因而被後者視為精神分裂患者。」（同上，182-183）傅柯（Michel Foucault）認為癲狂應該是唯一種文化建構物而不是一種自然事實，並不是疾病和治療的問題，而是自由和控制、智識和權力等問題。（傅柯，1998）這種巧為偽飾的「佯狂」或「裝瘋」的特殊行為，表面上跟實際可能的癲狂沒有什麼不同，但骨子裡卻是別有用心而彼此大相逕庭。（周慶華，2005：146-148）

「自導性癲狂」，它的反向操作的身體／權力模式是一個近於「哀兵」姿態的。在這種「欲得先怯」或「欲伸先屈」的佯狂或裝瘋過程中，當事人仍然是以「精神上優勢」自居的；只是它的代價太過「昂貴」，稍有差池可能就會「人」「權」兩失。也就是說，（假如）它在西方很容易就會遭到「誤判」而被強行關進精神病院（療養院）接受「治療」；而在東方傳統中國也不見得可以「撈到好處」。（周慶華，2005：152）像古代文人這樣經常裝瘋賣傻，以免卻當政者疑心，可以說是處世有道；而它的反向操作已取得影響力或支配力作用的機會也強過他人（至少他所得自主人的賞識和恩賜就遠比別人深厚）。以中西傳統的情況為例，西方人受創造觀影響，基

本上不會認可癲狂的「正當性」（不論實際的癲狂被當作是因為惡魔作祟或體液失調或妄想引發），自然也不可能自導癲狂來「自取其辱」或「常陷險境」，以致自導性的癲狂種種反向操作的策略就會受到社會主體和文化主體有意無意的壓抑而不及中國人那樣可以「自任其行」。中國人信守氣化觀本身就有「氣」的柔度和彈性的體驗（實際上如果有癲狂的行為，那也不過是稟氣「駁雜」或但以精氣存在的鬼神「捉弄」所致而已，根本毋須大驚小怪），而自導性的癲狂既然是一種不得已的「哀兵」策略，那麼容許它並且給予必要的「發展」空間，也就是一件特能體諒有志難伸者苦衷的美事。（同上，154-155）

　　如果不是基於特殊的理由，自虐行為的出現也是不可想像的。表面上是一種自我虐待或自我褻瀆的「心理自殘」或「生理自傷」，實際上則是別有目的而可以同歸在反向操作的身體／權力模式裡。自導性的癲狂到某種程度雖然多少都會涉及自殘或自傷。（周慶華，2005：157）史蒂兒在《戀物癖》中就舉了很多案例，證明這個世界上就是喜歡束腹、鐵鍊、穿洞、火烙、捆綁，這更有助於驚人的藝術創作。（同上，159、162）有關文化主體居中協調藉使的問題，可從莫頓（Andrew Morton）認為新教倫理有如下三條原則：（一）鼓勵人們去頌揚上帝，頌揚上帝的偉大是每個上帝臣民的職責；（二）讚頌上帝的最好途徑，或者是研究或認識自然，或者是為社會謀福利，而運用科學技術可以創造更多的物質財富，所以大多數人應該去從事科學技術和對社會有益的職業；（三）提倡過儉樸的生活和辛勤勞動，每個人都應該辛勤工作，為社會謀福利，以這一點感謝上帝的恩德。（潘世墨等，1995：114）新教徒所以要有這類的現世成就，一方面是想藉它來尋求救贖（冀望可以獲得上帝的優先接納而重回天堂）；一方面則是想展現自己的本事而

媲美上帝的風采。像這種行為也只在創造觀型文化中才會滋生蔓延。（周慶華，2005：174、175）相較於任何其他死亡方式，自殺更能顯示主體的自覺與意志，反應出人對自然規律或社會際遇的抗爭與反判，普拉絲也許從未真正尋死——永遠的告別。然而，藝術家自殺具有一種實現、模仿、投身於自己書寫的想像世界的傾向。藝術家不同於常人，它們會把自己的生命獻給自己的作品。（陳雅音，2010）比如中國的書法是一種特有的藝術，但到了王羲之的手上，才達到登峰造極的階段。在書法上他與三國的鍾繇同被稱為南山派的開山祖。他的書法是天才加上苦練的工夫。他傳授後人一種學習楷書的方法，是教人從「永」自練習開始，因為「永」字包括了八種筆法，任何中國字都離不了這八種筆法的範圍。直到現在，研究書法的人，還是照著這種方法來練習的。（方時雨，1986：14）王羲之永字八法基本書寫方式，一直深深的影響到現代的中國人，那是書法的基本功，非常重要的一環。元代大畫家倪雲林在他的某首詩中說：「從來書畫貴士氣，經史內蘊外乃滋。若非拄腹有萬卷，求脫匠氣焉能辭？」假如無知無識，書畫將難脫俗氣。要寫出好字，首先要有高尚的人格。而人格的修煉，主要又在於心靈的淨化，胸襟曠達，超然物外，視功名、權勢、富貴為身外之物，以虛靜之心反璞歸真。（布丁，2000：103）在唐代詩人中，對李白最為佩服的，當推杜甫。杜甫與李白交情深厚，曾經寫了不少關於李白的詩篇，從這些詩篇中，可看出杜甫對李白的佩服之情：〈不見近無李白消息〉：「不見李生久，佯狂真可哀。世人皆欲殺，吾意獨憐才。敏捷詩千首，飄零酒一杯。匡山讀書處，頭白好歸來。」〈飲中八仙歌〉：「李白一斗詩百篇，長安市上酒家眠；天子呼來不上船，自稱臣是酒中仙。」這都虛假不來。（何美鈴，1986：195）李白是「狂傲」的謫仙人，曾恃寵辱及高力士，也為此得罪不少人（所以說「世人

皆欲殺」),杜甫只是以一個知交的角色說出他對李白的看法,認為
他並非真的狂傲,而只是一種文人有志難伸的佯狂罷了。

　　閱讀教學的方法,同樣是為了便於教學各種語文經驗;同時它
在安排教學活動時通常要讓閱讀教學本身居於「核心」地位。因此,
在為了探得語文經驗的教學方法將要有所「實質」展演的情況下,
閱讀教學的方法就是一個如何讓閱讀教學精實有效的後設反省形式
而已。整體上它有相當程度上的必要性(不然就不要強為從事「教
學」活動。)我們還可以思考「從閱讀到教學的理路」和「從閱讀
教學到閱讀的理路」等兩個關係「怎麼去從事閱讀教學」的附帶或
備用的方法論的問題。前者(指「怎麼去從事閱讀教學」),最基本
的就是從本身的經驗出發,設想學習者的狀況,然後按部就班的去
引導學習者重歷自己的閱讀過程。後者(指「從閱讀教學到閱讀的
理路」),從「創發」的立場來著眼,應該容許、甚至鼓勵奇特或基
進的閱讀法,不設一定的規範。這時就是一邊約略的教學;一邊跟
學習者一起尋找或發明新的閱讀法。這種從閱讀教學到閱讀的理
路,不預設閱讀的進程,也不預期閱讀的成效,只要有「創見」從中
孳生就可以了。但它在制式教育裡,因為受限於特定的教材、教法和
評量方法而難以全面展開;只能在輔助教學中運用。後一種理路不妨
逐漸提高它的比例,才可望看到文化的更新。(周慶華,2007a:47-49)

　　因此,可將相關研究成果運用在教學閱讀上。在第四章所探討
的要點「文人怪癖與文學創作的直向關係」,可以從中看出文人的
癖好;對於創作者而言,是有密不可分的關係存在。如蘇軾雖不是
善飲者,但是他卻是個酒的愛好者,更是個善釀酒者,酒對他產生
了強大而直接的創作力,有眾多作品都直提到了酒,這是文人怪癖
對創作所產生的影響力。又如但丁的《新生》,對他所戀的人,竟
然在它心裡造成極大的撼動力,作品裡不會諱言表達出他的情意,

甚至將她加以神聖化。而在文人怪癖與文學創作的辯證關係中，性
嗜酒的陶潛對文學創作的貢獻不能小覷，與友朋共樂要喝酒，連創
作當下也有喝酒的渴望，是相互共生彼此成長，這是文人背後的創
作因素；而海明威的自戕癖好，除了在作品裡顯現死亡畫面，他自
己也是一個喜歡挑戰刺激，嘗試面對生命絕境的人，這讓他的創作
充滿了血腥場面，反過來在創作中又更加喜愛向生命極限挑戰。在
文人怪癖與文學創作的相斥關係中，李白雖是著名的酒仙，酒與他
已劃上等號，他在創作中仍然也有沒有提到酒的時候，這是因為當
下屬於特定情況，文人也懂得癖好要「適可而止」，要看場合來創
作，但雖渾身酒意，詩作卻是綺麗婉轉不帶一絲醉意在其中。這是
閱讀者在閱讀上可以多加「另眼看待」，閱讀並非字句的本身，原
創者背後所凝聚的創作源頭，才是作者的精神所在。而這也是本研
究開啟另類的思路探尋，是在此所要思考的重點。

　　所以不管文人有何等奇怪的癖好，其實是他們在文學的天地裡
面，善盡自己的職責與心力：有的是欲喚起某種的意識，有的是誤
了權力意志而有所努力，但都依賴於癖好給他們無窮動力。或許有
些的癖好是令人難以苟同、無法接受或厭惡的，但如果僅以讀者的
角度或狹隘眼光只針對無法接受的部分集中視點，對文人創作的背
後創作力漠視或忽略，那就會變成囿限於一點，如管中窺月，看的
不夠全面與真實。因此，讀者應該有更客觀性與寬廣的包容力來多
方看待。而這經由文學閱讀教學將本研究的成果，妥善運用一定可
以涵養這方面的鑑別力。

　　另外，依據本研究的成果來看，文人在創作的動力方面，並不
只有一個原因，也就是不如表面所見的動機單純，如王羲之的愛鵝
癖。雖然在成就上仍是要花上許多心力和時間，但是從另一方面來
看文人癖好其實是對創作最有助益的，更是文人在創作上成功的關

鍵。而對於閱讀教學者來說，在教學閱讀文人創作的同時，除了告
訴學習者理解文人創作的心緒之外，應該從本研究汲取資源探尋文人
怪癖對文學創作其實是有深一層的啟發性。因此，閱讀教學者可以多
具隻眼來審視文人創作的多重途徑且善加啟導學習者認知此一道理。

第二節　在文學創作教學上「反身自我養成」

本研究探討文人怪癖與文學創作的相關性，了解文人怪癖對文
學創作的影響力，希望可以藉由研究成果對語文教育有所貢獻。在
文學創作教學上所可以「反身自我養成」，如在教學上不會只侷限
在文本當中，創作可以有不一樣想法與做法，因為教學的創新與需
要刺激，而自我的創作教學更是需要「反求諸己」的自我要求。由
於文人創作的過程是本研究的極欲探索的方向，所以能由本研究所
提供的資源一窺究竟。因為文人的怪癖不只一種，對文學創作也會
有不同的影響情況，所以根據可能的情況作系聯，可以分派入直
接、辯證和相斥的關係裡；另外即使文人的怪癖沒有直接進入到文
學創作裡，但不能否定的是怪癖仍是存在的，可以「變成一個對照
系」，而這個對照系就會有形無形的影響到文人的創作方向。也就
是說，即使文人的怪癖不管沒有在文學創作中表現出來，或者是文
人把牠視為刻意排斥的對象，都可以當成是怪癖影響他的創作。諸
如此類的發掘，都有助於讀者對文學的了解，而可以透過相關訊息
來提點，以便開啟「文學另類寫真」想法（詳見前節）。

至於寫作教學，它在相對上就「緊要」多了。這種緊要，是因
為它有「高標」的現實和理想的需求，是緣於人類文化創造的成果
大多藉由寫作呈現，以致教人寫作就是為了教人參與文化的創造而
免於人生的凡庸化。此外，可以參與文化的創造以及能夠冀望現世

的成就有益於另一世的榮光，是使寫作成為一種志業的依據；相同的，寫作教學也是以可以間接促成這種參與文化的創造以及相關榮光的延續的實踐而自我提升為一種志業。這種志業所以可能，不是因為志業本身「非有不可」，而是更根本的它可以遂行人的權力意志；以致從寫作到寫作教學的志業性，就不得不跟權力意志有所交鋒。這種交鋒，可以促進志業的實現，但也可能造成志業的變質；關鍵就在該權力意志是「怎麼伸展」的。而這一權力意志，是人所能意識的範圍內的終極性的存在；包括寫作教學在內的有關行為果不基於它，幾乎無法想像是怎麼可能的。換句話說，倘若不是權力意志的發用，即使有再多其他的動機或激勵，那麼也無能十足促成相關志業的成行。在這種情況下，權力意志和相關志業就可以成正比的關係發展（也就是權力意志越強烈的，就越有助於相關志業的實現）。至於有造成相關志業變質的現象的，那是因為缺乏規模可長可久的相關志業的能耐卻徒有影響／支配的衝動，導致要以權力意志來迫使不甚高明的相關志業的推動而釀至不當「思想殖民」災難的結果。（周慶華，2007a：92-95）

因此，當教學者在進行教學時，其實也是在進行權力意志的伸展；而且意志越強者，可以發揮運用在教學上的效果也就越大，進而可以影響他人。

此外，閱讀本身要能夠持續不輟，大致上也得轉為寫作而以「學以致用」或「學有所得」的成就感面世才有所保障；以致閱讀和寫作彼此還是無法離開「互生」的關係而可以完全獨立運作（更何況寫作所需要的其他的題材部分，多少也會跟閱讀經驗構成某種程度的辯證關係）。換句話說，寫作和閱讀即使不是全然重疊的，至少也是有所交集的；而它們的透過教學來「綰合」時，彼此的關係可以圖示如下：

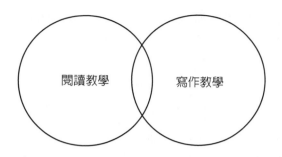

　　這種交集關係，一方面為閱讀教學和寫作教學都預留了「各自發展」的空間（也就是閱讀教學可以不必「念念不忘」寫作教學的問題；而寫作教學可以容許有「下意識／自動」寫作的情況而毋須全程跟閱讀教學密切相連）；一方面也為寫作教學方法的方法性在自覺面同樣從「過程」義上給予定了位（也就是所寫的東西仍然以關涉各種語文經驗為大宗）。而它們所等待處理的問題，在於學習者的「何得學習」考量和教學者的「憑什麼教」心態。當中有關學習者的「何得學習」考量部分，可以採用下列幾種教學方法來因應：第一，講述法／成果導向教學法：相關寫作活動由教師支配。第二，自然過程法／低結構性過程導向教學法：相關寫作活動由學習者支配、主動發起，並按照自己的速度進行寫作。第三，環境法／高結構性過程導向教學法：相關寫作活動由教學者和學習者共同責任分擔。第四，個別化法／輔助式成果導向教學法：相關寫作活動由學習者向小老師或電腦學習寫作，並獲得回饋；它強調以個別學習者為協助的對象。至於有關教學者「憑什麼教」心態部分，這就得確立一個原則：寫作教學既然也是權力意志的發用，那麼整個過程就應當自我節制，並且儘量使它合理化（禁得起他人的「對諍」）。（周慶華，2007a：96-99）

　　天才如愛因斯坦（Einstein Albert），對於自己卓越的思想，也不歸諸於天分，而是來自於「好奇、沉迷、頑強的忍耐，結合自我

批判」。癖好使對某事的著魔、沉迷；不過，在一個公開場合中，如果有人問「你有什麼癖好？」絕大多數的人都會斷然否認，好像有某種癖好是見不得人的事情，因為往往談到癖，都會與「怪」結合在一起。作家之怪，不勝枚舉，藝術家之怪，也所在多有，這些異於常人的習癖，往往與他們傑出表現相輔相成，也造就了他們令人無法忽視的存在。（黃秀如，2005：120）

　　所以可知怪癖對文人的創作是有所助益的。既然癖好對有助於文人創作，那現今在教學的人，就可以觀察自己是否有這樣的癖好，或不欲人知的癖好，因為在教學現場並不是只有照本宣科的把課本內容交代完畢，就算結束。其實，每個文人的背景，才是真正精采的人生故事，也是文人在創作歷程上的另一扉頁，更是文人創作源源不絕動機的來源。而這源頭是什麼，也是我們可以去深入探討的，並加以傳達給學生，喚起學習興趣。

　　比方說，有些作家，在進入書寫文字之前，必先進行一些準備工作。如寫作前，必先用尤加利衛道的香皂洗澡、穿上黑色棉質的寬大 T 恤；更嚴重者，他只能在家裡的電腦螢幕上工作！古典巨作家高乃依（Pierre Comeille）喜歡裹著一毯粗呢被，然後在加熱的房間地面滾到出汗為止，才開始寫作；法國作家菲力普‧貝松（Philippe Besson）有間私人寫作室，如果任何人未經允許擅自出入，或者偷瞄他尚未完成的手稿，就會惹得他大發雷霆。無獨有偶，寫出《非關命運》的諾貝爾文學獎得主因惹‧卡爾特斯（Imre Kertesz），也有一間只屬於他個人的寓所，他每天八點起床，到這房子裡，一直寫作到下午四、五點才出來，這地方連他妻子也未獲准進入。（黃秀如，2005：120）

　　每個人都有有屬於自己偏執的一面，從前面所述的例子，癖好無傷大雅，但教學者從其中可以學習運用到的是，人們可以具備或

養成這樣的癖好。因為人們可以培養自己的癖好或重新檢視自己有無這樣的癖好，所以可以作為在教學或創作中的另一種「實質倚賴」。如在教學上，對文學創作有所助益，更是可以作為一個值得仿效的學習對象。

　　從前面所述許多文人的種種癖好來看，可進一步從中探討作品的特殊或值得玩味處。有一些文人對某一些器物特別有興趣，例如王羲之愛鵝成癖，就是一例。當他沉浸在其中時，可從中體會出書寫手法的韻致，進一步對自己的作品能有更高一層的領悟。後代人們在玩味他們的作品時，如果不明白其中緣由，及這些文人不為人知的癖好，就看不出為何他們的作品產出是如此的驚人且富有想像空間；不僅是一般人所達不到的境界，後人也是無人可出其左右。又如陶潛和李白，在我們看來他們和酒是畫上等號，但探究原因，也正是因為有酒、愛酒、嗜酒、無酒不歡、才有辦法寫出如此撼動人心的作品，更是可以讓我們從中領略到這些偉大創作的背後動機是正面的。癖好本來並沒有對與不對，而從不同的面向去看待，更可以啟發我們多向思考。每個人多少都有不為人知的癖好，只是很可惜沒有好好的利用這些癖好；它是人類心靈創造未來的一部分，是特殊且又與眾不同的，無法仿傚，因為那是靈感的來源。但不同的癖好所帶來的靈感每個人的感受性也都不同，所以這樣的特殊方式也可成為後代人們自我培養的一種模式。任何人都有癖，癖無不當，如能為己所善用，定有源源不絕的創作，也是另一種文學創作的途徑。靈感能打破人的常規思路，為人類創造性思維活動忽然開闢一個新境界。（陶伯華等，1993：4）而靈感從何而來？「靈感」最早是文藝、美學理論中的一個專有名詞。原只表示文藝創作中一種特殊的精神現象，以後才被廣泛運用於科學研究等創造性領域。（同上，155）可見沒有一定的規則可循，不請自來，有時就是刮

腸搜肚也無法創作出來。但是對於靈感是可以培養的，所以文人才
會出現各種特殊癖好，作品於焉產生。如陶潛在詩中寫道：「有酒
有酒，閑飲東窗。」而酒仙李白的詩寫：「三杯通大道，一斗合自
然。但得酒中趣，勿為醒者傳。」不同身世、不同經歷、不同志向
者，對酒中趣的感受和理解是不同的。（布丁，2000：184）即使是
一樣的嗜好，在人們心中所激發出的創作種子也可能是不相同的。
又如有愛書癖的袁枚，在其著名〈遣興〉詩中道出詩人主觀「靈性」
對捕捉、領悟、點化感性物象的決定作用：「但肯尋詩便有詩，靈
犀一點是吾師，夕陽芳草尋常物，解用都為絕妙詞。」（引自陶伯
華等，1993：45）便是肯定主觀意識的「靈」與客觀的「物」（可
解為對一些事物的特別有興趣），兩樣相互影響作用著，因此使這
些文人可以有源源不斷的靈感。換個角度想，一般人是否也能如古
人多培養自己的癖好或愛好，將這些特殊癖好運用在語文創作上？
這個答案是肯定的。

　　所以可將相關研究成果運用在創作教學上。在第四章所探討的
要點「文人怪癖與文學創作的直向關係」可以從中看出癖好對文人
直接的影響力，對於創作者而言，癖好是直接觸動心靈悸動的來
源，給予創作者最震撼的影響。如李清照的戀物癖，長期受到這些
物品的薰陶，帶給人們是文學創作中的燦爛瑰寶，可見癖好是有其
價值的。而在文人怪癖與文學創作的辯證關係中，巴爾札克因為咖
啡而有源源不絕的文學創作，又因為需要創作所以巴爾札克有更想
要嗜飲咖啡的癖好，二者已是生命同體。還有巴爾札克是依各多產
的作家，多到當他死後竟有人發現他的手稿被當作包盛果醬之用。
（劉省齋，1989：289）因此，我們可以培養自己的癖好，加以運
用於創作及教學之中，可見癖好是有正面意義的。至於在相斥的部
分又如何帶進來運用？因為這是文人在某些情況下，或礙於特殊情

境當中，不允許發展顯揚自己的怪癖（自己如果讓癖好在創作中顯
現時，容易引起他人的負面看法，所以不一定會將癖好顯現在創作
中，因為相斥本來就是有特定情況，必須刻意避開自己的癖好），
但是我們可不能否定這樣相斥的行為就不會讓文人產生文學創
作，我們還是得保有這樣可能性。當文人怪癖妨礙到他人的文學創
作的接受度，那麼文人就要懂得自我節制，而讀者也可以得到另外
一種啟發。這也正是本研究中最有價值的貢獻所在，也可以說文人
的怪癖在文學創作中，不管是顯揚出來，或是刻意隱避都是有它的
價值性。如在相斥的文學創作中，王安石不修邊幅有汙癖，但是在
鍛句鍊字方面，用字卻是非常得精準；詩文顯得清新脫俗，但是在
作品中卻未見一個有關汙癖的行為或字眼。而有服用鴉片習慣的狄
更斯，在創作中懷著悲天憫人及關懷弱勢族群的思想，所以他雖然
對鴉片有相當的愛好，可是在這樣的一個特殊環境之下，他當然會
在意讀者的觀感而不會將癖好放進作品裡面。這是教學者在創作教
學上可以加以揮灑的空間；創作者背後所聚集的根本，才是讀者可
以引為借鏡的所在。而這也是本研究另闢一種思考的路徑。因為文
學創作者在創作上難免會偶遇「瓶頸」，而這可在本研究中找出適
合於自己的癖好，或培養自己的癖好。畢竟對文學創作者來說，沒
有怪癖，就很難有文學創作，而這透過研究可以知道培養或發掘怪
癖是有助於創作的。如果可以從中熟悉癖好的「功能」，在文學創
作來說也會對文學的進展有益。至於在教學上也能經由本研究的成
果，來預告並協助學習者反身自我養成或培養癖好，對創作將會「大
有可為」甚至有「無限可能」。創作看似是你自己與筆之間的關係，
或許偶爾會覺得孤單，但其實是豐沛生命的陣陣脈動，以有規則的
韻律在紙上躍動著。在進入創作的歷程中，你會發現你與你自己原

來可以輕易的一分為二,可以抽離出來看自己,所以創作是一種與
心靈深深對談的渴望。

第三節　在文學傳播與文學論述建議上「開闢新向度」

　　曾國藩在〈原才〉中說:「風俗之厚薄希自乎?自乎一二人心
之所嚮而已……風俗之於人之心,使乎微,而終乎不可禦者也。」
認為個人的影響力其實是很大的。而通常一個名人的癖好,也往往
能造成一個實態的風潮。(黃秀如,2005:35)

　　就一個文學創作者來說,「權力意志而產生創作最終的積極性
驅動力」和「社會中的傳播機制影響了創作的『持續』」等,就可
以合而來為他別作定位。也就是說,透過傳播,文學創作者就可以
取得「文人」的新身分證,並且從此獲得榮耀、地位和經濟利益;
同時他為了捍衛既得的榮耀、地位和經濟利益,又會設法維護文人
圈的運作而使它形成一個封閉或半封閉的系統。再從另一個角度
看,文學創作者所有的傳播欲求,最終無不希望單獨成為媒體的寵
兒和文學桂冠的頂戴者。可以透過文學獎的的得名、報章雜誌的發
表和出版社的出版等長保受寵不盡的優勢,一但有機會被拱上文壇
祭酒一類的寶座,就可以享有累世的榮華。(周慶華,2004a:316-317)
海明威獻身於寫作上,希望寫出傑出的作品,不但工作了,而且工
作的非常努力。他幾乎是一年四季都寫。他每天很早起床,連管家
都還沒有起來,太陽升起時,就是他寫作的開始。海明威在得到若
干成就之後,還企圖寫出一種從未有人寫過的散文。他在《老人與
海》出版後,許多人不明白他要表達的是什麼,真正的秘密只有他
自己明白,原來他想試著去把詩改寫成為散文,這是最困難的事。
他知道從事寫作工作是一種不斷的挑戰,他說:「因為寫作是我做

過的一切最困難的，所以我要做它。」在 1949 年諾貝爾文學獎宣
布了福克納為獲獎人後，海明威增加了對福克納的攻擊，而且還多
半為人身攻擊。他說：「從來沒有聽說過一個婊子養的兒子會得到
諾貝爾獎的；也從來沒有聽說過一位從未寫出不值得一讀的書的作
家得到諾貝爾獎金的。」（美・唐納遜，1982：174、151-152）

　　因為這樣，所以文學創作者的傳播欲求就不可能有退卻的一
天；而他的「求勝必果」的決心和毅力，也會不斷地尋求發聲的管
道而反過來迫使傳播媒體「更新行程」或「另闢頻道」，導致文學
創作者的傳播欲求和傳播媒體雙雙「競相前進」而形成滾雪球的效
應，而這也可以解釋任何一個時代都會有一些傳播「新趨勢」的原
因。文學接受不論是相應於文學創作還是根本上就是二度創作，它
都跟文學創作一樣有著強烈的傳播欲求。這種傳播欲求，帶有「制
高點」式的意味。首先是文學接受在相對上也是維護或鞏固文人圈
尊嚴或利益的一大憑藉。所謂「接受行為並不是僅僅是一種鑑賞行
為，而是一個活生生的人以個人觀點和他的群體角度一併投入參與
的一種經驗。接受者是一名消費者；就跟其他方面的消費者一樣，
他受到興趣喜好的擺布尤甚於判斷力的發揮，即使事後他也能為自
己這番偏好提出振振有詞的說法。而發揮文學判斷力，乃是文人集
群的特性；文人集群強迫它的成員務必有行家姿態，否則視同凡夫
俗子、甚至『淺薄之徒』，以作為精神上制裁。」（埃斯卡皮〔Robert
Escarpit〕，1990：143）這裡所提到的文人集群的「壓力」，由文學
接受的範疇所發出的會比由文學創作的範疇所發出的要「立即」而
「可觀」；這些無非都是為了維持文人圈的「正常運作」所採取的
手段。至於這種情況的「順遂成行」，就得靠傳播或明或暗的助它
「一臂之力」。（周慶華，2004a：317-319）因此，文人的群體因有
創作的相互競爭，所以可以讓「質」與「量」有所提升，而藉由文

學傳播的方式，給予他人「潛移默化」的功效。在第四章中所探討的直向關係，例如周邦彥與柳永，幾乎整天都留連在妓院中，呈現出來的作品大多是豔麗婉轉的音調，充滿了旖旎的韻味。而周邦彥因為這些歌妓歌詠他的作品，又使他名震天下，這也是文人傳播的一種手法。至於柳永，因為追求仕途無望，轉而在詩詞中寄寓自己的哀愁，於是自號「奉旨填詞柳三變」，也同是天涯淪落人的替妓女發聲，經由這些歌妓的傳唱，使他的創作得以流傳於天下。而酷嗜咖啡的巴爾札克為了創作，也為了讓自己擺脫窮困，咖啡變成了好比是讓引擎再度運轉的機油，對他來說咖啡簡直比吃飯、睡覺還要重要。他討厭煙草，說它「對身體有害，侵襲心靈，使得全世界愚鈍」。咖啡是巴爾札克的大麻煙，他食用的分量愈來愈重，以致不得不承認自己整個身體組織已因不間斷的刺激而受損，並埋怨它的效力越來越差，而且還引起胃的劇痛。巴爾札克在他隱居的實驗室裡廢寢忘食、嘔心瀝血和自我犧牲。他非常珍惜那些校樣，總把各階段修改好了的校樣和原稿裝訂在一起，成為一巨冊，有時竟達約二千頁，而出版後的小說卻只有兩百頁左右。（褚威格，1980：82-84）在第五章的辯證關係中，提到關漢卿在妓院中打滾，看盡人情冷暖以及人世間各種不公平的現象，但除了這是他的癖好之外，他更將這種癖好廣為宣傳；但文人的目的是什麼，也應該有他所欲傳達的訊息，也就是有他的想法與「所欲之意」在作品中。而癖好是文人可以讓他人覺得自己並非高高在上，反而更貼近一般的生活，這樣也讓自己的作品可以更廣為人所接受。又如維吉妮亞‧吳爾夫有自戕癖，對於自我與周遭環境的人事物有著極高的要求，她的癖好與創作實為已經是「生命共同體」了，是彼此相互運作著；她亟欲傳達出被桎梏的情緒壓力，而癖好與創作則成了她賴以宣洩的出口：她為追求理念（女性自主運動），在創作中也得以傳達出

她為女性運動所作的付出。至於第六章所探討的是相斥的關係，而
奇特的怪癖對文人創作的相斥的關係中，如戀腳癖的辜鴻銘，他創
作需要小腳的慰藉，因為這樣可以讓他的文思源源不絕。雖然大多
數中國讀者對他所捍衛的這些「惡俗」感到反感，但卻樂於傳頌他
的故事，因為居然有這麼一個人憑著一股唐吉訶德式的傻勁放聲向
世人反唇相譏：你們視為中國之恥的，我們視為中國之光。一生為
英國殖民臣屬的買辦後裔，畢生從事的竟然是向帝國主義嗆聲，這
就是辜鴻銘的反諷性。他的批判是如此的徹底，以致於必須打造並
膜拜一尊殖民暴力入侵前的完美中國。此一激進態度所反映的是，
他有意誇大中國與外在世界之間的距離：因此，中國不該受到西方
啟蒙準則的妄加評判，而應回歸中國自身對於女性特質、正義和人
性價值的定義。這種特意拉大距離的作法，出自一種國族主義驅
力，因為同樣的驅力也令他們熱烈追求與西方平起平坐的地位，並
在其直線式的國族史觀裡，埋藏「迎頭趕上」的修辭工夫。（高彥
頤，2007：92-93）小腳雖然是他的興奮劑，但是在他的作品中對
於這項嗜好卻是隻字未提。因為除了所處時代，當時的中國人一面
倒的反舊，去除陋習，而他卻是留長辮戀小腳，這與時人的行為或
許格格不入，但是他其實是在反諷西方文化，希望能喚起中國人的
愛國情操。他所欲透過傳播帶出一種訊息：中國人自有其民族性，
不必受到外來殖民的國家而有所變化，更不能向殖民帝國俯首稱
臣。另一個對紙張顏色有特殊規定的大仲馬，他的文學創作產量也
是相當驚人。以他一個人的精力，對著作如此之多而又快得令人難
以置信的速度，當然不免使他的朋友尤其是敵對者都表示懷疑；因
此偶一得到些流言便大加渲染，使那些傳聞更加神奇化。如有人就
說「大仲馬」是五人集體創作的筆名而已；又說大仲馬家裡是一個
小說製造工廠，他自己僅不過是其中的主腦，是他指導著兩百多個

幫手給他搜集材料和編輯剪裁,而他卻掛上一個作者的名字。關於
這點,大仲馬也曾無助的否認(他喜歡替有關他的傳說闢謠)。還
有人攻擊他說他是剪裁抄襲哥德(Johann Wolfgang von Goethe)和
莎士比亞(William Shakespeare)的作品,大仲馬的答覆是很幽默
的,他送了一把剪刀給那位先生,並且附帶一函促請他也試一下看
看。然而,不管怎樣,在大仲馬浩瀚的作品中,仍是有其一貫的風
格。單從他的作品在當時所受到讀者們那種瘋魔的熱烈情形,便知
大仲馬倒非文壇上的市儈。(劉省齋,1989:289-290)在大仲馬的
創作中並沒有任何跡象顯示出他的癖好,但以一人之力可以創造出
這麼多的作品,如果不是有著堅強的傳播慾念及想要成功的動力的
話,是很難大成的。大仲馬對紙張顏色根據他寫作的種類而予以分
類,這在我們文學傳播及文學論述上可用來加以運用的觀念是:觀
念清楚,條理明晰,邏輯性強。因此,他可以被人誤傳「一人分飾
多角」的創作許多部的小說。這樣的怪癖給閱讀者另一個思考的新
方向,也帶給文學傳播一個新的選擇的可能性,不論它是作者的還
是傳播媒體的。

　　此外,有關文學的論述,可以著力於討論諸如文學不僅僅是人
類社會生活的反映,而且也具有積極的教育作用,它能影響人的思
想意識,改變現實。詩歌有很大的感動人的力量,有激動人的聲音,
必會應答;有打動人的情意,必受感染。它能夠移風易俗,改革社
會。如果詩人;不寫詩歌頌好人好事,不寫詩反對壞人壞事,就是
詩人的失職。(陳友琴,1978:49-50)而這也可以從本研究來激起
另樣觀看的視野。

　　回顧前面所提到西方人信守的創造觀(非西方人則不這樣崇
尚),那麼我們很快可以領悟到那就是根本的原因。換句話說,一
切科技的超常發展,都是源於為模仿或媲美上帝的成就;而這在非

西方社會所不曾發生的，就是別有信仰的緣故。這種文化的差異能
不能消弭是一個問題；至少從近代以來非西方社會中的人試著追隨
西方人的步調；已經證明只有「待宰」的份，永遠都難以企及西方
人的科學成就。創造觀型文化中的相關知識的建構，都根源於建構
者相信宇宙萬物受造於某一主宰（上帝），如一神教教義的構設和
古希臘時代形上學的推演以及近幾世紀西方擅長的科學研究等
等，都是同一範疇。氣化觀型文化中的相關知識的建構，都根源於
建構者相信宇宙萬物為自然氣化而成；如中國傳統儒道義理的構設
和演化（儒家／儒教著重在集體秩序的經營；道家／道教著重在個
體生命的安頓，彼此略有進度的差別）。（周慶華，2004a：345-346）
到了近代，由於西方殖民主義和帝國主義興起，強勢凌駕非西方社
會而迫使它們直接間接的轉向西方取經（長久以來，各文化系統嘗
試向傳播擴散以取得「支配優勢」的企圖似乎無二致；但西方人以
「上帝化身」去強臨主宰他人而導致不少殖民災難，可以擺在第一
位）；結果是非西方社會並沒有能力學會西方人那一套知識和科
技，始終處在邊陲地帶任人操控和剝削。以致在當今電腦普及化而
網路空間不斷拓廣的情況下，非西方社會中的人還是無法像西方人
那樣熱衷且無止盡的投擲心力在新科技的研發上。根據這一點，所
謂文學傳播的最新趨勢，無疑就是西方霸權主宰全世界的一個效
應。傳播學家麥克魯漢（M. McLuhan）曾經說過媒體是「人」的
延伸；而現在我們更可以說媒體是「文化的延伸」，同時也是「權
力」的延伸。因此，再面對未來的傳播環境究竟要採取那一種策略，
那就得看我們「站在那一邊」而決定。（周慶華，2004a：347-348）
因此，文人怪癖對文學創作的關係所見的有以上的直向、辯證、相
斥等情況，就有著結構上的差異性，而這些差異是受到了文化的影
響。如果你是華人，文化對你當然有所制約，那自己是否選擇要不

303

要跨系統，只看能不能成功跨越這道鴻溝。因為在正反相斥和文學創作的不同，仍舊保存著系統的差異，彼此之間有時仍是模糊不清；但釐清了有這兩個系統架構在，便可以自由選擇，因為跨用這兩個系統或許會有難度。但如果一但成功的話，作者在創作上會顯得更有特色與改變。

在文學傳播媒體如報章雜誌社、書籍出版者，本研究可以另外給予一個新的傳播方向，因為大多數談論的重點都是對文人的作品及道德意志予以宣揚，把文人置放於崇高的位置上（精神性的帶領作用），但對於怪癖這部分卻刻意忽略不談，甚至認為這些怪癖「難登大雅之堂」。但是根據前面幾章所分析探討的，可以得到怪癖十足是文人創作的一部分，也是創作重要的啟發點，因為怪癖使文人的創作得以有無限的創作空間。這是文學傳播者應該要重新去思考並建立的視角：將文人怪癖給予重視，並提升癖好的地位與價值。

第八章　結論

第一節　要點的回顧

　　在本研究中對於文人怪癖與文學創作的影響多所建樹，期待經由所探討的成果，可以給讀者不同於以往的既定觀念，有顛覆「癖好」予人負面觀感的作用。癖好是情趣的表現，讓閒暇變得豐富、生命變得深刻。如明朝不少騷人墨客都有繪春宮畫的癖好：明代中期的吳門畫派代表人物唐伯虎、仇英都是當時有名的繪畫者，而當時人也以擁有春宮畫、看春宮畫為榮。文化大學史學系副教授周健表示：「古人的癖好千奇百怪，有些甚至還很變態，像竹林七賢之一的劉伶喜歡醉酒裸奔。雖然許多古人多有怪癖好，但人都有雙面，不能輕易就對一個人蓋棺論定。」（引自孫凱欣，2008）又如在袁枚的諸種癖好中，他自以為「與群好敵而書勝」。理由是：「色宜少年，食宜飢，有宜同志，遊宜晴明，宮室花石古玩宜初購；過是則少味矣。書之為物，少壯老病、飢寒風雨無勿宜也，而其事又無盡，故勝也。」如此說來，袁枚終身不改之癖是對書的愛好；他是名符其實的書癖，別的種種「癖好」其實只是某一段人生階段的興趣而已。（陳文新，1995：73）這隱含了一個人如果沒有癖好，則表示待人接物沒有感情；清人張潮也在《幽夢影》一書中寫道「喬木不可以無藤蘿，人不可以無癖」，在他看來人與癖就和山與水的關係類似，意指人們心目中的世界是否鮮活靈動。（陳雅音，2010）在文人怪癖與文學創作關係中，探討二者之間所產生的影響力，但是文人與文學創作中也存有不相干的原因，不外乎：文人把自己的癖好單純的歸類為癖好；而創作單純的為創作，彼此是不相干，不互

相干擾影響（所以理論上是有不相干的部分）。這在理論上存在，但事實上不一定能取證，所以在此就沒有什麼值得討論的地方。也就是說，在此只能著重怪癖與文人創作的關係來作探討。而根據上述各章節的討論，彼此互有關係就不出這三種情況：直向、辯證和相斥等。而藉此研究，文人怪癖與文學創作的相關理論建構已有了成果，如下圖所示：

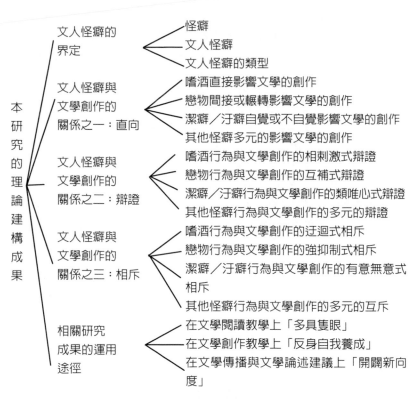

圖 8-1-1　本研究的理論建構成果

　　本研究第三章針對文人怪癖的癖好加以界定，分成三個部分：
怪癖、文人怪癖、文人怪癖的類型等，依次予以論述。因為文人怪
癖對文學創作的影響，可根據癖好的種類不同而大相逕庭；癖好千
奇百怪，而文人的怪癖也是各具特色，而可從中了解到文人在完成
鉅作的背後，是有著何等強大的助力。再說，凡以一癖聞名而永垂
丹青的，別人都以其癖識其人。如杜預，倘若不是他的《左傳》癖，
後世可能根本不屑一提。又如杜牧倘若不是他有睡癖，就不足以顯
現他的灑脫。又如米芾不正是因為他的潔癖，才使他的人更加聞
名。於是嗜癖者透過「怪」或「異」的經營與投資，將其創造成一
件藝術品，有時還是詭態美學的藝術品。而反映在「此怪人也」的
說詞上，在有癖者聽來也許是一種欣賞的讚響，就像對藝術品的驚
嘆！（邱德亮，2005）所以不只有文學創作讓文人流芳百世，有奇
癖的文人更是為後人所津津樂道的主題。

　　第四章探討的是文人怪癖與文學創作關係之一：直向，分成四
個方向予以說明：包括嗜酒、戀物、潔癖／汙癖自覺不自覺、其他
怪癖多元的對文學創作的直向關係。怪癖對文人產生了直接的作
用，進而影響文人有創作的念頭，是屬於文人怪癖對文學創作的正
面影響。

　　第五章從文人怪癖與文學創作關係之一：辯證，來分析文人從
嗜酒行為與文學創作的相刺激式辯證、戀物行為與文學創作的互補
式辯證、潔癖／汙癖行為與文學創作的類唯心式辯證、其他怪癖
行為與文學創作的多元的辯證。在這一章中是探討文人怪癖對文
人創作因為根據嗜酒、戀物、潔癖／汙癖、其他怪癖等行為而有
不同的辯證關係。癖好影響文人的創作，協助文人對創作有靈感，
但不同的是文人在創作文學作品的同時，卻反而對癖好有更強大
的欲求。如巴爾札克的咖啡癖，是他為追求源源不絕的創作以及

在創作中更有衝勁於癖好,所以是文人癖好與文學創作的「相互影響」。

第六章以文人怪癖與文學創作關係之一:相斥,來探究文人的怪癖在文學創作中是「不露痕跡」的,也就是刻意不將癖好表現在作品中。在這一章一樣分成四節來敘述:包括嗜酒行為與文學創作的迂迴式相斥、戀物行為與文學創作的強抑制式相斥、潔癖／汙癖行為與文學創作的有意無意式相斥、其他怪癖行為與文學創作的多元的互斥。這些都是文人刻意性的將怪癖隱藏起來,如迂迴式相斥是文人本身有癖好,很自然的會在作品中呈現,但因為現況的不允許,在心中思考迂迴之後刻意的不讓癖好流露出來;強抑制式相斥是文人對於癖好必是有極度的愛戀,但因為恐於創作對讀者造成不良的影響,或是給他人不好的感受,於是文人只好將自己的癖好強忍壓抑住;潔癖／汙癖行為與文學創作的有意無意式相斥,因為這兩種行為都是自身性的,但有時別人不一定可以接受這樣的癖好在作品中,所以文人只好將「不可告人」的癖不表現出來;其他怪癖行為與文學創作的多元的互斥,就是前面三者以外的癖好,都歸類到其他怪癖中,所以包含了迂迴式、強抑制式、有意無意式相斥等相斥現象。因為這時的癖好是存在的,但它僅以「對照系」供與文學創作相斥用,所以仍得將這種相斥關係列入文學的另類寫真中。

第七章是處理相關研究成果的運用途徑,以運用在文學閱讀教學上可以「多具隻眼」,教導閱讀者能用不同於以往的觀點看待文人的創作,並藉由文人多種的怪癖能有新的感發。而以運用在文學創作教學上可以「反身自我養成」,則是祈使教學者,在文學創作教學上可以根據前面研究的成果,使原本沒有癖好的文學創作學習者,能從中培養癖好或找出癖好,以助文學創作的順利完成。而以

運用在文學傳播與文學論述建議上可以「開闢新向度」，對於傳播者期待以不同的角度來看待文人怪癖，而不只將文人「神聖化」，應該換個角度來看重新看待「怪癖」這個行為並予以強化傳播和論述而廣為弘揚，因為經由怪癖可讓讀者發掘更多文人的另一面貌，有助於開闢新的審視方向。

　　將癖視為個人認同的象徵性政略，必須預設著一種癖的「去病化」。這裡「去病化」並不意味不再將癖視為疾病，而是相反地以此「非病之病」為傲為榮。（邱德亮，2005）在本研究中提示了許多文人不同的癖好面貌及類型，看出它們在文人的文學創作上有一定的關係存在。而這究竟是政治壓迫還是社會因素都有可能，使得文人須投向得以寄情的事物上。此外，在文人癖好與文學創作的關係上，是不可用一般世俗的規範道德來約束他們，應該給予文人們更多的自由空間，給予創作的國度，雖在人們眼中是種另類印象，但對文學上的貢獻卻有不可抹滅的一頁。換句話說，可以保留多一點彈性空間來對待那種看似不正常、離經叛道的行為。因為癖有如金錢，本身無善惡，修身也好、喪國也罷，全看人們將它擺放在生活中什麼位置；而成與敗，關鍵在於自己，有節制的癖好不是負擔，反而應大力提倡，一旦偏離了「於己有益，於人無害」原則的癖好，帶來的就是苦痛甚至災難。況且每個人有自己的觀點與立場，不能說和自己不同就是怪。而有創作才能的人，作品並不會直接不請自來。也就是說，語文創作是漫長的道路，我們要有一定的包容力，不能因此扼殺其才華，要讓文人的癖好得以發洩。在最後藉文人種種癖好祈使能夠激發學生們不同的火花，讓他們更有想像力、創造力，用不同的角度來看待事物。在教學內容上透過豐富生動的文字語言，讓學生培養多元的學習面向，也懂得在學習中尋找樂趣。（陳雅音，2010）

第二節　未來研究的展望

　　由於本研究的特性使然，加上著重的要點在於文人怪癖與文學
關係探討，從中針對二者關係的直向、辯證、相斥關係來探討，從
現有的相關資料及文獻與研究的課題加以連結，所以在選材上以較
切合的題材適性的選用，以致對於某些方面就無法一一的歸納深
究。簡單來說，只能就現有的史料或前人所研究的議題加以舉證作
為本研究的題材，可能無法完全詳盡探討所有癖好；同時有關癖好
的選擇也以較為鮮明的文人或作品有一定的「數量」的文人為對
象，所以無法指涉所有的文人怪癖，也無法加以蒐羅淨盡。雖然無
法完全客觀的普遍列舉，但已盡力取可供印證的題材，所以仍可收
實質的成效，依然有高度的參考價值。其餘的，就等爾後再旁衍為
探討了。

　　此外，在研究過程中也發現一些新的問題，如文人怪癖與文學
創作二者的範疇相當的廣泛，無法逐一詳加檢視，只能挑選相關的
部分來討論，所以無法面面俱到而進行全面性的深入探究。又如大
部分的文人怪癖固然只有一種，但有少數的文人卻不只一種癖好，
因為有些文人的怪癖不是內蘊而是外爍。向來所謂語文的創作者所
無法掌控的成分，那些成分如果不把它硬歸諸潛意識的促動，那麼
它就是靈界存在體的「外爍」使然。這可以隨一般的作法而稱它為
「靈感」。從宗教學或靈異學的角度來看，現實界和靈界是「循環
互進」的（靈體相互的轉化）。以致由有語文素養的神靈啟示人（不
論是「遙控」或「體代」）而從事語文創作是有可能的。（周慶華，
2007a：336）所謂「對許多靈學研究者來說，通靈藝術作品都碰到
相同的問題：那些圖書、詩作和音樂究竟是超越死亡的藝術家亡靈

所成，還是純粹由靈媒利用自己受壓抑的創造力創作出來的？這些
世界知名的音樂家、作家和畫家只想透過這種選擇特定知覺者的方
式，向我們證明他們至今依然活著？許多通靈藝術作品風格令人印
象深刻；不僅是作品本身，更是因為它們所呈現出來的風格和原創
的偉大藝術家非常接近。不僅如此，有些通靈藝術作品不管是在風
格的多樣性上還是質量的比例上，都令人嘖嘖稱奇」（劉清彥譯，
2001：50-51），就是指這種情況。因此，可以知道某些文人有多種
怪癖有可能是外來的靈體附身，但對於此部分不在本研究的議題
中，只是仍保留這樣的可能性，以待未來有機會再對這個領域深入
去探討。

　　還有，對於文人怪癖與文學創作關係探討時所遇到的其他的問
題就是，文人怪癖與文學創作的案例有時比較模糊，不好察覺出怪
癖對文學創作的影響。如在直向關係中，文人怪癖與文學創作的關
係較緊密也容易觀察出來；但對於辯證關係，例如有汙癖的萩原朔
太郎的文學創作在作品中的關係就較不明顯，有時在界定上也難以
判定。而在第六章相斥關係中，礙於在文人怪癖的當下不一定是很
明顯，或是參考的文獻仍不完備，以致使文人怪癖與文學創作的關
係連結較不緊密。因為歷來文學創作甚為可觀，本研究無法周延搜
集全部作品，只能盡己在有限的時間與能力下，儘量蒐集可供利用
的研究成果與有代表性的作品，期望能達到最大的研究範圍。除了
文人怪癖的多樣性以及文人怪癖與文學創作的例證可留到後人加
以「擴充」，即使有遺憾也有待日後對本研究有興趣且想開創文人
的另類寫真的同好來檢證並將相關資料補齊。因此，以上未來研究
的展望，基於這樣的理念理應可以擴及語文教育等相關領域，且待
未來可以有一個可待發覺的整全的文人怪癖與文學創作神祕學。這
是未來可擴展的領域，也是我提醒自己和其他的同好在未來值得努

力的方向。最後期待在繁瑣的教育工作當中，且讓我們還能保有心靈的能量，用教學的魔法，召喚每一顆充滿可能性的文學種子；而在未來也期待這文人們一段段的怪癖史可以看成是人類的一部文學瘋狂史，並從影響後代文學家們的身上及重要地位，可以找出人類創作的脈絡，並重新建構文學在發展史上的創作歷程。

參考文獻

丁志堅（1967），《中國十大戲劇家》，臺北：順風。

三民書局學典編輯委員會（2003），《學典》，臺北：三民。

大仲馬（2003），《基督山恩仇記》（鄭克魯譯），臺北：遠流。

大師（2006），〈李白的酒中世界〉，網址：http://tw.knowledge.yahoo.com/question/question?qid=1406012400007，檢索日期：2010. 03.03。

大衛‧柯特萊特，（2000），《上癮五百年》（薛絢譯），臺北：立緒。

王序（1974），《中國文學家小傳》，臺北：河洛。

王序（1990），《中國文學家小傳》，臺北：國家。

王岫林（2004），〈由《世說》中的人物品評看六朝嗜美之風〉，《國文天地》第 12 卷第 12 期，44-51，臺北。

王偉松（1980），《王偉松》，臺北：名人。

王綽中（2003.9.12），〈瀋陽嘴上奇人吃刀片〉，《中國時報》第 A13 版，臺北。

王學泰等（2003），〈中國文化研究院——酒與酒文化〉，網址：http://www.chiculture.net/php/sframe.php?url=http://hk.chiculture.net/0909/0909sitemap.html，檢索日期：2010.12.27。

王鴻泰（2004），〈閒情雅致——明清間文人的生活經營與品賞文化〉，《故宮學術季刊》第 22 卷第 1 期，69-77，臺北。

王覺源（1989），《近代中國人物漫譚》，臺北：東大。

王韻雅（2011），《成語的隱喻藝術》，臺北：秀威。

方祖燊（2002），《「田園詩人」陶淵明》，臺北：國家。

方時雨（1986），《中國文學藝術家傳記：中國藝術家故事》，臺北：莊嚴。

方瑜（2001），〈嘔出心乃以爾——以詩畫夢說李賀〉，《聯合文學》第 197 期，46-49。

毛文芳（1998），〈花、美女、癖人與遊舫——晚明文人之美感境界與美感經營〉，《中國學術年刊》第 19 期，381-406，臺北。

毛文芳（2000），《晚明閒賞美學》，臺北：學生。

丹‧艾瑞里（2008），《怪誕行為學》（趙德亮等譯），臺北：秋水堂。

司馬遷（1979），《史記》，臺北：鼎文。

石韶華（2000），〈憂來洗盞欲強醉，寂寞虛齋臥空瓴──淺論蘇軾飲酒詩
　　中的憂患意識〉，《大同商專學報》第 12 期，131-156，臺北。
布丁（2000），《文人情趣的智慧》，臺北：林鬱。
朱金城（1992），《白居易研究》，臺北：文史哲。
朱金城等（1995），《李白的價值重估》，臺北：文史哲。
朱恪超（1991），《古今巧聯妙對趣話》，臺北：雲龍。
何美鈴（1986），《中國文學藝術家傳記：曠世謫仙李太白》，臺北：莊嚴。
利奇（1996），《語意學》（李瑞華等譯），上海：上海外語教育。
邢昺（1982），《論語注疏》，十三經注疏本，臺北：藝文。
李文茹（1986），《世界名人軼事》，臺北：業強。
李辰冬（1984），《陶淵明評論》，臺北：東大。
李長庚（2009），〈阮籍、嵇康的道德潔癖〉，《青海師專學報》第 29 卷第
　　3 期，26，西安。
李奧納‧泰格（2003），《快感的追求》（陳蒼多譯），臺北：新雨。
李瑞騰（1991），《臺灣文學風貌》，臺北：三民。
余光中（2005），《余光中幽默文選》，臺北：天下遠見。
余苣芳、舒靜（1999），《李清照的人生哲學／婉約人生》，臺北：揚智。
宋國誠（2010），《天國的崩落》，臺北：唐山。
宋裕（1995），〈中學國文作家趣聞掌故──變法失敗的古文家王安石〉，
　　《國文天地》第 11 卷第 7 期，67-71，臺北。
吳企明（1992），《李賀》，臺北：群玉。
吳紹志（1995），《新譯世說新語》，臺北：祥一。
沈清松（1986），《解除世界魔咒──科技對文化的衝擊與展望》，臺北：
　　時報。
林央敏（1981），〈結凍的憂鬱──談李賀的冷愴情緒〉，《明道文藝》第
　　66 期，144-150，臺中。
林世禎（1994），《古典文學三百題》，臺北：建宏。
林在勇（2005），《怪異：神乎其技的智慧》，臺北：新潮社。
林宗霖（1976），〈短命詩人──王勃〉，《勵進》第 359 期，66-67，臺北。
林淑丹（2005），〈傳奇不傳奇？：論森鷗外的歷史文學〉，《中外文學》第
　　34 卷第 5 期，69-83，臺北。
林景淵（2007），〈日本文學經典作家傳記：軍醫作家森鷗外〉，《明道文藝》
　　第 373 期，61-71，臺中。

林語堂（1977），《蘇東坡傳》，臺北：遠景。

林語堂（1993），《蘇東坡傳》，臺北：風雲。

林燿德（1993），《當代臺灣文學評論大系・文學現象卷》，臺北：正中。

迪特爾・拉德維希（2005），《上癮的秘密》（鄭惠丹譯），臺北：晨星。

范宜如等（1998），《風雅淵源／文人生活的美學》，臺北：臺灣。

范軍（1996），《蘇東坡的人生哲學：曠達人生》，臺北：揚智。

周質平（1984），〈袁宏道的山水癖及其遊記〉，《中外文學》第 13 卷第 4
期，4-7，臺北。

周慶華（1997），《語言文化學》，臺北：生智。

周慶華（2003），《閱讀社會學》，臺北：揚智。

周慶華（2004a），《文學理論》，臺北：五南。

周慶華（2004b），《語文研究法》，臺北：洪葉。

周慶華（2005），《身體權力學》，臺北：弘智。

周慶華（2006），《靈異學》，臺北：洪葉。

周慶華（2007a），《語文教學方法》，臺北：里仁。

周慶華（2007b），《走訪哲學後花園》，臺北：三民。

周慶華（2010.6.22），〈癖〉，《國語日報》第 5 版，臺北。

邵毅平（2005），《詩歌：智慧的水珠》，臺北：新潮社。

帕帕司等（2003），《統整式語文教學的理論與實務：行動研究取向》（林
佩蓉等譯），臺北：心理。

邱秀年（1995），〈誰教你習慣成癖？──樂在習慣中〉，《拾穗》第 71 期，
20-21，臺北。

邱以正（2009），〈陶淵明〈飲酒〉二十首的感懷與超越〉，《有鳳初鳴年刊》
第 5 期，147-164，臺北。

邱德亮（2005），〈非癖之癖〉，網址：http://hermes.hrc.ntu.edu.tw/csa/journal/
47/journal_park365.htm，檢索日期：2011.06.19。

邱德亮（2009），〈癖嗜文化：論晚明文人的詭態的美學形象〉，《文化研究》
第 8 期，61-100，臺北。

岡崎大五（2010），《別笑！地球就有這種人（全）83 國導遊世界怪癖大
蒐秘》（李佳蓉譯），臺北：如何。

郁士（1982），《狄更斯傳》，臺北：中華日報。

南宮博（1980），〈孔子軼事〉，《自由談》第 31 卷第 9 期，26-27，臺北。

韋伯（1988），《新教倫理與資本主義精神》（于曉等譯），臺北：谷風。

姜伯純（1986），《竹林七賢》，臺北：莊嚴。

美‧唐納遜（1982），《海明威傳》（徐蘋譯），臺北：中華日報。

拾穗雜誌編輯部（1995a），〈誰教你習慣成癖？〉，《拾穗》第 71 期，8，臺北。

拾穗雜誌編輯部（1995b），〈誰教你習慣成癖？——好？成性〉，《拾穗》第 71 期，23，臺北。

珍‧漢默史洛（2002），《打開戀物情結》（廣梅芳、丁凡、楊淑智譯），臺北：張老師。

約翰‧麥斯威爾‧漢彌爾頓（2010），《卡薩諾瓦是個書癡：寫作；銷售和閱讀的真知與奇談》（王藝譯），臺北：麥田。

夏目漱石等（1994），《日本短篇小說傑作選》（曹賜固譯），臺北：志文。

秦祥瑞（1977），《歷史人物軼事》，臺南：大夏。

埃斯卡皮（1990），《文學社會學》（葉淑燕譯），臺北：遠流。

秦漢唐（1994），《影響中國文化的五十個文學家》，臺北：添翼。

徐尚禮（2003.9.12），〈吉林怪婦女愛吃瀝青喝汽油〉，《中國時報》第 A13 版，臺北。

徐君等（2004），《妓女史》，臺北：華成。

陸樓法等（1992），《雨果傳》，臺北：業強。

符春霞（1995），〈紫色過一生〉，《拾穗》第 71 期，11-13，臺北。

陳文新（1995），《袁枚的人生哲學：率性人生》，臺北：揚智。

陳邦炎（2001），《曲苑觀止》，臺北：古籍。

陳香（1991），《蘇東坡別傳》，臺北：國家。

陳宥伶（2010），〈從《世說新語》看魏晉士人的癖好〉，《有鳳初鳴年刊》第 6 期，421-439，臺北。

陳家堃（1989），〈巴爾札克軼事〉，《講義》第 23 期，88，臺北。

陳家煌（2009），《白居易詩人自覺研究》，高雄：國立中山大學文學院。

陳雅音（2010），〈文人怪癖與文學創作的關係探討〉，周慶華主編，《流行語文與語文教學整合的新視野》，110-111，臺北：秀威。

陳幸蕙（1984），〈獨有書癖不可醫——側寫「爾雅出版社」發行人隱地〉，《新書月刊》第 12 期，80-83，臺北。

陳幸蕙（2007），〈悅讀手記（27）——良心的故事：余光中的文學行旅 4〉，《明道文藝》第 373 期，44-60，臺中。

陳國強主編（2002），《文化人類學辭典》，臺北：恩楷。

陳維玲（2002），〈巴爾札克筆下追求完美藝術家之宿命〉，《中外文學》第31卷第2期，152-171，臺北。

清聖祖敕編（1974），《全唐詩》，臺北：明倫。

孫凱欣（2008），〈古代文人詩癖：癖到極致品自高〉，網址：http://www.peopo.org/pccujou/post/25326，檢索日期：2010.04.02。

殷國登（1986），《人各有癖》，臺北：希代。

高彥頤（2007），《纏足「金蓮崇拜」盛極而衰的演變》（苗延威譯），臺北：左岸。

張小虹（1996），《自戀女人》，臺北：聯合文學。

張忠良（2004），〈晚明文人的嗜癖言行〉，《臺南女院學報》第23卷第2期，403-408，臺南。

張振華（1993），《雋思妙寓的智慧》，臺北：新潮社。

張夢機等（2000），《唐宋詞選注》，臺北：華正。

康克林（2004），《超自然的神秘世界》（黃語忻譯），臺北：亞洲。

康繼堯（1989），《辭海》，臺北：陽明。

陶伯華等（1993），《靈感學引論》，臺南：復漢。

陶潛（1996），《陶淵明集》，臺北：古籍。

國文天地編輯部（2001），〈米芾嫁女有潔癖〉，《國文天地》第16卷第11期，54，臺北。

傅武光（1999），〈陶淵明的〈飲酒〉詩〉，《國文天地》第14卷第10期，48-53，臺北。

傅錫壬（1984），〈鬥茶、病酒、打馬、賞花──試析清照的生活情趣〉，《中外文學》第30卷第5期，78-99，臺北。

開明書局（1974），《二十五史》，臺北：開明。

黃公偉（1987），《哲學概論》，臺北：帕米爾。

黃守誠（1974），〈杜甫的酒癖〉，《花蓮師專學報》第6期，89-92，花蓮。

黃志民（2010），《國文I教師手冊》，臺北：東大。

黃啟方（2002），《東坡的心靈世界》，臺北：學生。

黃秀如（2004），《閱讀的狩獵》，臺北：網路與書。

黃秀如（2005），《癖理由》，臺北：網路與書。

黃敬先（1995），〈王安石晚年覓詩歸自然〉，《歷史月刊》第90期，112-115，臺北。

黃雅淳（1999），〈從將進酒看李白〉，《國文天地》第 14 卷第 11 期，54-58，
　　臺北。

黃淑貞（1999），〈陶淵明〈飲酒〉詩試探〉，《中國文化月刊》第 233 期，
　　112-126，臺北。

黃驗（1995），〈活在一堆習慣中〉，《拾穗》第 71 期，9-10，臺北。

森鷗外（2001），《青年》（許時嘉譯），臺北：小知堂。

嵐山光三郎（2004），《文人的飲食生活》（孫玉珍、林佳蓉譯），臺北：
　　高談。

湯姆・羅勃（2006），《嗜書癮君子》（陳建銘譯），臺北：邊城。

楊明麗（1993），《王安石》，臺北：臺灣政府教育廳。

楊曉明（2003），《歷代文學藝術家傳記》，臺北：薪傳。

溫凌（1993），《關漢卿》，臺北：萬卷樓。

褚威格（1980），《巴爾札克》，臺北：名人。

奧諾雷・德・巴爾札克（2010），《論現代興奮劑》（甘佳平譯），臺北：聯經。

路巧雲（2004），〈日本文人的偏食雅癖〉，《美食天下》第 151 期，32-34，
　　臺北。

路易斯（2003），《地獄與天堂的導遊／但丁的自我發現與救贖》（劉會梁
　　譯），臺北：左岸。

滌煩子（1983），〈茗賞至上嗜茶成癖的袁中郎〉，《自由青年》第 70 卷第
　　1 期，68-72，臺北。

趙建玉（1997），〈妙在有意無意之間從王羲之「蘭亭序」的創作成因管窺
　　書法創作時的心態〉，《天水師專學報》第 17 卷第 4 期，6-14，蘭州。

趙雅博（1990），《知識論》，臺北：幼獅。

趙興勤等（2009），〈鞋、鞋杯及文人怪癖〉，《歷史月刊》第 206 期，
　　108-114，臺北。

潘世墨等（1995），《現代社會中的科學》，臺北：淑馨。

潘明寶（2007），〈解析汪士慎嗜茶癖〉，《茶葉》第 33 卷第 4 期，239-243，
　　揚州。

劉軍（1998），《中國古代的酒與飲酒》，臺北：臺灣商務。

劉省齋（1989），《世界偉人傳記》，臺北：大行。

劉清彥譯（2001），《特異功能》，臺北：林鬱。

劉維崇（1970），《白居易評傳》，臺北：商務。

蔣武雄（2009），〈中國古人的生活──以洗澡、睡覺、夜市為例〉，《東吳大學人文社會學院第 26 屆系際學術討會》，2-8，臺北：東吳大學。

蔡瑜（2005），〈從飲酒到自然──以陶詩為核心的探討〉，《臺大中文學報》，第 22 期，223-268，臺中。

鄭惠文（1986），《中國文學藝術家傳記：中國文學家故事》，臺北：莊嚴。

樂黛雲（1987），《比較文學與中國現代文學》，北京：北京大學。

歐麗娟（2001），〈襟三江而帶五湖──初唐文壇的彗星王勃〉，《聯合文學》第 197 期，42-45，臺北。

盧明瑜（1997），〈李賀神話詩歌之探討〉，《臺大中文學報》，第 9 期，211-256，臺北。

曉晨（2005），〈文人茶趣：歐陽修的茶詩茶文〉，網址：http://www.epochtimes.com/b5/5/11/3/n1106471.htm，檢索日期：2010.03.17。

賴漢屏（1991），〈囚首垢面，拗骨冰心──王安石的生活情趣〉，《明道文藝》第 189 期，23-29，臺中。

鍾玲（1984），〈李清照人格之形成〉，《中外文學》第 13 卷第 5 期，6-10，臺北。

謝楚發（1996），《李白的人生哲學：詩酒人生》，臺北：揚智。

戴忞臻（2003），〈蘇東坡〈水調歌頭〉詞篇旨探析〉，《國文天地》第 19 卷第 5 期，54-58，臺北。

譚帆（2004），《優伶史》，臺北：華成。

羅中峯（2001），《中國傳統文人審美生活方式之研究》，臺北：洪葉。

羅傑‧多布森（2010），《扒糞救地球：改變世界的 77 種方法》（謝伯讓、高薏涵譯），臺北：印刻。

蘇石山（1998），《古文觀止》，高雄：麗文文化。

饒宗頤（1969），《世說新語校箋》，臺北：臺灣時代。

釋妙蘊（2005），《奇人妙事》，臺北：福報。

嚴愛群、廖培蓉（2003），《背起文學行囊造訪英倫名家》，臺北：書林。

John J. Ratey M.D. & Catherine Johnson Ph.D.（1999），《人人有怪癖》（吳壽齡等譯），臺北：遠流。

Michael D.Lemonick、Alice Park（2007），'The Science of Addidction'，*Time Digest* 138，14-18。

語言文學類　PG0657　東大學術 34

文學的另類寫真
——文人怪癖與文學創作的關係探討

作　　者 / 陳雅音
責任編輯 / 陳佳怡
圖文排版 / 陳宛鈴
封面設計 / 蔡瑋中

發 行 人 / 宋政坤
法律顧問 / 毛國樑　律師
印製出版 / 秀威資訊科技股份有限公司
　　　　　114 台北市內湖區瑞光路 76 巷 65 號 1 樓
　　　　　電話：+886-2-2796-3638　傳真：+886-2-2796-1377
　　　　　http://www.showwe.com.tw
劃撥帳號 / 19563868　戶名：秀威資訊科技股份有限公司
　　　　　讀者服務信箱：service@showwe.com.tw
展售門市 / 國家書店（松江門市）
　　　　　104 台北市中山區松江路 209 號 1 樓
　　　　　電話：+886-2-2518-0207　傳真：+886-2-2518-0778
網路訂購 / 秀威網路書店：http://www.bodbooks.com.tw
　　　　　國家網路書店：http://www.govbooks.com.tw
圖書經銷 / 紅螞蟻圖書有限公司
　　　　　114 台北市內湖區舊宗路二段 121 巷 28、32 號 4 樓
　　　　　電話：+886-2-2795-3656　傳真：+886-2-2795-4100

2011 年 12 月 BOD 一版
定價：400 元
版權所有　翻印必究
本書如有缺頁、破損或裝訂錯誤，請寄回更換

國家圖書館出版品預行編目

文學的另類寫真 : 文人怪癖與文學創作的關係探討 / 陳雅音
　著. -- 一版. -- 臺北市 ：秀威資訊科技, 2011.12
　　　面 ； 　公分. -- (語言文學類 ；PG0657)(東大學術 ；34)
　BOD 版
　ISBN 978-986-221-865-5(平裝)

　1.中國文學　2.文學評論　3.作家　4.行為　5.文集

820.7　　　　　　　　　　　　　　　　　　100020554

讀 者 回 函 卡

感謝您購買本書，為提升服務品質，請填妥以下資料，將讀者回函卡直接寄回或傳真本公司，收到您的寶貴意見後，我們會收藏記錄及檢討，謝謝！
如您需要了解本公司最新出版書目、購書優惠或企劃活動，歡迎您上網查詢或下載相關資料：http:// www.showwe.com.tw

您購買的書名：_____

出生日期：_____年_____月_____日

學歷：□高中 (含) 以下　　□大專　　□研究所 (含) 以上

職業：□製造業　□金融業　□資訊業　□軍警　□傳播業　□自由業
　　　□服務業　□公務員　□教職　　□學生　□家管　□其它_____

購書地點：□網路書店　□實體書店　□書展　□郵購　□贈閱　□其他

您從何得知本書的消息？

　　□網路書店　□實體書店　□網路搜尋　□電子報　□書訊　□雜誌
　　□傳播媒體　□親友推薦　□網站推薦　□部落格　□其他_____

您對本書的評價：(請填代號　1.非常滿意　2.滿意　3.尚可　4.再改進)

　　封面設計____　版面編排____　內容____　文／譯筆____　價格____

讀完書後您覺得：

□很有收穫　□有收穫　□收穫不多　□沒收穫

對我們的建議：_____

_____

_____

_____

11466
台北市內湖區瑞光路 76 巷 65 號 1 樓

秀威資訊科技股份有限公司　　　收

BOD 數位出版事業部

‥‥‥‥‥‥‥‥‥‥‥‥‥‥‥‥‥‥‥‥‥‥‥‥‥‥‥‥‥‥‥‥

（請沿線對折寄回，謝謝！）

姓　　名：_____　年齡：_____　性別：□女　□男

郵遞區號：□□□□□

地　　址：_____

聯絡電話：(日) _____　(夜) _____

E-mail：_____